魅丽文化

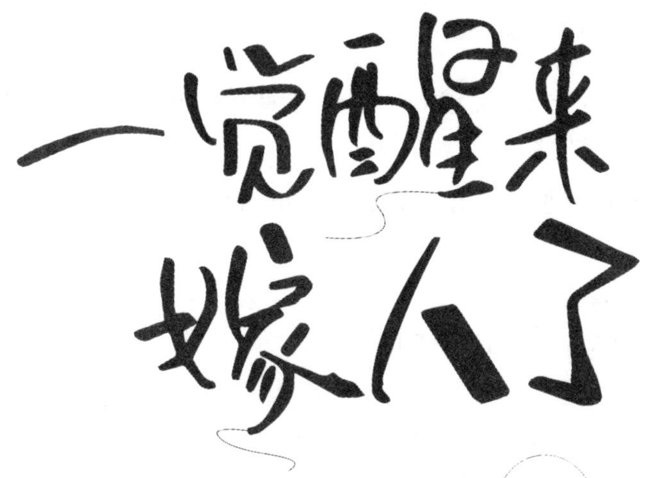

一觉醒来嫁人了

LONG QI
龙柒

龙柒 · 著

廣東旅游出版社
GUANGDONG TRAVEL & TOURISM PRESS
悦读书 · 悦旅行 · 悦享人生

中国 · 广州

图书在版编目（CIP）数据

一觉醒来嫁人了 / 龙柒著. — 广州 ：广东旅游出版社，2021.4

ISBN 978-7-5570-2281-5

Ⅰ. ①一… Ⅱ. ①龙… Ⅲ. ①长篇小说－中国－当代 Ⅳ. ① I247.5

中国版本图书馆 CIP 数据核字（2020）第 131139 号

一觉醒来嫁人了
YI JIAO XING LAI JIA REN LE

出 版 人：刘志松
责 任 编 辑：梅哲坤

广东旅游出版社出版发行
地址：广东省广州市荔湾区沙面北街 71 号首、二层
邮编：510130
电话：020-87347732
印刷：湖南关山美印有限公司印刷
（湖南省长沙市宁乡县金洲镇关山社区）
开本：710 毫米 ×1000 毫米 1/16
字数：250 千字
印张：22 印张
版次：2021 年 4 月第 1 版
印次：2021 年 4 月第 1 次印刷
定价：39.80 元

目录
CONTENTS

第一章

夏楚感觉自己像是躺在手术台上，刺目的强光，脱力的身体，还有贯穿大脑的剧痛。她没办法睁开眼，只能发出懊恼的低吟声。不过是喝了一杯啤酒，居然这么难受，真不该听高晴的，喝什么酒，唱什么歌，狂欢什么！

高考结束而已，又不是买彩票中了五百万。

夏楚轻舒一口气，努力睁开眼睛，入目的景象让她愣住了。

透亮的落地窗玻璃，视野开阔得好似站在灯塔之上，外头是一望无际的天空和海水，分不清谁更蓝，更分不清谁更亮。太阳仿佛被装在这个海天相接的巨大的蓝色球中，散落的金光让人头晕目眩。

这是哪儿？

夏楚猛地坐起，视线所及的一切让她的头更晕了。

这是一间极其宽敞的卧室，正前方放着两张舒适的沙发，沙发前头是一幅紫色线条的抽象画。夏楚看不懂，但仅看画框和材质，便知其价格不菲。头顶是极具设计感的环形吊灯，淡淡的光芒投射在天花板上，竟构成星空的模样。

目瞪口呆的夏楚下了床，光着的脚被地毯温柔对待，陌生的酥麻感让她的脚指头微微往回缩了一下。

这到底是哪儿？

酒店吗？她醉到回不了家了？

可她所在的这座小县城真的有这样的酒店吗？

夏楚忍不住怀疑自己还没醒来，此刻还在做梦。

她走出卧室，外面的光景更是让她惊叹不已。

华丽的水晶灯，盘旋而下的楼梯连扶手的造型都很别致，让人不禁喟叹设计者的匠心独运；随处可见的工艺品、各种意外和谐的抽象画……这彰显的不仅是主人的品位，还有其无与伦比的巨大财富。

这不是梦，夏楚很清楚，以自己那高中生的人生阅历，做梦都梦不到这样的“豪宅”。

这到底是怎么回事？她只不过是从高考中解放，被朋友怂恿，第一次去了KTV，第一次喝了酒，怎么一觉醒来就这样了？！

难道……夏楚一愣……她回到过去了？她虽然醉心于试卷，但也听好友讲过。只不过，别人都是回到古代，她这是回到哪儿了？

夏楚的手心有些汗，她可不想穿越，她爸妈就她一个闺女，她要是穿越了，他们俩可怎么办？

怀揣着不安，夏楚退回卧室，打算再细细研究一番。

卧室里还有几扇门，她推开其中一扇，看到巨大的方形浴缸和一些不知道是什么功能的按钮——贫穷限制了她的想象力，她从不知道有钱人的世界已经这么炫酷了！

再推开另一扇门，夏楚倒吸一口气，觉得自己哪里是被限制了想象力，根本是没有想象力！这是一间足以让所有女生尖叫的房间：灰白色地毯、浅灰色沙发，还有白色的试鞋凳。左边是巨大的梳妆台，一整圈方形灯随着她的开门自动亮起，接着是整面墙的鞋子、整面墙的包包，还有挂得整整齐齐、让人目不暇接的当季衣服。

夏楚对奢侈品的认知仅限于香奈儿，而这里显然是奢侈品的大本营！

这到底是谁的家？全国首富的家吗？！

对了，夏楚想起了那面镜子，于是几步走到镜子前，看到了镜中的人。

她愣住了，脑袋更乱了。

这是她，好像又不是。

镜中的女人穿着深色的及膝吊带裙，很白很瘦，单薄的肩膀似乎撑不住两根细细的肩带。

夏楚动了一下手，镜中的人也动了。她的胳膊没有一丁点儿赘肉，像一折就会断的竹子。肌肤很白，却并不健康，仿佛久不见天日，常年活在地下一般。

十八岁的夏楚并不瘦，脸上甚至还肉嘟嘟的，一笑时鼓起的苹果肌添了几分稚气、可爱。

而镜中的她有着一张标准的瓜子脸，很漂亮，可是没了生气，像离了枝干的瓶中花，有的是可以预见的短暂美丽。

这是她自己吧？虽然五官一模一样，但是其他地方似乎都不一样，她竟有些拿不准了。

丁零零……

手机铃声响起，夏楚回到卧室，看到了床头柜上的黑色手机：光滑的镜面，没有任何按键，上面闪烁的是一个未接来电，名字是“高晴”。

夏楚顾不上研究手机了，她要接电话，看看这来电的高晴是不是她认识的高晴！

高晴是她最好的朋友。从初一开始一直到高三毕业，她们两人都是同桌，感情实打实地好，不然她也不会和高晴去唱歌、喝酒。

夏楚捣鼓了一会儿，总算明白了这手机是通过滑动接听，而不是通过猛按。

“还没出门？”听筒里传来陌生又熟悉的声音。

陌生是因为嗓音中的沙哑，熟悉是因为这语调——的确是高晴的！

夏楚面带喜色："晴儿！"因为《还珠格格》，夏楚经常这样叫她。

电话那头的人愣了一下，接着发出倒吸气声。

高晴的声音明显提高了："你……你……"她结巴了一会儿，才又道，"你没空就算了，我了解，约你这个大忙人实在困难极了，咱们改天……"

夏楚连忙道："有空，我有空！"

电话那头的高晴手上的烟都掉了，她怔了一会儿，忽而又轻叹道："算了，我知道你不爱出去。"

夏楚急了，她想出去，想见高晴，她要弄明白这一觉醒来是怎么了。

接着，高晴又道："等我，我去你家。"

夏楚松了一口气，连声道："好！我等你！"

挂了电话，夏楚又有些不安。这是她家吗？高晴会到这儿来找她吗？

好在二十分钟后，穿着紧身连衣裙、踩着细高跟鞋、化着精致妆容的女人出现在厅门前。

高晴以前也化妆，只是没这么精致；她以前也穿过高跟鞋，只是鞋跟没这么高。而她整个人也没这样优雅自如。

夏楚已经有了些心理准备，因为挂断电话时，她看到了手机上显示的时间——2018年。

她高考那年是2008年，北京奥运会照亮了全世界。

十年，相隔了十年。如果她不是在做梦，那她就是来到了十年后的世界。

往好里想，她至少还是她，她的家人、朋友也都还在，而且她似乎过得还不错……嗯，住这么大的房子，应该还不错吧？

高晴定定地看了她一眼，爆了粗口："江行墨这人渣！"

江行墨是谁？夏楚听都没听过这个名字。

高晴年少时嘴巴就厉害得很，骂起人来不重样，和人互"怼"从无败绩，在全校都是知名人物。

如今年长，她的功力也见长，说起话来更是语调激昂、气势如虹，分分钟将江行墨钉在了"渣男"的耻辱柱上。

"他除了一张脸长得好，还有哪点好？！自私、脾气差、性子嚣张、行事狂妄，还毒舌，他一天得罪的人是别人三百六十五天里都想讨好的人！"

这是一个什么人哦……夏楚唏嘘：看高晴这么在意，莫非这江行墨是高晴的男朋友？

想想如今已经是2018年，夏楚又心情复杂地猜测——也许是高晴的老公呢。

真要命，别说给高晴当伴娘了，她可能连高晴的婚礼都错过了！

夏楚正胡思乱想，高晴却忽地收声了，像只卡了壳的翠鸟，停在树枝上，用怒其不争又无比惋惜的眼神盯着树下失了羽翼的同伴。

高晴长叹一口气，道："夏楚，都这样了，你还不死心吗？"

夏楚心下咯噔一下，高晴又小心翼翼地问她："你对江行墨还抱有期待吗？"

她的声音很轻，回荡在黑白线条纵横的屋子里，好似游戏中的一段系统音，虽然说得清清楚楚、明明白白，却充满了不真实感。

夏楚觉得很荒唐，想着：原来江行墨是我夏楚的男朋友？

不死心？抱有期待？夏楚毫无所觉，能感觉到的只有胸中的开阔，好比外面的晴天碧海，没有一丁点儿阴霾与烦恼，装在里头的一颗心更是四平八稳，只隐隐有对现状的疑惑和对家人的思念。

夏楚没来得及出声，高晴却当成她是默认了。

高晴皱着眉，有些懊恼又满是心疼地说："你追随他八年，没日没夜地为他拼命，他怎么能这么对你……"

说到这儿，高晴说不下去了。她这个旁观者都觉得心如刀割，夏楚这个当事人又该是什么样的心情？

谁能想象，不过是年少时的惊鸿一瞥，夏楚便执着至此。

其实，高晴已经很久没见过夏楚了，至少半年。夏楚太忙，行程满得让她不忍打扰。这次她能见到夏楚，还是昨晚夏楚忽然给她打了电话，约她一起吃晚饭。

高晴看看越来越消瘦的夏楚，心里很不是滋味。她前阵子无意间翻到高中毕业时的同学录，看到了十八岁时穿着校服、腼腆地笑着的夏楚。

那时，高晴总嫌夏楚不打扮、不爱美，说她读书读成了书呆子，不懂得珍惜大好时光。

可如今，高晴更不愿看到新闻门户网站上光鲜靓丽的夏总，她漂亮、迷人，拥有常人无法想象的地位和财富，却越来越陌生，越来越冰冷，越来越不像个人了。

她更像一根细长的火柴，在极短的时间里疯狂地燃烧，散发出惊人的光和热，却也在以肉眼可见的速度憔悴着。

高晴每次都提醒自己不要提江行墨，可一见到夏楚，她就忍不住。

如果不是江行墨，夏楚怎么会瘦成这样？！如果不是江行墨，夏楚何必这样辛劳？！如果不是江行墨，夏楚又怎么会这样痛不欲生？！

"江行墨"这三个字是夏楚的魔咒。

中午她们没出去吃，高晴下厨炒了几道菜，这可把夏楚给新鲜坏了，万万没想到高晴还有这一手。要知道，当年的高晴可是连盐和味精都分不清楚的"大小姐"。

夏楚满肚子好奇，但没敢多说。十年太久，晴格格会做菜，她自己跟了个渣男，说不准还有什么新鲜事。

菜上桌，高晴兴致勃勃地道："开瓶酒。"

夏楚对酒有心理阴影，觉得自己是因为那杯啤酒才来到十年后的。

不过她转念一想，又觉得喝点儿酒也不错，没准儿她又回去了，于是道："行！"

她随手拿了一瓶红酒，高晴连忙道："哎哟喂，夏总，小的知道你不差钱，但这个还是算了，我受不住！"

夏楚："……"不就是一瓶红酒吗？难道这是传说中 1982 年的拉菲？

夏楚不懂，只说道："酒是给人喝的。"

高晴心里还挺感动的，当然，再感动她也不会大口喝“钱”。她抽了一瓶Burgundy（“勃艮第”，一种名贵的酒）说：“这个就好。”

夏楚完全看不出它们的区别，只是依了高晴。

这一喝，两人竟喝了整整两瓶。

高晴醉得趴在桌子上号啕大哭，夏楚却感觉还好，她的身体很适应，没什么醉意，脑袋非常清醒。

明明十八岁的夏楚一沾酒便醉，这会儿却像千杯不倒一样。

夏楚摇晃了一下酒杯，看着里面艳红色的液体，有些恍惚。

她很熟悉它，如何醒酒、如何开酒、如何拿杯子，她都娴熟得像是做了无数次一样。

可事实上，她从未碰过一滴红酒，看来是身体自己的记忆。

夏楚将睡着了的高晴安顿在客房里，自己却没有丁点儿睡意。她心里装着一堆事，想去找答案。

高晴说了很多，可带给她的是更多的疑惑。

江行墨是谁？她的丈夫？但是这屋子里完全没有另一个人生活的痕迹。

她很爱他？他却待她不好？

还有那句“你追随了他八年”……她是大学时候认识他的？他是她的同学，还是学长？

她全都不知道。

她甚至不知道自己考上了哪所大学，不知道自己学的什么专业，更不知道自己如今的职业。

一觉醒来，她就仿佛置身迷雾之中。

夏楚先是翻阅了手机，发现在名为“社交”的文件夹里，除了QQ外，还有一个名叫“微信”的软件。

夏楚点开QQ，没看到什么有用的消息，可在点开微信后，看到了爸妈发来的小视频。

他们在度假，水城威尼斯的风光亮丽得如展开的精美画卷。

爸妈的气色都很好，爸爸胖了，一笑还有双下巴；妈妈穿了件修身的旗袍，瞧着竟比十年前还要年轻。

最后一条消息是妈妈发的：“楚楚乖，好好吃饭，别熬夜。”

夏楚眼睛不眨地盯着这条信息，一直盯得眼泪涌上来，她藏了一天的慌乱才彻底涌出。

怎么就来到十年后了？

怎么就莫名其妙地丢了十年？

怎么睡了一觉，周围就这么陌生了？

夏楚越哭越委屈，越委屈越哭得厉害，只是她不肯发出声音，呜呜咽咽地，好像怕被手机那头正在意大利度假的父母听到。

可其实在这宽敞的屋子中，连最崩溃的哭喊声都能被淹没。

她哭了一会儿，心情倒是松快了些，尤其听到视频中爸爸的画外音：“你可别再打扮你妈了，她现在美得能甩了我，去找个小伙子了。”

夏楚破涕为笑。她很想给爸妈打电话，只是想到可能有时差，硬是忍住了。

她斟酌着给爸妈发了一条“玩得开心”的信息后，放下了手机。

既然已经这样了，那就这样吧！

反正爸妈都在，看起来他们过得也很好，那她就适应一下，努力面对现在的生活吧！

丢了十年又怎样？！往好的方面想，她已经做到了自己想做的事——让爸妈摆脱辛苦的工作，多出去走走、看看。

夏楚打起精神，找了好一会儿才找到那台纤薄的笔记本电脑，正思索着密码会是什么，却发现是指纹开锁。

这就很方便了！

她打开浏览器，手指落在键盘上：先搜索谁呢？

她对江行墨很好奇，对自己也很好奇。

算了，她还是先搜索自己！

输入“夏楚”这个名字后，她惊讶地发现自己竟然有百度百科词条……

她还真是个名人了啊。

夏楚匆匆扫了一遍，心中又怪异又惊讶，还有些好笑。

怪异的是，有谁会靠百度百科来了解自己；惊讶的是，这一串让人咂舌的经历；好笑的是，最后那段对她的个人生活的描写。

夏楚，女，连线集团首席执行官；毕业院校——斯坦福大学；主要成就——风靡全球的游戏《偏见》主要创始人；2017 年全球杰出女性代表；《×× 周刊》最具影响力企业家之一。

个人生活：与丈夫江行墨伉俪情深，两人是业界模范夫妻，是让人羡慕的完美情侣……

夏楚瘪了瘪嘴，最后一段的每个字，她都不信。

还伉俪情深呢，情深到不住一起？！还模范夫妻呢，模范到她和他的任何社交软件的消息记录都是空白的？！还完美情侣呢，完美到她的挚友恨不得在婚礼上敲晕她，再将她带走？！

夏楚懒得看那些，只看了看这段文字的上头。

这经历实在很让人震撼了，十八岁的她做梦都不会想到十年后的自己会是这样的。

要知道，她爸是个司机，她妈在超市工作，她家虽然算得上小康，但和巨富隔了大概一个平行世界吧！

可是，不过短短十年，她便成了市值过百亿美元的连线集团的首席执行官！

嗯……首席执行官这个职位听起来就很厉害，应该是一把手吧？

夏楚好奇地看了又看，最后视线落在了毕业院校上。

斯坦福大学？美国？

她怎么会在美国念大学，又怎么会毕业于这种常青藤名校？

她的成绩不错，考上国内的“985”院校是有希望的，可这和斯坦福大学的差距也是极大的。而且她从未申请过海外大学，也没为这个做过任何准备，怎么就去国外念书了？！

夏楚想了一下，终于点开新的页面，敲下了“江行墨”三个字。

江行墨，男，连线集团创始人，前首席执行官，现已辞任，毕业院校——斯坦福大学。

夏楚摸了摸下巴，懂了：原来是同学啊。

很快，夏楚就惊得下巴都要掉在地上了。

不对！江行墨比她大四岁，她高考刚结束，二十二岁的江行墨已经拿到了博士学位，还是一位年轻得不能再年轻的数学博士！

夏楚继续看着，越看越唏嘘。

高晴说江行墨除了脸，其他的都差得要命。可夏楚看遍整个百度百科，也没看到半句与他的容貌有关的形容，反而全是在介绍他惊人的履历、天才般的头脑以及用短短十几年创下的辉煌“帝国”。

夏楚留意到一个很有趣的地方。

她和江行墨是在2017年圣诞节前夕结的婚，而在结婚的前一周，他辞任连线集团首席执行官的职位，经董事会决议，最终由她接任首席执行官。

这两者有什么关系，还是单纯的巧合？

百度百科里是这么写的：江行墨深爱且信任妻子夏楚，他们既是亲密无间的爱人，又是合作无双的伙伴。在他们之前，绝对无法想象一对情侣可以在方方面面都如此默契和互补……

夏楚对此嗤之以鼻，她用自己十八岁的脑袋想想都觉得其中有猫腻。

其实他们俩的百度百科里记录的经历重合的地方很多，只是在时间上分前后——江行墨在前，她在后。这倒是应了高晴那句：“你追随了他八年……”

夏楚把能搜索到的内容全看了之后，终于开始好奇江行墨的长相。

一个能让自己喜欢的男人，长什么模样呢？

夏楚想看看江行墨的模样，结果搜遍整个网络，连他的一张照片都没找到。

他拒绝所有采访，不出席任何公开活动，在八爪鱼般的网络时代，如同穿了隐身斗篷，完全不露面。

对此，还有不少八卦，有说他长得丑，羞于见人的；有说他身体有缺陷，不愿暴露的；还有说他胆小怕死，得罪的人太多，怕被人发现的。

除了网络上没有他的照片，就连夏楚的手机、电脑里也没有他的照片。

高晴说夏楚爱江行墨爱得不得了，可她真没看出来。

爱一个人的话，会连他的照片都没有吗？！爱一个人的话，会连与他相关的任何信息都不关注吗？！

她的手机里唯一有的江行墨的痕迹便是那个电话号码——在通讯录里，淹没在无数电话号码之中，普通、平常、毫不起眼，没有备注、没有收藏，只是简单疏离的三个字——江行墨。

他仿佛是一个最不值一提的人，礼貌地留了个电话号码，彼此再也不会联系的那种。

夏楚觉得高晴想太多了，她对江行墨肯定不是高晴想的那样。

年少的夏楚尚不懂，经历了那么多、生命线都缠在一起的两个人，生活中怎么会毫无对方的痕迹？他们会这么陌生与疏离，这本身就是极不正常的。

她不懂：爱一个人，有时是会连对方的一张照片都不敢看的；爱一个人，也是会难过到连一句话都不能说的；爱一个人，反而真正想将他从心底剜掉。

夏楚又查了连线，它是由江行墨创立，十余年间便发展成互联网巨头的年轻企业。它的主要业务是做游戏和视频网站等，几乎是将如今最赚钱的项目一网打尽。

夏楚更觉得不可思议，她打小没玩过游戏，也不爱玩，如今却统领一家游戏公司，甚至还参与创造，成了创始人之一。

人生还真是无常。

晚上的时候，“晴格格”醒了。她捂着脑门，难受得不行，再看看喝得比她还多却什么事都没有的夏楚，就更难受了。

高晴幽幽地道：“十年前，我用一杯啤酒灌醉你；十年后，谁能灌醉你，我叫他爸爸。”

夏楚笑出声：“小心我真给你找个爸爸。”

“真能找到，我还得好生谢谢……”高晴话没说完，却愣了愣。

夏楚不知道她愣什么，半晌，见她哂笑道：“看来你还是有点儿醉了。”

这话更是让夏楚像个丈二和尚，摸不着头脑。她体会不到，但因为气氛变了，便也收敛了脸上的笑容。

高晴只是太久没看到她这般笑了，也太久没听到她说玩笑话了，很不适应。

九点左右，一个相貌平平的男人来接高晴。高晴和夏楚道别，临走前又嘱咐她：“好好吃饭，别熬夜，身体要紧。”

这话和夏妈妈的话一般无二，夏楚心里既热乎又很不是滋味。

她真希望高晴能多留一阵子，可显然这是不可能的。

高晴也有了自己的家。

来接高晴的男人见着夏楚很拘谨，皱起的眉眼中有着掩饰不住的讨好。

高晴面色却冷了下来，没给男人说话的机会，便大步离开。

男人只得跟上去，走之前还对夏楚连声说抱歉。

夏楚笑了笑，说道：“有空一起来玩。”

男人眼睛一亮，蹦出的光芒与情分无关，而是另一种让夏楚感觉陌生却又瞬间明了的色彩。

他们走了，夏楚又装了一肚子的问号。那是高晴的丈夫吗？

那是年少的高晴最不喜欢的类型。

龚晨呢？那个让高晴爱得死去活来，连高考都差点错过的男人呢？

夏楚摇了摇头，敛住思绪。

二十八岁的高晴，应该比她更成熟、更明白吧。

夏楚以为自己会失眠，但其实她睡得还不错。

床睡起来极其舒适，被子也非常熟悉，更让人叹服的是，屋中始终维持的温度——不冷不热，适合得不能更适合。

她什么都没调整过，也没发现可以调整的遥控器，仿佛屋子有了“思维”，自己能够判断温度，并且恰到好处，让人舒心至极。

虽然她睡得挺好，但天未亮时，闹钟响起的声音让她头发都奓了。

夏楚迷迷糊糊地看了看时间：凌晨四点整。

谁要四点起床！夏楚蒙着被子，翻了个身继续睡。

她这一睡却睡出事了。

“Megan，车到了。”凭空响起的声音把睡梦中的夏楚吓了一跳。

Megan 是谁？什么车到了？夏楚的脑袋放空了几秒钟后，瞬间清醒！

是了，她不是在高考后的暑假，而是来到了十年后，Megan 是她陌生的英文名。

夏楚拿出手机，看到才凌晨五点。这个点她要去哪儿？

夏楚硬着头皮起床，并不知道该怎么回应刚才的声音。她遵循身体的本能去了浴室，洗漱的时候愣住了。

眼前的镜子光洁明亮，极具设计感——夏楚不是被自己满嘴牙膏沫的样子给震惊了，而是被镜子上银蓝色的字吓得蒙了。

上面的字一行接一行，缓慢滑动，全是些“待办事项”！

洗漱镜都这么高级了吗？！

夏楚随手戳了一条，那名为“XL 研发组汇报资料片进度”的待办事项便弹开了，密密麻麻的字铺满了整面镜子。

紧接着，镜子最下方又弹出一行红色的小字：“请注意时间。”

夏楚神经一紧，赶紧洗漱。她匆匆地穿戴整齐，出门后看到一辆漆黑的车子。

一个身着笔挺的西服、身形修长、样貌英俊的男人向她行礼：“早上好，Megan。”

夏楚微微颔首，随着他开门的动作上了车。

她本以为这个男人是司机，不料司机在前头，这男人坐到了后座上，在她的旁边。

夏楚顿时有些尴尬……和一个陌生男人坐在一起……

但很快，她就没有时间尴尬了。这个男人简直是另一面洗漱镜。他坐稳后，拿出一台薄薄的笔记本电脑，开始向她汇报行程。

男人说话字正腔圆，声音也很好听，然而夏楚只觉得一个头两个大。

他在说些什么？

好在男人很适应夏楚的沉默，像之前无数日那般，利用这一个半小时的路程将夏楚的行程以及她前天安排好的事一一说给她听。

夏楚十分努力地听着，像高考前背诗句那样死记硬背。

时间掐得刚刚好，也不知是司机太准时，还是这位助理太准时，也许是两人都太准时，总之，车子停稳，夏楚下车的时候，助理也结束了汇报。

夏楚本以为可以了，可其实这只是一道小小的前菜，主菜还都在那深不可测的连线总部中候着。

可怜夏楚半点儿参观这个“庞然大物”的时间都没有。她从走进连线的那一刻起，再没一丁点儿空闲时间。

无数的人有无数的事等着向她汇报，无数的事又有无数种建议等着她裁定。

夏楚焦头烂额，原来，“雷厉风行”这个词不是主动，而是彻头彻尾的被动！

值得庆幸的是，她早上看了洗漱镜，更庆幸的是，她记忆力好，所以，那些玩意儿她虽然看不懂，却给了她重要的提示，再加上身体和脑袋似乎都还残留着相关记忆，以至于整整一天过去了，都没人发现他们的夏总“换”了。

下午六点的时候，她终于有了自己的时间，助理给她送来一杯咖啡后，便悄声退了出去。

夏楚坐在办公桌前，看着冒着香气的咖啡，只觉得困得要死。

再撑一会儿，应该要回家了吧……

夏楚喝了咖啡，可惜这玩意儿也顶不住她强烈的睡意。她迷迷糊糊地趴在桌上睡着了。

这姿势她熟悉得很，哪个高中生没趴在课桌上补过觉？！因为太熟悉，她睡得还挺香，甚至做了个梦。梦里，她拿到了Q大的通知书，开心得一蹦三十米高，可惜蹦得太高，降落时有些可怕了。

夏楚只感觉到一阵失重感，接着她从梦中惊醒。

这样趴着睡的坏处是，胳膊麻了，麻木得好像不是自己的。

夏楚努力适应了一下，在臂膀处传来钻心的麻和痒时，终于清醒了。

周围很静，而且很黑，她看了看手机，顿时瞪大了眼。

凌晨两点！

她这一觉睡得也太夸张了！

怎么都没人来叫她？！这帮家伙是只管自己下班，不管她的死活吗？

夏楚哪里知道，放眼整个连线，除了那一位，再没人敢在她工作时打扰她。

凌晨两点算什么，通宵工作对夏总来说也是常态，他们谁没收到过她于凌晨一点、两点、三点或四点发来的邮件？！

此时的夏楚却有些害怕了，连线公司总部的建筑很另类，不是常规意义上的高楼大厦，而是一个占地极广的庞然大物。其中错综复杂，由各种通道形成了无数的线，将各部门都连在一起，像个具象化的互联网络。

白天夏楚没时间看，现在夜深人静了，再看却只觉得瘆得慌。

人都走了，灯都灭了，空荡荡的庞然大物仿佛一艘邪恶的飞船，随时会冒出可怕的怪物。

夏楚小心地走着，越走心底越慌，越走越害怕，于是步子更快了。

可是，其实她根本找不到出口在哪儿，她这般乱走，也许是越走越里面了。

——直到她看到一道灯光。

夏楚眼睛一亮，心中想的是：太好了，有人！

几步过去，夏楚发现这是个开阔的办公区，灯光亮在最深处，光芒不盛，甚至有些昏暗，可在黑暗的空间中，已经是最美好的一道光。

夏楚先听到一阵流畅的键盘敲击声，这声音很轻、很连贯，本该是枯燥乏味的，却因为周遭太静，反而有了莫名的韵律，像是音乐厅中的古典乐，沉沉地响起，为华美的篇章做铺垫。

她忍不住放轻了脚步，走近后，看到了一个男人。

灯光之下，他斜靠在工学椅上，一双长腿放在旁边的椅子上，整个人散漫得不成样子，唯有修长的手指像钢琴家一样在键盘上演奏着大气磅礴的史诗。

夏楚心中微讶，她都不知道自己在惊讶什么，只是心不经意地晃了一下。

更荒唐的是，她竟然生出了转头离开的冲动，好像灵魂深处有个声音在警告她：离他远点。

真是莫名其妙。

夏楚并未当回事，甚至将视线从他的手上挪开，看向了他的脸。

这一看，她猛地一怔。

男人专注地盯着屏幕，额头上有发丝落下来。

从夏楚这个角度看，阴影遮住了他的眼睛，却突显了高挺的鼻梁和极薄的唇。在淡淡的灯光下，他棱角分明的侧脸像完美的雕像，出自神之手，跌落在人世的灿烂中，还真是有够好看的。

夏楚有点儿紧张，手指微微缩了一下。别怪她，放眼整个青春期，她周边的男生要不长得像教科书一样死板，要不脸上的痘比元素周期表上的元素还多，有个稍微顺眼的，还弄了个乱糟糟的发型，辣得她眼睛生疼。

眼前这个男人只穿了寻常的T恤和长裤，头发还有点儿乱，姿势更是散漫到没礼貌，可五官实在是太惊艳，是一种无法形容的好看，尤其在这深深的夜里昏暗的灯光下，更是添了几分不真实感，仿佛他不是个真人，而是夏楚尚未醒来的梦。

夏楚站了好一会儿，对方都没看她一眼。

夏楚也弄不清他是没发现她，还是发现了却不理睬。

他很忙，精神也很集中，手指极快地在键盘上飞舞着，屏幕上一行行代码往上跳，好像在搭建一座通往未知世界的阶梯。

夏楚饶有兴致地看了一会儿，终于还是没忍住，出声了："你……"

她只说了一个字，男人的手立马停下，紧接着像是被拉紧了弦一般，周围的气氛变了，夜更深，灯光更暗，骤然积压在一起，像是一场可怕的狂风暴雨。

夏楚心底一颤，正想为自己贸然打扰他的行为道歉，男人的视线已经投向她：那狭长的眼睛冷冰冰的，像根刺一样，深深地扎进夏楚的心脏。

夏楚呆了呆，发现自己喉咙紧得很，完全发不出声音。

怎么这么吓人？熬夜的人生起气来愤怒值翻倍吗？

男人这时才看到她，明显怔了一下，视线竟然柔和了一些，只是眉心紧紧地拧了起来。

“什么事？”他开口询问，声音响在静谧的屋子里，冷冷清清的，好像连中央空调的温度都跟着降了几摄氏度。

夏楚总算找回了自己的声音，有些拘谨地说：“这么晚了，还不回去吗？”

她这话问得挺客套，应该也挺亲和的，毕竟是同事，这样说没什么问题吧？

可这个陌生的男人盯着她，眸中全是审视。

夏楚被他看得极不自在，忍不住补充道：“嗯，工作到这么晚，对身体……”

她还没说完，男人便打断她道：“你想我回去？”

他问这话时，声音很轻，还有些突兀，夏楚总觉得似乎哪儿不太对，可又分辨不出。

她说道：“回去吧，已经凌晨三点多了。”

男人却重复了一遍刚才的问话：“你想我回去？”

这次他问得更轻，字句更分明，仿佛把每个字都掰开了，一笔一画地放在了她的面前。

夏楚目露疑惑，觉得自己可能多管闲事了，于是改口道：“已经很晚了，我希望你休息一下，当然，具体情况还是要看你自己。”

听到这话，男人的嘴角又染上了讥讽的笑，眼神也凉了下来。

他不再看夏楚，转头盯着电脑，手重新放在了键盘上。

他一句话没说，夏楚却感觉到了清晰的“逐客令”。

好心被当驴肝肺！

夏楚决定不理这人了：爱加班就加班吧，谁要管！

她气冲冲地走人，头也没回！

随着她的脚步声响起的是键盘的敲击声。

键盘的敲击声渐渐变小，脚步声也逐渐远去。

在这个名为连线的庞然大物中，这道微弱的光芒牵不住背道而驰的两个人。

夏楚总算走了出去，发现外头停着一辆车。司机换了一位，精神抖擞的样子，一看就是习惯夜晚上班的。

夏楚了然，看来自己凌晨回去是常态，连司机都有替换的。

凌晨四点，她才回到那栋华丽的海边别墅。躺在床上时，她才意识到一个残酷的问题。

如果她早上五点就要起床，那她折腾这么久回来是闹哪样？

“什么鬼啊！”夏楚哀号一声，翻身把自己的头埋在枕头下面。

第二天，夏楚凭着高三生的惊人毅力爬了起来，洗澡是闭着眼洗的，刷牙是双目放空刷的，反正她也搞不清那些化妆品，干脆不用了。

她就这么素面朝天地出门，她的助理，也就是昨天那位帅哥——Ethan 也还是目不斜视的样子。他有条有理地给她说着今日的行程和一些需要紧急处理的邮件。

夏楚昏昏欲睡，好在她的脑袋似乎早就适应了这些，所以，在这么累的情况下还能应付。

硬撑到晚饭后，便没人来打扰她了，她看着邮件的眼睛酸痛，上下眼皮直打架。

成功人士不好当啊，这是要折寿的！

可怜的夏楚不敢懈怠，她得适应，要努力熟悉，要不然她就该从首席执行官变成首席大笑话了！

爸妈还在欧洲旅行呢，回头她没了工作，他俩得多担心？

想到这些，夏楚终于打起精神，硬生生地看了一小时邮件。

然而七点后，她彻底撑不住了，脑袋一歪，又睡了。

她这一觉又睡到凌晨，不过比昨天早了一个小时……

夏楚懊恼地起身，搓了搓脸恢复一下精神。

回去还能睡两个小时……夏楚想想就心酸。可身体比她的脑袋动得还快，哪怕只能回去睡那么一会儿，这身体也渴望回去。

大概是习惯了吧，习惯了那个家……夏楚这么想着。

出了自己的办公室，夏楚又想起昨晚见到的男人。

他会不会又在加班？夏楚想去看看，可想起他不知好歹的模样，又懒得去看。

连线的程序员多如牛毛，夏楚不认识他，估计他也没认出她，要不他哪敢跟她这位首席执行官摆架子！

夏楚不想见他，特意绕了道走，可惜她对这地方还是陌生得很，走着走着就迷路了。

这一条条道路都通往哪儿？！这一个隔间一个隔间又都是些什么部门？！

茫然的夏楚走得越发困乏，直到她看到那间略显杂乱的办公室。

昏暗的灯光、敲击的键盘声、懒散的男人，还有他那冰冷傲慢的神态。

夏楚掉头就走，那男人竟背对着她开口了：“你到底要干什么？”

说这话时，他眼睛盯着屏幕，手上敲着代码，仿佛说话的人不是他。

夏楚很不爽，可她又不能说自己迷路了，于是硬着头皮说：“路过。”

男人轻笑一声，长腿一撑，将椅子转过来，他的视线也精准无误地捕捉到她。

明明是他坐着，她站着，可她愣是觉得自己比他矮了半个头。

夏楚不想输，于是挺挺胸，想摆出气势。

咕噜。

气势还没摆出来，她饥饿的肚子就出卖了她。

夏楚：“……”丢死人了！

咕噜。

又是一声响，比刚才还响一些。

夏楚眨了眨眼，意识到这声音是来自对面男人的。

凌晨两点，两个加班加点的人都饥肠辘辘，似乎也很正常……

夏楚到底还是年轻，被这咕噜声一打乱，心情倒是莫名地好些了。

“你也饿了？”

男人：“……”

夏楚道：“这么晚，可没东西吃了。”

男人的嘴角又扬起讽刺的弧度，他起身在旁边的抽屉里翻了一下，拿出一盒泡面。

他竟然有储备粮！夏楚看得眼睛都要绿了！

这人却没看她一眼，拿着泡面迈开长腿，径自去了茶水间。

夏楚只能站在原地……其实，她该走了，同是加班饿肚子的人，人家有粮，她吸气，很惨了。

可想想回去了也是饿着睡，她又忍不住瞥了一眼那还开着的抽屉。

里面似乎还有一盒泡面。

什么味的，她不知道，能填饱肚子是肯定的！

夏楚以前就特怕饿，可因为脸蛋日趋圆润，她硬是忍着少吃，如今却没这顾忌了，她瘦得像竹竿一样，吃盒泡面怎么了？！

在闻到泡面的香气后，她更是饿得挪不动腿了。

从茶水间出来，看到夏楚还站在原地，男人挑了挑眉，表情有些诧异，他似乎以为她早就走了。

夏楚也想走，但她的腿已经被肚子支配，不听脑子的使唤了。

又是咕噜一声响，来自夏楚的肚子。

夏楚尴尬得想找个地洞钻进去。

男人微怔，盯着夏楚看了一会儿后，开口问：“要吃吗？”

“吃”这个字蹦到夏楚的嘴边，可因为太羞耻，她愣是没将它放出来。

虽然饿极了，但夏楚还是敏锐地捕捉到了男人语气中的讽刺——不止如此，似乎还有些挑衅的意味，好像认定了她不会吃。

见她不出声，男人皱了皱眉，冷笑一声后又坐到了工学椅上：“我这儿只有这个，爱吃不吃。”

我那里还什么都没有呢！夏楚心一横，决定犒劳自己一把，于是冲过去捞起泡面，瓮声瓮气地道：“借一盒，回头还你。”

说完，夏楚便绕过他，冲进茶水间。

她走得太快，以至于并未看到身边男人错愕的眼神。

夏楚撕开泡面上面的盖子时，才觉得自己这事做得有些荒唐。深深的夜，空荡荡的屋子，陌生的男人……

转念一想，她又释怀了，这儿是他们的公司，她和那个男人也算是同事，向同事借盒泡面不为过吧？但愿她这位同事不会小肚鸡肠地为一盒泡面斤斤计较。

泡好泡面后，夏楚也没走出茶水间。她在里头坐下，忍耐了五分钟后，吃了这辈子最好吃的一盒泡面。

她往常吃饭慢，这次却狼吞虎咽，恨不得把汤汤水水都喝下肚。

人嘛，饿极了，吃什么都是旷世佳肴。

填饱肚子后，一阵阵睡意便涌了上来，夏楚收拾一番，打算回去睡了。

她走出来时，外头的男人已经重新坐到电脑前，聚精会神地盯着屏幕，仿佛那一串串未知的字符中有着真正的世界。

夏楚到底是占了便宜，念在泡面的情分上，就顺手帮他带走垃圾。

本想着要道别一下，可见他如此专注，她便没再打扰，转身离开了。

她刚走，紧盯着屏幕的男人便微微抬头，狭长的眼睛盯着她纤细的后背，若有所思。

回家的路上，夏楚有些好奇，那人究竟几点回家？几点睡觉？这样没日没夜地工作，到底是在忙什么呢？

可能是工作效率太低吧。夏楚琢磨着，有人十分钟就能做完一张卷子，有人得花一个小时，这也是没办法的事。

她这样想想，觉得那男人也挺可怜的：天赋不行，只能靠努力来凑；再加上脾气不好，估计也没人帮他，大概还受人排挤。

都不容易。夏楚想想自己的处境，顿时心有戚戚焉。

第三天。

夏楚虽然凭着身体的本能适应了这快节奏、高强度的生活，却还是面临着巨大的危机。

游戏组的新资料片出现了技术问题，一直调试不好，而上线的日期已经近在眼前，跳票的话，一连串的损失会让人头皮发麻。

新游戏《血猎》却已测试完毕，亟待宣传、发布，可宣传部给的策划案让夏楚这个外行人看着都觉得是在胡闹。

还有视频网站那边，投标的几部电视剧全没拿下，已经投资的影片剧组却狮子大开口，疯狂地要求增加投资。

…………

一大堆事摆在眼前，夏楚不敢妄动，生怕自己一个决策失误，会导致连锁反应、全盘皆乱。

后几件事还可以暂时放一放，资料片上线的事却是刻不容缓的。可她没别的招，只能寄希望于技术部，想着他们能自行解决问题，而不用她这个什么都不懂的人去给建议。

焦头烂额的一天结束，这晚夏楚没睡，还在认真地看着会议记录，重听一遍之前会议上他们给出的意见，努力跟上他们的思维。

她再一抬头，已经十二点多了。

夏楚揉了揉后颈，觉得又累又饿又困。

只不过这样连续工作了三天，她已经吃不消了，真不知道二十八岁的自己是怎么过的日子。

她心里还惦记着还泡面的事，瞅瞅时间不早了，索性不看了，起身去找“债主”。

走了这么多趟，她已经熟悉了，去得很顺利。

不料她到了，办公室里却没人。

加班狂魔终于下班了？

夏楚有些诧异，不过还挺开心的。她怕他猝死，回头她这个“老板”是要担责任的！

夏楚转身，刚要走，却被吓了一跳。

她身后戳着一个人，个子那么高，肩膀那么宽，几乎把她整个人都给罩住了。

他居高临下地看着她，重复了昨天的话：“你到底要干什么？”

昏暗的地灯向上映照，男人的脸上也是明暗参半，显得薄唇更薄，鼻梁更挺，那双冷淡的眸子因为隐在黑暗中，也显得越发高深莫测。

夏楚后退了一步，感觉压力骤减后，才扬了扬手里的东西：“还债。”

男人紧皱着眉，夏楚却已经退到办公室里。她偷偷舒了一口气，拍拍自己狂跳的心脏——深更半夜的，能不吓人吗？

夏楚还是很讲究的，借的是泡面，还的却是便当。当然，这不是她自己做的，只是麻烦 Ethan 下班前帮她订好的。

泡面固然好，吃多了也会腻，还是饭菜吃得舒坦。

夏楚将便当摆好，男人却倚靠在门边，亮着一双眸子盯着她，也不知道是在想什么。

“吃吧，我热过了。”夏楚招呼他。

男人没动，视线也没挪开，只这样眼睛一眨不眨地看着她。

夏楚纠结了一下，还是说道：“昨晚……谢谢你的泡面。”

这一声道谢对夏楚来说是应该的，但给对面的人带来的冲击是她难以想象的。

他站在原地，眉头皱得更紧，眼中的情绪也复杂到了极点。他看着她，看着她澄澈的眸子，看着她毫无防备的神态，心底猛地生出一阵烦躁的情绪。

就在这时，夏楚问他：“对了，你叫什么名字？”

一句话像轻盈的风，将他心里的所有烦躁都吹散了。

“你……说什么？”男人的声音在深夜中有些空灵。

夏楚察觉到一丝异样，不过她想不出有哪儿不对，两人好歹也见过几次了，还一起吃了顿饭（泡面），怎么也该知道对方的姓名了吧。

夏楚觉得自己没错，便理直气壮地道：“我该怎么称呼你？”这次她有礼貌了一点儿。

男人直直地看着她，眉心比往常皱得更紧，眸中的锐利却淡了一些。又过了好一会儿，他才道：“你问我的名字？”

夏楚狐疑地道：“不可以吗？”他的名字很难听吗？

与可不可以无关，而是很荒谬。

他们认识了八年，在一起的时间可能超过六万个小时，她甚至还成了他的妻子。

现在她问他的名字，用陌生、带着些好奇的眼神看着他。

江行墨不知道她要做什么，但他没兴趣陪她做戏。

他薄唇微张，讥讽地道：“Dante。”

“Dante？”夏楚竟还用字母拼了一下，问他，“对吗？”

江行墨：“……”

夏楚笑道：“挺眼熟的名字。”

叫了八年自己老公的名字，只是眼熟吗？！怕是耳熟、心熟，哪儿都熟吧！

可怜这时候的夏楚完全没了出国后的记忆，对英文名很不敏感，根本没联想到不久前的百度百科——“江行墨”三个字后面赫然跟着“Dante”这个英文名。

其实联想到了也没什么，她只会以为是同名的巧合，完全不会想到眼前的人是她的丈夫，是被高晴骂了又骂的江行墨。

江行墨是连线的创始人，是她的“顶头上司”，是创下奇迹的商业巨擘。

他怎么可能会在这么一间破破烂烂的小办公室里加班熬夜？！他的办公室肯定是整个连线最神秘、最华丽的地方吧！再说了，这时候他八成在某栋奢侈的别墅里左拥右抱呢！

知道了他的名字，夏楚礼尚往来地介绍了自己。

说出自己的名字后，夏楚认真地盯着Dante，见他面上神色丝毫未变，了然道：“你早就知道我是谁了吧。”

底层的员工可能没见过老板，但肯定知道自家老板的名字。

“夏楚”二字一出，Dante毫无惊讶之态，足以见得他早就认出她了。

这也正常，夏楚经常抛头露面，因为年轻女总裁的噱头太足，她甚至比某些小明星还“红”一些。

夏楚挺佩服他的，换作是她，要是知道眼前这人是公司的老板，肯定尿得不敢和对方说话。而他呢，不仅不尿，还给她甩脸子！

难怪他这么拼命工作，也还只是个小小的程序员，就这情商，怕是难成大事——夏总想得很深远。

看了看便当，夏楚怕凉了，赶紧招呼他：“快来吃吧，总吃泡面对身体不好。”

江行墨走了过去，坐在她的对面。

夏楚见他“大爷”一般的模样也没计较，还好心地给他递了筷子。

江行墨伸手接了过来。

夏楚饿得很，夹起一块酿茄子吃得津津有味：“嗯，这个不错，你尝尝。”

食不言，寝不语，江行墨多久没和夏楚一起吃饭了，又有多久没听她在吃饭时说话了？！

“我不吃茄子。”江行墨夹了块小土豆。

夏楚诧异道：“你竟然不吃茄子。”

江行墨顿了一下，抬眸看她：“你爱吃？”

“当然，”夏楚道，“多好吃，尤其是酿茄子，做好了简直是人间极品。”

江行墨却未再说什么，只是沉默地吃着。

在夏楚以为他不会再开口时，他却忽然出声了：“我以为你讨厌吃茄子。”

夏楚愣了半晌，才回过神来：“你以为？”

江行墨本无意隐瞒，这时却鬼使神差地来了句：“百度百科上写的。”

夏楚吃了一惊，难道十年后的她终于把茄子给吃腻了？！

她停下继续攻向酿茄子的手，斟酌道：“那都是不准的。”可是，她不敢再夹茄子吃了。

她这些小动作全被江行墨看在眼中。他又联系了一下这两天的事情，一个不可思议却又合理的可能性摆在他的面前。

他不动声色，再度试探道：“一会儿你能帮我个忙吗？”

夏楚一听，还挺开心的，她是“霸道总裁”，罩一个混得很差劲的小小程序员，还不是轻而易举的事吗？

她道：“你说。”

江行墨道：“吃完饭吧。”

夏楚应道：“行。”

夏楚本以为Dante让她帮的是与她的职权相关的忙，结果，饭后他开了电脑，指着屏幕道：“这一段有问题，你帮我看看吧。”

夏楚：“……”

江行墨道：“我测试了几个条件都不对，你方便的话，帮我改一下？”

屏幕上密密麻麻的全是字符，它们分开，她全认识，凑在一起，就一个都不认识了！

江行墨又道：“如果改好了，我就可以早点下班了。”

他刻意压低声音，染上了明显的期许，这让本来就好听的声音越发动听了。

夏楚心一软，很惭愧了。

按理说她这个斯坦福大学毕业的高才生肯定会的！可如今的她……

夏楚正琢磨着该如何脱身，江行墨忽然又道：“这样可行吗？”说着，他凑近她，将胳膊伸到她的身前，骨节分明的手指在键盘上敲了几下。

夏楚只看到他的手指动了动，哪里知道他做了什么。

江行墨的声音掠过她的耳畔：“可以了。”

夏楚身体微颤，连忙道：“对！是这样的，你看你还是很厉害的，自己想出来了。”鬼知道她的心跳得有多快，不，鬼都不知道，是贼知道——做贼心虚嘛！

夏楚生怕再有难题，起身道：“我差不多该回去了，你也赶紧收拾收拾下班吧。”

江行墨看着她，轻声应道：“好。”

夏楚不敢再看他，溜得极快。

她走了，江行墨却没走。他坐在椅子上，聚精会神地看着屏幕上刺眼的错误。

这是一个夏楚绝不会容忍出现的错误，可刚才的她视而不见。

如果这都是装出来的，那她的演技真是更上一层楼了。

江行墨心思一动，将网络上“江行墨”与“Dante”所有的关联抹掉。

百度百科上的江行墨没了英文名，所有称谓为Dante的新闻也都被替换成了江行墨。

第四天，夏楚觉得自己到极限了，不是身体累，而是把持不住这局面了。

CEO 什么的，听起来炫酷，却真不是人干的。

二十八岁的 Megan 做得游刃有余，而十八岁的夏楚……只想躺在床上睡个好觉！

再过三天，新的资料片就该上线了，可那个要命的技术问题还是没有解决。这一早的路上，Ethan 都在说这事，他详细汇报了技术部关于这个问题进行的调试以及可行的解决方案。

夏楚是半点儿睡意都没了，紧张得不行。别的她不懂，但错过日期后造成的玩家反感和相继要进行的补偿都是惊人的，更不要说公司已经进行了如此大手笔的宣传，已将热度炒到最高，这时候资料片却没法上线，造成的无形损失更加致命。

Ethan 一直是冷静沉着的，四天来从不发表自己的意见，只是将一切摆在夏楚面前，等着她裁夺。

今天他破例了："Megan，你要不要去一趟技术部，帮他们参谋一下调试方案？"

夏楚不是不想去，而是去了也没用。她能参谋什么？她连这个游戏是什么内容都不知道！

夏楚有苦难言，只能含混道："明天吧。"她再给他们一天时间，也许会有奇迹发生，说不定不用她出面问题便解决了呢！

Ethan 欲言又止，但因夏楚目不斜视地看着前头，他硬是把话收了回去。

究竟是怎么回事，没人比 Megan 更清楚，他多说也是让她徒增烦恼。

这一天结束，夏楚有了辞职的心思。

她琢磨着该告诉董事会自己一朝退回十年前，没办法胜任这份工作了。

但是，谁会信？况且，她的日子本就不太平，真用这样的理由辞职，她以后的人生就完蛋了。

夏楚晃了晃脑袋，恢复精神了。

她一边查术语，一边看调试记录，脑袋仿佛被分成了两半，一半是水，一半是面，搅在一起是好大一团糨糊。

凌晨一点，夏总撑不住了。

她站起身伸了个懒腰后，觉得自己不用辞职了。出了这么大的问题，她很快就会被赶下马。

夏楚心情糟糟的，还无处说，这时想到了 Dante。

虽然这家伙总是臭着脸，说话还冷嘲热讽的，但同是人生失败者，夏楚同情他，也同情自己。

来到这边的办公区，她远远地便看到懒散地靠在椅子上的男人。

灯光是柔软的，电脑屏幕却是冷色调，对撞的色彩勾勒着他的面容，让他处在冷与热之间，如初春凉夜中薄软的月光，似乎暖和，似乎冷凝。

夏楚站在原地看了一会儿，心中想的却是：长成这样，何必在电脑前浪费青春，去娱乐圈混肯定大红大紫。

转念她又想到他连她这个超级大老板都不会讨好的情商……罢了，他如果进娱乐圈，怕是要被欺负得骨头都不剩。

夏楚径直走了过去。

她发现只要她不开口，这家伙根本不会发现她。他做事专注到这个地步，简直像进入另一个世界。

夏楚干脆拉了一把椅子，坐在旁边看他。之前她也打量过他很多次，只是视线总忍不住被他的脸蛋吸引过去，别处就看得不太仔细了。

这会儿夏楚仔细看了一下，不由得更加同情他。

他生得好看，处处都挑不出瑕疵，但这一身衣服很是老旧，洗得还有些发白，边边角角瞧着也不工整。

以夏楚逛夜市和对地摊货的经验判断，这衣服五十块两件，不能更贵了。

他穿的裤子也是最寻常的牛仔裤，似乎还有点儿不合身——腿太长，裤子略短。

这怕是穿了好几年的吧，夏楚不由得又是一阵唏嘘。

其实这才是正常的人生吧，在大公司里打拼，省吃俭用，熬夜加班，只是为了一步一步地走向更好的生活。

她这一觉醒来，生活是非常好了，却不是一步一步走来的。

她一看一想，却出神了，再回神时，是因为Dante动了。

男人的眼睛盯着屏幕，左手还在键盘上，另一只手在桌子上，似乎在摸索杯子，可怜杯子在桌子的最外头。

夏楚不禁一乐，心想：至于吗？喝口水都不用心！

眼瞅着那修长的手指瞎摸半天都没碰到水杯，她心生恻隐之心，想帮他把杯子拿过去。

不料她刚握住杯子，心不在此处的男人也伸手过来。

夏楚想将手收回来，却已经晚了，Dante将她的手和杯子一起握住了。

水杯是冰凉的，男人的手却是滚烫的，手被夹在中间的夏楚只觉得脑袋里嗡了一声，分不清是凉还是烫了。

江行墨终于发现了她。他看了看两人同时握住杯子的手，怔了一下。

夏楚赶紧将手挣脱出来，小声道："我看你要喝水，就想帮你把杯子拿过去……"谁知道你胳膊这么长，杯子这么远还够得到！

江行墨握紧杯子，没开口，先喝了口水。

他的动作是冷静自若的，只有杯子知道，它被握得有些紧。

放下水杯后，江行墨随口道："什么时候来的？"

夏楚看了看时间道："半个小时前了。"

江行墨看向她："怎么不叫我？"

夏楚撇了撇嘴："还用叫吗？！"这么安静的屋子，她这么个大活人来了，他都没感觉？！

她这模样让江行墨又怔住了，但很快，他借起身敛住了所有情绪：“还不回家？”

夏楚反问他：“你不也是？！”

这话题开得不好，江行墨动了一下手指，似乎想拿什么东西，但想到夏楚，又收住了。

夏楚并未察觉到，她满心都是自己的事，心烦得不行。

资料片不能准时上线、新游戏宣传不到位，还有拍了一半停工的影片……一堆乱七八糟的事，可怜她毫无办法。

“唉……”夏楚一副有气无力的模样。

江行墨明知故问：“怎么，遇到什么事了？”

夏楚看他一眼，摆手道：“每天都有很多事。”

她没法和Dante说，说了也没用。Dante不过是一个小小的程序员，自己的代码都写不明白，哪里能知道她的难处。

江行墨难得好性子地说：“把事情好好捋一捋，总能找到头绪。”

夏楚也明白这个道理，只是她根本不认识“头绪”，哪怕真把它捋出来了，与它也是相见不相识。

夏楚不是来寻求帮助的，也没指望Dante能有什么好主意，只是无处可去而已。

“不提这些了。”夏楚问，“还有泡面吗？”

江行墨：“……”

夏楚歉然道：“我今天太忙了，没来得及订夜宵。”其实不是来不及，而是没好意思，夏楚觉得自己马上要闯大祸了，哪还好意思指使Ethan做这做那。

江行墨哪还有什么泡面，之前也是随手翻到，拿出来是故意招惹她。

不料她还吃上瘾了。

江行墨道：“没了，你想吃东西的话……”还没说完，他顿住了。

夏楚却没当回事，摆摆手道：“算了，太晚了，我回去睡觉了。”

江行墨：“嗯。”家里有智能厨房，点几下就能做出菜，饿不着她。

夏楚走之前又对他说道：“你也别太拼，做不完就向领导反映，别因为年轻就不把身体当回事。”

江行墨看向她，头一次说了这么长一段话：“也还好，只是刚接手不熟悉，但看了别人的工作手册，倒也能明白。开始慢了些，等走上正轨后，就轻松了。”

这时夏楚还没当回事，以为这是Dante随口说的客套话。等回到家，躺在浴缸里时，她忽然灵机一动。

工作手册！为了员工间工作交接方便，连线要求所有人都做好工作记录。

那她有没有？

肯定有！夏楚睡不着了，爬起来打开笔记本，登入公司系统后，果然找到了。

这一看，夏楚喜形于色——好详细、好周全、好强大。

夏楚太佩服十年后的自己了，工作手册得如此详尽，小学生都看得懂！

而且手册中有各种链接，她只要点击名字，就能进入相关人员的介绍。这下好了，她不用怕去技术部却不知道谁是谁了！

更厉害的是，夏楚发现还有搜索功能。她饶有兴致地输入这几天遇到的很多问题，得到了想要的答案。

夏楚心情大好，起了玩心，于是输入“最信任的下属”。

手册弹出“Ethan”，后面还跟了Ethan的履历、薪酬，甚至还有他的生日备忘录。

夏楚垂涎了一下自家助理惊人的年薪后，继续搜索了几个寻常的问题。

最后她心思一动，输入了“最喜欢的人”。

她觉得这工作手册像自己的日记本，没准儿能发现一些了不得的东西。

电脑那头，攻击进入自家公司后台，装成工作手册的江先生：“……”

夏楚满心期待地等着答案，似乎这次略有卡顿，是网速不好吗？

不等她多想，答案已经出来了。

——对不起，搜索不到相关内容。

夏楚有点儿失望，不过也能接受：毕竟这只是工作手册，怎么会记录私人的感情问题？！

正当她打算输入其他问题时，这个厉害的“工作手册”竟又闪了一下。

——根据输入内容，在网络中搜索到以下信息。

厉害了！夏楚眼睛亮晶晶的，饶有兴致地看过去，原来这手册不仅和内网相连，还可以搜索外网呀！

画面一闪，一大段文字出现在屏幕上。

——据数据统计，已婚女子最喜欢的人是自己的丈夫。

——与你有合法婚姻关系的是江行墨。

——你喜欢江行墨。

夏楚也没生气。她觉得手册到底是手册，虽然看起来挺厉害，可也只是个程序。

搜索到的东西是概率性的，不是人性化的。理论上来讲，妻子喜欢丈夫，没毛病。但世间婚姻千百种，不喜欢自己伴侣的人也多了去了。

夏楚想了一下，打开新的一页，记录了新的笔记：最喜欢的男人——夏侯真；最喜欢的女人——杨佳蓉。

夏侯真是她爸，杨佳蓉是她妈。他们才是她最喜欢的人！

她写这些倒也不是因为好玩，想的是万一哪天她再回去了，也能提醒一下自己：珍爱父母，远离渣男。

可怜她不知道这工作手册那头还有个人。

而这人看到她输入这行字时，心脏犹如被扔在疯狂冲刺的过山车上。

夏楚悬了这么多天的心终于放下来一些。

她要去技术部，她要勇敢地面对问题！

成败与否，就看工作手册的内容了！夏楚有了自己的工作手册，整个人都有底气了。

去公司的路上，夏楚对Ethan说：“八点的会议推一推，我去一趟技术部。”

夏楚一路来到技术部，推门进去时，立马有几个人围了上来。

因为工作手册，她认得他们。

前头这位额头鼓了三个包、嘴角都干裂的男人叫曹思远。他是负责调试的重要工程师，也是夏楚的“心腹大将”。

曹思远一看夏楚来了，像见到救星似的，恨不得挤出一行泪：“Megan，你可算来了。”

夏楚：“……”

她真想说：大叔，你别哭，你哭起来，我受不起！

曹思远已经三十五岁，十八岁的夏楚把他当大叔还真是理所当然。

当然，这不是放声大哭的时候，如今资料片上线迫在眉睫，再不抓紧些，他们连哭都不用哭，直接卷铺盖回家得了。

曹思远再没半句废话，引着夏楚过来，麻利地操作着眼前的系统。

夏楚表面上聚精会神地看着，可实际上神思早就飞到九霄云外了。

同样是程序员，曹思远还是位高级工程师，可瞧他那胖乎乎的手，再想想Dante那修长白皙的手指……没有对比，就没有伤害，夏楚叹息：老曹毕竟“老”了，比不得二十岁的小年轻。

转念她又想到自己也二十八岁了，可能比Dante还大好几岁，她就被虐了一脸。

曹思远这几日没少熬夜，嗓子都被烟熏得哑了。他对夏楚说：“这几个bug（计算机领域专业术语，意思是漏洞）始终没法解决，我尝试了新的算法，重新编写了这一段，但就是匹配不上……”

他吧啦吧啦地说着，夏楚只能凝神听着，看似认真，其实心里早就乱成一团。

不过她往日里积威甚重，大半技术部员工是她的忠实粉丝，所以，他们丝毫不会怀疑自家女神看不懂。

曹思远一口气说完，虽然问题还没解决，但见着夏楚，他已经觉得全都不是事了。

三年前他从未想过自己会在这方面佩服一个女人，而如今他对Megan佩服得五体投地，奉若神明。

夏楚点了点头，在老曹满是期待的眼神下问了句不相干的话：“徐之翰呢？”

曹思远愣了一下，竟不知该如何开口。

夏楚又问道：“冯宇恒、朱睿、贾庆天……这帮人都一起休假了？”

多亏她记忆好，将昨晚恶补的东西都依原样放在脑子里。

徐之翰是游戏组技术部的主要负责人，其余几个人也都是高级工程师，是应该在这个紧要关头忙碌的人，可此时他们全都不在。

夏楚询问的语气很平静，却让曹思远等人甚至是Ethan都听得后背生寒：夏楚往常都是叫他们的英文名的，现在却直呼中文名，这是动怒了。

而且……徐之翰这些人在哪儿，Megan会不知道吗？！

她比谁都清楚，如今却问起他们，显然是……

曹思远想到那些传闻，顿时尿得不行，半个字都不敢说了。

最后还是 Ethan 开口了，对夏楚说："Alvin、Ron 他们都在 D 实验室。"

D 实验室？这是什么？夏楚可没搜索过这个。

她昨晚认真研究过之前类似问题的解决方案，大多数情况下，她是直接临时担任"技术主管"，凭着自己过人的本事，亲自带队把问题解决掉。

现在的夏楚哪里做得到？！于是她翻看到在 Megan 外出的情况下，遇到技术问题该怎么办。

接着她就看到徐之翰等人的名字。她不擅长记英文名，所以记下了他们的中文名，想着今天来找他们，动员一下，鼓励一下，让他们把问题给解决了。

她这一来可好，技术骨干只剩下老曹，其他人全都不在！难怪问题迟迟解决不了，大敌当前，主将消失不见，只留一些小虾米，守得住城才叫奇怪。

夏楚心里着急，面上却不好表现。她不知道 D 实验室是什么，也没时间去弄清楚，眼下的情况亟待解决："我不管他们在哪儿，半个小时后，他们必须出现在这里，明早八点前解决不了这个问题，后果自负。"

面上冷若冰霜的夏总其实心里慌极了：头、头一回凶人，不会挨揍吧……

她这话说完，整个办公室都陷入静默，只能听到主机运行发出的微弱的嗡嗡声。

所有人心中都涌起惊涛骇浪——因为挨训了？不，而是因为夏楚话中的深意。

压抑了半年，这对创造了奇迹的夫妻，终于向对方宣战了吗？

想到此处，曹思远竟热血上头。他有些结巴地说道："Megan 放心，明早八点前，我们一定把问题解决掉！"

Ethan 看了他一眼，就见他目不斜视，一副"慷慨赴死"的模样。曹思远知道 Ethan 在暗示他，但是他不管了，夏楚是 CEO，而不是 CTO（首席技术官），这半年来如果不是夏楚辛苦维持，技术部早就出大事了。

如今她不再纵容，他们也该迎头跟上！

夏楚离开技术部后，才大大地松了一口气。

Ethan 始终跟在她的身后，并未多说一句话。

夏楚心里装了很多疑问，可也不能问 Ethan，只能定下心来，继续跟着行程走。

这一忙又到了晚上，独自静下来之后，夏楚赶紧打开工作手册，输入了"D 实验室"。这一看，她顿时头顶冒烟……她知道为什么曹思远那么激动了，也知道为什么 Ethan 如此沉默，更知道为什么今天她的小秘书们都如临大敌了。

D 实验室的主管赫然是江行墨。

这位连线的创始人在辞任了首席执行官的职位后，接任了这个完全脱离主营业项目的 D 实验室。

而徐之翰等技术骨干选择追随他，去了 D 实验室。

夏楚今日之举，无异于向江行墨宣战。

夏楚也不认输，战就战，谁怕谁？她继续搜索，越看越气！

因为高级工程师去了D实验室，所以资料片才迟迟调试不成；因为D实验室抽取了大量资金，所以新游戏的宣传和发布才这么难；更因为视频组投资的影片主演是江行墨的小情人，所以才嚣张得意到这个地步！

夏楚生气极了，浑身都是与江行墨一战到底的澎湃热血。

这股子热血直到凌晨一点都没退去。

她拎着夜宵来找Dante，开口就是："江行墨这个浑蛋！"

如高晴所言，江行墨得罪的人多了去了，骂他的人更是多了去了。

他从不在意，依旧我行我素。

只是他从未想过会从夏楚的口中听到这样的话。

面对Dante的愣怔，夏楚也不意外，他不愣怔才让人意外。

毕竟江行墨是她名义上的丈夫，还是连线的创始人，她这一句话扔进任何一个小员工的耳朵里，都足以把他炸蒙。

夏楚不想再遮遮掩掩了，二十八岁的她顾及脸面或是仍喜欢这个渣男，所以忍气吞声，但十八岁的她不会这样，她没什么可顾忌的，她要跟渣男对战过把瘾再离婚！

在Ethan等人面前，她还得装模作样，避免露馅，但在Dante面前就无所谓了，反正小程序员不了解自己，百度百科写的也都是一些冠冕堂皇的话，不作数。

好不容易逮着个倾诉对象，夏楚的话匣子大开，她一边骂江行墨，一边似乎也把积压了许多天的压力宣泄出来了。

江行墨好半晌才插上一句话："你们的感情不好吗？"

"感情？"夏楚撇嘴道，"有个鬼的感情。"

江行墨抿紧薄唇。

夏楚哪知道这就是当事人？！她继续抱怨道："我真想把半年前的自己打死，怎么就脑袋一抽和他结婚了？！嫁给空气都比嫁给他强。"

江行墨："……"

夏楚又补充道："不侮辱空气，空气才不会这样讨人厌！"

Dante沉默着，夏楚也不觉得有什么异样。她说的这个话题还是挺敏感的，Dante不说话是对的，她也没想他会有回应。她只是想找个人说说这些，发泄一下情绪。

夏楚把夜宵全摆开，这才招呼Dante："来吃吧，茄子是我的，土豆是你的。"她好歹也是个"土豪"，多买几道菜还是没问题的！

江行墨哪有心情吃饭。

夏楚却心情大好，夹起一块茄子问他："你为什么不喜欢吃茄子？"

江行墨回神，说道："讨厌它的颜色。"

夏楚纳闷了："紫色不好看吗？"

江行墨道："像死了很久的人。"

夏楚："……"

江行墨又补充了一句："中毒或者在水中淹死的那种……"

“停！”夏楚压着翻腾的胃，没好气地看着他，“让不让人吃饭了？”

江行墨不出声了。

夏楚隐隐觉得这家伙是故意的，可又找不到他这么做的动机。

她善解人意地想着：刚才他一直没动筷子，大概是对茄子讨厌得连看到都没食欲吧。

夏楚也没食欲了，竟然没那么喜欢吃茄子了。

最后两人都没吃东西，一起饿肚子。

夏楚狐疑地看向Dante：“我没得罪你吧？”

江行墨道：“怎么会？！你很照顾我。”

夏楚觉得是自己想太多了，她一晚上都在骂江行墨，又没骂Dante。

她心里惦记着事，这会儿不想再耽误时间。

夏楚故作不经意地看了一眼他的电脑，问道：“你刚毕业？”

三十二岁的老江同志面不改色地道：“嗯。”

夏楚喜上眉梢：“哪所大学，什么专业？”

江行墨一眼看出她在想什么：“M大，学的是土木工程。”

夏楚乐了：“学土木工程专业还会编程？”

江行墨说：“自学的，网上有很多课程。”

“感觉怎样？”夏楚又问他，“好学吗？”

江行墨道：“还行。”

夏楚继续装模作样地问：“网上的课程系统吗？会不会走弯路？”

江行墨便道：“我也不太清楚。”

夏楚很热心：“发我一份，我帮你看看？”

江行墨面上不显，眸中却带了一丝笑意：“会不会太麻烦你了？”

夏楚：“不会，扫几眼的事。”

江行墨便把早就准备好的“入门课程”发到了她的邮箱中。

第二章

回家的时候，夏楚很雀跃。她早在公司系统里查了一下 Dante 的履历，知道这家伙是个非专业程序员。

连线中有很多这样的员工——并非一定要计算机专业毕业，只要过了笔试，有足够的学习能力，一样可以入职。

不同专业的人能给连线带来不同的思路，互联网公司最怕的就是受局限。

夏楚想学一点儿编程语言，哪怕注定不如二十八岁的自己厉害，至少也要看得懂。

可惜她对此实在是一窍不通，又不好随便乱问，想去网上搜索，又发现自己不懂的东西太多，连该怎么搜索都不知道。

她查 Dante 的履历本是想了解一下自己的熬夜小伙伴，这一查却查出了惊喜。

今天随便一套话，她就弄到了课程，心里真是美滋滋的。

到家后，夏楚连忙打开笔记本电脑，下载了课程，就认真学习起来。

她起初是非常忐忑的，怕自己看着看着就睡着，不料看着看着就入迷了，也不知道是课程太简单了，还是这身体里还残存着一些记忆，总之她接受得很快。课后给出的五道题，她全部答对。

夏楚越发来劲，想熬个通宵，这时一个电子音凭空响起："凌晨三点，请注意休息。"

夏楚被吓了一跳，她至今还不习惯这些智能家居。

"还有两小时就起床了，不睡了……"她自言自语着。

谁知这电子音又响了起来："凌晨三点，请注意休息。"

夏楚喃喃："知道了、知道了。"

说完她继续看向笔记本电脑，谁知那电子音又说出同样的话。

好气人！它这样吵，夏楚也没法静心学习，与其浪费时间，不如睡觉。

洗澡的时候，夏楚又感慨了一番，有钱真好，配上物联网、智能家居，连个保姆都不用请。

她来自十年前，所以不了解行情，否则肯定会知道，智能系统再怎么智能，以目前的技术，也得用语音口令控制，而且还经常出错。

她家的东西之所以会这么“智能”，是因为后面坐了个真人。

这次江先生不是攻击进入系统，而是以主人的身份访问，毕竟这套系统是他研发的，是他给她安装的。

这里也是他的家。

洗完澡，夏楚换上睡衣，准备睡觉，碰到床她才感觉到胃部的空虚，饿得难受。

都怪Dante，一番“茄子论”搞得她毫无食欲。

这样饿着肚子怎么睡得着？！夏楚爬起来，想去找点儿吃的。

进了厨房，她正想四处翻找，却见最左侧那块光滑的黑色镜面上浮现了一行字：“请选择食物。”

“咦……”夏楚好奇地看过去，这又是什么高科技？

上次高晴曾用过这间厨房，那时夏楚就看到这块黑色镜面了，只是不知道它是什么，没敢乱碰。

原来这厨房也是智能的，而且还是感应型的。

她一出现，它就自动启动？！上次怎么没启动呢？难道是因为上次她不饿？

厉害了，我的智能家居！

夏楚好奇地凑过去，在镜面上戳了一下，接着出现了一大堆食物的图片。

夏楚看得更饿了，赶紧点了一份鳗鱼饭，镜面上浮现载入的进度条，下面写着一句：“请稍等。”

这就开始做了？

夏楚眼巴巴地看着，又好奇又饿又感觉十分有趣。

远在连线总部的江行墨看看她苍白到没血色的唇，手指微动，又下了条指令。

黑色镜面下方发出咔嗒的一声，夏楚赶紧看过去，心里想着：这么快就做好了？

她凑近，看到了托盘上的一块奶香巧克力。

她点的是鳗鱼饭，怎么给了巧克力？！

这智能厨师的智商堪忧呀。

夏楚这么想着，视线却没法从巧克力上挪开。

惯常熬夜、此时又饿极了的人，见着巧克力的心情基本等同于狼见着羊。

夏楚生怕它反应过来把巧克力收走，所以迅速拿起，麻利地吃进嘴里。

巧克力带着点儿凉意，应该是在冷冻的环境中储存的。

这样的天气，吃块冰冰的、甜甜的、如此丝滑顺口的巧克力，实在是棒极了。

夏楚意犹未尽，想再戳一下镜面点鳗鱼饭的选项，看会不会再蹦出一块巧克力。

像是知道她在想什么一般，黑色镜面上又出现一行字：“请稍等，鳗鱼饭马上做好。”

夏楚心中一喜，她还以为刚才的巧克力就是“鳗鱼饭”呢，原来只是餐前甜点。

厉害！夏楚收回刚才对它的诋毁，赞叹道：“真聪明！”它还知道先给她一块巧克力垫垫肚子。

说罢，她又馋了，眼巴巴地看着它，没好意思出声，但眼中写满了“一块不够，再给一块”的表情。

透过摄像头，看着这般模样的夏楚，江行墨有些出神。

这情景有些遥远，却不陌生。

很多年前，还在帕罗奥多时，他用巧克力“骗到”了这个优秀的女孩。

他问她：“来我这里实习吧？”

她正在考虑。

江行墨打算拿烟，又想到她不抽烟，便收住了。只是手指意外地碰到了口袋中的一块东西，他不知道它是什么，于是拿了出来。

——巧克力。

夏楚看到他指间的长条形巧克力，微微一怔。

江行墨问她：“要吗？”

夏楚一愣，诧异地反问：“给我？”

江行墨径直将巧克力递给了她。

夏楚垂首接住，落下的发丝完美地遮住了泛红的耳朵尖。

那时的江行墨为了一个项目忙得不分昼夜，并不知道那天是情人节。

夏楚也知道他不知道。

后来她对他说：“我喜欢巧克力，特别喜欢。”

收回思绪，江行墨点燃了一根烟，烟雾自指间缓缓升起，他却没有将烟放到唇边，只是透过这缭绕的烟雾，看着屏幕上有些失真的漂亮女人。

她把他忘了，把他们这些年的记忆全扔了。

他应该带她去看医生，找人为她治疗，可是他不想。

有生以来，江行墨头一次分不清自己做得对还是错。

他从来都目标明确，总是在“Yes”和“No”之间做出精准的判断，可此时，他站在“Yes”和“No”中间，试图寻找一个不存在的落脚点。

落脚点并不存在，如何落脚？！江行墨轻笑一声，将烟头摁灭在烟灰缸中。

他向后靠在椅子靠背上，身体懒散得不成样子，唯独一双眸子锐利如出鞘的剑，用不可一世的骄傲遮掩着自我嘲讽。

夏楚对智能厨师做的鳗鱼饭赞不绝口。吃饱喝足后，她睡了一觉，还用这短暂的时间做了梦。

梦里，阳光很明媚，一缕一缕明媚的光线似是能将人心都照亮。

她站在那儿，手心里攥着一块巧克力，紧紧地攥着，心中满是难以言说的喜悦。可很快，喜悦散去，因为巧克力在融化、变形。天气太热，她握得又太紧，它注定无法维持原样。

她越来越失落，在这耀眼的阳光下，仿佛舞台上的丑角，独自演绎着并不好笑的戏剧。

醒来后的夏楚还记得这个梦，但她并未将其当回事，更不会烦恼，因为巧克力握不住的话，一口吃了便是。

夏楚打起精神，准备专心应对今天的恶战。

她把徐之翰他们调回来，想必江行墨会发飙，她也是时候和他正面对决了！

谁怕谁？！大不了就离婚。她才不想和一个脾气差、毒舌、惹人讨厌的三十二岁的大叔过日子！

至于她的工作，只要她不出纰漏，江行墨还真没有撤她的职的权力。

夏楚雄赳赳、气昂昂，一副即将参加运动会并且打败男生组、打破长跑最高纪录的架势。

Ethan 跟她说："昨晚的资料片测试很顺利，正在进行最后的调整。"

夏楚心下稍安："徐之翰在技术部？"

Ethan 道："是的，一直在和 Fred 加班。" Fred 是曹思远。

夏楚想了一下，谨慎地问道："D 实验室那边没说什么？"

她提得隐晦，但 Ethan 听得懂，他说道："没有。"

这么平静吗？江行墨就这样任她抢人？

夏楚不管了，当务之急是让资料片完美上线，其他的事慢慢来。

这一天，夏楚本来做好了大战一场的准备，结果却悠闲得很。

技术部连出"捷报"，几个问题都得以解决，只需要做最后的维护工作就行。

夏楚也不知是适应了这份工作，还是今天的确闲散，忙到下午四点就没什么事了。

Ethan 来问她："需要安排晚餐吗？"

夏楚饿了："行。"

Ethan 问她："美信的李总三天前询问过，安庆的王总和华星的魏总……"

夏楚懂了，原来是要给她安排应酬！她才不要去，好不容易有空，谁要把时间花在不相干的人身上？！再说了，她今非昔比，回头让人坑了怎么办？！

夏楚摆手道："不出去了，还有点儿事要处理。"

Ethan 应下。

夏楚要找事做，还是能找到一堆事的，不过她想歇歇。她也该歇歇了，这些天平均一天能睡三个小时就不错了。

夏楚没好意思回家，直接锁了门，在桌子上一趴，睡得要多美就有多美。

因为没人叫她，她一觉又睡到了凌晨。

她这下是睡得舒坦了，虽然胳膊、腿全麻了，但也很值。

夏楚活动了一下手脚，照例去了那间亮着灯的办公室。

Dante 一如既往地坐在电脑前，聚精会神地工作着。

夏楚今天穿了双细跟鞋，走在光洁的地板上，发出清脆的声响，这动静足够让 Dante 回神。

夏楚如今已不把他当外人："你总这样熬夜，身体吃得消吗？"

江行墨没出声，手指还放在键盘上。

他不理她，她也不恼，反倒坐在他的身边戏谑道："瞧把自己给厉害的，当自己是大工程师吗？”

她刚说完话，便怔住了。屏幕上的东西她看不懂，可有些东西是厉害到足以让外行人惊叹的。

“你……”夏楚没忍住，“手指可真灵活。”这速度快到她的眼睛都跟不上，更夸张的是，输入内容还精准无误。

似是完成了一段代码，江行墨退出界面，转头看她：“什么？”

他没听到啊，夏楚放心了：“没什么。”末了，她又把熬夜不好的论调说了一遍。

江行墨道：“习惯了。”

夏楚服气：“习惯了不睡觉？”

江行墨端起旁边的杯子喝了口水道：“一天睡四个小时足够了。”

夏楚不信：“你总是工作到凌晨三四点，还有时间睡四个小时？”

江行墨道：“四点睡，八点醒。”

夏楚撇了撇嘴：“骗谁呢，你回家不用时间？上班不用时间？”

——她在路上就要折腾两个多小时。

江行墨没回答，只是盯着她的脸。

夏楚被他看得不自在，狐疑道：“怎么了？”

江行墨竟伸出手指，在她的左脸颊上碰了一下。

指尖带着薄茧，温度偏高，戳在微凉的脸上，仿佛热水滴在冰上。

夏楚吓了一跳，捂着脸道：“干吗？”说完，她又觉得自己太大惊小怪，补充道，“把我的脸当键盘了？”

江行墨嘴角微扬：“睡得挺香？”

他说了一句风马牛不相及的话，夏楚道：“睡什么？”

再看过去，她却愣住了。

认识Dante也有这么久了，她已经对他的容貌免疫了，可此时仍被惊艳到了。

他将右腿搭在左腿上，身体后仰，眼睛微微眯着，本来是有些傲慢的姿态，却因为扬起的嘴角而莫名带了一丝温柔。

他笑了，虽然带着些戏谑，笑意却直达眼底，染上了温度，像初融的冰雪，夹杂着春日的花朵，让空气都染上了美滋滋的甜味。

夏楚的心猛地一跳，她急忙低下头。

江行墨却道：“抬头。”

夏楚：“……”

江行墨的声音里都带上了明显的笑意：“我都看到了，还躲什么？”

看、看到什么了啊？夏楚脑袋里乱哄哄的，搞不懂他在说什么。

江行墨竟关掉了电脑，起身问道：“要不要去吃些东西？”

夏楚没出声，因为她通过黑下来的电脑屏幕看到了自己的脸——左边脸颊上头有好大一个印记。

这会儿夏楚知道Dante在笑什么了，这么明显的痕迹，难怪他会觉得她睡得挺香。

丢死人了！她堂堂连线集团首席执行官，在办公室里偷偷睡觉，还被人揭穿，真是丢死人了！

夏楚脸皮滚烫，恨不得找个地洞钻进去。

江行墨却心情不错，又问她："饿不饿？"

夏楚恼羞成怒道："不饿！"接着，她那不争气的肚子出卖了她。

这咕噜一声闷响让江行墨眼底的笑意更浓，他还故意问道："真的不饿？"

不饿个鬼啊，夏楚输了，揉了揉脸颊，自暴自弃道："饿、饿、饿死了！"

江行墨看着时间，忍着笑道："走吧，我知道一个地方还开着门。"

夏楚能怎样？还不是一边揉着脸，一边跟上。

十二点对从事IT行业的人来说算不上太晚，忙起来的话，干到这时候是常态。所以连线中有不少办公室里还亮着灯，显然加班加点拼命熬夜的人不止Dante一人。

夏楚可不想和其他人撞上。

她小心地努力揉搓着脸，想让自己脸上的痕迹早点消失。

多亏她没化妆，要不这一揉，脸上得掉渣渣。

走到一个拐角处，Dante猛地站住，跟在后头的夏楚差点儿撞到他的后背上。

"怎么了？"夏楚问他。

江行墨道："前面有人。"

夏楚嘴上没说什么，心里却稍稍一暖：这家伙还算有点儿良心，知道避开人，不让她出丑。

她本以为等一下就行，谁知外头的人还聊上了。

"最近风云涌动，怕是大事不妙啊！"其中一个男人这样说着。

另一个也唏嘘道："我看皇后是忍无可忍，打算清君侧、定江山了！"

前头的男人说："我就说，娶媳妇儿别娶太能干的，你瞅瞅咱们陛下，江山不保啊！"

又一个女人冷笑一声："你们男人就没一个好东西！"

她旁边的男人说："别一竿子打死啊。"

那女人愤愤道："亏我还是仰慕江行墨的才华，才来的连线，结果呢，这人把烂摊子甩给Megan，自己逍遥快活去了。"

男人又说："你懂什么？D实验室才是连线的未来！"

女人道："未来？那就是一颗毒瘤，迟早把连线拖累死。"

"话不能这么说……"

女人打断男人道："他要是不带走精英，不抽走资金，我会这样说？！"

男人辩解道："可精英也是他培养的，钱也是他赚的，他……"

"快拉倒吧。"女人道，"Megan为连线付出的，只怕比他还多几倍！"

这一群人争得热火朝天，夏楚也跟着热血沸腾。她小声地对江行墨说："你看，我还是深得民心的。"

江行墨："……"

夏楚又道："我没说错吧，江行墨就是个浑蛋，自己出去享乐，活全扔给我干，害我熬夜加班，瘦了十多斤！"

见 Dante 不出声，她心思微动，竟还问他："你不会是江行墨那边的吧？"

他不是江行墨那边的，他就是江行墨。

江行墨冷静地道："不是。"

夏楚松了一口气，说道："你可别被传言给蒙蔽了，他是学历高，聪明些，可看人不能单看这些，实际上他脾气差、毒舌，为人很不厚道的。"

江行墨瞥她一眼，她还在小声嘟囔："我真后悔，后悔嫁给……欸……"

她话没说完，江行墨忍不住了，伸手在她的脸颊上掐了一下。

夏楚蒙了："你、你干吗？！"她竟然还记得压低声音。

江行墨面不改色地道："帮你缓解一下脸上的痕迹。"他将最后两个字故意加重音，仿佛在提醒她，她是怎样"熬夜"加班的。

夏楚有些不好意思，试图辩解："我……"

"Dante？"身后传来诧异声，打断了夏楚的小声说话。

夏楚回头，看到了身后的人。

徐之翰？！这个她刚从江行墨手中抢回来的高级工程师？！

他居然认识 Dante。

徐之翰这时也看到了江行墨身边的女人。不过他们所处的拐角处光线暗，江行墨又个子高，稍微上前，就把夏楚挡了个严严实实。

但徐之翰是谁，跟了他们五六年的老人，哪里会认不出总裁夫人？！

他心中那叫一个惊涛骇浪，想想惊鸿一瞥间夏楚泛红的面颊，顿时觉得要变天了！

他这一脸发蒙倒是给了江行墨足够的时间。

江行墨冲他打招呼："晚上好，Alvin。"

徐之翰呆若木鸡："晚上好。"

江行墨泰然自若道："工作很忙？"

老徐同志习惯性地说道："不忙、不忙。"

江行墨又道："注意身体，适当休息。"

面对如此"轻声细语"的老大，徐之翰已经傻眼到全靠本能说话："不累、不累，工作要紧。"

江行墨竟还笑了一下，颇有礼貌地说道："我忙完了，打算去找点儿吃的，一起吗？"

最后三个字的语调，徐之翰非常熟悉，翻译过来就是：滚。

徐之翰想想他身后的 Megan，哪里还敢凑上去，赶紧说道："不了、不了，我还有事。"

江行墨客气道："那就不打扰你了。"

徐之翰心惊肉跳，道了声再见后，赶紧跑路。

过了一小会儿，夏楚才灰溜溜地探出头来。

江行墨看她探头探脑的模样，手一痒，把她扳正。

夏楚睁大眼瞪着他。

江行墨这才意识到自己这行为不妥，可已经做了，是撤销不了的，于是冷静地道：“还没走远。”

夏楚㞞得立马缩了回去。

只是，这会儿她的心情有些不一样了。她离他很近，之前满心都是老徐同志，所以没怎么察觉，现在才觉得怪怪的。

Dante 个子很高，坐着时看不出来，站起后很显眼，像笔直的松柏。

夏楚穿了高跟鞋都比他矮一大截，再加上如今她瘦得像竹竿似的，又靠他这么近，真是压力极大，呼吸都有些不顺畅。

她稍微后退了一些，拉开一点儿距离，小声地问：“走了吧？”

江行墨看看前头，发现嘴碎的几个人也走了后，便道：“都走了。”

夏楚松了口气，仰头看他：“我们也走？”

江行墨垂眸看她：“嗯。”

这一瞬间，江行墨想牵起她的手，可想到眼下的情况，他没动。

夏楚毫无所觉，还问道：“怎么了？我手上有什么东西？”他的视线落在她的手上。

夏楚抬起手看了看：“没什么啊。”

江行墨迈步走到前头：“再不走就没的吃了。”

夏楚顾不上研究手的问题了，赶紧追上去。腿长的人了不起，走一步相当于别人走三步，她可不想深更半夜在自家公司迷路。

江行墨带她走进了一家不起眼的小饭店。

小饭店从外头看不显眼，进去后倒很让人惊喜。

简单的木头方桌，配套的是长条木凳，浅褐色的原木光泽在柔软的灯光下显得温馨、静谧。

饭店不大，也就随意摆了几张桌子，中间没什么隔断，只放了几盆花草。

夏楚不认识它们，却看出了主人对它们的用心：叶子翠绿，白花娇嫩，淡淡的清香洗涤了夏夜的沉闷，添了几分凉爽、惬意。

夏楚小声地问：“这是什么花儿？”

江行墨道：“茉莉。”

夏楚顿时觉得自己无知了：“这就是茉莉啊。”她忍不住又小声嘟囔道，“歌词里不是说‘好一朵美丽的茉莉花’吗？我以为会是很大一朵。”

江行墨反问她：“不好看吗？”

茉莉花小小的，长得很素净，白色的小花像雪一样堆在枝丫上，带了点儿娇憨、烂漫，实在是好看得很。

好一朵美丽的茉莉花，和大小无关，它的确是很美的。

夏楚笑了一下：“好看。”

江行墨为她拉开椅子，道："坐。"

夏楚不自觉地看向他，看到他落下的发丝、眉间的褶皱、高挺的鼻梁，还有凉薄的唇，一句话突兀地涌到她的心尖上。

——化作前世的雪，堆在你今生的枝丫上。

"吃辣的吗？"江行墨的声音猛地将她拉回。

夏楚胸中一阵抽痛。

江行墨察觉到了："怎么了？"

"没事。"夏楚已经将心中莫名其妙的情绪赶走了，说，"辣的，特辣。"

江行墨道："没有特辣，只有微辣。"

夏楚不乐意了："微辣和不辣有什么区别？"

"既然没区别，"江行墨道，"那就不辣。"

夏楚连忙道："微辣……微辣也行！"聊胜于无嘛。

江行墨放下手机，显然是下好单了。

这会儿夏楚才想起来："点了什么？"

江行墨道："这里只有面。"

夏楚了然："原来是家面馆。"

江行墨的视线落在旁边的茉莉上："只吃面会不会怠慢了夏总？"

不知道为什么，夏楚竟有些不敢看那小朵的茉莉，幽幽地道："泡面我都是用抢的。"

这话让江行墨嘴角微扬，他没再说什么，却伸手碰了一下那小小的白花。

夏楚终于还是看了过来，她看到他的指尖，看到那摇摇晃晃的小花，心蓦地一紧，好像那白色的花是她的心脏，而他的指尖就这样穿过胸腔戳了进来，带着惊人的凉和钻心的痛。

夏楚的脸色蓦地一白："别碰它。"

江行墨转头看向她。

夏楚这才意识到自己的语气有些不好，于是掩饰道："花会掉下来的。"

"不会，"江行墨道，"它比你想象中的要厉害得多。"这么说着，他的手却收了回来。

夏楚实在不舒服，便转移了话题："说起来，你怎么会认识徐之翰？"

江行墨早有准备："我入职时最后一次面试被他提问过。"

夏楚"哦"了一声："是这样啊。"接着，她又道，"我看他对你还挺客气的。"

"他不是客气。"说着，江行墨瞥了她一眼，"他那是心虚。"

夏楚还没领会："心虚什么？"

"比如……"江行墨悠闲地道，"半夜三更撞见已婚的领导和陌生男人在一起？"

夏楚脸一热，但输人不输阵，说道："你算什么陌生男人？！"

江行墨："……"

"同事，我们可是同事！"说罢，夏楚还嫌弃地看他一眼，"什么已婚不已婚的，哪壶不开提哪壶。"她想起还未谋面的丈夫江行墨就心塞。

夏楚反驳得理直气壮，可其实心里还是有些虚的，大概是因为之前 Dante 的眼神。他微垂着眼帘轻声说话时有种奇怪的温柔感觉，好像这小面馆里的光，星星点点般汇聚在他的眼中，而他将它们洒向她。

夏楚余光又瞥到盛开的茉莉花：纯白的小花染上了绒绒的黄，看起来很舒服，可也失去了自己原本的颜色。

江行墨被她“怼”得说不出话来，不过徐之翰的小插曲算是过去了。

夏楚顺着他的暗示去思考，一切倒也合情合理。

连线本来就没那么森严的等级，就算是她，Ethan 他们也都是直呼 Megan，并未叫夏总。下面的人也就有样学样，形成了宽容和谐的氛围，很受年轻人追捧。所以 Dante 那样称呼徐之翰也很正常。

互联网是个“年轻”的行当，连线的种种特色都是其迅猛发展的基石。

撂下徐之翰的事，夏楚才意识到这儿的异样：“怎么一个人都没有？！”不仅没有其他客人，连老板和服务员都没有。

江行墨道：“这是家智能餐厅。”

夏楚心里好奇，但不敢表露得太明显，毕竟她是个十年前的“老人”，还真不太了解现在的科技。她装作了解的模样道：“哦，我是觉得这风格挺古朴。”

——和“智能”二字不沾边。

江行墨一眼看穿，却不拆穿，给她解释道：“这是 D 实验室的副产品，在试运行。”

一听是 D 实验室，夏楚更好奇了，眼睛亮晶晶的，声音还得尽量绷着：“原来是这家店，我之前看过他们的报告，没来过。”

江行墨心道：这是你跟踪设计的，还说自己没来过。

当然，这话他不会说出来。

他说：“看起来技术还不太成熟，菜单上只有面。”

这项技术还不成熟吗？夏楚想起自己的智能厨房……那里面的菜式可是只有你想不到，没有它做不到的。

夏楚心思一动，说道：“这样是为了节省成本吧。”她说完，还觉得自己挺有能耐，这都想得到，不愧是夏总。

“也是，”江行墨说着认可的话，面色却淡了些，“降低成本后，更利于批量复制，方便获得利润。”

夏楚听出他话中的不快，只是弄不清缘由。

这时，叮的一声响，一辆矮矮的原木色餐车自行从后厨跑了出来，上面放着热腾腾的两碗面。

夏楚满脸惊喜，心里想的是好可爱，好想带一辆回家，可惜顾及自己“CEO”的高冷人设，硬是忍住了。

地上应该有引导线，餐车精准无误地来到他们的桌前，抵达后，还发出一段语音：“用餐愉快。”

江行墨将其中一碗面推给夏楚："请。"

夏楚看了一眼，有些失望："这是微辣？"红烧牛肉上似乎有一点儿辣椒粉，可她不用吃都知道肯定不辣。

江行墨道："少吃辣，对肠胃不好。"

夏楚道："我的肠胃好得很，吃两份小龙虾，再喝两瓶雪碧，啥事没有。"

江行墨嘴角带着几分意味不明的笑，没有说话。

夏楚就很不服了："我的肠胃真的很好，身体素质很棒……"

她唠叨半天，对方却只看她一眼，反问："吃不吃了？"

饿得够呛的夏总不挑食了，卷起一串面条道："吃！"这可真是大爷一个，还敢凶自己的顶头上司！

这一吃，夏楚却心花怒放："味道不错。"

江行墨没说什么，只是安静地吃面。

他吃得快，她吃得慢，没多时，他就吃完了。

他悄声放下筷子，不动声色地看着夏楚，看着这个熟悉又陌生的"女孩"。

她孩子气地用筷子卷面条，还有些强迫症似的非得卷得整整齐齐，不肯留一点儿落在外头。

浅黄色的面被她卷成可爱的一小团，还没吃，她已一脸满足。

这个摩羯座女孩聪慧、执着、有毅力。

执着。是的，她执着到死心眼。

想到这里，江行墨面上的笑意淡了下去，似是倏忽间从温暖的小面馆坠落至冰冷的现实。

吃饱喝足，夏楚准备回去睡觉。

她问江行墨："你还要加班？"

江行墨道："我也回去了。"

夏楚老生常谈："嗯，早点儿休息，别仗着年轻就随便折腾身体。"

江行墨看着她，语气有些好笑："你觉得我什么岁数？"

夏楚抬头看他，看了一会儿，道："二十二岁？"想想他才毕业，再看看他这张脸，二十二岁，不能更多了。

年已三十二的老江同志厚颜无耻地说道："差不多吧。"

——差得真不多，也就差十岁。

今天回家早，夏楚早早洗漱完毕，抱着被子缩成一团。

迷迷糊糊间，她做了个梦。

那是一片橙色的花海，花朵浓烈娇艳，带着夸张的美和极致的危险，像地狱中熊熊燃烧的火焰。

她站在花丛中，脚底滚烫，像踩在火上行走。

——罂粟。

阳光下的罪恶，不见天日的贪心。

有人问她："喜欢吗？"

她摇摇头道："不。"

他又问她："那你喜欢什么？"

她想起回国时偶然见着的一丛白色小花，轻声道："茉莉，茉莉花。"它们小、不起眼，却拼尽一切散发着沁人的香气，想让身边的人驻留。

夏楚醒来时，将梦里的内容忘了个干净，却突兀地冒出一句话：那不是罂粟，而是加州的花菱草，虽然它也叫加州罂粟。

什么乱七八糟的？！夏楚揉了揉脑门，觉得莫名其妙。

罂粟也好，花菱草也罢，她都不熟悉。别说这些了，连最寻常的茉莉，她都不认识。她生在北方，又对花草没兴趣，只知道迎春和月季花之类的。

加州？美国的那个加州吗？好像斯坦福大学就在那儿？！

想到这里，夏楚隐隐有些不舒服。

她对这模模糊糊的记忆很抵触，这应该是身体里残存的，也可能是本就属于她的记忆……

夏楚不愿意相信自己可能是失忆，更愿意相信是穿越到了十年后，因为她还清清楚楚地记得高考试题呢。

收回思绪，夏楚去厨房点了一份早餐，吃饱后出发去公司。

这一日，夏楚挺轻松。

一来是徐之翰等人被她叫了回来，所以，整个技术部包括研发和维护方面都在极短的时间里变得井井有条，再也不用她忧心；二来是有工作手册帮忙，她已经越来越适应这些工作了。

这工作手册，夏楚是越用越觉得神奇。她怀疑二十八岁的自己是给自己设计了个"智能小秘"——通过搜集数据进行分析，然后给出解决办法。

不过可能技术还不成熟，它虽然有时候智能到可以帮她辨析出邮件中的问题，甚至给出修改方案，但有时候又呆板得只知道链接外部的搜索引擎，给出一堆乱七八糟的网页信息。

其实，这和技术真没关系，主要是工作手册背后有人。

江行墨在的时候，工作手册智能得可以直接担任连线 CEO、CTO……

江行墨不在的时候，它只是工作手册，还是会把研发者江行墨给出卖得彻底的八卦手册，比如前阵子夏楚搜索 D 实验室，工作手册"义正词严"地显示了江行墨是如何抽调研发人员、抽离资金的，还有各种绯闻八卦……

之前的夏楚忙得不可开交，最大的原因是她一个人做了十个人的活，还是十个精英才能完成的活。

如今徐之翰等人归位，江行墨又暗中帮她分担了大部分工作，她自然就闲下来了。

下午五点，Ethan 又问她是否安排晚饭。

夏楚懒得去应酬，便说道：“不了，我回家有些事。”她也该歇歇了，好好享受一下不加班的日子。

接连三天都顺风顺水的，不加班不熬夜的夏总一直没去见 Dante。

Dante 怎样想的，夏总不知道，她还是有点儿不适应——毕竟他是她在这个陌生的年代结交的新朋友。

这天中午，高晴给她打来电话。

夏楚接了，高晴怕耽误她的时间，开门见山道：“这周末咱们高中同学聚会，我提前和你说一声。”

夏楚愣了一下，脑中浮现的是一大堆熟悉又亲切的面孔。

高晴又道：“他们要是找我问你，我就说你没空……”

“我有空。”夏楚道。

电话那头的高晴顿了一下，略带诧异地问道：“你要去？这次是逢斯茜那帮人组织的，你自己去的话，他们肯定又要嘴碎。”

逢斯茜？夏楚自然记得这个名字，毕竟是同班同学。只是她和逢斯茜不熟，一个学期里好像都没说过几句话。

高晴叹了口气道：“你还是别去了，省得他们问东问西。”

接着她又特意给夏楚泼冷水：“而且搞的是舞会，要带舞伴的。”

夏楚也能明白高晴的好意，高晴清楚她和江行墨的状态，不愿她被人说闲话。要是二十八岁的她肯定是不会去的，可现在的她很想去。

她想去看看熟悉的人，去看看明明才分开不久却相隔十年的同学。

这种心情，夏楚没法对高晴解释，只说道：“再说吧。”

放下电话，夏楚出了一会儿神。

下午的时候，一堆事蜂拥而至，工作手册还开始犯傻，她忙得不可开交。

她这一忙，竟又折腾到了晚上十二点。

夏楚哪里知道工作手册没犯傻，只是罢工了。

缘由大概就是——活都帮你干了，人却见不到了。

江行墨很不爽，遂罢工。

第三章

虽然工作手册犯傻，但送到夏楚手边的大多是些多层复审过的文件，她翻一翻，查一查，根据先前的经验，倒也能够应付。

基本处理完后，夏楚伸了个懒腰，活动了一下僵硬的身体。

她坐得久了，肩膀处会有些酸痛，大概是这些年留下的毛病。

这行当也是糟蹋人，再好的椅子，也救不了十几个小时的久坐带来的身体上的不适。

夏楚想到 Dante，忍不住又操起一颗“老母亲心”：年轻，不懂事，疯狂熬夜的下场等过几年他就明白了。

夏楚打算去看看他，以过来人的姿态告诫他一番。

如今她对连线也很熟悉了，虽不至于将所有部门都摸清，但也知道四五成的样子。

别觉得四五成少，很多在连线工作了三年以上的老员工可能都只“探索”了三四成。

Dante 工作的这个区域是研发部的一个小组工作的地方，负责的似乎是一个边缘项目，不算太忙，但也挺重要。

因为不忙，这个组的其他成员大多准时下班，也就 Dante 这个“自学成才”的人每天在辛苦地加班。

夏楚知道这些后，自是对 Dante 生了同病相怜之感：都是从零开始，都是加班加点，都是二十几岁的年轻人，夏楚不自觉便将 Dante 归为同伴。

到现在，一切都慢慢步入正轨，她对 Dante 是十分感激的。

在她无比煎熬的这些天，在她无人可说、独自承担一切的这段时间里，Dante 无疑给了她巨大的精神安慰。

夏楚脚步轻快地去了那间办公室，看到的还是一盏灯、一台电脑、一个聚精会神地敲击着键盘的男人。

长得好是真不讲道理，这么一幅寻常的画面，竟因为那修长的手指、帅气的侧脸而构成了一帧帧精心雕琢的电影画面，随便拉出一帧都让人赞不绝口。

夏楚心情不错，走过去道：“大工程师！”

Dante 目不斜视，只“嗯”了一声。

夏楚乐了：“还真好意思答应啊。”

Dante 仍旧盯着屏幕，似乎还沉浸在另一个绚丽的世界里：“水。”

夏楚没听清，凑近了些：“什么？”

一股淡淡的清香扑面袭来，Dante 的心跳凝滞了一下。他手指微动，误点了“执行”的选项。

屏幕上的画面顿时不断地快速切换，最后冒出了刺眼的错误提示。

夏楚如今也有点懂了，说道：“咦，出错啦。”

Dante：“……”白折腾了一个多小时。

夏楚这个罪魁祸首却毫无自觉，还安慰他道：“没事，一会儿再弄，出错是正常的，找出问题解决就好。”

问题近在眼前，就是她。

怎么解决？

以往常江行墨的脾气，谁打扰他工作，他的气场就能把人震慑得离他五米远，但此刻看着眼前的人黑白分明的澄澈眼睛，他胸中连一丁点儿火气都没有，那颗冷寂的心甚至还在轻微颤动。

他推开键盘，看向夏楚说道：“日理万机的夏总又有闲工夫了？”他的语气不善，仔细听听，还带着一些抱怨。

夏楚不仅不气恼，还莫名其妙地有点儿开心：“我这不是忙嘛。”

Dante 冷笑：是忙，可忙了，五点下班回家，吃了晚饭，吃甜点，吃了甜点，还要吃冰激凌，被智能厨房拒绝后，退而求其次，又抱着薯片在床上看了三个小时的《海贼王》。

夏楚只以为他是闹别扭，虽然略心虚，但认定他不会知道，继续忽悠道：“你不懂，在我这个职位是真的忙，身不由己的那种忙……”

她絮絮叨叨说了一堆，说得像模像样，江行墨听着听着，嘴角又忍不住扬起，道：“夏总这么忙还能抽空来这个小地方，我岂不是受宠若惊？”

夏楚讪讪地笑道：“也是顺路，当散心了。”

江行墨任她瞎扯：“那要不要再顺路去吃碗面？”

夏楚本就肚子饿，眼睛更亮了：“走，这次我请客！”

见她这副模样，江行墨手很痒，想捏她的脸蛋，只是考虑到身份问题，忍住了。

夏楚却敏锐得很，摸了摸自己的脸颊，狐疑地道：“我脸上有什么东西？”她这次可没睡觉，应该不会有什么痕迹吧！

江行墨移开视线：“胖了。”

“嗯？”夏楚一脸错愕，小跑跟上，以为自己没听清，“你说什么，我胖了？”

“嗯，”江行墨径直走在前头，“都把你给忙胖了。”

这家伙真是太不会说话了，这样聊天是要聊死的！夏楚很生气，但又心虚，毕竟她这些天不仅不忙，还吃了不少——有间能干的智能厨房，她很无辜。

夏楚慌慌的，难道自己真的胖了？她好不容易瘦成竹竿，再胖成圆球，那可怎么办？

其实江行墨逗完她是有些后悔的，她太瘦了，能胖些才好。他担心她把他说的话当真，然后不好好吃饭，不过转念一想，他又宽心了。

眼前这个没心没肺的夏楚，怕是想少吃都做不到。

果不其然，上餐后，起初夏楚还谨慎地一根一根面条地吃，三筷子后，就开始卷着面条吃了。

江行墨扬着嘴角，心情前所未有地愉快。

谁说没心没肺是坏事，他巴不得她永远都这样，心里什么都别放。

一碗面吃光，夏楚很懊恼，小心地看向Dante："我真胖了？"

江行墨道："胖些更好看。"

夏楚一愣。

江行墨意识到自己失言，但他向来稳得住，面不改色地道："身体是革命的本钱，健健康康才是最好的。"

夏楚这才回神，认定自己刚才听错了，Dante说的应该是"胖些更好"，没有后面的"看"字。

说到健康，夏楚便找回了自己的主场："你还说我？！你才应该多注意身体，不要不当回事！等脖子疼、肩膀酸再后悔可就晚了。"

江行墨眉头微皱："你的肩膀不舒服吗？"

话题转得太快，夏楚没接住："嗯？"

江行墨隐晦地道："你应该有理疗师吧。"

夏楚连忙道："当然，我有理疗师，我很注意自己的身体，可不会像你一样胡来。"

嘴上这么说着，夏楚心里想的是：对哦，自己这么有钱了，肯定会定期做理疗，回头问问Ethan。

夏楚又对他说："你如果不舒服，要告诉我，我帮你介绍理疗师。"末了，她又加上一句，"费用我来付。"

江行墨抬眼问："这算员工福利？"

夏楚笑逐颜开："对！"

两人有一句没一句地聊着，还挺惬意。

江行墨有心探寻一下她的记忆，看看她还记得些什么，便故意把话题往过去引。

说起斯坦福大学，夏楚视线躲躲闪闪，显然知之甚少。

江行墨心中有底，便又聊起高中。

这下夏楚来劲了，絮絮叨叨地说个不停，记得要多清晰就有多清晰。

江行墨私底下咨询过医生，可以大概判断出夏楚是心因性失忆症，病因通常是心理性的，造成的原因不好说，症状则是对某段时间的事情失去记忆，只记得旧事，忘了之后发生的事。

江行墨隐隐能猜出夏楚受到了什么刺激，只是他不愿去碰触，那是个藏在深处的潘多拉魔盒，永不见天日才好。

说到高中，夏楚不禁又想起周末的同学聚会，于是忍不住叹了口气。

江行墨："怎么了？"

夏楚已然将他当成另一个"晴格格"，没有隐瞒，说出来后，叹息道："可惜我不能去。"

江行墨问道："为什么不去？"

夏楚看他一眼，幽怨地道："我和你们江先生的情况，你不清楚？"

外头人不知道，连线里的人会不知道"他们不和"？

江行墨无言以对。

夏楚又道："周末的聚会是个舞会，都得带舞伴，你说我怎么去？自己去让人笑话，带老公去，呵呵，鬼知道我老公在哪儿。"

真巧，远在天边，近在眼前。

江行墨沉默了一下，竟开口说道："我陪你去。"

夏楚停住脚步，像看傻子一样看着他："你说什么？"

江行墨又想捏她的脸了，重复道："我陪你去参加聚会。"

夏楚怔了一下，接着笑弯了眼睛："你这么讲义气，我很感动，但你去是不行的，回头新闻头条写的都会是我婚内出轨……"

话没说完，她就说不下去了：惨，真的太惨，婚结得莫名其妙，出轨更是莫名其妙，她怕是冤如窦娥。

谁知江行墨又来了一句："我就是你丈夫。"

夏楚顿时卡壳："什、什么？"她一脸惊悚地看着他，仿佛在看神经病。

江行墨试探了一下夏楚的反应后，淡定地问："他们见过江行墨吗？"

夏楚还在愣怔中，过了好一会儿才反应过来："Dante，请你以后别讲笑话了，太冷，七月天里能冻死人。"她刚才真是打了一个激灵。

江行墨没理她说的话，又问："你的同学之前见过他吗？没见过的话，他们又怎么知道你带去的是谁？"

夏楚明白了："你是说，你要扮成江行墨？"

江行墨点头："对。"我就是要扮成我自己。

"这哪能行？！"夏楚想都没想，便连连摆手。

江行墨："为什么不行？！"

夏楚压根不知道自己婚礼时的事，更不知道同学们见没见过江行墨。不过高晴肯定是见过他的，只这一点就足够穿帮。

夏楚便道："肯定会露馅的，到时候也太丢人了。"

江行墨没出声。

夏楚明白他是一片好心，心里暖烘烘的，便耐心地解释道："你想啊，即便我的同学不认识江行墨，可见了你后，肯定会记住的。万一有机会再见着真正的江行墨，我不是丢人丢到姥姥家了？"

她很仔细了，这都想得到。

江行墨低声道："不会发生那样的事。"再说，他们见到又如何？他还是他。

虽然他的声音很轻，但夜深人静之下，夏楚听得明明白白的。

夏楚当然悟不透他话中真正的意思，想的是另一个方向："倒也是，他们以后也难有机会见着江行墨。"

才三十二岁江行墨便深居简出，连张照片都没流出来。他们之间的关系又这么僵，他连她都不见，哪还会见她的高中同学？尤其她的高中还是在Q市。

想到这里，夏楚有一点儿心动。过了这么多天，她慢慢接受现状，不管原因是什么，她回到十八岁的可能性不大了。

回不去就要接受现在的生活，在连线的工作，她暂时能适应，但和江行墨的婚姻生活，她是不能想象的。

等工作稳定了，等爸妈从国外回来，夏楚会找机会和江行墨谈谈离婚的事。

离婚后，江行墨就更不可能见她的同学了。

如此看来，穿帮的概率小之又小。

——她实在想去参加同学会，很急切，不想再等一年，仿佛去了就能印证什么，就能让她始终悬着的心彻底放下。

不过还有高晴……

夏楚叹了口气道："我回去了，你早点儿休息。"她并没有再提同学会的事。

江行墨猜到她在顾忌什么，也没多说："晚安。"

夏楚看了看手表，笑道："一点半了，是真够晚的了。"

江行墨牵了一下薄唇，在深深的夜色中露出一个只能称之为笑容的表情。

夏楚看得挺开心，嘴上却是老气横秋的："年纪轻轻的，多笑笑。"

这话倒是让江行墨的笑容更深了些，他道："你也是。"

夏楚撇了撇嘴："我可不年轻了，比你大六岁呢。"

这对"貌合心不合"的夫妻此时倒是心有灵犀了，想的是同一句话——你比我（我比你）小四岁。

"十八"岁的夏楚比"二十二"岁的江行墨小四岁，二十八岁的夏楚也比三十二岁的江行墨小四岁。

无论怎么变，时间不会变。

她始终在十八岁这年遇到了二十二岁的他。

夏楚一走，江行墨便拨通了助理的电话："给高晴的丈夫去个电话，就说……"

深更半夜的，刚睡下的助理瞬间清醒过来：什么情况？老大不是最厌烦王瑞鑫那个势利鬼吗，怎么还主动推荐他去参加顾总的游轮聚会？

第二天中午，夏楚接到了高晴的电话。

高晴是趁她有空时打来的。

高晴想来想去还是放心不下，所以打来问问："你真想去参加那个聚会？"

夏楚打心底想去，嘴上说的是："看看吧。"

高晴顿了一下，说道："其实你去看看也好，你从毕业后就没再见过他们。"

夏楚眼睛一亮，听到了自己最想听的，这么多年来，她没见过他们，那江行墨肯定也没有见过！

高晴继续说道："我这次是去不成了，王瑞鑫有事，非让我和他一起去。"

王瑞鑫？夏楚想起来了，那是高晴的丈夫，她查过的。

夏楚赶紧问道："你周末要出去？"

高晴道："对，我去不成了，所以你也别去了，省得被他们欺负。真想看看老同学，等我找个时间组织一下，不搞什么舞会，就咱们班的人一起吃个饭……"她为夏楚想得很周到。

可是十年了，高中同学已是天南海北各自忙碌，再想聚一聚，怎么也得过上一年半载。

夏楚哪里等得了那么久？！

更何况高晴有事去不成，那……

夏楚有点儿紧张，说道："你去忙，我周末去看看。"

高晴一愣："你就这么想去？"

夏楚解释不清，只得说道："你放心，现在谁能欺负我？！"

高晴顿了一下，笑道："也是。"

十年前的夏楚和十年后的 Megan，很多时候让高晴觉得是两个人。

不过高晴知道，夏楚一直是夏楚，死心眼、执着。

高晴这个发小也好，江行墨也好，夏楚认定了，就不懂什么是放下。

这很好，也很坏。

高晴道："你去的话，我陪你，让王瑞鑫自己玩去吧。"

好友这么仗义，夏楚心里是又暖又慌。

她连忙道："你别把我当小孩，这么点儿事，我还能应付不了？！"

高晴道："逄斯茜那女人原先就嫉妒你，现在更嫉妒，她……"

逄斯茜嫉妒我，我有什么好被嫉妒的？！

夏楚还真不清楚，不过她没多问。

她说道："好啦，这么多年了，我什么人没见过？！"如今她别的本事没长进，装老气横秋的本事却是一顶一的。

高晴犹豫了一下，最后还是被夏楚劝下了。

搞定高晴，夏楚的小心脏怦怦乱跳。她扑向"手册君"，查了查自己婚礼的宾客名单，还真查到了！

半年前，他们在大溪地举行的婚礼，参加的人并不算多，夏楚一个名字一个名字看过去，最后松了口气。

只有高晴参加了，其他高中同学都没来。

主要是婚礼举行地偏远了些，江行墨又"羞于见人"，所以只有特别熟悉的人去了。

而这些特别熟悉的人，对现在的夏楚来说又挺陌生的。

夏楚心思一动，想查查结婚照，结果……空空如也。

夏楚向后靠在椅子上，长叹了一口气：自己这是结了什么婚啊？

下午五点后，夏楚就没什么事了。

她打了一个哈欠，起身走了几圈——才不要睡觉，回头脸上有了印子，还要被笑话。

夏楚打量着自己的办公室，琢磨着以前在电视里看到的……

电视剧里的老总都有很宽敞、很奢华的办公室，她这办公室是不是太“简陋”了？

后面是一排书柜，前头是宽敞的班台，外头有张会客的沙发，其他就没什么了。

墙上的几幅画挺有意思的，可惜夏楚看不懂。

“连间休息室都没有……”夏楚嘟囔着，害她只能趴在桌子上睡。

她还记得，连线办公室的风格是源自硅谷的，听说 Space X 的创始人埃隆·马斯克当年还在办公室睡睡袋，等着员工一早上班把他踹醒。

江行墨和夏楚都出自斯坦福大学，多多少少会染上那儿的特色。

——简单、高效。

享乐是无用的，他们有更重要、更紧迫的事要做。

挨到晚上十点，夏楚动身去找 Dante。

今天比较早，公司还有挺多部门亮着灯，有人在忙碌，也有人在收拾着下班。

夏楚绕了绕路，来到 Dante 的那个办公区。

她在外头看了看，发现里面还有两个年轻人。

他们准备走了，正在闲聊：“去吃串串？”

“不吃，把泡面还给我。”

“真不是我吃的。”

“除了你，还有别人啊？”那人鄙视他，“两桶泡面，十块钱，你至于死不承认吗？”

小伙儿：“可真不是我啊……”

“泡面还能自己长腿跑了？”

小伙儿委屈巴巴地道：“会不会是……”

那人呵呵一声：“那位什么山珍海味没吃过，会吃泡面？！”

小伙儿：“也许是想尝尝鲜？”

“一尝尝两碗？”

“没准儿还有别人呢？”

那人撞了他一下，推他出门：“有！我看是你心里有鬼！”

两个年轻人并未看到躲在角落里的夏楚，自顾自地聊着走远。

夏楚眨了眨眼睛，脑袋瓜里有根弦动了一下。

泡面？两桶？那位？

她总觉得有点儿不对劲，可仔细琢磨又想不明白。

“鬼鬼祟祟的，看什么呢？”低沉的声音在她的身后响起，她一回头，猛地睁大眼。

Dante 站在她的身后，离她很近，非常近，近到她抬头能看到他的眼睫毛。

夏楚想后退，但后头是墙，退无可退。

江行墨很自然地绕过她走进办公室：“喝水吗？”

夏楚好半天才找回自己的声音：“好……”

江行墨给她倒了杯水，推到她的面前。

夏楚喝了一口水后平静下来。

江行墨正等着她。

夏楚心中做了决定，也不躲闪，开门见山道：“周末……辛苦你一下呗。”

江行墨端着水杯笑：“怎么？夏总不怕穿帮了？”

夏楚道：“概率很小，值得冒险。”

她什么都忘了，可这谨慎之下的野性是印在骨子里的。

江行墨以前也说过同样的话：“乐意奉陪。”

夏楚松了一口气，又说道：“你明天有空吗？”

江行墨挑眉：“明天是周五。”

“我知道。”夏楚道，“我们得提前准备一下，要去参加舞会，肯定得帮你买一身衣服，你总不能穿成这样吧。”

江行墨：“……”

夏楚又道：“而且，江行墨都是三十二岁的老头了，你才二十二岁，差了十岁呢，我得把你打扮得显老些。”

三十二岁的“江老头”生气了：“不。”

“不什么？！”夏楚以为他是不愿意扮老，便说道，“你一个大男人，还有颜值包袱啊！”

江行墨不出声。

夏楚又道：“好啦、好啦，不是扮老，而是穿得稍微成熟点儿。”

被十八岁的妻子当小孩哄，江先生还要不要脸啦？

早在八年前，江行墨带她做项目时，就觉得这个小妮子的脑回路异于常人，如今又深刻地体会了一遭。

夏楚认定他在闹别扭，又宽慰他：“放心，我再给你买一套崭新的、穿起来显年轻帅气的衣服。”

“江老头”才不想要！

见他不出声地盯着屏幕，夏楚凑过来，在他的眼前挥了挥手：“行不行嘛？”

江行墨转头，看进她黑白分明的眼中。看着这双久违的、充满生机的眸子，他能有什么是不行的。

“好。”他应了一声，声音有些低。

夏楚怔了一下，直到回到家中，她的脑袋中还萦绕着 Dante 的眼神。

他很少表露情绪，但那一瞬间，夏楚看到了他眼中的无奈与悲哀，深深掩藏在骄傲和尊严之下，让人不忍揭开。

夏楚有些惴惴不安，他是不是不想去，她是不是为难他了？

不想去就算了……这事总的来说还是不太好。

夏楚就这样睡下，做了个让她汗湿后背的梦。

又是在那阳光极明媚的地方，这时她清楚地意识到这是个校园。

很大的学校，碧绿的草坪环绕着棕褐色的古典建筑群，走进去的瞬间，那厚重的历史感扑面而来，让人不禁肃然起敬。

她心中有些不安，又满是雀跃，走在笔直干净的草坪旁的小道上，看着戴着耳机骑着自行车穿行而过的学生，心中又全是自豪。

她来到这里，来到一个满溢着梦想、充斥着学识的地方。

她可能会见到他。

像是被命运指引一般，她遇到了他。

明媚的阳光、翠色的草坪，他站在那儿，半垂着眸子，狭长的眼中仿佛装下了整个世界，又仿佛对整个世界都不屑一顾。

她的心跳得很快，她听到了自己心中的声音："Dante。"

闹钟没响，夏楚猛地坐了起来。

她轻轻喘着气，大脑里的思绪乱七八糟的。

梦里的情景太过清晰，反倒让人分不清是现实还是梦。

她待在屋子里，却好像站在宽阔的校园里，甚至感受得到阳光的抚慰，闻得到青草的香气，还体会得到胸中那颗心的悸动。

夏楚按住自己的胸口，面色有些苍白。

为什么她会梦到 Dante？

那是 Dante 吗？夏楚攥紧床单，死死咬着下唇，脑中只剩下一个声音：梦，全都是梦。

充满悸动和心跳的梦，带给夏楚的不是粉色的幻想，而是如坠冰窖般的寒冷。

那是对某种事物的恐惧，一种急于逃脱的心情，就像草原上一只伤痕累累的羊，不愿再入狼穴。

五分钟后，夏楚又躺下了，空白的睡眠填补了这个梦。闹钟响起时，她早已没了那错综复杂的心情，只隐约记得自己好像梦到了 Dante。

至于梦的内容，她全都记不清了。

在洗漱的夏楚想着：大概是太在意周末的同学聚会了。

下午四点，夏楚早早地等在了停车场里。

她和 Dante 约好了一起去服装店。她没带司机，却也不想自己开车。二十八岁的她是有驾照的，而且驾龄超过五年，可对现在的她来说，怎么开车门都是一件值得深思的事——车子好时髦，车把手都是缩在里面的。

远远地，她看到了 Dante，他还是穿着 T 恤、牛仔裤。年轻就是好，他身形挺拔，脖颈修长，帅得一塌糊涂。

夏楚招了招手，Dante 径直走过来，腿长优势大，走路好像都比别人快一些。

夏楚和他打过招呼后，说道："那个，你要是不想和我去同学会就算了，别勉强。"

Dante 看着她："怎么忽然说这个？"

"只是不想为难你。"

"一起去的建议是我提出来的。"

也对哦，他不想的话，干吗要提这个？夏楚放宽了心。

Dante 看向车子："你自己开车？"

夏楚道："不行啊？"

江行墨不怕死，而是怕她死。

夏楚顿了一下后，问他："你有驾照吗？"

江行墨答得很快："有。"

夏楚没觉察，只清了清嗓子，道："想试试这车吗？"她的私人座驾，怎么也该是豪车吧，小程序员肯定跃跃欲试——老夏说过的，男人都喜欢车。

江行墨走到驾驶座边："上车。"

夏楚小步跟上去，刚想把钥匙递给他，却发现那缩在里头的车把手随着人的靠近而弹了出来，他轻轻一拉，车门开了。

夏楚暗叹这是什么高科技？现在的车都这么厉害了吗？钥匙还在她的口袋里就可以开车门？！

夏楚生怕暴露自己见识落后，有样学样地坐到了副驾驶座上。

坐下后，夏楚又想掏车钥匙，却发现车子早已启动，江行墨在方向盘下轻轻一掰，车子扬长而去。

走出停车场，夏楚冷静了许多，脑筋一转，机智地道："这车你开过？挺熟悉嘛。"

江行墨早有准备："公司高层的统一配备，当然会提前了解一下，人总得有点儿理想。"

夏楚还真不清楚这些，顺着他的话说："有道理。"

江行墨给了她一点儿提示："我看电量不多了，回去你记得充电。"

电量？夏楚一脸发蒙。

江行墨又道："不过你好像也不常开，这电量也够跑一百多公里了。"

夏楚懂了……原来这是辆"电动汽车"。

电动汽车都这么高大上了吗？完全是跑车款式啊，速度还这么快，车里还有这么大的触摸屏！

夏楚耐下性子，打算回去好好查一下，说："我一般坐车过来，不开车。"

江行墨握着方向盘，笑了一下："我能稍微提一下速度吗？"

夏楚一脸无知："行啊。"

江行墨一踩油门，疯狂提升的速度产生了巨大的推背力，夏楚深吸一口气，好像坐在过山车上，差点儿叫出声。

其实最终速度也没有多快，只是车子性能太好，提速太快，这才产生了巨大的冲击力。

江行墨松了油门，轻声道：“特斯拉是件美丽的艺术品。”

特斯拉？夏楚好半晌才缓过劲来，总算知道这车子的品牌了，另外……她不想再坐它了，吓死了好嘛！

之后江行墨倒是开得四平八稳，夏楚对这车又有了点儿好感。

它纯电动，很安静，重点是环保。在石油日渐枯竭的当下，新能源汽车行业势必会蓬勃发展。

在路上，夏楚偷偷用手机查了一下。

其实以夏楚当前的身价，可以买好几百万的车子了，但整个连线都没有一辆汽油车。江行墨给所有高层都配了特斯拉，连线内更是有一堆充电桩，他自己开的也是一辆电动汽车。

这也是连线的理念：环保不仅是态度，更是行动。

夏楚看到这里，难得地对江行墨改观了一点儿。

虽然高晴对他的评价极差，可事实上连线内部的人对他的评价极高，尤其是那帮工程师。

搜索特斯拉，不免会看到一些高新科技，夏楚意外地瞄到一条新闻：“江行墨主持的D实验室能够创造出奇迹吗？能够在无人驾驶领域有所突破吗？”

无人驾驶？他们是在研究这个吗？

夏楚头一次对D实验室产生了兴趣。

二十分钟后，两人到了服装店。

夏楚早就有所准备，非常“老到”地对江行墨说：“你什么都不用管，交给我就好。”

说着，她自信满满地走进服装店，接着又有些尿。理论知识哪里比得过实践经验？常年混迹在小商场里的她哪见识过这低调奢华、有内涵的店面？！

其他都略过，单单是这光线都给人一种“不可亵渎”的感觉。

夏楚想想自己好歹是市值几百亿美元的公司的CEO，没什么可担心的。再贵的衣服，她都买得起！

她这张脸在这种地方是瞒不过的，哪怕她极少来男装店，可这里的店员都是受过特殊培训的。这儿的名人，除了不见人的江总，其他人的照片店员们都是熟记于心的。

所以夏楚一到，便受到了温馨招待——不过于热情，但十分礼貌，一切恰到好处。

夏楚接过咖啡，微笑道：“这位是我表弟，帮我给他挑一身衣服。”

表弟？！江行墨扬眉。

夏楚没看他，只说着自己的要求：“他刚毕业，要参加学校的毕业舞会，最好是正装。”

店员应道：“好的，请稍等。”

店员一走，夏楚便小声地对他说：“我大你六岁呢，你不吃亏！”二十八岁可不比二十二岁大六岁嘛！

夏楚又小声道：“我是这儿的熟人，店员们都认识我，不伪装一下不行，毕竟我是已婚女士，你是陌生男人嘛。”

她还来劲了，拿这话来“怼”他。

江行墨扯了扯薄唇：“我们看着像姐弟？”

夏楚道：“不像吗？”

江行墨冷笑：“我看像夫妻。”

他咬牙切齿的，夏楚才不当真，哄他道：“别胡闹。”

江行墨：也不知道胡闹的是谁。

夏楚脑子一转，又有主意了：“那这样，为了不让他们起疑心，一会儿你叫我一声姐姐，要诚心诚意，大声点儿。”

他要叫她姐姐，还要诚心诚意，大声点儿。

江行墨的脸都黑了。

熟悉他的人见到他这表情，都得心里发怵，心理素质差些的人，恐怕还要额头冒冷汗。

但小夏同学如今对他很不熟悉。

她压低声音问：“听到没？”

江行墨：“……”听到了，能记一辈子。

夏楚继续完善剧本：“你从试衣间出来就问我——姐，你看我穿这身好看吗？

“记得把‘姐’这个字加重语气。

“要不你现在先喊一声试试，免得吐字不清。”

江行墨的手痒得很，只觉得她这白白嫩嫩的脸蛋实在欠捏。

夏楚是很敏锐的，察觉到江行墨的不满，但她哪里知道真相，脑回路完全偏了：“让你问我好不好看是不是太女孩子气了？那你就问合不合适？我也不懂你们男人是怎么说话的。”

江行墨伸手，板着脸在她的左脸颊上点了一下。

夏楚吓了一跳：“干吗？”

江行墨一脸认真地道：“饭粒。”

饭粒？夏楚大惊失色，一边摸脸，一边压低声音问：“有饭粒？怎么可能？！我中午吃的……”

很快她就反应过来了：“你骗我！”

这时店员已经过来了，江行墨起身，跟着店员去了试衣间。

夏楚气呼呼地嘟囔：“臭小子！”

她怕店员听到，声音压得很低，所以江行墨也听不到。

这要是让他听到了……呵呵，他能怎样，还不是老实地受着。

过了一会儿，江行墨从试衣间出来了。

他换了身工整的黑色西装，内搭干净的白色衬衫，领口系了黑色领结，衣服实在太合身，剪裁也太精妙，将他身体的优点尽数展现。

宽肩窄腰大长腿，再配上那英俊的五官、冷淡的表情，夏楚仿佛感觉到了夏日里一缕清爽的风从脸庞上拂过，吹到心底。

“夏总，您表弟的身材实在太好，这身衣服非常适合他……”

店员的声音唤回了夏楚的思绪，她清了清嗓子，完全忘了喊姐姐的事，只能勉强掩饰自己超快的心跳：“挺、挺好的，就……”

江行墨打断了她：“可以吗？会不会太年轻了？”

店员赶紧道：“年轻好呀，毕业舞会是通向成年的台阶，这样穿非常合适。”

说实在的，店员的眼光实在精准，这一身的确很适合夏楚之前给出的条件，不仅突显了江行墨身材的一切优势，更凭借着小小的领结突显了年轻人的生机，那是一种如风的飒然，一股沁人心脾的清爽，帅得让人怦然心动！

好在夏楚还没“色令智昏”，强行淡定地道：“换一件深色的衬衣，不要领结，用领带。”

店员自是听她的，这就去准备。

过了一会儿，江行墨又出来了。

仍是深色西装，可是款式变了，更加工整，更加细致，也更加笔挺，内里的衬衣换成了低调的银灰色，配上了马甲和领带。他如平常般站在那儿，惊人的压迫感已铺天盖地而来，这是内敛的，是藏在剑鞘中的，却厚重得像裹着极致的寒意，剥夺了他人与其对视的勇气。

夏楚怔住了，一时间周遭静得落针可闻，连能言善道的店员都无法开口，似乎所有溢美之词都太轻了，与这份厚重相比，全不值一提。

“行吗？”江行墨开口，“会不会太严肃？”

夏楚动了动嘴巴，好半晌才开口：“要、要不要尝试一下浅色的？”她都结巴了，总觉得没办法和这样气场强大的 Dante 说话。

都说“人靠衣装马靠鞍”，一个没有经过生活历练的小程序员能被衣服打扮出这样的气势，夏楚打心底服气。

江行墨有着前所未有的耐心，要知道，以前的江总从不踏入任何服装店，也不会穿成品西装，衣柜里都是高级定制的衣服——许久才能做成一件的珍品。

不过江行墨从不在意这些身外之物，更不喜欢在这上面浪费时间。稍微了解他的人知道他一连换三身衣服，都会惊得目瞪口呆。

但今天他心甘情愿，只是为了夏楚。

他想让她开心。

换上浅色西装，夏楚仿佛看到了传说中的白马王子。

换上格子西装，夏楚好像看到了古欧洲戴着礼帽微笑的优雅绅士。

夏楚服了，彻底服了，这一瞬间，她是真的明白男生为什么喜欢给女朋友买、买、买了。

这也太爽、太养眼、太过瘾了！

最后，夏楚也“霸道总裁”了一番，一口气买了三套衣服。

江行墨扬眉：“这么多？”

这还多？夏楚费了九牛二虎之力才压住将衣服全部买下的欲望！

夏楚含混道："算是报酬，总不能让你白和我跑一趟。"

江行墨也没说什么，她喜欢就好。

他们从服装店出来时，已经到饭点了。

在公司熬夜时，两人一起吃夜宵，夏楚觉得没什么，就像同班同学结伴去食堂，很正常。

可在外面，如果两人单独吃饭，总觉得有些怪怪的。

夏楚没开口提吃饭的事。

江行墨也没提，他收到一条短信，实验室遇到一点儿问题，需要他回去。

夏楚问他："你回家吗？"

江行墨道："回公司吧，我有点儿事。"

夏楚应下："行。"

到了连线，江行墨下车，夏楚远远地看着他，莫名又有点儿失落。

一起吃饭怪怪的，不一起吃饭又……

夏楚撇了撇嘴，把乱七八糟的情绪赶走。

她开始期待周末的同学会，紧张兴奋之余又莫名有点儿安心。

这是一种难以言说的心情，非要形容，就好像期末考试结束，马上要宣布成绩，而她已经知道了自己的分数。

终于等来这天，夏楚早早地来到约好的地方。

她在车里等了整整二十分钟，Dante 也没出现。

夏楚频繁地看着手表，一分一秒地数着，如坐针毡。

四十分钟过去了，Dante 还是没来。

夏楚拿出手机，忽然意识到自己连他的电话号码都没有。

时间不早了，聚会的地方不近，开车要一个小时，再不走她就要迟到了。

夏楚很犹豫，要去办公室找 Dante 吗？这个时间，那里全是人，她能去吗？即便见着 Dante，她又能说什么？

Dante 临时反悔，不想陪她去了？

这个念头刚冒出来，夏楚便摇摇头，将它甩了出去。不可能，Dante 不是这样的人，他是真心诚意地想帮她，她能感觉到。

时间一点点地逼近，早该出现的人却迟迟没有出现，夏楚终于坐不住了——还是要去找找 Dante，哪怕不进去，她悄悄看一眼也好。

夏楚上楼去了办公室，如她所想，这个时间这个小组里的成员都在，他们各自埋头在自己的电脑前，聚精会神地忙碌着。她看向那个熟悉的位置，没有人。

Dante 没来上班？出什么事了吗？是家里有急事，还是怎样？

夏楚有些担心。可惜她没有他的联系方式，想联系也联系不上。

至于进办公室问……夏楚不能，她知道要避嫌。

就这样吧，夏楚轻舒一口气，离开了。

Dante 没空，她自己还要去同学会吗？

这种舞会形式的聚会，她一个人去实在不好，不说礼节性问题，单单是她已婚却独身去就足以让人胡思乱想了。

本来她就站在镁光灯下，很多人等着看她的笑话。

她还是……不去了吧。

夏楚心里好像堵了块石头，沉甸甸的，压得人胸口发闷，呼吸都不顺畅。

其实有什么意思呢？一个同学聚会而已，到底能看到什么？到底有什么值得她如此期待的？到底为什么非去不可？

说不清，道不明，夏楚就是有那么一种感觉。

似乎去了，她就会豁然开朗：会知道自己想看到什么，会知道自己在期待什么，更会知道自己为什么一定要去。

答案是未知的，却又很鲜明，像一团辨不清形状的火焰，亮在她的视野之内，逼她注视。

下午五点四十分，她现在出发，车速快些，应该可以准时抵达聚会地点。

去还是不去？

夏楚盯着手表，精致的蓝宝石表盘上仿佛映着一张张年轻、稚嫩、熟悉却模糊的面庞。

夏楚的心一紧，目露坚定之色。

她拿出手机给 Ethan 打了电话："帮我安排车，我要去盛华国际。"

Ethan 应下，不过一分钟左右，夏楚独自坐上了前往舞会地点的车。

她要去，哪怕是一个人，也要去。

别人闲言碎语也好，居心叵测也罢，她要去，一定要去！

半个小时后，D 实验室。

徐之翰顶着硕大的黑眼圈走进来，忙碌的工程师看到他，向他打招呼。

徐之翰问道："Dan……"他话没说完，又吞了回去。最近也不知道老大是抽什么风，不准他们叫他 Dante，说是直呼中文名就行。

叫英文名是企业文化，直呼创始人的中文名是不是就太……老徐同志有些㞞，小声地问："那位还在？"

工程师压低声音道："二十多个小时没睡，才合眼。"

徐之翰的嘴巴抽了抽："在沙发上？"

工程师点头："嗯。"

徐之翰叹了一口气，悄悄走了过去。绕过一地凌乱地散着的英语原文大部头，他看到了沙发上睡着的男人。

沙发是双人座，平时看着不短，可此时显然装不下男人的一双长腿，只能委屈它们落在外头。男人将左胳膊搭在眼睛上，似乎是厌烦刺目的光芒，露出的唇极薄，下巴上有些许新生的胡楂，肌肤因熬夜而略显苍白，像不见天日的吸血贵族，颓废、俊美。

徐之翰想起媳妇常看的那些乱七八糟的小说，觉得老大简直是从书中走出来的。

不……只怕老大比小说里的人物还要传奇。

老徐拿起毛毯想给他盖上，就在毛毯落下的瞬间，本来睡着的男人的胳膊滑了下来，眼睛倏地睁开。

陡然和他对视，老徐同志吓了一跳。自己吵醒他了？完了、完了，吵醒一只刚睡着的雄狮，自己是有多大的胆子！

“几点了？”江行墨眯着眼睛，声音低沉、沙哑。

徐之翰㞞㞞的：“才六点，你再睡一会儿，一阶段已经成功了，剩下的，我们能……”

徐之翰还没说完，江行墨猛地坐起，低头看了看表，确定时间后，低声骂了一句。

徐之翰倒吸一口气，完了、完了，老大要发火了！

江行墨二话不说站起来，问徐之翰：“你的车还有电吗？”

“有、有、有，”徐之翰赶紧道，“能跑四百公里！”

江行墨道：“钥匙给我。”

徐之翰哪敢犹豫，赶紧双手将钥匙奉上。

江行墨似是有急事，大步走出，临出门时，又想起什么一般，转身回来。

徐之翰大气不敢出，只眼巴巴地看着自家老大。

江行墨从一堆书下面翻出一个成衣袋，在徐之翰目瞪口呆之下，拎出一件笔挺的西装。接着他开始脱衣服，就在这休息区的角落，脱下了T恤和长裤，露出足以让万千少女尖叫的身体。

徐之翰一脸发蒙，完全跟不上这节奏。

江行墨动作麻利迅速，换上西装，分分钟从慵懒颓废的江大佬变成风度翩翩的江先生。

徐之翰总算回过味来了，小声地问：“你有约会？”

江行墨瞥他一眼，意思是——废话。

徐之翰沉默了一会儿，还是鼓起勇气提醒道：“你要不要剃须刀？”虽然这样也很不错——优雅中带着野性，带劲儿。

江行墨摸了摸下巴，想起妻子如今“十八岁”，便道：“帮我找一把。”

徐之翰看出江行墨赶时间，他又极擅长配合江行墨，几乎是快速给了方案：“你去洗一下头发，我去找剃须刀和吹风机。”

江行墨抓了抓自己的头发，最终还是接纳了这个建议。

两人速度极快，江行墨刚擦了擦头发，徐之翰已经过来了。

看到吹风机，江行墨道：“不用吹了，等到了头发也就干了。”

老徐不愧是“股肱之臣”，极其擅长揣摩“圣意”：“放心，吹风机和剃须刀是充好电的，一会儿我开车，你在车里收拾。”

江行墨给了他一个赞赏的眼神：“好。”

夏楚抵达盛华国际酒店时，刚好六点半，不早不晚，时间刚好。

订的宴会厅是在七楼，坐上电梯时，夏楚有些紧张，手不自觉地抓紧了手包。

电梯的四面是镜子，她站在中央，好像站在审讯灯下。

她穿了条深色连衣裙，身材纤细，露出的胳膊白皙如玉，束起头发，显得脖颈更修长，那儿挂着闪烁着光芒的昂贵首饰，衬托出精致的五官。

恍惚间，夏楚竟然认不出镜中的人是谁。

电梯动了，极轻微的失重感让她仿佛站在了时空隧道中，一点一点，一寸一寸，竟然已经地走过了十年。

电梯停了，宴会厅厚重的大门被服务人员推开，夏楚眼前豁然开朗。

宽大的屋子里，水晶灯如太阳般耀眼，坠落的光芒被长桌的白绸布反射，映在了一张张微笑着的脸孔上。

她来了，所有人都看了过来，而她也看到了所有人。

刹那间，她找到了答案，找到了非来不可的原因。

陌生的脸、陌生的人、陌生的一切。

时间像石匠手中的刻刀，毫不留情地落下，雕琢出的却不是艺术品，而是百分之九十九的残次品。

全变了，他们是她朝夕相处的同学，而此时她一个都不熟悉。

不是不认识，而是不熟悉，她隐约间能看出些许记忆中的轮廓，却无论如何不能和记忆中那一张张年轻稚嫩、孩子气的脸重合。

最干净的一段记忆，因为得不到验证而彻底模糊了。

夏楚来这里是想看到熟悉的同学，想让自己十八岁的记忆更加鲜活，是期待着重新回到那时候。

而现在，她知道了：一切面目全非，过去早已风化。

她所处的是真实的2018年，而非她想象中的2008年。

一个穿着白色长礼服、妆容浓得看不清原本五官的女人走了过来："夏楚，没想到你真的有空过来，太让我们惊喜了！"

她一开口，这声音，夏楚倒是熟悉了些，大概是逄斯茜吧。

逄斯茜向夏楚身后看了看："江先生呢？"

夏楚没出声，又有很多人凑了上来，他们的脸上全堆着笑，让本就模糊的面孔更加模糊了。

一个穿着西装、身材臃肿、圆滑世故的男人凑近说道："夏楚，我是王勇，你还记得我吗？咱们十年没见了。"

王勇……夏楚脑中浮现出那个头发毛躁、瘦弱地躲在角落里总怕被人欺负的男孩的样子。

这是一个人吗？

又一个极瘦、面色蜡黄的女人过来说：“夏夏，我是薛宁玉，咱们也好久没见了，我以前就坐在你的前面……”

薛宁玉话没说完，逄斯茜说道：“你以前那么胖，夏夏哪还认得出你？”

薛宁玉瞪了她一眼：“十年了，总会变的，我不是变得比以前更好了？”

更好吗？好在哪里？

陆续有人凑上来，纷纷做着自我介绍，努力让夏楚想起他们。

夏楚几乎能记得所有名字，却没法将那些鲜活的名字和眼前的人对上号。

十年。

夏楚深刻地意识到了“十年”这个词有多可怕。

热络了一番后，宴会开始了，虽然夏楚是一个人，却没人会冷落她，毕竟在他们这所小高中里，她已经是传说。

夏楚却觉得很无奈。

她不是没有朋友，恰恰相反，她以前和薛宁玉关系不错，还和其他几个女孩也关系很好，能中午坐在一起分享午餐的那种。

可她现在身边只有一个高晴，其他人对她来说实在太陌生了。

她对这个聚会已毫无兴趣，也不愿意听他们的奉承话，假装来了电话，便躲了出去。

十分钟后，夏楚想回家了，但这样走了也不妥当，她得回去打声招呼。

夏楚轻舒一口气，走回宴会厅。

刚走过一个拐角，她便听到前头洗手间里逄斯茜的声音：“以前那么不起眼，瞧她现在骄傲成什么样了。”

接着是薛宁玉的声音：“我看她过得也不好，他们若真是伉俪情深，她怎么连同学聚会都不带老公来？”

又有个幸灾乐祸的声音道：“怕是带不出手吧，听说江行墨可丑了，不到一米七，体重两百斤，脸上还有块胎记。”

一阵唏嘘声后，她们的声音更愉悦了些，甚至还带了点儿大度：“各人有各人的选择，反正我是不行的，再怎么有才、有钱，只要长得丑，我也是不会嫁的。”

说话间，她们擦完手出来，迎面碰上夏楚。

夏楚没偷听，正大光明地站在那儿，她们却看不见。

背后说人坏话被人听到，到底有多尴尬，看一下这几位脸上扭曲的表情就明白了。

夏楚没躲，她没什么避开的必要，尴尬的不是她，做错事的更不是她。

朋友的面子需要顾及，可她们又算什么朋友？

奇妙的是，夏楚没生气，心里反而很平静，连一丁点儿火花都没有，仿佛那些恶意的话语还没落进她的耳中就已经被打碎、分解，消失无踪。

其实这不太正常，按理说她该愤怒，该失望，该产生一种遭到了背叛的心情。

尤其是对薛宁玉，她们在体育课偷闲说笑的画面仿佛就在昨天。

十八岁的夏楚不该这么平静，她至少要对薛宁玉的背叛露出失望的神态。

但她没有任何感觉，径直走了过去，与她们擦肩而过时，只是看了她们一眼，什么也没说，眼神也很平常，站在原地的几个人却感觉像是寒风浸入骨髓，冷得手指颤抖。

刹那间，她们深刻地体会到了一个事实。

——那纤细的身影早已不是当年的夏楚，而是站在连线巅峰，创造了无数商业奇迹，被无数精英敬若神明的Megan夏。

她们之间的差距，仿佛是将这十年的每一秒都化作十米，再乘以漫长的时间，最后变成了如今无法企及的高度。

夏楚也懒得再打招呼了，准备直接走人。

就在这时，她前面传来了低低的男声："怎么在外面？"

夏楚看过去，愣住，停下了脚步。

比她更吃惊的是逄斯茜等人。

她们本来就傻站在过道上，一个个惊惶不安，此时见到迎面而来的男人，更是全部愣住了。

男人穿着笔挺的深色西装，在酒店明亮的灯光下浮现出幽暗的光，那是十分精良、考究的质地才会有的光泽。但这些都不足以让人的视线停留，因为当她们看向男人的面庞的瞬间，那些都变得暗淡了。

华丽的光芒变得暗淡，昂贵的西装仅是朴素的装点，他修长的眉、狭长的眸、高挺的鼻梁和带着些许笑意的唇成了最夺目的存在。

有些人注定不可能当模特，哪怕他有着完美的身材、卓越的气质，但仅是这张脸就注定与这行无缘，因为所有人的视线都落在了他的脸上，谁还看得到衣服？

江行墨走近，牵住夏楚的手道："抱歉，来晚了。"

夏楚的手像被烫到了，她生生地忍住了，没甩开他。

江行墨这才看向逄斯茜等人。他笑了一下，温和有礼地自我介绍道："你们好，我是江行墨。"

江行墨！那个传奇人物江行墨！

几个女人都睁大了眼，眼中全是惊讶。

夏楚瞄了Dante一眼，Dante道："不给我介绍一下你的同学？"声音温润动听，带着点儿和别人说话时没有的宠溺。

夏楚身上的鸡皮疙瘩都跳起来了！

她本来想走的，这下……好吧，介绍就介绍。

她说着逄斯茜、薛宁玉等人的名字，她们却面如菜色，只觉得一个个名字从她的嘴中吐出，像手术刀一样把她们解剖了，将其中的肮脏与恶意放在了明亮的聚光灯下。

夏楚也没说什么，她还需要说什么呢？

Dante一出现，所有闲言碎语便不攻自破。

什么不到一米七，这身高得一米九了吧！什么两百斤的大胖子，这身材堪称黄金比例！什么脸上有胎记，这张脸……这张脸，即便是恨死他的人，也没法说不好看吧！

江行墨又道："我们回宴会厅吧，大家都在等着。"

夏楚看向他："你刚才去过了？"

江行墨对她笑道："嗯，我进去时，大家还以为我走错门了。"

夏楚心里有不太好的预感，江行墨已经戏谑道："后来我告诉他们我是你老公，他们才没把我赶走。"

谁会赶你走，估计整个宴会厅的人都一脸发蒙了，哪怕是那些高中毕业便在社会上摸爬滚打的人也都愣怔成小学生了。

谁都没见过的江行墨，流言四起的风云人物，创造了无数奇迹的男人，竟然出现在他们面前，还长成这副模样！

他比他们大四岁，可是……他们仿佛比他老十岁。

他们怎么能不震惊？！

江行墨和夏楚走在一起，他始终牵着她的手。走进宴会厅时，她像被电到一般，竟想转头跑路，但他温热干燥的手握着她，给了她勇气。

所有人都看着他们，眼睛一眨不眨地看着，眼里只剩下羡慕。

其实他们都是普通人，所在的地方是普通的县级市，就读的是普通的高中，这所高中的升学率也很普通——有过半的学生没念过好大学。

能来参加这个聚会，他们已经是过得很不错了，可与夏楚相比就差远了。

她考进了他们无法想象的院校，走上了一条他们想都不敢想的道路，也成了一个他们无法了解的人。

原本从不露面的江行墨是他们心底唯一的"平衡"。

此时，这平衡没了。

夏楚有着让人望尘莫及的地位，还有着完美的婚姻，她是被上天眷顾的宠儿。

至于夏楚付出了什么，做了什么努力，又是否真正幸福，没人关心。

因为大多数人第一眼看到的是华丽的表象。

Dante很尽责，很好地扮演了一个完美的"丈夫"。相比较来说，夏楚的神色淡淡的——她是因为突然对这场聚会不再感兴趣，但落在其他人眼中，反而成了她在生江行墨的气，从而更加突显了江行墨对妻子的宠爱。

很明显，在他们的婚姻中，江行墨更爱夏楚。

被这样一个优秀的男人呵护在心尖上，在场的哪个女性不羡慕？

大约半个小时后，夏楚以还有事为由先行离开了。

没人会留她，就好像一帮小学生无限神化老师的工作一样，他们根本不敢打扰她。

走出酒店，夏楚松了一口气，江行墨问："不开心？"

夏楚没回答他，反而问道："你是不是听到了？"

江行墨装作没听懂："嗯？"

夏楚瞪了他一眼："逄斯茜她们说的话。"

江行墨道："哦，一米六，两百斤，脸上有胎记？"

夏楚："……"他这哪里只是听到，根本是听得清清楚楚！

夏楚道："又不是说你，你激动什么？"

还真是说他，不过他不激动，只是不愿看到她受委屈。

江行墨垂眸看着她："我没长成那样吧。"

夏楚道："她们说的是江行墨，又不是你。"

江行墨默默地为自己辩解了一下："他也不长那样。"

夏楚动了一下鼻子，嫌弃道："面由心生，他迟早会长成那样。"

江行墨："……"真要是面由心生，那他迟早会长成她的模样。

江行墨来了，夏楚自然不能再坐司机的车。她给司机打了电话，吩咐他先回去。

江行墨也没车，他一个"小程序员"哪有什么车可开，老徐同志早在送他过来后就被他打发回去了。

夏楚打了一辆车，两人一起回连线。

司机师傅非常专业，目不斜视地开着车，毫不在意后头是谁。

夏楚也有意回避，应该不会被认出，她虽然常抛头露面，但到底不是娱乐圈的人，没那么高的知名度。

上了车，夏楚状似不经意地问他："我看你没来公司，是遇上什么事了？"

是有事，努力了三百多个日夜完成的的连线核心系统差点儿因为一个失误而倒在第一阶段的测试上。当然，这些没法和夏楚说，江行墨只能睁眼说瞎话："家里有点儿事。"

夏楚有些担心："不要紧吧？"

江行墨道："没事。"

他无意多说，夏楚看他也不像有要紧事的模样，松口气后，没再多问。

一时车里有些安静，夏楚没再出声，只是有些疲倦地靠在椅背上，盯着前头司机师傅的后脑勺发呆。

江行墨沉默了一下，问她："怎么，不开心吗？"

夏楚闭了闭眼睛，问他："你还记得十年前的事吗？"问完，她又觉得不妥当，他才二十二岁，十年前他才十二岁，能有什么好记得的？

她改口道："你还记得你的初中同学吗？"

江行墨的初中只念了两个月就跳到高中，他能记得才怪。不过他知道夏楚想说什么，便道："人都是会变的。"

夏楚应了声："嗯，都会变。"

只有她停在了十八岁，面对改变了的一切，她好像被遗弃了一般。

这个她无论如何要来参加的同学会，她来了，却没得到一丝熟悉的东西，反而让她更加清楚地感觉到被时间丢下的孤独感。

同学不再熟悉，高晴有了自己的家庭，自己的父母又远在国外，面对这个完全不熟悉的十年后的世界，她只有陌生的自己。

"别太介意过去，"江行墨道，"不要让现在的一分一秒也成为过去。"

夏楚微怔，歪头看向江行墨。

江行墨语调平静，说出的话却宽慰了她：“人生是一个不断放下的过程，把过去的事一件件放下，才能握住当下。”

是放下，而不是失去吗？

她该放下十八岁的自己，面对二十八岁的现在吗？

夏楚感觉到心中涌起了一丝温暖，看向Dante，笑了笑，无声地在心中说道：谢谢。

在这个对她来说犹如汪洋大海般未知而迷茫的十年后的世界里，是Dante在漆黑的夜中给了她明亮的灯光。

为此，她才不自觉地抓紧他，与他相处到现在。

第四章

快要到连线时，夏楚收到了一条微信：“楚楚，我和你妈妈明天回国。”

爸妈要回来了！

如此糟糕的一天，终于迎来了一个美好的结尾。

夏楚喜上眉梢，赶紧回复：“几点下飞机？我去接你们。”

夏爸爸说道：“别折腾，孙司机会送我们回家，你好好工作，晚上要是有空，就回家吃饭。”

夏楚飞快地打字：“我明天没事，我去接你们，我们一起回家！”

夏妈妈也在微信群里说：“就你爸嘴快，我让他别说的。”

夏爸爸发了个流汗的表情，夏楚看得心里很不是滋味。

他们出去这么多天，回来了竟然不敢让自己的独生女儿去接机，因为他们知道夏楚忙，知道她时间紧，不愿打扰她。

夏楚眼眶发烫：“最近不忙，我有空的，你们把航班号发给我。”

夏爸爸不敢发，最后还是夏妈妈发了过来。

夏楚看着航班号，几乎瞬间就将那几个字母和数字刻在了脑海中。

她迫不及待地想要见到爸妈，迫不及待地想要明天到来。

同学聚会给了她浓浓的失望，但爸妈绝不会，不管过多久，爸爸妈妈都是挚爱她，也是她最挚爱的人。

她一直捧着手机傻笑，江行墨随意地问道：“遇上什么好事了？”

夏楚美滋滋地说：“我爸妈要回国了！”

江行墨微扬嘴角：“看来夏总明天要请假了。”

夏楚：“当然！”

放下手机后，夏楚心情大好，话也多了，已经完全从同学聚会的阴影中走出，说道：“我爸妈可算回来了。”

江行墨顺着她的话说：“他们出去玩，你还不放心？”

夏楚：“不是不放心，而是……”

江行墨眼中带了戏谑：“夏总都成年了，还天天想爸妈？”

夏总还真是非常想爸妈，不过她都是二十八岁的已婚女士了，这话说出去有些丢人。她强行严肃地道：“我是有事要和他们商量。”

江行墨的心跳猛地加速，他语气平静地问她：“商量什么？”

夏楚看了看他，想想他们也是走过风雨的“兄弟”了，便坦白道：“我要和江行墨离婚。”

江行墨：“……”

江总此时此刻的心情，怕是一个省略号里的六个点全是黑洞，一个比一个转得凶，把五脏六腑、血肉骨头全都给吸了进去。

他不出声，夏楚也不意外，他也是连线的员工，听到这个消息会震惊是再正常不过的事。

不过夏楚是下定决心了的，说道：“你们都知道我和他是貌合神离，与其这样拖着，不如一刀两断，各自解脱。”

没来同学会、父母不回来，她的心是悬着的。

她始终不认为这是她的世界，始终觉得这是虚假的，始终不想改变这个不真实的年代。

因为她觉得这不属于她。

但现在她清醒了，也有勇气去面对了。

无论原因是什么，她已经站在了2018年的时间轴上，她必须接受。

那么，和江行墨离婚就是她最想做的事。

她看向江行墨，由衷地说道：“你说得很对，人生就是在不停地放下，放下过去，才能把握住当下。”

江先生的脚很痛，大概是因为“搬起石头砸自己的脚”这句谚语生效太快。

他该怎么向她解释，他不是她的过去，他近在她的眼前，是她的当下？

夏楚已经岔开了话题：“对了，你的手机号码给我一下。”她要了他的联系方式，省得她做贼一样去“偷窥”他们的办公室。

江行墨早就办了一张新的电话卡，自然是不怕露馅的。

他念了手机号码，夏楚在手机上输入，垂着头的模样认真可爱，勾起了他的不少记忆。

她问他还记不记得十年前的事，十年前没什么值得他记得的事，八年前的事，他倒是记得很清晰。

那时候他在学校里带着几个本科生做项目，其他几个人他都记不清了，唯独那时的夏楚，他记得非常清楚。

他当时手上有自己的几个私活，又要完成学校安排的项目，所以时间很紧，熬夜是常事。

几个本科生能跟着忙到晚上十点就不错了，只有一个例外，那就是夏楚。

他在凌晨两点抬头时，总能看到对面的女生盯着电脑，十分认真。她的眼睛很大，映着屏幕上密密麻麻的代码，像一个可爱的小机器人。

什么，机器人冷冰冰的，并不可爱？

不，在江行墨的眼中，机器人很可爱，也应该是可爱的。

夏楚输完手机号码，又道："我加了你的微信。"

江行墨回神，敛住眸中的情绪："好。"

夏楚还给他发了个表情，是很经典的那个腮边涌起两朵小粉红的黄色小脸表情。

江行墨盯着手机看了好半晌。

夏楚问他："收到了吧，我没加错吧？"

江行墨轻声说了句话。

夏楚没听清："什么？"

江行墨眼中全是笑意："没什么。"

夏楚被他笑得有些恍惚，赶紧别过头，向后一仰，闭目养神。

江行墨说的是：你还真是喜欢这个表情。

多年前，他们加了彼此的社交账号后，夏楚就给他发了这样一个表情问好。

那时候他就觉得这个表情神似夏楚，尤其是那两朵涌起的小粉红让他手痒，想捏她的脸颊。

回到公司后，夏楚打开电脑，核准了一些提议，审阅了一些邮件。

如今她工作起来真的是娴熟多了，不用查询手册也可以处理很多事了。

其实连线的管理是很成熟的，而成熟的管理一般是职位越高的人越闲。

身为首席执行官，夏楚面对的事虽然很多，可一来下头的主管都懂得言简意赅且逻辑分明地表述，二来办公软件系统智能，所以，对公司运转的事，她这个 CEO 是能轻松驾驭的。

烦琐的事不需要做，真正需要她费心的其实是公司的发展前景及战略性问题。

之前的夏楚之所以忙得没日没夜，是因为她还承担了首席技术官的工作。

连线是个互联网公司，创始人江行墨本身就是个顶尖的计算机工程师，很多研发工作不是不想安排给下面的人，而是安排了也没人能做到。

所谓"顶尖"，往往只有那么一两个人能在尖上站住。

忙完后，夏楚便早早地回家。因为太期待明天和爸妈见面，她在床上抱着枕头翻来覆去，滚了又滚。

这时手机响了。

夏楚赶紧拿起，发现是高晴打来的。

"喂。"夏楚翻腾得有些气喘吁吁。

电话那头沉默了一会儿，接着，高晴说道："你……们忙，我明天再打过来。"说着，她啪的一声挂了电话。

夏楚一脸莫名其妙：她都在家了，忙什么？而且还"你们"，哪有什么"你们"？

她给高晴拨了电话回去，说道："不忙，我已经在家了，有什么事吗？"

高晴十分尴尬又很感动：楚楚真仗义，这么快就收拾好回她电话。

她道："没事啦，就是听说了同学会的事，想问问你。"

夏楚懂了，想必是有人告诉她"江行墨"出现的事了。

因为江行墨是假的，所以夏楚心虚地解释："我没想让他去的。"

夏楚的心虚，高晴自是听出来了，不过高晴以为夏楚是怕自己说她。

高晴叹了口气道："挺好的，省得他们嘴碎。"

夏楚不敢多说，生硬地岔开话题道："我爸妈明天回来了，晚上一起吃饭不？"

她俩以前的家离得近，经常互相蹭饭。

高晴的声音也轻快了："叔叔阿姨要回来啦！我后天去看他们，明晚有点儿事。"

夏楚失望道："我后天就没空了。"

高晴道："我去见叔叔阿姨，又不是去见你。"

她这样说，夏楚心里却暖烘烘的。

后来是高晴先挂的电话。挂了电话后，她又后悔，就应该拖着楚楚聊个通宵，把江行墨晾在一旁！

想着想着，她心里很不是滋味，大概就是自家白菜被猪拱了的心情。

她自己也就算了，是活该。

可夏楚这么好，凭什么栽在那个人的手里！

十八岁的夏楚正处于做卷子做傻了的年纪，连"男女之大防"都不当回事，哪能想到成年人的世界已如此色彩斑斓。

第二天，夏楚提前一个小时到了机场。

她带了司机，自己是绝对不敢开车的。

飞机没晚点，她远远地就看到二老拖着行李箱出来，眼眶瞬间通红，眼泪也疯狂地涌了上来。

这是她的爸爸妈妈。

夏爸爸穿了件花衬衫和短裤，露在外面的皮肤晒成了小麦色，头上还戴了顶草帽，脸上挂着一副墨镜，时髦得让夏楚破涕为笑。

夏妈妈比他瘦了两号，挽着他的胳膊的手也比他的皮肤白了很多。她穿着深色的连衣裙，低头和他说了句什么，满目嗔笑。

夏楚偷偷擦干眼泪，迎了上去："爸、妈！"

二老回神，看向宝贝女儿，同样的笑意浮到眼中，夏爸爸更是一个熊抱把夏楚给抱住了。

夏楚只觉得这个怀抱温暖又可靠，仿佛天塌了也无须害怕。

夏爸爸惊喜地道："欸，我觉得咱女儿胖了。"

夏楚："……"

夏妈妈也一脸惊喜："真的吗？"

她麻利地把女儿从丈夫的熊抱中“解救”出来，上上下下地看着，还捏了捏夏楚的胳膊。

夏妈妈道：“好像是胖了些，不过还是太瘦。”

夏楚默默地想着：不用着急，如今的我已不是当年的我，很快给你们吃成一个大胖子！

一家人有说有笑地往外走着。

上了车后，夏爸爸更是眉飞色舞地说着他们的欧洲之行，喜悦之情溢于言表。

夏楚听得很开心，视线也始终没离开过他们。

她想看他们，想好好看看他们。

十年时间似乎没在爸妈身上留下痕迹，他们不仅没有变老，似乎更年轻了些。

十年前的他们为生活所累，妈妈连一条三百元的连衣裙都不舍得买，哪里会穿得像现在这样精致；爸爸没日没夜地工作，晚上十一二点回来是常态。

如今妈妈保养得很好，爸爸也胖了些，两人面上的笑容不假，是真的很幸福。

夏楚看到这些，才觉得自己这十年丢得不亏，甚至是很赚的！

到家时，夏妈妈问道：“行墨忙不？晚上让他来吃饭吧。”

夏楚的心咯噔了一下，她答不上来了。

夏爸爸道：“我来下厨，炒几个你们爱吃的菜。”

夏妈妈嘱咐他：“可别做茄子，行墨不吃的。”

夏爸爸道：“女婿爱吃什么，我能不知道？！”

他俩的对话让夏楚的手心开始冒汗……不太妙啊，怎么觉得爸妈对江行墨挺热情的……

难道他们不知道他对她很不好吗？

不过转念一想，夏楚又想通了，应该是自己对他们隐瞒了吧……

毕竟是婚姻大事，她真说出她和江行墨的现状，爸妈肯定要担心死。

江行墨是个普通人也就算了，偏偏还是那样的身份……二十八岁的夏楚是不愿父母跟着承受压力吧。

这可怎么办？她还想找爸妈商量一下离婚的事呢。

她现在怎么开得了口！

夏妈妈看出女儿的犹豫，说道：“你别为难，忙的话就算了。”

夏楚只能硬着头皮瞎扯淡：“他在国外，这几天是回不来了。”

夏妈妈也不意外，还嘱咐道：“没事，工作要紧，咱们一家人，什么时候聚都行。”

去了厨房的夏爸爸高声问道：“行墨不在国内？”

夏楚只得扬声道：“对。”

夏爸爸探出一颗大脑袋，说道：“下周你妈生日，他赶得回来不？”

夏楚一愣，心中默算了一下，可不嘛，下个礼拜五是老妈的生日！

夏妈妈瞪夏爸爸一眼道：“赶不回来也不要紧，别催孩子。”

夏爸爸遗憾道："我还想和他好好喝几杯呢。"

夏妈妈嗔怪他道："人家忙着正经事，就你成天想喝酒！"

夏爸爸看向夏楚，表情可怜巴巴的。

夏楚一个没招架住，开口就道："能回来，下周妈妈生日，他肯定回得来。"

说完夏楚就后悔了，悔得肠子都青了。

她本来是想和爸妈商量离婚事宜的，怎么就变成要带江行墨回家了？

可看爸妈那开心的模样，她是无论如何也没法把"离婚"二字说出口的！

夏爸爸哼着小曲儿煮菜去了，夏妈妈拉着夏楚收拾行李箱。

"这瓶香水给小晴。"夏妈妈道，"这个味道不老气吧？我闻着挺好的，柜台的小姑娘说你们年轻人都喜欢这种。"

夏楚哪里懂这些？！不过她隐约记得自己的梳妆台上有同款香水，便应道："不老气，她肯定喜欢。"

夏妈妈开心了，又拿出一瓶："这瓶给你。"

夏楚心里酸酸甜甜的……妈妈知道这瓶香水不老气了，才拿出来给她，想必是怕现在什么都不缺的女儿嫌弃。

可她哪里会嫌弃妈妈给的东西。

夏楚弯着眼睛笑道："谢谢！"

夏妈妈松了口气，继续往外拿东西。

她给夏楚带了很多东西，或者应该说大半个行李箱的东西是给夏楚的。

有昂贵的化妆品和首饰，还有一些细碎的小东西，不值钱，可是充满了爱。

夏楚几乎能想象到，妈妈走过一条街道时，看到一个小小的冰箱贴都想买回来带给女儿。

无关价值，只是因为妈妈将她放在心里，带着一起旅行。

晚餐很丰盛，夏爸爸恨不得让女儿一口吃成胖子，做的全是她爱吃的菜，量还很大，生怕她不够吃。

夏楚看了就觉得饿，好在她也不用为减肥犯愁，吃得非常开心。

一家人其乐融融，食物塞满了夏楚的胃，幸福塞满了她的心，顺势而生的勇气也贯穿了她的血液。

有他们在的地方就是家，哪怕她穿越了时空。

美好的一天结束，第二天夏楚坐上去公司的车后，便开始犯愁。

来到十年后的世界这么久，她没见过江行墨一次。

她完全不想见他，估计他也不想见她。

一直见不到人才好，夏楚恨不得就这样和他老死不相往来。

然而昨晚她对爸妈的承诺还萦绕在耳边："能回来，下周妈妈生日，他肯定回得来。"——它像立体声、环绕音，几乎挥之不去！

夏楚按了按太阳穴，想想就脑壳疼。

Ethan 问她："安排在后天可以吗？"

夏楚回神："嗯？"

Ethan 重复道："关于《血猎》的宣传案，顾总想要和您面谈。"

夏楚只得把思绪收回来，放到工作上："顾忆航？"

Ethan 道："是的。"

夏楚应道："行，后天吧。"

新游戏的宣传一直坎坎坷坷的，夏楚为这事也费心不少，能尽快解决是好事。

一天的工作忙完，天色渐暗后，夏楚坐在办公室里，单手戳着手机。

她得主动联系江行墨，提前告诉他下周妈妈生日的事。她可不会天真地以为那渣男记得岳母的生日。

可是她不想给他打电话。

这么久都没联系，她先联系了就好像认输了一般，让人很不服气。

她才不会输，她只想尽快和他离婚！

只是……

想想爸妈幸福洋溢的脸，她趴在桌子上哀鸣一声，实在是下不去手啊！

总之先把生日熬过去，之后她再慢慢向爸妈渗透，肯定能够让他们接受现实的！

夏楚拿起手机，点开通讯录，翻到了江行墨的名字。

要点上去了，她的手指又缩了缩。一连缩了三次后，她把心一横，点了上去！

屏幕切换到了呼叫界面，看到"江行墨"三个字，夏楚喉咙发紧，好像有块石头堵在那儿，又沉又涩。

然而电话那头，江行墨在喝咖啡的空当听到了手机铃声。

他歪头看过去，屏幕上的名字让他猛地坐直。

是夏楚。

她给他打电话，不是打给 Dante，而是打给江行墨。

江行墨听着铃声，看着名字，心情十分复杂。

昨天她接到了爸妈，晚上肯定一起吃了饭，今天就给他打电话。

自从把他忘了，她就再也没联系过他，现在却主动给他打电话。

原因是什么？

——肯定是和父母商量完毕，要和他提离婚的事了。

老江同志觉得这铃声变成了利剑，密密麻麻地刺在他的胸口上，钻心蚀骨地疼。

他轻舒一口气，放下咖啡杯，拿起手机，郑重其事地按下红色的挂断按钮。

"对不起，您拨打的电话暂时无法接通，请稍后再拨。"听到这个冰冷的声音，夏楚睁大了眼。

好啊，这人竟然拒接她的电话！

夏楚做了那么久的心理准备，克服了重重心理障碍，如此委曲求全地主动给他打电话，他竟然冷酷无情地拒接了！

果然是要离婚，离婚！

夏楚气得头冒青烟，也没什么体面包袱了，干脆利落地点了点他的名字，继续打他的电话！

铃声再响，看到“楚楚”二字，江行墨紧皱眉头，再次拒绝接听了。

夏楚气炸了，又打过去。江行墨心情复杂地继续拒绝接听。

夏楚快要气晕过去了：这人是打心眼里不想接她的电话了吗？！

江行墨也很受伤：她就这么迫不及待地要离婚吗？！

被拒绝四次后，夏楚冷静下来，在想着要不要给他发条短信。

可转脸她又把这想法给抛到了脑后。关于生日，明显是她有求于他，要是通过短信告知，没准儿他会假装没看到，还是得当面谈，面对面地将其一举拿下！

电话不接，她就去找他本人！

夏楚打开工作手册，搜索：“江行墨的办公室。”

江行墨已经将夏楚的手册和自己的手机连在一起，冷不丁看到这条搜索信息，他的心情真是一言难尽。

电话打不通，她要和他当面谈了吗？

他不想和她谈，离婚这事，没得谈。

工作手册已经将江行墨的办公室位置发送给夏楚，而江行墨也已经起身，离开了自己的办公室。

出门时，他还在D实验室的群里发了条信息：“Megan找我的话，就说没看到我。”

群里的成员们一脸蒙，老徐同志尤其蒙，这是咋回事？

没一会儿，夏楚找到江行墨的办公室，推门而入，自然是扑了个空。

刚好外头有人经过，夏楚问道：“有没有看到江行墨？”

因为好奇，恰巧“经过”的正是徐之翰，他演技逼真地道：“不知道，没见着人。”

夏楚知道他是江行墨的“近臣”，于是嘱咐道：“见着他的话，就给我发一条信息，我找他有事。”

徐之翰连连点头，一脸真诚。

夏楚走了，老徐摸摸下巴，琢磨着：这难道是夫妻情趣？你追我躲？

江行墨这个浑蛋！

夏楚确定、一定以及肯定他是在故意躲着她！

她去哪儿，他都不在，哪有这么巧？！

肯定是有人通风报信，让他提前走人。

他躲她干吗？她想不通缘由，只能以为他有恶趣味，想让她难堪。

想想也是：他俩关系不和，半个公司的人都知道；他俩不说话，近身的人更是一清二楚。

如今她主动找他，他躲着不见，好像她在求他见面一样，肯定让他得意坏了。

夏楚虽然想得火大，却已经冷静下来，不再像无头苍蝇似的找人。

她首先要避开江行墨的那几个心腹，比如徐之翰；然后要行动迅速，搞突袭，让他来不及躲；最后还要找一个只有一扇门的地方，这样他就无处可退！

夏楚通过手册密切关注了徐之翰等人的行程，发现他们集体去了一个小会议室后，觉得机会来了！

就是这个只有一扇门的小会议室，她出其不意地过去，看他还往哪里跑。

只要见了面，还当着这么多人的面，她就不信他会掉头走人！

夏楚沉住气，给了他们足够的会议时间才出发。

会议室里，徐之翰正在汇报昨天连线核心系统测试的数据，虽然出了点儿小乱子，但因为江行墨的及时补救，算是有惊无险，顺利进入第二阶段，可以照计划进行下去了。

徐之翰汇报完，冯宇恒接上投影仪道：“可穿戴设备的材料提供商已经谈好，有三家接受了设计图，准备研发，只是，MG 操作系统的开发一直停滞不前。”

江行墨明白他要说什么。

冯宇恒还是提醒道：“这个项目之前一直是 Megan 亲自操刀……”

他的话没说完，江行墨便道：“我来接手，她最近忙。”

冯宇恒犹豫了一下道：“老大，你还要负责连线大脑的开发，抽得出时间吗？”

江行墨是真抽不出时间，他恨不得自己一天有四十八个小时，但这事也没法再交给夏楚。

以前是两人闹掰，夏楚撂挑子不干，他也无法再信任她。

现在她全忘了，他倒是没了那些顾忌，可她也忘了自己的专业知识，忘了自己付出了这么多心血得来的作品。

江行墨捏了一下眉心道：“我会协调时间。”

冯宇恒能怎么办？他家宝贝 MG 操作系统就像一个爹娘正在闹离婚的孩子一般可怜。

夏楚来的时候，会议室的门还是关着的。

她当然不会闯进去打扰他们开会，那样只会被当成“无理取闹”，被赶出来也是她自找的。

她要做的是堵在门口，等着他们开会结束，从门里走出来。

到时候，她看江行墨还有什么理由不见她！

几个项目的进度汇报完毕后，大家起身，推好椅子，准备离开。

江行墨起身时瞥了一眼手机，接着瞳孔微缩。

因为开会，他将手机设置成了静音模式，所以手机没振动。

不过他为了提防夏楚，根据她的定位专门设定了提醒，她靠近他十米是绿色警报，五米是黄色警报，三米是红色警报。

此时手机上疯狂地闪烁着红色光芒，他不用想都知道她就在门外。

江行墨立刻道：“等一下。”

大家都转头看过来。

江行墨说：“看见 Megan 的话，就说我没参会。”

众人又是一脸蒙，还有一点点好奇。

冯宇恒是Megan的忠实粉丝，听到“Megan”就眼睛一亮。

江行墨尤其叮嘱了他一下：“Ron，你尤其不准和她说话。”

冯宇恒愣了愣，赶紧澄清：“老大，我对Megan只有崇拜，没有……”

江行墨扬眉：“没有什么？”

冯宇恒吓了一跳，求生欲很强：“什么都没有！”

江行墨懒得和他浪费时间，说道：“过一分钟，你们再出去。”

然后这帮连线的“重臣”就眼睁睁地看着他们的老板躲进了洗手间。

冯宇恒小声地问：“这是干吗？”

已婚人士老徐淡定地道：“情趣，懂吗？”

剩下的单身青年只能齐齐摇头：不懂，真不懂。

老徐很骄傲：“呵，所以你们娶不到媳妇儿。”

一分钟后，由骄傲的徐之翰带头，大家一起出了会议室。

夏楚一看人出来，顿时面上一喜，她的眼睛大，圆睁的模样像一盏小探照灯，一一扫过徐之翰、冯宇恒、朱睿……努力分辨着自己那位陌生的丈夫。

徐之翰道：“Megan，有什么事吗？”

夏楚将人全部看完，也没发现一张陌生的、能让高晴夸好看的脸蛋，于是问道：“江行墨呢？”

徐之翰一脸无知：“没看到，今天一天都没看到呢。”

旁边的几个人听到他这话，都心里暗暗佩服：有了媳妇儿的人就是不一样，睁眼说瞎话的本事一个顶仨。

夏楚才不信：“他还在里面吧？”

徐之翰道：“没啊，这个会议老大没参加。”

夏楚道：“他没参与？那你们是向谁汇报？”别以为她不知道，这几个人都有各自的项目，而且都是项目的主管，他们凑在一起谈什么？只能是向一个人汇报工作！

徐之翰：“……”

他答不上来就想求助同僚，然而，冯宇恒是Megan的迷弟，见着女神只顾着手足无措了，没丁点儿用处，其他几个觉得这“战场”不属于他们这些单身汉，拒绝参战。

夏楚冷笑了一声：“别堵在门口，我进去看看就知道了。”

徐之翰只能盲打了一行字：“老大，我只能帮你到这儿了。”

他知道江行墨躲在洗手间里，但有什么用？！洗手间这玩意儿拦得住陌生女人，可别想拦住江行墨的老婆。

夏楚推门而入，扫视了一圈会议室。

会议室不大，也不奢华，这很正常，整个连线虽然是互联网巨擘，但从来和奢华二字无关。

屋子正中央是一张银白色的会议桌，旁边是被整齐地推进去的椅子，上面放着的矿泉水少了九瓶，刚才出去的是八个人，所以，江行墨肯定参会了！

夏楚四下打量了一番，眼尖地看到了洗手间。

江行墨躲在里面？至于吗？

夏楚扬声道："我知道你在，我有事和你谈谈。"

江行墨："……"我不想和你谈。

夏楚又道："没事，你慢慢来，我等你。"说着，她拉开一张椅子坐下了。

她看了眼矿泉水，还拧开一瓶未开的，喝了一口后，道："刚好有水，我就在这儿歇会儿了。"

是时候考验江先生的求生欲了！

如果夏楚铁了心不走，那他只能出来。

可他出来之后呢？

那该是何等凶残、冷酷的修罗场！

夏楚知道 Dante 就是江行墨，会怎样？

江行墨想都没法想，他这不仅站在了万丈深渊上面的钢丝绳上，还看到了深渊中反射着幽幽寒光的冷剑。

掉下去会如何，三岁小孩都明白。

好在江同志智商奇高，十五岁念大学的聪明才智在此时展现得淋漓尽致。

他冷静地用手机登入公司系统后台，修改了这个会议室的预约申请，又修改了自己的定位信息，再给助理发了条信息。

十分钟后，六七个人走进会议室，他们看到夏楚都愣了一下，连忙打招呼："Megan。"

夏楚微怔，然后起身。

领头的小伙儿说："我们没预定错吧？"

另一个人拿出手机确认了一下，说："没错啊，是这间会议室，八点钟。"

原来这间会议室还有人预约使用了，夏楚不会因为私事耽误大家的工作，于是起身道："你们忙，我只是落了点儿东西，回来拿。"

走出会议室的时候，夏楚看了一眼洗手间，心里想着：我看你能待多久！

她出去等，早晚把人给等出来。

她刚出来，手机就响了。是江行墨的助理打来的。

夏楚接了电话，对方说道："Megan，江先生在顶楼的休息室，您要找他吗？"

夏楚愣了一下："他在顶楼？"

对方说："是的，他是这么告诉我的。"

夏楚不信，觉得这是调虎离山计，可等了一会儿后，又有些拿不准了。江行墨至于在洗手间里躲她这么久吗？她又不是要吃了他！

想来想去，她觉得自己有可能真的误会了。

夏楚脑袋瓜一转，想起只要进入连线的大楼，各人都有定位。

她不清楚自己是否有权限查询江行墨的定位，但试试也无妨。

这一查，她还真查到了，定位显示江行墨的确在顶楼。

夏楚松了口气，觉得自己闹了个大乌龙，有点儿尴尬。

她整理了一下心情，去了顶楼，敲门的时候，手都放轻了些。

她一敲，发现门没关，想着终于要见到这位名义上的丈夫了，心情还有些复杂。

她进门后，凉风吹起轻薄的纱帘，布置得很舒适的休息室里空无一人。

夏楚发了一会儿呆，看看手机上的定位，再看看连只苍蝇都没有的屋子——她被“调虎离山”了！

江行墨！大浑蛋！

夏楚气得晚饭都没吃，白天为了找江行墨积压了一堆事，这会儿忙起来一眨眼就到了晚上十一点。

她不想熬夜，也不想“好闺密”Dante提前步入中年，所以给他发了条信息：“夜宵？”

Dante很忙，但看到这条消息是绝不会拒绝的：“好。”

面馆里还是只有他们，点完餐后，夏楚忍不住吐槽：“你真的不知道江行墨有多过分。”

江行墨：“……”他不应该点大碗的，应该点小碗的。

夏楚没好气道：“他躲了我一天，费尽心机，用尽手段。你能想到吗？他三十二岁，都是个大叔了，还这么幼稚。”

“受不了了。”夏楚愤愤道，“我一定要和他离婚。”

很好，点大碗的还是小碗的都无所谓了，三十二岁的江大叔怕是要委屈得一口面都吃不下了。

夏楚详细地讲了今天的“追逐战”，说到最后，叹息道：“我万万没想到，他居然凭借权限改了自己的定位，把我骗到顶楼。”

江行墨是一句话都接不上了。

夏楚完全把Dante当成十八岁的高晴了，继续说道：“你说他怎么就这么过分！这么过分！”

江行墨忍不住轻声道：“他没必要躲着你吧。”

夏楚也不服地道：“对啊，他有什么必要躲着我？！”

江行墨含混道：“可能他知道你想和他离婚？”

夏楚道：“他怎么可能知道？”

他真知道，知道得一清二楚。

江行墨默默地引导着她：“也许你们很久之前谈过这方面的事？比如见面了就会……所以他不想见你。”

这话让夏楚愣了一下。

还真不好说，没准儿二十八岁的她和江行墨谈过这方面的事，没准儿还约定了想明白后就去离婚。

可是……

夏楚嗤笑道：“他如果真知道，只怕会坐着火箭来到我的面前，光速和我离婚。”

江行墨：“……”

夏楚脑子转得快，很快就有了自己的见解，垂眸道：“他大概是怕我死缠烂打吧。”

天知道，江行墨做梦都想被“死缠烂打”。

夏楚耸了耸肩又道：“我以前看不清，还舍不得和他离婚，他这样躲着我，估计是以为我想和他复合。”

不好意思，您高估了我，江先生从没做过这样的美梦。

这时餐车来了，安安稳稳地送来了两人的面。

夏楚晚上没吃饭，这会儿饿得很，便说道：“不提这些糟心事，咱们吃饭。”

江行墨哪还有吃饭的胃口。

夏楚察觉到他不动筷子：“怎么了？”

江行墨只得拿起筷子道：“不太饿。”

夏楚很善于捕捉别人的情绪，放下筷子问：“是遇到什么烦心事了？”

她看出江行墨情绪低落了，朋友嘛，就是要共同分享烦恼，她不能只顾自己吐槽而忽略了他。

江行墨是有苦难言，只能说：“还好，工作上的事。”

夏楚很热情地道：“你可以告诉我，我帮你。”

连 python（一种计算机程序设计语言）都忘了的人怎么帮他？

江行墨摇头道：“不能总让人帮忙，我得靠自己。”

夏总对这就很欣赏了，鼓励他道：“加油！你还年轻，又肯吃苦，一定没问题的。”

江行墨如今听到“年轻”二字就倍感扎心。

他太“老”了，这也是夏楚想和他离婚的原因之一吧，毕竟三十二岁和十八岁，差了整整十四岁。

夏楚很纳闷，怎么她越鼓励，他反而越低落了？

她又道：“别给自己太大压力，要劳逸结合，少加点儿班，也许会提高工作效率。”

江行墨的效率很高，但涉足的领域太广又尖端，想要走在一条没人走过的路上，注定要付出无法计数的时间。

江行墨打起一些精神道：“我会注意的，你也别着急。”

最好是彻底不急，然后放弃离婚。

“不用担心我，”夏楚轻舒一口气道，“我的性格，你还不了解吗？我是只要认定了一件事，就一定要做到底的。”

江行墨被噎得差点儿举不起筷子。

她的确是这样的——认真、较真，做起事来就像头小牛，冲出去后，别人拉都拉不回来。

也正是因为这个性格，她才能成为完全跟得上江行墨的节奏的人。

可惜……

以前他以为她是铁了心要跟随他。

现在他知道她是铁了心要和他离婚。

只听夏楚笃定地道："跑得了和尚，跑不了庙，等我去他家里偷袭他！"

江行墨："……"

"你说……"顿了一下，夏楚又斟酌道，"去他家会不会碰到别的女人？"

今晚的江行墨是注定与夜宵无缘了！

他闷声道："他不是那样的人。"

夏楚道："你和他又不熟。"

他不熟？他和他自己不熟？他是哑巴吃黄连——有苦说不出。

夏楚犹豫了好一会儿，终于还是有了决断："反正要离婚了，谁管他出不出轨。"

后来，夏楚吃光一小碗面，江行墨的面却没少几根。

她说："没胃口就别勉强了。"

他本来饿得能吃下两大碗面的，结果……只能硬着头皮道："好。"

夏楚已心满意足，填饱了肚子，倾诉了烦闷，她现在活力满满，可以杀进江行墨家里和他大战八百回合！

这一早，夏楚比往常早醒了半个小时。

她一边洗漱，一边查询工作手册，输入的自然是"江行墨的房产"。

她还真搜到了……怎么感觉以前的自己就是他的大内总管，什么事都知道！

两人从半年前开始分居，这半年江行墨肯定有自己的住处，她要找到这个地方去埋伏好。

这比想象中还容易些，因为江行墨名下就一套房产，而这套房产距离连线也就十分钟的路程。

想必这半年他是住在那儿了。

不过夏楚挺纳闷的：钱多得花不完的连线创始人不应该房产无数吗？

也许是他瞒着她转移了吧，毕竟两人在闹离婚。如果是这样的话，那他还会住这间公寓吗？

不想这么多了，她先去看看！

车到了，夏楚在入座前对司机说了地点。

听到这个小区的名字，Ethan 明显怔了一下。

夏楚没打算瞒他，说道："我有点儿事去找江行墨。"

Ethan 道："江先生应该不住在那里。"

果然不住那儿！夏楚倒也不意外，听出 Ethan 的未尽之言，便问道："你知道他住哪儿吗？"

Ethan 顿了一下后，说道："这半年他一直住在连线。"

住在公司？夏楚怕露馅，强压住惊讶，没将"公司还有宿舍吗"这句话问出来。

Ethan 道："D 实验室一直是连轴转的状态，江先生既要主持工作，又要参与研发，已经很久没有正经休息了。”

夏楚愣了愣，是这样吗？江行墨不是在花天酒地，而是在疯狂工作？！这和她心中想的不太一样。

司机看了看她，虽然没说出口，但明显是在询问还要不要去这个地方。

夏楚想了一下，摇头道：“算了，直接去公司。”

坐上车，待在空调营造的冷空气中，夏楚有些恍惚。

刚才那一瞬间，在并不炎热的清晨，她的脑袋中冒出了一段奇怪的对话。

“刚回国那会儿，你如果把钱全拿来买房，现在赚翻了。”

“不。”他低声笑道，“我更相信你。”

“我比房子还可靠？”

“当然。”

对话的人是谁？夏楚知道又不愿知道。

是她和江行墨吗？

夏楚攥紧了手心，一种难以言说的不安传遍全身，像蛰伏的巨兽发出了震天的低吼，让她的血液都为之震颤。

“Megan。”Ethan 唤他。

夏楚猛地回神，垂眸道：“刚才说的，我没听清，再说一下吧。”

Ethan 耐心地重新汇报今日的行程。

到了公司，忙碌起来后，夏楚便没有胡思乱想的时间了。

因为那段古怪的对话，她没再去找江行墨，甚至都没去见 Dante。

她感觉很累，好像熬了个通宵又硬撑了一个白天，此时头昏眼花，眼睛和思绪对不上号，昏昏沉沉的。

夏楚道：“就这样，我先回去了。”

Ethan 又向她确认了一些事情，最后问道：“明天和顾总的见面约在上午十点，可以吗？”

“行。”夏楚按了按太阳穴，轻声应了下来。

回到家，夏楚连澡都没洗，衣服都没换，便缩在床上睡下了。

她以为自己会做梦，可其实什么梦都没有。

大脑一片空白，深深的睡眠放松了她的精神，也让她的身体得以舒缓。

再醒来时，她有些茫然，甚至觉得莫名其妙。

她怎么衣服都没换就睡着了？还睡了这么久？

好奇怪啊。

至于那像火花般闪烁了一下的“对话”早就湮灭在深沉的黑暗中，杳无踪迹。

第五章

她精神满满地去上班，忙到上午十点，Ethan 提醒她："顾总马上到，三号会客室已经准备好。"

夏楚起身道："我这就过去。"

这是要紧事，她得一举搞定顾忆航，让他接受连线的宣传案，将新游戏的宣传和发布提上日程。

夏楚到会客室时，顾忆航已经到了。

她推门而入，一眼看到了坐在沙发上的顾忆航。

会客室秉承了连线朴素简约的风格，白色的皮质沙发，深黑的茶几，墙上有几幅抽象画，还有富有现代感的吊灯，是非常寡淡、禁欲的风格。

而那位穿着深蓝条纹西装的男人就像掉进水墨画的油彩，鲜艳到突兀。

他摘下墨镜，露出一双上扬的丹凤眼，嘴角弯起，一颗泪痣平添了无数风情。

"Megan。"他的声音比他这个人还轻佻。

夏楚客套道："顾总，上午好。"

顾忆航笑得很暧昧："能见到你，我这一整天都会很好。"

夏楚面无表情。

顾忆航早就习惯了，像越挫越勇的斗士："我看连线也要撑不住了，你还是快些来我这儿吧。"

说完，他故意停了一下，深情款款地道："维讯的 CEO 是你，我的妻子也只能是你。"

夏楚算是明白为什么工作手册上会有那样的红字标注了。

——顾忆航说的话，十个字有九个半是放 ×，剩下半个字连 × 都不是。

别看这人满嘴胡话，他管理的维讯是仅次于连线的互联网企业。

维讯主营社交平台，受众多得可怕，而且多是就业后的年轻人。这部分人爱玩游戏，又有一定的消费能力，是非常有潜力的受众。

连线的新游戏《血猎》上线在即，在各平台都进行了推广，唯独维讯这边最重要，却也最难办。

顾忆航狮子大开口，要价高得可怕，而且分文不让。

《血猎》放弃维讯这个极好的宣传平台实在可惜，所以这些日子，双方一直僵持不下。

夏楚最初和宣传部开会时还纳闷，顾忆航也太过分了，这举动明显是拒绝合作的态度。虽然是连线希望借助他们的平台宣传，但这是双赢的局面，他得罪了连线这个重要客户，以后是不想赚钱了吗？！

查了手册后，她明白了。这是顾忆航的日常行径。

维讯和连线合作的次数还是很多的，价格也很公道，可顾忆航每次都得搞一搞事，主要是他和江行墨互看不顺眼。

不顺眼到什么地步呢？

听听顾忆航说的话就能了解，他想抢人家的CEO也就算了，还想抢人家的老婆。

这能忍？

哪怕夫妻不睦，被这屈辱的绿帽子罩到头上，江行墨怕是也要气疯。

按理说，这么个宣传案，只要没有大问题，维讯也好，连线也好，都可以交给下面的人去办，哪里需要夏楚和顾忆航出面？

但顾忆航脑子有病。

只要连线“有求于他”，他就像只花孔雀一般，尾巴翘上天，非得过来嘚瑟一番。

这也是工作手册上认真描述过的，夏楚觉得以前的自己一定十分讨厌他。

也对，顾忆航轻浮、任性、长了一张妖孽般的脸，还乱搞男女关系，夏楚想不讨厌他都难！

她最烦这种男人了，一看就靠不住，只能让女孩伤心。

高中时的龚晨就是这样，仗着有一双桃花眼就任性妄为，偏偏女生还觉得他很迷人，一个个被迷得晕头转向。

其他女生夏楚管不了，可高晴也死心塌地地爱上他，还和他在一起了。

想想当年高晴受的罪，夏楚就对龚晨恨得牙痒痒，于是对眼前这个有着同样气质的顾忆航也没好感。

“顾总。”夏楚懒得和他废话，“合同您看过了吗？”

顾忆航道：“我好不容易见你一面，能不提这些无聊的事吗？”

无聊？你知道你是因为什么事来的吗？

夏楚要是十八岁，早就给他一个白眼了，但现在她已经二十八岁了（心酸），只能耐着性子和他周旋：“顾总，这儿是连线的会客室，我们谈的是该谈的事。”

“什么该谈不该谈的，我们之间又不是只有工作。”顾忆航看着她，温柔地问道，“你最近是不是又熬夜了？”

夏楚：“……”

顾忆航一双桃花眼中满是心疼：“要爱惜身体，别总熬夜，你看你都瘦成什么样了。”

夏楚心道：抱歉，老娘最近吃胖了不少。

顾忆航沉浸在自己的剧本中无法自拔：“你怎样都是最漂亮的，但我希望你能好好吃饭，保持健康的身体。”

夏楚听得鸡皮疙瘩都起来了，她面色严肃地道：“顾总，如果你对合同没兴趣，那我先走了。”

说罢她就要起身。

顾忆航哪里会让她走，叹了口气道：“楚楚，你为那么个男人拼命，值得吗？”

不值，但你更不值！

你们俩是一丘之貉，就别比什么谁高谁低了。

夏楚不想多说，转头欲走，顾忆航道：“好了、好了，知道你死心眼，我不为难你。”

说着他拿过夏楚手中的合同，坐在沙发上看了起来。

夏楚见他终于要干正事了，便没离开，坐在他的对面。

顾忆航看得很快，瞧着像是草草扫过，但放下合同后提出的问题又极其刁钻，可见他是认真看过的，只是擅长一目十行。

好在夏楚早有准备，应对得十分妥当。

顾忆航眉眼上又挂了笑意：“你要是我的妻子，我一定把你当宝贝一样供着。”

夏楚信了他才有鬼了：“不是给你做牛做马？”

顾忆航道：“怎么会？我负责赚钱养家，你负责貌美如花。”

夏楚还真的被他激起战斗欲了，向后一靠，道：“那我们可以谈谈。”

顾忆航眼睛一亮：“什么要求，我都答应。”

夏楚：“你确定？”

顾忆航道：“维讯的股份、CEO 的职位都可以给你！”

夏楚道：“这些我都不要，只想要一份婚前协议。”

顾忆航听到“婚”这个字，别提多开心了：“你说！”

夏楚悠闲地道：“婚后我不参与公司经营，只在家闲着，但你只要惹我不开心，我就可以提出离婚。离婚后，你手中持有的所有维讯的股份以及一切资产全部属于我。”

顾忆航：“……”

见他吃瘪，夏楚开心了：“怎样，顾总考虑一下？”

“连线已经穷到要靠坑蒙拐骗了吗？”顾忆航悲愤道，“我们一结婚，你就可以不开心，然后离婚，再把整个维讯送给江行墨？”

夏楚清了清嗓子：“怎么会？！我只是怕婚后你变卦，我可不想赚钱养家，你也别想貌美如花。”

顾忆航厚颜无耻道：“我难道还没资格貌美如花吗？”

夏楚没忍住：“狗尾巴花？”

顾忆航：“……”

夏楚觉得自己可能说得有些过，正想挽救一下，谁知顾忆航竟然控诉道：“狗尾巴花就不是花了吗？狗尾巴花就不能美了吗？”

夏楚：“……”

她想收回前面的话，顾忆航不是龚晨，龚晨是张扬、有毒的一品红，顾忆航只是一朵装成大丽花的狗尾巴花。

嗯……本质还是很不一样的。

顾忆航很难过，喝了杯夏楚倒的茶后，还是难过："你眼里、心里就只有江行墨。"

夏楚差点儿被呛到。

顾忆航继续幽怨。

"你为了江行墨就可以拼命赚钱。

"无论他怎么烧钱，你都心甘情愿。

"什么破D实验室，也就你拿钱让他玩！

"在这个大环境下，搞什么无人驾驶，这不是作死吗？！"

面对这碎碎念，夏楚只能默默地喝茶。

最后顾忆航总结道："反正江行墨是宝，我就是草！"

不、不、不，别误会，江行墨是人渣，你也是人渣，不相上下，难分彼此。

当然，这话夏楚不会说，她还指望顾忆航签合同呢。

"顾总，合同没问题的话，我们就签了？"

顾忆航看了看她，眉毛一扬道："我有个要求。"

夏楚："不嫁，不当，不要。"

这霸气的三连"不"也是砸得顾忆航没脾气了。要知道，想嫁给他的女人能绕S市一圈，想给他当CEO的能绕S市两圈，想要维讯股份的怕是能绕S市十圈！

然而，夏楚不为所动。

顾忆航不甘心，说道："明天中午一起吃饭，我就签了这合同。"

夏楚还在考虑。

顾忆航道："你今天这样伤我的心，难道就不该补偿一下吗？"

也是……人家顾总都沦为狗尾巴花了，的确怪可怜的。

吃顿饭也没什么，夏楚道："行，明天我安排。"

顾忆航这才舒心了些，道："那明天见。"

夏楚总算送走了这尊佛。

对顾忆航，夏楚还是摸得清。这家伙在外头花天酒地，女朋友一个接一个地换，哪有什么真情实感。

他对她更多的是惜才之情，想把她挖过去给他"卖命"。

什么CEO，什么公司的股份，夏楚现在看得门儿清：这就是吊在兔子眼前的胡萝卜，让你呼哧呼哧地往前跳，想吃到？先累死！

下班时，夏楚收到一条消息，是Dante发来的，她有些意外。

Dante："有个问题想请教一下，晚上有空吗？"

夏楚工作都结束了，本来想回家的，可看他难得主动开口，自是应下："行。"

发过去这个字后，夏楚像是想起什么一般，又发了一条："又要加班？"

江行墨回复她："今天必须做完。"

夏楚道："你晚上七点钟来二楼的九号会议室，我帮你看看，这样你就能早些下班了。"

那个小组的其他员工没下班的话，她不好去找Dante。

江行墨回复她："好的。"

晚上七点左右，夏楚等来了江行墨。她问他："这儿有电脑，你说问题，我帮你看看。"

夏楚嘴上说得自然，心里还是有一点点虚的，她虽然在编程方面入门了，但也怕问题太难，自己应付不了。

江行墨只不过是想见她，哪里会为难她。

问题十分小儿科，计算机专业的大一学生也能轻松解决。

夏楚轻松搞定后，颇为得意，觉得自己还是有天赋的。她学得很快，才几天工夫就可以教Dante了。

不过转念一想，她又挺忧伤的，Dante这天赋实在不行啊，好像不太适合做这行。

当然，她不会说这些来打击他，宽慰他道："以后有想不通的，就来找我，我帮你梳理梳理。"

江行墨道："好。"

他想不通的问题，怕是这个世界上能想通的人也没几个了。

关掉程序后，江行墨不动声色地问她："今天不忙？"

夏楚向后靠在椅子上："还好，就是碰到个讨厌鬼。"

江行墨嘴角极轻地扬了扬："哦，公司里的人吗？"

夏楚道："顾忆航，你知道的吧，维讯的CEO。"

"知道，他经常登上《时代国际》杂志的封面。"江行墨很稳得住，"他不是挺好的吗，怎么就讨厌了？"

夏楚撇了撇嘴道："轻浮的浪荡子，有什么好的？"

江行墨心情十分不错，当然面上很平静："我不太了解，不过他的女人缘的确挺不错的。"

"何止不错？！"夏楚道，"一个月换三个女友了解一下。"

他很了解，这些信息还是他输入工作手册给她看的。

夏楚忍不住想起高晴，不禁扎心，叹了口气道："男人长得太打眼就是靠不住。"

江行墨隐隐有种不妙的预感。

夏楚意识到他也长得很好，便解释道："尤其还有钱有势，像顾忆航和江行墨这样的，都不是好东西！"

被会心一击，老江同志真是冤死了。

翌日，Ethan对夏楚说："顾总已经订好了位子，中午十一点半。"

说好她订的，算了，无非吃顿饭，谁也不差钱。

夏楚点头道："好。"

忙了一上午，解决了不少问题，夏楚的心情很不错。

中午的时候，Ethan 提醒她："时间差不多了，现在出发？"

夏楚这才记起中午要和顾忆航吃饭。

她看了看时间，道："行，走吧。"

司机驱车送夏楚到了饭店，顾忆航提前到了，竟在下头等她。

虽然用花枝招展来形容男人很不妥当，但夏楚看到他时，满脑子都是这个词。

没办法，顾忆航大概是属孔雀的。

夏楚客套道："顾总太客气了。"

顾忆航道："好不容易约到你，我当然要好好表现。"

夏楚懒得和他贫嘴，说着就要进电梯。

顾忆航步子大，紧跟在她的身边，走进电梯时，神秘兮兮道："江行墨也在，还是和一个年轻女人。"

夏楚瞥了他一眼。

顾忆航道："真的是巧合，我刚才在停车场看到他和一个女人一起下车。"

巧合个鬼！如果这饭店是 Ethan 订的，还能勉强说是巧合，但这可是顾忆航订的。

夏楚算是明白他葫芦里卖的什么药了。

不过她无所谓，随口就是一句："哦，他也在？那咱们拼个桌？"

顾忆航呆滞了半秒钟后，故意压低声音重复道："他可是和一个年轻女人在一起。"他暗示得还不够清楚吗？她怎么还想和对方拼桌？！

夏楚反问："那顾总算不算一位年轻男人？"

刚过三十岁的顾总立马道："年轻力壮。"

"那不就得了，"夏楚笑道，"我也和一个年轻男人在一起。"

顾狗尾巴花卡壳了！

夏楚心里暗笑，面上却是不显的。

遇到这种情况，其实和年轻、人生阅历全无关，十八岁的夏楚不在意江行墨才是她立于不败之地的法宝，至于二十八岁的夏楚，只怕听到顾忆航的话会心塞到想立马起身走人。

说实话，夏楚还真想和江行墨拼桌。她找他两天了，也没见着人，这会儿能拼桌，她也好趁机和他谈谈。

"就这么定了吧。"夏楚拍板道，"咱们拼桌，人多热闹。"

热闹个鬼啊！

顾忆航根本是瞎扯淡，别说是见着江行墨和一个年轻女人了，他连江行墨都没见着。

谁不知道江行墨深居简出？！谁不知道江行墨是个不知疲倦的机器人？！

还出来和女人吃饭呢，只怕那工作狂连自己的午饭都抛到脑后了！

顾忆航扯出这话只是想刺激夏楚，让她心中起疑，攻破她的心理防线，只要她有一点点难过，他就可以好好安慰她了。

他没想到夏楚会提出拼桌的要求。

拼什么桌？原配和“小三”坐在一起，这饭还能吃吗？

顾忆航闷声道：“不拼。”

夏楚十分惋惜：“咱们都是熟人，一起吃多好。”

顾忆航咬牙切齿道：“我看到江行墨就吃不下饭。”

这话好有道理，夏楚居然无法反驳。

顾狗尾巴花还不忘踩人家一脚：“我最讨厌婚后偷腥的人，这种男人太不可靠。”

夏楚沉默了一会儿，心道：一个月换三个女友的人渣也好意思笑话另一个人渣。

顾忆航却理直气壮得很：“我只是因为没结婚，我要是结了婚，媳妇儿就是天，媳妇儿就是地，我……”

夏楚等着他的下文，他心一横道：“我就是天地间随风飘荡的狗尾巴花！”

夏楚一个没忍住，笑出声来。

输了、输了，是她输了，人无耻起来，天下无敌。

她这一笑，眼中神采无限，倒是让顾忆航愣了愣。

夏楚说道：“今天是顾总请客，一切听您的安排。”

她的眼中、嘴角全是笑意，像一朵退去冰寒于陡峭处绽放的无名花，你不知道它是什么，甚至看不清楚，却不妨碍你在刹那间怦然心动。

顾忆航错开视线，道：“既然听我的安排，那你可要多吃点儿了。”

夏·瘦子身、胖子心·楚无所畏惧，接受挑战！

吃过饭后，顾忆航没再搞事，拿出自己骚包的万宝龙镶钻钢笔签下了合同。

夏楚确认无误后，起身道：“多谢顾总款待。”

顾忆航又起了坏心眼：“现在走，没准儿真的会撞上江行墨和漂亮的女人呢。”

夏楚笑了笑道：“撞上才好，我正好有事找他。”

顾总就很生气了，挖个墙脚怎么就这么难！

夏楚还真想撞上江行墨，可惜她是注定撞不上的。她老公在十多公里外的D实验室，忙里偷闲想看看她，发现她不在公司，再看工作手册，行程显示：十一点半与顾忆航吃午饭。

江行墨眉毛一扬，很想黑了维讯，把这只花孔雀的尾羽拔光。

往外走的时候，夏楚看了又看，可惜没看到类似江行墨的身影。

顾忆航没好气道：“你是真想看到他？”

夏楚坦白道：“我是真的找他有事。”

顾忆航灵机一动，有了个好念头：“难道在连线你俩都不见面？”

夏楚可不敢让他知道这事，道：“有些事不值得在公司耽误时间。”

顾忆航酸溜溜地道：“你还是想看看他身边的女人是谁吧？”说白了，你还是在吃醋。

夏楚沉默了一会儿，扔出一颗深水鱼雷：“好吧，其实我就是想他了。”

这猝不及防的一口毒“狗粮”，让顾忆航瞬间血量见底。

夏楚极力按住自己身上的鸡皮疙瘩，装出一副深情的模样（大概是深情吧，她没经验）。

顾忆航战败，出了电梯，上了跑车，一踩油门，狂奔而去。

夏楚总算耳边清净了，虽然她不喜欢江行墨，但对顾忆航也没啥好感。

一个是出轨的渣男，一个是威胁有夫之妇的浪荡子，都不是什么好东西！

好在工作完成了，夏楚松了口气，觉得自己这 CEO 是越当越像回事了。

下午还有些文件要审批，因为都是有例子可参照的事务，所以她点点鼠标，通过审核就算完事了。

忙完了，夏楚也没闲着，悄悄打开抽屉，搬出一堆书籍。

《公司治理之道》《CEO 的自我修养》《治理机制》《所有权与控制》《财税法》《如何开发能培育用户习惯的产品》《如何完成比难更难的事》《无压工作的艺术》……

正所谓不懂就要学，夏楚能想到的就是“死记硬背”！

她被应试的教育模式磨炼出的死啃书本的本事倒是发挥出来了。别管懂不懂，她先记下。她本身就有先天优势，还有手册帮忙，只要学点儿专业知识，还是能勉强撑住的。

晚上八点的时候，她的手机响了一下。

夏楚正念着：“边际贡献比率等于销售收入减去变动成本除以销售收入再乘以……啊，什么鬼！”

她放下书，拿起手机，是 Dante 发来的消息。

“有空吗？”

夏楚正想换口气：“又遇到问题啦？”

Dante：“嗯。”

夏楚兴致勃勃地道：“老地方见！”

夏楚觉得自己真是运气好，来到十年后的世界，能遇到 Dante，他陪她度过最艰难的日子，如今还与她互学互助，实在是良师益友！

来到会议室，夏楚先帮 Dante 解决了“难题”。

她发现 Dante 有明显的进步，今天的问题比上次难一些，优秀！

她哪里知道，江行墨遇到的难题完全是为她量身定做，从零开始帮她找回失去的技能。

“忙”完后，江行墨道：“你在加班？”

夏楚道：“没呢，随便看点儿闲书。”她嘴上说得轻松，心里却在滴血，什么闲书，看得脑袋痛。

江行墨顺势道：“看来今天不忙？”

夏楚耐心地向他解释：“其实，在我们公司都是职位越高的人越闲散的。我如果什么都管，就算有三头六臂也忙不过来，而且各部门的主管能力很强，很多事我只是在督促和监管。”

看书果然有用，她说得头头是道，忽悠小程序员毫无问题。

“那还好，不过……”江行墨看她一眼，又道，“我看你好像有些累。”

“也不累。”夏楚道，“只是中午和顾忆航吃了顿饭，心累。”

江行墨终于听到想听的了：“怎么？”

夏楚幽幽地道：“渣男的世界，你别问。”

江行墨：“……”

夏楚叹了口气又道：“今天江行墨也在那家餐厅，还和一个年轻女人在一起，啧啧，男人啊，有点儿钱就不知道自己姓什么了。”

老江同志的心咯噔了一下，瞬间知道自己被黑了，他想拔光花孔雀的羽毛的心熊熊燃烧起来。

他问：“你看到他们了？”

夏楚道：“我没看到，顾忆航看到了。”

江行墨委婉道：“也许他是骗你的，我听说江先生很少出去应酬。”

夏楚道：“他这不是应酬，是带小情人去放松。”

江行墨有个鬼的小情人，这么多年唯一能近他的身的女人就是夏楚。

在和她结婚前，他姑姑总担心他有问题，都做好心理准备了。

江行墨小心翼翼地给自己辩解：“江先生不是那样的人。”

夏楚看他一眼：“你怎么老为他说话？”

江行墨：“……”

大概是因为人不为己，天诛地灭。

夏楚摆了摆手道：“我才懒得管他那些，反正是要离婚的。”

江行墨听到后头这两个字就不想说话了。

夏楚想想越来越近的妈妈的生日，不禁叹息道：“唉，离婚前还是得让他帮个忙。”

江行墨一怔：“帮什么忙？”

“下周我妈生日，我得带他一起回家。”说完，她又愤愤道，“可是这人总是躲着我，电话不接，面不见，真要被他气死了！”

“什么？”江行墨实在无法藏住眼中的错愕。

夏楚怪不好意思地道：“你别误会，我是真心想和他离婚，只是我爸妈还接受不了，他们那一辈人对离婚这事是非常抵触的……”

她顿了一下，又道：“我是想先熬过生日，再向他们渗透江行墨是怎样的人渣——又坏，还出轨！”

江行墨沉默了，他东躲西藏这么多天，原来是在躲避岳母的生日？！

天知道他有多想去夏楚家，多想拜访热情好客的二老，多想和岳父小酌几杯。

此时此刻，老江同志深刻体会到了“悔得肠子都青了”是何等贴切的描述——他现在都有些肠绞痛了。

缓了一会儿，江行墨道：“为什么不给他发短信？”如果她提前发一条短信，他知道不是离婚，肯定……

夏楚皱了皱鼻子道：“电话都不接，短信他会看吗？！看了又怎样？！让他知道我有求于他，他指不定要搞什么事！我本来就落在下风了，才不要给他作妖的机会。”

江行墨：“……”这根深蒂固的偏见要怎样才能化解？

夏楚又道：“他不去算了，刚好，我就和我爸妈摊牌了，直接让他们看清他是个什么样的人，也省事了！”

江行墨心一紧，感觉到巨大的危机袭来。

这生日会，他非去不可，绝不能失去来自岳父岳母的支持。

夏楚转念又道：“还是想等过了生日……你说我和他谈判怎么样？只要他陪我去参加我妈的生日，我就立刻、马上和他签署离婚协议。”

江行墨：“……”

夏楚继续道：“他肯定很想尽快和我离婚。”

他不想，一点儿都不想。

夏楚已经拿定主意：“就这么定了，我明天去试试！”

别试了，你不可能成功的。

夏楚倒是越想越“明白”了：“反正他不去，我就说他一堆坏话，让我爸妈支持我离婚，不行就走法律程序；他去了，我就遂他的愿，给他留点儿体面，咱们好聚好散。”

他不去生日会，得罪岳父岳母，结果是离婚。

他去生日会，夏楚一怒之下八成会当场和他离婚。

江行墨今年是摆脱不掉“离婚”这个魔咒了。

这真是个要么死，要么还是死的终极命题。

江行墨思来想去，决定自救一番：“也许他不想和你离婚。”

夏楚对此嗤之以鼻：“分居半年，他八成‘小三’‘小四’‘小五’‘小六’都排成队了，他会不想和我离婚？！”

江行墨道：“你别把他想得太糟糕，他不会出轨的。”

“怎么不会？！”夏楚道，“你知道咱们视频组最近遇到难题了吧？投资制作的一部剧就因为女主角田昕栗是他的小情人，才一直搁置到现在，听说是那女人怕热嫌累，要凉快些了再拍！”

江行墨小声道：“别听传言，眼见为……”

他的话没说完，夏楚打断他道：“你怎么老为江行墨说话？！”

江行墨紧抿薄唇。

夏楚打量他一会儿，不满地道：“你到底是站在谁那边的？”

江先生大概是遇到了世纪难题：我自己和我媳妇儿，我站哪边？

夏楚看着他，问：“你说，你是不是江行墨……”

她这故意一顿，江行墨瞬间坐得笔直，紧接着她就把话说完整了：“是不是江行墨派来的卧底？”

江行墨：“……”

我要是心脏不好的话，此时你就没有老公了，夏小姐。

夏楚说完，倒是把自己逗乐了，笑道："好啦，开玩笑的，你要真和江行墨有什么关系，我得怀疑人生！"

江行墨被她"捉弄"得想让她怀疑一下人生了。

夏楚兀自笑完，看到江行墨似乎有些奇怪，她还真的心生疑窦了："你不会……"

江行墨沉着冷静地道："会什么？我与他界限分明，绝无关系。"

夏楚又笑了："对！我们要珍爱生命，远离江行墨这个坏男人！"

说完，她还眼巴巴地看向江行墨，大概是在等着"闺密"和自己一起宣誓。

江"闺密"只能心情复杂地骂自己："嗯，珍爱生命，远离江行墨这个……人。"

第二天一早，夏楚看着洗漱镜上的日历，看着逐渐逼近的日子，长叹一口气。

她和Dante说得头头是道，可真让她去做决定又很难。

江行墨不参加生日会，她又怎么舍得在生日会上说这些让妈妈难过？

她还是得让江行墨参加，绑都得把他绑去！

今天有个新闻发布会，是关于新游戏上线的。

连线凭借着长盛不衰的游戏《偏见》，已然成为游戏界的传奇。

自从《偏见》上线，它就在不停地打破自己的纪录，常年霸占各大排行榜，拿了国内外数个奖项，有着庞大的粉丝群体，并且有多个终端，可以完美互通。它做到了无数游戏做不到的事，创造了无数人无法想象的奇迹。

这么多年来，连线只求精，不求多，主营这一款游戏，却取得了同行们无法超越的卓越成绩。

有着这样的铺垫，新游戏《血猎》自开发之初便备受期待。

逐渐固化的游戏市场需要新的血液，需要变革性的创新，需要让人眼前一亮的新模式，而连线显然是有这个能力和资本的，人们期待着他再度创造奇迹。

不过夏楚很清楚，《血猎》还是普通了些，它可以轻松超越市面上大多数昙花一现的游戏，可以成为连线的另一棵常青树，但它绝对没法超越《偏见》，没法成为人们所期望的具有变革性意义的存在。

因为《血猎》少了一个人。

——少了江行墨。

虽然夏楚不想承认，但江行墨的确是极有天赋的。他理念超前、做事精益求精，想要达到的目标从来不是超越别人一倍两倍，而是十倍、几十倍——只有这样，才能创造出真正的奇迹。

要说他的缺点，也是有的，而且非常致命，那就是"不差钱"。

要做就做到最好，要做就做到最完美，为此他不惜付出远超预期的金钱。

虽然之后得来的利润也是超凡的，但前期需要承受巨大的压力——让人发疯的巨大压力。

《血猎》是一个权益之作，因为它的权益性，江行墨从一开始就放弃了它。

所以它是夏楚的作品，或者应该说是二十八岁的夏楚的作品。她为它付出了很多心血，甚至还有些较劲地想要让它超越《偏见》。

但这很难，如今十八岁的夏楚以她浅薄的见识也能分辨出两者的差距。

好比宇宙飞船与飞机，飞机固然优于地面上的一切交通工具，却始终无缘探索星球外的世界。

一路上胡思乱想，抵达新闻发布会的现场时，夏楚不可避免地紧张了。

Megan 对这场面早就习以为常，夏楚却是“大姑娘上轿——头一回”！

来时还不觉得有什么，等看到这么热闹的会场，她就手心冒汗了。

在化妆室补妆的时候，Ethan 又为她梳理了一下发布会上可能会遇到的问题。

夏楚直视着化妆镜，Ethan 垂眸低声说着，字字句句都印在了她的脑海中。

她努力告诉自己：不用紧张，没什么的，发布会是早就商谈好的，不会有什么奇奇怪怪的问题，她只要按部就班地来就行。

夏楚轻舒一口气，这动作引起了 Ethan 的注意，他通过镜子看向她。

夏楚一愣，那一瞬间她觉得 Ethan 看穿了她——看穿了她的紧张，看穿了她的不安，甚至看穿了她的无知。

但 Ethan 很快移开视线，只是用低缓的声音更加详细地说着需要她作答的内容。

夏楚不敢分神，凝神听着，争取一字不落地将内容记在脑中。

走出化妆室时，Ethan 对她说：“请放心，即便有什么差错，也不要紧。”

夏楚愣了一下。

Ethan 给了她一个安抚的笑容。

夏楚转身离开时，无比清晰地感觉到——Ethan 肯定知道了，知道她的异常了。

也许他早就知道了，毕竟他是她最贴身的帮手，又如此心思缜密。

只是他从未提过，为什么……

转念夏楚又明白了：为什么要提？从各种意义上来说，她还是她，而 Ethan 忠于她，也依靠于她，他很聪明，从不越界。

再说了，Ethan 肯定猜不到她是从十年前来的，他大概只会以为她是记忆出了点儿问题。

失……夏楚瞬间面色苍白，打心底拒绝着这个词，甚至连想都做不到。

闪光灯唤回了夏楚的思绪，她的大脑里还一片混乱，面部表情却已经自主调整，展现了完美的笑容。

新闻发布会比她想象中的要轻松些，记者问的问题都是她心中有数的。

大家期待的无非《血猎》的游戏性，还有与 VR（虚拟现实技术，英文 Virtual Reality 的缩写，简称 VR）设备的兼容性等。

夏楚对这些早就了然于胸，应答自如。

发布会进展到中途，一个挤上前的男记者用眼镜后的黝黑眸子逼视她道：“能冒昧地问您一个私人问题吗？”

夏楚微皱眉心。

说是询问，但这男人用极快且非常清晰的语调问了出来：“江行墨与田昕栗的私情，您了解吗？”

这话犹如一枚炸弹，瞬间让表面平静的新闻发布会暗潮汹涌。

所有人的视线都聚集在夏楚身上，像一盏盏亮度超群的探照灯，恨不得穿过皮肉，透过骨血，将那由肋骨护住的五脏六腑都照得清清楚楚。

很可怕的视线，其中蕴藏的不是单纯的恶意，不是简单的好奇，更与礼仪、羞耻无关。只是无数那样的视线密集地聚在一起，像腐烂的兽头上无数的苍蝇——那是蝇王。

《蝇王》——十八岁的夏楚看过这本书，当时的她理解不了那种来自集体的盲目暴力，现在却清清楚楚地体会到了。

不知道二十八岁的夏楚会如何，现在的她觉得很难堪，不是因为这个问题本身，也不是因为江行墨，而是因为这些目光。

与之前所有问题相比，他们显然更期待这一个和新闻发布会的主旨无关、和游戏《血猎》无关的“私人”问题。

一道快门声响起，紧接着，无数快门声齐齐响起，夏楚僵硬的面部表情被尽数捕捉，连一丝一毫都未放过。

之前询问的男记者又逼问道：“您早就知道了吧，但默许了？难道这种婚内出轨的行为，您也会选择原谅吗？

“这份原谅是因为你爱他，还是因为您不能放弃连线？

“为了共同的利益，您会选择忍让吗？你们才结婚半年就发生这样的事，是不是意味着你们从一开始就是因为利益而结合？”

一堆问题迎面砸来，夏楚完全不知道该怎么回答，甚至不知道自己的表情是怎样的。她只觉得僵硬，脸上的肌肉僵硬，似乎连眼珠都被石化了，只能直视着前方，直视着像枪一样对准自己的摄像机。

“对不起。”Ethan 的声音响起，他站在了夏楚的面前，回道，“私人问题不予作答。”

因为有人挡在面前，夏楚回过神来，Ethan 转身对她说道：“采访结束了，请去后面休息一会儿。”

夏楚张嘴，想发出声音，才发现喉咙像被扼住了。

Ethan 仍是沉稳冷静的模样，他的声音低了些：“请放心，不会有问题的。”

夏楚松了一口气，感觉有些许力量涌入四肢，能行动了。

离开发布会现场后，她整个人像从水里被捞出来的一般，沉重又乏力，脑袋也昏昏沉沉的。

Ethan 问：“需要睡一会儿吗？”

夏楚嘴上说着“不用了”，意识却更昏沉了，靠在沙发上沉入梦境。

迷迷糊糊间，她隐约听到 Ethan 打了个电话，他在和什么人说话，也许是她的梦吧，

Ethan 怎么会喊出 Dante 的名字？

窗台前，Ethan 拿着手机道：“她睡着了，新闻发布会上的问题似乎刺激到了她。”

电话那头的江行墨想了一下，问：“是关于我和那个女星的谣言？”

Ethan 道：“是的。”

江行墨道：“她会因为这些事而难过吗？”

Ethan 道：“您可能是她选择性失忆的根源。”

江行墨道：“我不是。”

说这话时，他的声音很冷，仿佛将压在心底的凉意带了出来。

Ethan 欲言又止，转而问道：“刘医生的检查报告没问题吗？”

“没问题。”江行墨早在察觉到夏楚记忆有问题后，便安排医生偷偷在她睡着时做了检查。

他说：“各项指标都很好，只是仍旧有轻微的贫血。”

从六年前的一次体检开始，夏楚就是这样，大概是熬夜加饮食不规律的缘故，这么多年也没调养好。

她忙起来谁都喊不停，真的很难想象一个女孩会有那样的毅力和魄力。

江行墨欣赏她，也心疼她，可是连他也别想让她停下来。

Ethan 顿了一下，还是问道：“您为什么要放任那条绯闻到处传播？”

诚然……以江行墨的身份，很多子虚乌有的事会贴上来，尤其是娱乐圈的女星，恨不得真和他有点儿什么。

但连线作为一家互联网企业，又有着“八爪鱼”的外号，只要江行墨想，完全可以使这些信息湮灭在数据的深海中。

可半年前，田昕栗的事被爆了出来。

所有人都很清楚江行墨可能连田昕栗长什么样子都不知道，但他没有把这条绯闻抹掉，而是放任它到处传播。

这是为什么？

他当时是气不过，从天堂坠入地狱，周身都鲜血淋漓了，哪还有精力在意这些。

江行墨闭了闭眼睛，直接给出结果：“这事我会处理。”

Ethan 道：“Megan 应该察觉到我知道了。”

江行墨道：“也好，你可以顺势带她去一趟医院，做个更全面一些的检查。”

挂断电话后，Ethan 看了看熟睡着的 Megan。

他是一步步看着他们从一无所有走到现在的。

明明他们半年前还甜蜜相拥，共同走向婚姻的殿堂，为什么会走到今天这个境地？

这么多年来，江行墨的步子迈得很大，Megan 追得很辛苦，但 Ethan 很清楚，她是江行墨最重视的人，他执着于自己的理想，也深爱着她。

为什么会这样？

半年前，那场梦幻的婚礼后到底发生了什么？

第六章

夏楚睡醒后，精神好了很多。

她看到在沙发上看书的 Ethan，不禁抱歉地道："抱歉，我居然睡着了。"

"没事。" Ethan 合上书道，"我们现在回去吗？"

夏楚自是没有意见的："好。"

回到连线后，夏楚仍惴惴不安。

新闻发布会上，她的表现太糟糕了，虽然没说什么，但那僵硬的表情肯定会被发到网上，再加上被有心人恶意揣度，不知会造成什么样的影响。

她看了那么多管理公司的书籍，很清楚自己和江行墨为什么闹成这样也拖着不敢离婚。

分割财产都是小事，两人离婚带来的动荡是很可怕的。

股票暴跌——那可是能在瞬间蒸发数百亿市值的巨大灾难。

他们是夫妻，也是共同体，连线将他们紧密地连在一起。

不能让新闻发布出去！夏楚叫来 Ethan，开口道："今天新闻发布会……"

Ethan 道："请放心，那些镜头和照片不会流出去。"

夏楚愣了一下。

Ethan 道："江先生早已处理好这些事。"

江行墨……

也对，这牵扯着双方的利益，江行墨肯定会有所行动。

夏楚却并不领情："还不是因为他乱搞男女关系！"

Ethan："……"

夏楚意识到自己这话说得不太妥当，不过她心中有疑，也算是在试探。

她看向 Ethan，欲言又止。

Ethan 还是那副模样，冷静、沉稳的同时让人安心，似乎她交给他的所有事，他都能完美地完成。

夏楚到底没问出口，而是说道："昨天的那个预案有些问题，你通知一下相关人员，再开个会。”

她没问 Ethan 是否知道她的异常。

其实，她问了也意义不大。

Ethan 是她的助理，是忠于她的。

在这家公司里，她在，他的价值才是无可替代的。

所以无论她有什么异常，她只要还是她，那这个聪明的男人都只会忠于她。

晚上的时候，夏楚还是不放心，到网上搜索了一下。

当然，她什么都搜索不出来，别说是她难堪的照片，连江行墨和田昕栗的绯闻都消失得无影无踪。

夏楚知道是江行墨所为，讥讽地道：“做贼心虚。”

之后她点开了今天的发布会录播，看到了从容不迫的自己。

新闻发布会是直播，按理说，当时那记者提的问题会被直播出来，但平台是连线的，估计在那个瞬间就被掐断了，所以并没有后面那一段。

录播是剪辑过的，剪得非常好，连夏楚看了都觉得自己挺厉害，很有总裁范儿。

彻底看完，知道自己没丢脸，夏楚放心了。

她松了口气后，便想到了 Dante。

当然，这事不方便和 Dante 说，不过她还是想见他，两人凑在一起骂骂江行墨也是趣事一桩。

想到这里，夏楚便兴致勃勃。她刚想给 Dante 发信息，却收到了一条信息。

看到“江行墨”三个字，夏楚愣了一下。

江行墨给她发信息了？

不接电话，不见面，避她如蛇蝎的渣男主动给她发信息了？！

夏楚点开，看到一行字：“下周是妈妈的生日，要怎么安排？”

我的天！夏楚睁大眼，怀疑自己根本没上过学，根本不认识中国字，根本不理解这句话的意思。

他和她分居半年，他还好意思叫她妈一声妈？！

他恨不得这辈子不和她见面，竟然还问她妈妈的生日要怎么安排？！

夏楚胸口涌上一股怨气，但她没说出口，一来是没骂过，二来是还需要江行墨配合。

她斟酌字句，回复他：“你去吗？”

江行墨回复得很快：“妈妈的生日，我当然会去。”

夏楚：“……”还当然会去！

夏楚硬是忍住情绪，继续回道：“你去就行，其他的，我安排。”

本以为两人的对话结束了，谁知江行墨又发来一条消息：“我不认识田昕栗，我和她没有任何关系。”

呵呵，闹出事了，现在说没有任何关系了，早干什么去了？

夏楚隔着手机送了他一双白眼。

江行墨等了三分钟也没等到回复，只能默默地换了手机卡，披上马甲，问：“在吗？”

夏楚和 Dante 照例约在会议室，“共同学习”后，夏楚开始吐槽江行墨。

她起初是不想提新闻发布会的事的，这事已经被压下去了，再说出来怪不好的。

但后来说着说着，那被记者逼问、被摄像头对准、被一双双眼睛如蚊蝇般盯紧的恶心感汹涌而上，她有些控制不住了。

大概像是受了委屈的小孩，见着亲近的人时，她才真正感觉委屈。

她道：“要不是他行为不检点，我至于那么难堪吗？！”

江行墨听得心头刺痛，他哪里想得到会有今天？哪里想得到夏楚会把自己清空，会忘记一切？

当时他万念俱灰，认定一切全完了。

说完，夏楚又意识到自己说了不该说的，赶紧闭嘴，生硬地转移话题：“无所谓了，反正是要离婚的，等以后桥归桥、路归路，谁也别想欺负谁！”嘴上说得顺畅，心里却是没底的，就这个现状，她怎么敢和江行墨离婚？！

别说离婚，她连辞任 CEO 都难。

她看书看多了，了解得也多了，很多之前没发现的事此刻也发现了。

Ethan 知道她的异常了，其他亲近她的人呢，是不是也有所察觉了？

她自认装得挺像，可高中毕业生和顶尖企业 CEO 之间的差距，哪里是仅凭装就行的？

也许他们都察觉到了，但是不说。

原因都是一样的，无非她必须是她，他们全都希望她能稳稳地坐在这个首席执行官的位子上。

他们辅佐她，也依靠她，是彼此共生的。

当然，可能他们全都以为这种异常是暂时的，雷厉风行的 Megan 总会醒来。

在这样的情况下，她如何辞职，又怎敢辞职？

她离开这个位子的话，要牵扯的人实在太多。这些人是支撑她的树干，是深埋地下供给她营养的树根，他们绝不会允许她倒下。

江行墨问她：“要不要喝水？”

夏楚惆怅道：“想喝酒。”

江行墨此时的心情大概是她想要天上的星星，他都会研究火箭，为她上去摘一摘：“酒吗？”

夏楚哈哈大笑：“逗你的，我才不会在公司喝酒。”她说完，又好奇道，“你不会在公司里藏有酒吧？”

江行墨：“……”

夏楚道：“好啦、好啦，白开水。”

江行墨问她：“有热可可，要吗？”

夏楚眼睛一亮：“好啊！”

回来时，江行墨不仅端了杯热可可，还拿了块巧克力。

夏楚看着眼馋，但想到自己霸道总裁的身份，硬是端着架子道："你这藏货不少嘛，又是热可可，又是巧克力，Dante 小伙，你是准备追哪个小姑娘？"

追你。

当然，江行墨没胆子说。

江行墨问她："吃吗？"

夏楚道："不吃，我又不是十几岁的小姑娘。"

江行墨："……"嗯，十八岁四舍五入算二十岁了。

江行墨将巧克力放在桌子上道："那算了，我不爱吃甜的。"

夏楚想吃，想吃，可想吃了，但二十八岁的成熟女性怎么能这么幼稚呢？她要忍住。

夏楚挪开视线，小口喝着热可可，勉强解馋。

两人又聊了一会儿，大体就是骂骂渣男，嫌弃一番，再一起宣誓，坚定离婚的信念。

江行墨能怎样，还不是老实地听着。

分开的时候，江行墨先走，夏楚在后头。她走出去一会儿后，又赶紧返回。

看到 Dante"落下"的巧克力，她美滋滋地捡起放到口袋里——她才不是嘴馋，她是怕浪费！

第二天，夏楚开始整顿影视投资部。

一大早，她看着 Ethan 提前准备好的资料，越看眉心皱得越紧。

Dante 有句话说得没错，别一味地听信谣言。

她虽然对江行墨有偏见，但她知道，在和工作有关的事上，他从不含糊。

既然那个田什么的他可以说扔就扔，他对她想必也没传言中那么看重。

他不看重的话，又怎会任她为所欲为？

夏楚要好好查查，这片子究竟为什么一直被搁置。

这一查，她还真的查到了不少东西。

总的来说，田昕栗不过是个幌子，真正拖延的是导演。

连线的视频组对这个项目很看重，提出的要求很高，注入的资金也不少，但接受投资的导演是个不靠谱的人，是个典型的没金刚钻却要揽瓷器活的浑蛋。

起初看不出什么，可正式开拍后，他的问题便暴露无遗。

视频组的负责人对他很不满意，他竟然就这样撂挑子了，还把锅甩到田昕栗的头上，弄出个"天热太闷，等凉快再拍"的论调。

田昕栗也是个傻姑娘，巴不得自己和江行墨的关系公之于众，可以好好地蹭一回热度。

夏楚看得眉心紧皱，问道："这个导演是我指定的？"

Ethan 低眉顺眼道："是的。"

这就让夏楚很想不通了，她是眼瞎了吗，怎么会选这么个垃圾，而且还是特别指定，必须用他！

更让夏楚意外的是，连田昕栗都是她指定的。

这不是眼瞎的问题了，而是脑残吧！她的脑袋让驴踢了吗？！

为什么要让“小三”去拍自己投资制作的影片？

难道是江行墨授意，逼迫她的？

不至于吧……倒不是她觉得渣男干不出这事，而是她没这么尿吧。

堂堂连线首席执行官、大权在握的 Megan 会这么委曲求全吗？！

这不是委曲求全，这简直是自虐了！

夏楚怎么都想不明白，看了看 Ethan，Ethan 眼神平静，一副她想怎样就怎样的架势。

夏楚心一横，放下文件，道：“把这个项目停了！”

Ethan 明显一愣。

夏楚道：“现在停掉，注入的资金可以回笼，能将损失降到最低。”

Ethan 没出声，夏楚又道：“本来连线对这个领域涉足不深，与其任人摆布，不如做好自己擅长的。”

娱乐圈是一潭浑水，虽然金多，但水深，与其在泥塘里摸食人鱼，还不如去大海中捕虾。

连线在游戏领域的探索尚未走到尽头，视频网站一直以来也是专注于开发和维护，与其付出精力去弄一部注定扑街的影片，还不如把钱用在刀刃上。

而且……夏楚小声道：“把这钱扔到 D 实验室也比扔在这里强！”

不知道是不是她的错觉，她觉得 Ethan 的声音轻快了些，他说：“我这就去安排。”

夏楚做了这么大的决定，其实是有些心虚的，但见 Ethan 并未露出不认同的表情，她又安心了。

两人现在也是心照不宣，她知道 Ethan 已经知道她的事情，既然 Ethan 没反对，想必这个决定是没问题的。

事情进展得异常顺利，会议上宣布项目终止时，整个视频组的人似乎都松了口气。

夏楚实在疑惑，当初的自己到底为什么要投资这部影片？为什么要坚持这样一个连十八岁的她都觉得有问题的项目？

她找不到答案，因为找不到二十八岁的 Megan。

接连两日，夏楚都有些不安，但什么都没发生。

日子一如往常，忙碌又充实。

眼看着周五临近，夏楚把心思都放到了妈妈的生日上。

其他的都已安排妥当，她只担心江行墨会临时变卦，不出席。

周四下午，夏楚又给他发了条短信，想确认一下时间。

江行墨回复得很慢，大概隔了两个小时，回复的内容也很简短：“九点，东停车场。”

明天上午九点，在连线东停车场见面？

夏楚撇了撇嘴，懒得再回复他。

人家都一副不想和她多说的模样，她还说个鬼。

这天晚上，她睡得不太踏实，一直在做梦，梦里一切都特别清晰，可她醒来就什么都记不得了。

夏楚并未当回事，人嘛，做的梦有七八成是记不得的。

周五这日终于到了，夏楚还挺期待的。

一来是要和爸妈见面了，可以陪他们一整天，她想想就开心（可怜她念书的时候整天想着出去玩，一个暑假都巴不得在外头过）；二来是要见到江“渣男”的真面目了。

听说渣男长了一张俊脸，也不知道得俊成啥样，才能把这个时空的自己迷得晕头转向。

能有Dante好看吗？夏楚觉得自己想太多了，三十二岁的大叔能和二十二岁的小鲜肉比吗？

不在一个量级好吗？

夏楚非常自信，觉得自己见到江行墨也不会有丝毫情绪波动，只会甩给他一张嘲讽脸。

算好时间后，夏楚出门了，径直走向东停车场。

这儿停的车不多，她远远就看到了那辆纯黑色的Model X。其实这车在很多人眼中是白色更好看，但不知为什么，她觉得黑色更好看。

她从正面走过去，当那对称的鹰翼般的门升起时，好像看到了一只雄鹰在地上展翅，渴望着碧海蓝天。

她要见到江行墨了，要见到自己名义上的丈夫了。

夏楚轻舒一口气，大步走了过去。

尚未上车，她就看到了坐在里面的男人。

一瞬间，夏楚呆住了，整个人的表情拍下来，大概可以用来给“呆若木鸡”当表情包。

“你……”夏楚都不知道该说什么了！

里面的男人目不斜视，声音沙哑且古怪：“一点儿小伤。”

这是小伤吗？这都被纱布裹成木乃伊了吧！

万万没想到，夏楚真是万万没想到，自己的丈夫竟然是个“粽子”。

早知道江行墨这副德行，她把Dante用纱布裹一裹带去见爸妈也完全没问题好吗？

夏楚眼睛一眨不眨地盯着他，江行墨还是很紧张的。

他自认包裹得密不透风，不漏任何细节，助理也连连保证：“真的认不出您是谁。”这不是认不出是谁的问题了，而是连这是不是人都不确定了，老大！

夏楚坐下后，转头看他：“你都这样了，还是别去了。”

她带他回家是给妈妈过生日的，可不是去吓爸妈的。

江行墨瓮声瓮气地道：“开车。”

司机已经发动车，驶出停车场。

夏楚还是忧心忡忡地道：“你真的不要紧？”

江行墨不出声了。

夏楚还欲再问，却见江行墨拿出手机，用裹着绷带的手指戳了戳。

叮。夏楚的手机响了一声，她拿出来一看。

江行墨：“上火，嗓子哑了，说话难受。”

夏楚沉默了一会儿，倒也能体谅，这么热的天裹成这样，不上火才怪。

夏楚问他：“你这到底怎么弄的？”

别看江行墨看似被裹得密不透风，手指都缠了薄薄的纱布，却秉承了工程师的特性，灵活得很。为了方便打字，在包裹的时候特意露出了点指尖，他打字道：“车祸。”

夏楚睁大了眼：“车祸吗？！”这得被撞成什么样了！

江行墨道：“挡风玻璃碎了，都是皮外伤。”

夏楚还是很惊讶：“挡风玻璃都碎了，还只是皮外伤？！”

江行墨打字：“身体没有大碍，前些天做过检查了，你要是不放心，再陪我去一趟医院？”

夏楚：“……”鬼才要陪你！

两人明明坐在车里，同在后排，呼吸的空气都是一样的，可是在用手机交流。

当然，江行墨是刻意为之，这样用社交软件交流，一来可以避免自己的声音暴露，二来可以转移夏楚的视线，让她不盯着他看。

其实，他还是有自信能暂时瞒住她的。

主要是他浑身裹满绷带，体形都变了，再者，他这模样，任何人看到都只顾着看绷带了，哪里还会在意其他细节。

况且在夏楚的意识里，Dante和江行墨是同一个人的概率大概堪比火星撞地球，所以他被认出的可能性极低。

但也要防患于未然，他毕竟不是一个演员，没办法彻底掩藏自己的形态举止，甚至是眼神，所以还是要尽量让她少看他。

夏楚对这个状况一脸蒙，满脑子都是“粽子”，有点儿转不过弯来。

江行墨又打了一行字：“我前些天在医院，不太方便接你的电话。”

什么叫一箭双雕？这就叫一箭双雕。

夏楚明显愣了一下，想起自己对他的围追堵截……不禁有些汗颜。

江行墨知道她不会问，干脆主动交代：“我怕你担心，所以没告诉你。”

夏楚：“……”这让她说什么好？

江行墨又说道：“没事的，只是看着严重，其实已经很幸运了。”

夏楚只能回复他：“既然受伤了，就好好养伤。”

过了好一会儿，江行墨道：“你能让我去给妈过生日，我很开心。”

看到这条信息，夏楚怔住了。

这……这信息量有些大啊！

什么叫我能让你去给我妈过生日？难道以前的我是不让的吗？

还有……你很开心，开心的点在哪里？

夏楚蒙蒙地看了一会儿，有些跟不上节奏。

觉得画风很不对，夏楚沉默了，没法回复这条信息，甚至因为这句话而不敢抬头看江行墨。

难道这其中有什么误会？

说实在的，江行墨都裹成粽子了，还执意要去给妈妈过生日……这不太像不负责的男人会干的事吧？

夏楚有些看不懂他了。

见她不出声，不抬头，江行墨默默地松了口气，不再端着身体，稍微垮了点儿，靠在椅背上。常年从事计算机行业的人大多有这毛病，后背僵硬，坐直了会难受。

谁知夏楚猛地转头。

江行墨立马挺直后背，幸亏头上全是纱布，要不汗都要沁出来了。

夏楚正色道："你还是回去休息吧，这样出门太危险了。"不管江行墨是不是有愧于她，他这副样子都该好好在家养伤。

江行墨顿了一下，才在手机屏幕上打字道："我在公司也是一堆事，跟着你出来反而是休息了。"

夏楚："……"她沉默了一会儿后，忍不住说道，"你都这样了，还在工作？"

江行墨解释道："伤很轻，不碍事。"

夏楚这就没话说了……

她也劝不了太多，总的来说，她和江行墨是陌生的，虽然有夫妻之名，而且还相识了八年之久，但对现在的她来说，他就是个陌生人，还是个她对其有成见的陌生人。

她没再出声，只默默地转头看向窗外。

江行墨也没再打字，似乎是有些累了，向后靠在椅背上，闭上了眼睛。

夏楚这一路的心情十分复杂，下车到家后，心情更复杂了！

江行墨个子很高，很壮实，大概是身体上也裹了绷带，他下车后站在夏楚身边，她极有压迫感，感觉自己的高跟鞋都没了气势！

她想离他远一些，他也不出声，就眼巴巴地看着她。

夏楚想想两人的关系，再想想家里的爸妈，只得任命地离他近些。

江行墨将胳膊一曲，夏楚："……"才不要挽你的胳膊！

江行墨也没出声，也许是嗓子不好，说不出话。

反正夏楚是说什么都不会挽他的胳膊的！

两人按响门铃，等了十几秒，夏爸爸便冲过来开门，十分迅速，十分期待。

门还没被彻底打开，夏爸爸的声音已经先响起："可算回来了，你妈大清早就在念叨你俩……"

话没说完，他看到了自己的女婿。

夏爸爸被吓了一跳！

看着呆滞的老爸，夏楚只能唤道：“爸。”

她身边的男人也用沙哑得不成音调的声音唤道：“爸。”

夏楚在心里翻了个白眼：这是我爸，不是你爸！

夏爸爸回过神，赶忙让开路，等两人进屋后，颤着声音问：“这、这是怎么了？行墨，你这是怎么了？”

江行墨看着夏爸爸，用自己那拉风箱般的破嗓子说道：“没事的，爸，就是……”

夏楚听不下去了，耳朵疼，也见不得他一个劲地和她抢着喊爸，于是接过话头道：“他前阵子出了场小车祸，身体没大碍，就是受了些皮外伤。”

一听车祸，夏爸爸面色大变，连忙道：“怎么这么不小心？！都包扎成这样了，还没大碍？！”说着，他一脸不满地看向夏楚，“你也是，这么大的事，也不和我们说！”

夏楚：她不是不说，而是她也刚知道好吗？

夏爸爸又道：“既然受伤了，就别出来了，在家好好养着，让楚楚仔细照顾你！”

江行墨心里是极暖的，然而他哪敢“痴心妄想”，还被媳妇儿照顾呢，能不离婚他都感恩戴德了。

他哑着嗓子道：“真的不要紧，今天也是出来透透气……咯……”说着，他忍不住咳了起来。

夏楚只好替他说道：“他有些上火，喉咙肿了，还是少说点儿话吧。”

夏爸爸可宝贝这女婿了，赶紧道：“那就别说话了！爸爸一会儿给你熬一碗冰糖雪梨，你润润嗓子。”

夏楚沉默了：我感冒嗓子哑时怎么没这待遇……

这时，听到动静的夏妈妈从厨房出来，看到江行墨，也愣了愣，紧接着快步走近，表情和夏爸爸如出一辙，都是又震惊又心疼又埋怨——没错，埋怨是对着夏楚的。

夏爸爸说道：“你看这孩子，受了这么重的伤也不告诉我们，竟然还千里迢迢地跑来给你过生日！”

夏妈妈感动得眼眶都红了：“怎么就伤成这样了？医生怎么说？可以出门吗？不用住院？”

夏楚只得再解释一番。

江行墨全程超乖，乖得可像个粽子了。

夏妈妈又忍不住对女儿说道：“你也是，怎么能跟着胡闹？！怎么就这样让他出门了？！”

江行墨插话道：“不怪楚楚，是我非要过来的。”

他声音不成调，非常沙哑，还这么亲昵地叫楚楚，夏楚的鸡皮疙瘩直蹦跶。

夏妈妈看向他便是一脸心疼与爱护：“你啊，不用这样的，我们一家人，平平安安、健健康康就是最好的！”

江行墨心底一片温暖，很感动，又很愧疚。

他知道夏爸爸和夏妈妈是真的关心他，而他最不愿让关心他的人难过。

夏爸爸接话道："好啦，来了也好，在家估计他也是闲不住的。反正在家里吃饭，行墨就好生坐着，等爸给你做好吃的！"

夏妈妈像是想起什么一般，起身道："对了，妈出去时给你带了礼物。"

夏楚心道：他啥也不缺，妈，您可别费心了。

夏妈妈很快回来，手里拿了个很大的盒子，道："不是什么值钱的东西，但妈记得你喜欢玩这个。"

江行墨又哑着嗓子道："谢谢妈。"

他打开盒子，里面是个巨大的魔方。

夏妈妈一脸期待地看向他，他眼中全是笑意："我很喜欢。"

夏妈妈也很高兴："妈记得你喜欢玩魔方。"

夏楚见不得这其乐融融的样子，在心里扁嘴。

夏爸爸夏妈妈去厨房忙碌，夏楚被强制留下来照顾病号。

但病号没和她说话，而是在玩手里巨大的魔方。

那魔方真的很大，夏楚还真没见过这么大、这么复杂的魔方。

夏楚看得好奇，心里想着：他这是要打散了复原？

江行墨没出声，夏楚看了一会儿后，觉得无聊，就去厨房帮忙。

夏妈妈不断地把她往外赶。

夏楚说："人家专心致志地玩魔方呢，不用我照顾。"

夏妈妈探出头来看看，挺开心地对夏爸爸说："你看，我就说行墨会喜欢。"

夏楚就有点儿吃醋了，凭啥啊？老爸老妈凭啥对江行墨这么好？

午饭摆上桌时，江行墨也停下了手上的动作，夏楚悄悄瞄了一眼那魔方，顿时愣住了。

江行墨起身，将魔方递给夏妈妈："妈。"

夏妈妈和夏爸爸都目瞪口呆了。

不是因为魔方被复原，而是魔方有四个面赫然被拼出了四个字。

生、日、快、乐。

夏妈妈接过魔方，转着圈地看着，脸上的喜悦真是无法用语言来形容。

江行墨又扯着嗓子，拿出一个精美的首饰盒："这是我和楚楚给你准备的生日礼物。"

黑丝绒的首饰盒里躺着漂亮的整套祖母绿项链、耳坠、手链，还有戒指。

项链吊坠上的祖母绿是最大的，颜色极美，饱和度极高，仿佛新抽出的嫩芽，泡在了清晨晶莹的露珠下，散发着干净优雅的气息。

耳坠相对小一些，显得十分别致；手链和戒指上点缀着钻石，反射出的光芒澄澈又绚丽，实在是抓人眼球。

别说夏妈妈了，连夏楚这个对首饰毫无兴趣的人都看得双目一亮。

夏妈妈是很喜欢的，说道："不用这么破费。"

江行墨说："也是做儿女的一点儿心意。"

虽然声音嘶哑，但话的内容非常动听，夏妈妈也知道他俩不差这个，便欣然收下，当然眼睛还是看着那个大大的魔方。

再珍稀、昂贵的首饰也比不过手中的魔方蕴藏的这份心意和惊喜让人感动。

夏妈妈都舍不得将魔方还给江行墨了，虽然这本是她送给他的礼物。

夏楚也是服气的，其实她也给妈妈准备了生日礼物，但和江行墨的这一套又一套比起来，自己的就太寒碜了，完全拿不出手！

既然江行墨说这套祖母绿是他俩一起送的，那她……就默认了吧。

夏爸爸端了冰糖雪梨出来："来、来、来，先喝点儿润润嗓子。"

江行墨想道谢，夏爸爸连忙说："好了，客气什么，快喝吧。"

江行墨便收声了，小心地端着碗。

夏妈妈这会儿是丈母娘看女婿，越看越满意。

她给女儿使了个眼色道："还不去帮忙，他的手都包着纱布呢，端着碗不疼吗？！"

夏楚："……"

江行墨张口就想说自己行。

夏妈妈已经制止他开口说话，对夏楚道："快，去帮他端着，都是夫妻了，害羞什么。"

夏楚愣了半晌才反应过来：妈，你这话的意思是让我喂他喝吗？

夏妈妈还故意拉着夏爸爸避到厨房去："你们先喝，我去看看汤炖得怎么样了。"

能怎么样？饭菜都上桌了，可以开饭了，爸妈！

可怜二老对厨房爱得深沉，走得飞快。

夏楚看了看江行墨。

江行墨目不斜视。

夏楚再看了看自己手里的冰糖雪梨。

江行墨很自觉，扯着风箱嗓子道："我自己来。"

夏楚将冰糖雪梨放到茶几上，又把茶几往他面前推了推。

要她喂他是不可能的，这辈子都不可能，把碗放在他伸手可及之处已经是她的极限了！

夏楚道："喝吧。"

江行墨低声道："谢谢。"

他的嗓子还是沙哑的，两个字说得像某种变了音的乐器，听得让人难受。

夏楚道："嗓子不好，就少说话。"

江行墨没再出声。他舀了一勺冰糖雪梨，喝到嘴里时，只觉得这甜味太足，霸占了舌尖，淌进胃里，暖了五脏六腑。

也许这美好是昙花一现，但也让人心甘情愿地沦陷。

时间差不多后，四人坐在桌前，即将开席。

其实夏楚是有些纳闷的，他家亲戚不少，怎么一个都没来？！

只是看父母都表现得很正常，她没好意思问，便当成是理所当然了。

过生日自然要有生日蛋糕，这也是江行墨准备的，蛋糕不大，但是造型精致，哪怕瞧着极其简单，但从那刀叉，也能嗅出昂贵的味道。

夏楚心情不错，说道："妈，我来唱生日歌吧！"从会唱这首歌开始，她每年都给爸妈唱，这也是年幼时能给父母的最好的礼物了。

可此时此刻，她这句话一出，桌上三个人都不约而同地看向她，或多或少有些惊讶。

夏楚敏锐地察觉到了，心道：坏了，一开心就忘了自己是个二十八岁的成熟女性了！

这个年纪哪有唱生日歌的，稍微能干些的，只怕孩子都能出来给姥姥、姥爷唱歌了。

只是，话已出口……

没一会儿，夏妈妈喜道："好啊！好久没听囡囡唱生日歌了。"

夏楚已是骑虎难下，怪不好意思地说："也……也没别人，就……凑合着听听吧。"

不想那么多了，妈妈开心最重要！

她清了清嗓子，缓缓地唱了起来。谁都会的一首歌，歌词简单，曲调也简单，可其中蕴含的情感从不简单。

夏楚的声音是好听的，不是那种让人惊艳的音色，而是潺潺的溪水般透彻的声音，是流进了耳朵里能洗涤心灵的干净的声音。

江行墨默默地听着，瞳孔极轻地缩了缩。

夏楚给他唱过生日歌。

那时他们还在大学里，一起熬夜做一个项目，他从不过生日，也没人给他过，他自己也没在意过。

也不知道夏楚是怎么知道的，凌晨钟声敲响时，她问他："今天是你的生日吗？"

江行墨微愣，从电脑屏幕后抬头，看向她的视线有些疑惑。

夏楚微笑道："我没准备礼物，你不介意的话，给你唱首歌？"

那是江行墨第一次听到生日歌，那清澈的女声，带着些许紧张与局促，回荡在空寂的夜里。

夜太黑，回声太响，震撼了他的胸腔。

唱完后，夏楚摆了摆手，掩饰自己的不好意思："好啦、好啦，妈，你快许愿，吹蜡烛了！"

夏妈妈双手在胸前合十，闭着眼，弯着唇，许下的是一位母亲唯一的愿望：愿孩子一生平安幸福。

一顿饭吃得很开心。夏爸爸夏妈妈很开心，夏楚就开心；夏楚开心，江行墨就开心；江行墨开心，夏爸爸夏妈妈更开心……如此循环，便是一个家。

饭后，夏爸爸说道："不用你们收拾，你们忙就赶紧回去吧。"

夏楚舍不得走，江行墨竟哑着嗓子来了句："四个人，刚好够一桌。"

这可把夏爸爸夏妈妈高兴坏了："你们有空？"

夏楚能说啥，只能留下来陪爸妈搓麻将了！

一家人收拾好桌子，玩了一下午，江行墨一个人输，输了个底朝天。

夏楚心道：数学博士了不起，脑子转得真是快。

夏爸爸夏妈妈玩得很尽兴，只不过顾及江行墨的身体，怕他受不住。

江行墨道："不会，屋里凉快，这样坐着不动挺好的。"

夏爸爸赶紧把空调的温度又调低了些。

他们这一玩，竟玩到外头天将暗。

夏爸爸想了一下，说道："要不你们今晚别回去了？"

夏楚还没意识到前头有坑，连忙道："好啊、好啊！"她巴不得一直住在家里。

夏妈妈抿唇笑道："那行，我去给你们换新床单。"

夏楚愣了愣：等等，情况不太对！

妈！你是打算让我和一个陌生男人睡一屋吗？

夏楚心里在疯狂地咆哮，可她连半个字都没法从嘴巴里说出来。

江行墨对她来说再怎么陌生，也是她名义上的丈夫。夫妻两人回娘家，留宿的话自然是要睡在一起的。

夏妈妈的逻辑没问题，是她自己太有问题！

坏了、坏了，这可怎么办？话已出口就是泼出去的水，她要怎样才能收回来？

夏妈妈美滋滋地要去找新床单，夏楚额头都要冒汗了，说："我……我……们……"

夏妈妈看向她："怎么了？"

夏楚："……"

夏妈妈误会了，十分善解人意道："你们忙就回去吧。"她嘴上这么说着，眼里是强忍着不流露出来的失望。

夏楚到嘴边的话生生变成："不忙……"

说完这话，夏楚都想哭了。她竟然要和一个疑似陌生人同床共枕，还是被亲妈撮合的！她真是哭都没处哭！

万万没想到，江行墨居然帮了夏楚一把，他用漏风的嗓子说："我和楚楚最近不睡在一起。"

夏楚一愣，没搞清他这话是什么意思。当然，他说的是事实，他俩别说不睡在一起了，根本是连面都不见。可他为什么要在这时候提，难道是要和爸妈摊牌？在妈妈这么开心的时候吗？她的神经瞬间绷紧。

显然，满屋子就她的想法异常，夏妈妈道："也对，你伤成这样，睡一起怕是很不方便。"

江行墨："嗯，她怕弄疼我。"说完，他还特意温情地道，"其实我不怕的。"

言下之意就是，我不怕她弄疼我，我更想和她睡在一起，但是她不放心，所以才不得不分床睡——一个人的戏愣是演出了两个人的甜蜜，这人也是可以的。

夏妈妈心领神会，又满眼笑意："好啦，家里房间多，我把楼下两间屋收拾一下，挨得近，楚楚也好照顾你。"

夏楚虽然被江行墨弄得起了一身鸡皮疙瘩，但也真心实意地感激他——真和他睡在一屋，她怕自己一个忍不住开窗跳下去，哦，或者把他推到窗外。

夏妈妈去找床单，夏楚跟上去帮忙。

夏妈妈道："不用你，我来就行。"

"又不麻烦。"她总想挨着妈妈，像只归巢的雏鸟，贪恋着母亲的羽翼。

夏妈妈只觉得很窝心："囡囡现在很辛苦，这些琐事就别碰了。"

也不知为什么，听着妈妈这么说，夏楚只觉得一股子酸意从胸口往上蹿，压都压不住。

"妈……"她张口，声音有些变调。

夏妈妈察觉到了，看向她："怎么了？"

夏楚赶紧收住情绪，环着妈妈的胳膊道："就是觉得很想你。"

其实分开没几天，但她的心里空落落的，家人就成了最思念的避风港。

夏妈妈拍拍她的手道："你啊，人前威风八面，回家还是个小姑娘。"

夏楚怪不好意思的，但当着自家妈妈的面，又有什么好顾忌的。她缠着妈妈说："妈，今晚我和你睡在一起吧。"

夏妈妈戳她的脑门："你都二十八岁了，还当自己七八岁？"

夏总也不要脸了，说："我们一起说说话嘛。"

夏妈妈还在担心着女婿："行墨身体不舒服，你晚上还是要离他近些，时常注意着，也好照顾他。"

夏楚偷偷撇了撇嘴，声音倒是一本正经的："不要紧的，他都陪你们打一下午麻将了，还能有什么事？"

"你啊。"妈妈式念叨又开始了，"行墨对我们这么好，为的是什么？难道我们两个老人家还有什么值得他在意的？还不是因为你！他重视我们，就是把你放在了心尖上，你也该好好待他，知道吗？"

夏楚微怔，心情十分复杂。

妈妈说的这些，她都懂，可越是懂，越是不明白。

江行墨这是做什么？他们不是都分居了吗？不是老死不相往来了吗？不是快要离婚了吗？他今天这一出又是什么意思？

而且爸妈真的很喜欢他，毫无虚情假意，这说明他一直在她爸妈面前表现得很好。

夏楚想不通。

夏妈妈又对她说："夫妻相处不能单方面付出，他对你这么好，你也要对他好，知道吗？"

夏楚："……"妈，他对我真算不上好。

当然，田昕栗的事，妈妈是不可能知道的，这种绯闻还只是小道传播，没彻底爆出来，那新闻发布会上的提问是条引线，如果没压住，才算真正公之于众。

夏妈妈又道："妈知道你打小要强，但对自己的丈夫没必要那么要强，夫妻俩要多商量、多体谅，你们是一体的，懂吗？"

夏楚窝了一肚子话却没法解释，只能闷声应着。

夏妈妈到底疼孩子，又难得见她这副小女儿架势，心里一软，便道："行吧，妈妈今晚陪你睡，咱们就在楼下，你也方便过去照顾行墨。"

夏楚在心里翻白眼：才不要照顾他。

翁婿俩也在闲聊。

因为江行墨嗓子不好，基本是夏爸爸在说，说的内容无非伤要好好养，有事和楚楚说，别总熬夜，正经吃饭……

倒不是夏爸爸没抱负，不爱谈工作，主要是女婿从事的领域太高端，夏爸爸怕自己一开口就成大土鳖，所以绕开了，只提些生活方面的事。

殊不知，江行墨就爱听这些。

说到后头，夏爸爸道："晚上用不用换药？你们没带药和纱布吧？"

江行墨一怔，说道："我刚好订了晚餐，一会儿让他们顺便把药带来。"

应该要换吧？江行墨也拿不准，只是这么热的天，他怕自己散发出醉人的"芬芳"。

夏爸爸又问："你和楚楚能行？需不需要我帮忙？"

江行墨沉默了一会儿，硬着头皮道："能行。"楚楚是不会帮他的，她真想帮，他也只能忍痛拒绝，不敢。

晚饭虽然没出去吃，但助理订的餐很棒，而且运送得很好，仿佛刚从星级厨房做出来，转瞬就送到了餐桌上，一切完美无缺。

一家人吃过饭，坐在一起聊聊天，收拾一下，也该各自就寝了。

江行墨的助理给他们送来了过夜的东西，居然还包括夏楚的睡衣、换洗衣服，还有化妆品。

夏楚："……"

江行墨给她发了条信息："都是刚买的，凑合用。"这是让她放心，他没"私闯民宅"。

夏楚心情很复杂，其他的衣服也就算了，内衣的码数都这么准吗？

好吧，两人是夫妻，虽然现在分居了，但以前……

夏楚头皮一麻，想不下去了。

晚上和妈妈睡，夏楚很开心，美滋滋地洗好澡，刚出来，夏妈妈就道："你先去看看行墨。"

夏楚才不要去："他又没叫我。"

夏妈妈不赞同道："哪能等人家叫？赶紧去看看！"

夏楚不想去，可是又得罪不起老妈，只能委屈巴巴地去隔壁房间。

她的穿着完全没问题，睡衣很规矩，是能下楼倒垃圾、拿快递那种。

来到隔壁，她习惯性地敲了一下门，夏妈妈刚好出门来拿东西，看到后，疑惑地道："敲什么门，直接进去啊。"

夏楚无语了。

夏妈妈笑道："你们这些小年轻，就爱瞎讲究，我就没见你爸进屋敲过门。"

夏楚心想着：不一样的，妈，你和我爸能与我和江行墨比吗？！你俩要是我俩这样，我都没有出生的希望了！

夏妈妈一走，江行墨就给夏楚开了门。

夏楚瞅瞅他，他也瞅瞅她。

夏楚一脸例行公事的样子：“我妈让我来看看你。”

江行墨扯着嗓子道：“我没事。”

“好的。”夏楚例行公事完毕，连屋都不想进，转头要走。

然而事情会这么简单吗？夏妈妈走了，夏爸爸来了，夏楚都要怀疑她爸妈是不是江行墨的爸妈了！

夏爸爸道：“我来得还挺及时。”

夏楚一脸蒙：“及时什么？”

夏爸爸道：“换药啊！我怎么想都觉得这事你俩弄太麻烦了，我来帮帮你们。”

夏楚和江行墨这次很有默契地愣在原地，心里却慌张极了。

夏爸爸毫无所觉：“没事、没事，别和爸客气，身体要紧。”

夏楚很慌：她才不要去看江行墨换药！

江行墨也好不到哪儿去：他要是撤掉纱布，岂不露馅了？

最后竟是夏楚急中生智，说道：“谁说要换药了？而且哪能在家换？会感染的，医生说两天换一次，而且要去医院换。”

夏爸爸一怔，想要说不是让助理送药来了吗。

江行墨极快地跟上媳妇儿的步伐，声音沙哑地道：“是口服的药。”

在共同的危机下，他俩的配合十分默契，只听夏楚补充道：“对，是消炎药，再说，他不清楚换药的事。医生和我说的，又没和他说。没事的，爸，你别操心了，我能照顾好他。”

夏爸爸最后是一丁点儿疑心也没起，就这么被这对夫妻给忽悠回去了。

夏楚看着江行墨。

江行墨道：“不用换。”

“好的。”说完，答应了要好好照顾他的夏楚转身走人。

回到自己的房间，夏妈妈问：“这么快？”

夏楚又把刚才的一番论调拿出来忽悠她妈，夏妈妈自是相信的。

本以为一切过去，她终于可以好好和妈妈聊天、睡觉了，谁知她妈张口就是：“楚楚，你和行墨也别光顾着忙，这都半年了，怎么你这肚子还没动静？”

妈！你这样是会把天聊死的！

夏楚都不想和妈妈一起睡了！

夏妈妈才不管，认真地教育夏楚：“你也老大不小了，该要个孩子了，等再过几年，你生孩子就该受累了。”

夏楚听得心里酸透了，她才十八岁，就被说她再过几年生孩子要受累了！

夏妈妈又道：“不会耽误你多少时间，等孩子出生了，我给你带，保证累不到你。”

夏楚实在听不下去了，喊道："妈……"

夏妈妈好不容易逮着她，非得正经给她上课："羞不羞？都二十八岁了，还当自己十七八岁？叫妈算什么本事，你都该当妈了！"

夏楚委屈，还不能说：她真的才十八岁，是谈恋爱都要挨训的年纪啊！

夏妈妈说着，又轻叹一口气："也罢，再养养身子，养胖点儿，要不你这小身板，真怀了，我们也都不放心。"

夏楚松了一口气，觉得这话题大概要结束了。

夏妈妈伸手捏捏她的腰，道："你说你以前喝口水都胖乎乎的，怎么越大了越是瘦得皮包骨？"

夏楚被妈妈捏得很痒，一边笑，一边躲："会胖的，很快就胖起来了。"

母女俩说了一会儿话，时间不早了，夏妈妈道："快睡吧，明天你还要早起。"

夏楚也有些累了，把手放在枕头下，看着妈妈，道："妈，晚安。"

夏妈妈也看着她："晚安。"

两人安静了一会儿，似乎很快就要入睡了。

夏妈妈更是上眼皮和下眼皮打架，带着嘴边浅浅的笑，即将进入美好的梦乡。

夏楚静静地看着熟悉的妈妈，看着自己最亲近的人，看着可以交托一切的母亲。

她鼻尖一酸，忽然忍不住了。

"妈。"她轻声叫道。

夏妈妈眯着眼睛："好啦，早些睡。"

夏楚低声道："如果我不是我了，你……"

"什么你不是你？"夏妈妈迷糊地说道，"听话，快睡吧，明天不是还要去公司吗？"

夏楚把心一横，张口说道："我是从十年前来的，我还是你女儿，但是……"

"你从十年前来的？"夏妈妈睁开眼，虽说清醒了些，但也没太在意，只是笑笑道，"我看你连十年前发生了什么都记不得了。"

"我记得。"夏楚急道，"我什么都记得……"

夏妈妈来了兴致，问她："那你说你高考考了多少分？"

夏楚拧了拧眉道："我是从更早之前来的。"

夏妈妈问："更早？还没高考？"

夏楚认真道："高考结束了，但还没看到成绩。"

夏妈妈逗她："那你还记得高考的作文题目吗？"

"当然记得！"夏楚说，"别说是高考作文题目了，我连数学的几道大题都记得！"

夏妈妈乐了："说来听听。"

"就是……"话到嘴边，夏楚忽然卡壳了，像是有一团棉花堵在嗓子眼上，柔软，让人感觉又麻又痒。

夏妈妈笑得眼睛都弯了："不说数学题，就说高考作文，题目是什么？"

"是……"夏楚终于意识到，不是嗓子无法发出声音，而是大脑无法传递出该有的信息。

高考的作文题目是什么……

她记不清了。

可明明才发生不久的事，不，是不久前她还记得清清楚楚，别说是高考作文了，连数学题都一清二楚地印在脑海中。

现在全都没了，像是有人拿起黑板擦，将写在黑板上的粉笔字一点点地抹去，只留下一地白色的粉末。

她记不得了，那些无比清晰的事，现在记不得了，好像当真被时间侵蚀了。

夏楚的脸色有些难看。

夏妈妈注意到了，收起笑容，凝神道："楚楚，怎么了？"

夏楚刚才和夏妈妈说的话，夏妈妈完全没当真，想想也正常，这样的话任谁都会觉得是玩笑话。

夏楚看到妈妈担忧的神色，心中一紧，冷静下来。

她笑了一下："没事。"

夏妈妈却觉得她是在逞强，于是坐起来问道："有哪里不舒服吗？"

"没有啦……"夏楚彻底恢复，调整好自己的表情，"哪里都好好的，请放心！"语气也恢复了，很是轻快、自然。

夏妈妈还有些狐疑："怎么突然说自己是从十年前来的？"

夏楚嬉皮笑脸道："吓吓你！"

夏妈妈见她的确不像有事的模样，便也放下心来："这有什么好怕的。你是十年前来的也好，十年后来的也罢，反正你都是妈妈的宝贝闺女。"

一句话当真是暖到了夏楚的心里。

她心中压着的大石在这一瞬间落地了。

是啊，不管世界是怎样的，她都还有他们。

无论这是什么年代，这里是什么地方，她都不是一个人。

她的爸妈、她的家，始终在她伸手可及之处。

夏楚神色松快了，说道："妈，你多和我说说以前的事呗。"

夏妈妈笑道："十年前的事？"

夏楚摇头："不，是这十年来的事。"

"这十年啊。"夏妈妈叹口气道，"那可真是说来话长。"

其实，夏妈妈了解的事并不多，顶多是比百度百科多了些细节，但她的话语模模糊糊地给夏楚勾勒出了一些轮廓，一个切实、散发着真实气息的框架。

她考入Q大，学的是计算机专业，因为跟随导师完成了一个专利项目而备受重视，后来有了海外进修的机会。她紧紧地抓住，以优异的成绩和羡煞旁人的推荐信进入斯坦福大学就读。

之后她遇到了江行墨，忙碌的课业和大大小小的研发项目，都让她得到了很好的锤炼。

在她毕业前夕，江行墨回国成立了连线，她毕业后便加入连线，两人携手相伴，一路走到今日。

夏妈妈道："你俩一路走来不容易，好在修成正果了！"

正果没有，坏果倒是有一颗，当然夏楚更在意的是其他事——她为什么会报计算机系？她感兴趣的其实是生物科学这方面的，和冷冰冰的代码相比，她更喜欢鲜活的生命。

夏楚小声道："干这行一点儿也不好。"

夏妈妈笑道："我也觉得不好！我就想着你能当个医生，结果你非要报计算机系，拦都拦不住。"

竟然是她自己要报的？！

夏楚无语了。

夏妈妈叹息道："也罢，比起医生，你们现在做的事更厉害。"

更厉害？做游戏有什么好厉害的？哦，倒是挺赚钱的，连线每天的流水能吓死人。

夏楚没法证明自己来自十年前，又打心底抗拒着失去记忆这个可能，所以绝口不提。

夏妈妈却被打开了话匣子，又同她说道："你啊，凡事别太较真，你也不是不清楚行墨的家庭，多包容包容，那孩子不容易。"

夏楚没出声。她不知道江行墨的家庭，也不乐意包容，更没看出那男人有哪儿不容易。

夜色已浓，夏妈妈也累了，最后轻叹一声，说出自己的心愿："爸妈现在没别的想法，就希望你平平安安、快快乐乐的。"

夏楚心里暖暖的，也闭上眼睡着了。

夜里，她做了个梦，梦中她知道这是个梦，却很难醒过来。

她像是与天空融为一体了，以一个非常奇怪的视角看着自己。

那是太阳高照的日子，首都的热闹让她和爸爸都有些目不暇接。

她知道这是入学报到的日子，有点儿紧张，但更多的是兴奋。夏爸爸穿着有些别扭的西装，脸上全是骄傲。

父女俩提着大包小包地走着，被太阳晒得汗流浃背，也不觉得疲倦。

她隐约听到夏爸爸说："计算机系，女孩子是不是不多啊？"

夏楚道："不多就不多，反正我是要学的。"

夏爸爸问："你不是想当医生吗？"

夏楚道："不是医生，生物学家和医生不一样。"

夏爸爸道："好吧、好吧，不一样，可生物学家和计算机也不沾边啊。"

"怎么不沾边？！"夏楚圆乎乎的脸上挂着自在的笑，"遗传基因编码不就是一种编程语言吗？"

夏爸爸明显听不懂，擦了擦额头上的汗，道："反正你开心就好。"

从梦中醒来，梦里的内容被她忘了大半，可是那句"遗传基因编码不就是一种编程语言吗"却深深地烙在了她的脑海中。

是她自己选择的计算机系，为什么呢？为什么要从研究鲜活的生命转向研究冷冰冰的机器？

也许是因为生命没看到的那么“鲜活”，机器也没想象中的那么“冷冰冰”。

夏楚低头看着自己摊开的手：手指纤长，指尖有着极薄的茧，这是键盘留给她的痕迹。她感觉到一阵难以言说的麻和痒从指尖传来，像是在被什么召唤一般。

和爸妈告别后，夏楚和江行墨一起上了车。

坐进车里，两人一时无话。

直到车子开动，江行墨才拿出手机敲了几行字。

夏楚的手机瞬时响起，她拿起一看，微微一怔。

“我这阵子想休息一下，你能接管一下 D 实验室吗？”

让她接管 D 实验室？江行墨是认真的？

夏楚不知该怎么回复他。

江行墨又打了一行字：“我这副样子也不好抛头露面，你去主持工作，我很放心。”

你放心……可我不放心我自己啊！

连线的工作好歹是事务性的，还有Ethan暗中帮忙，所以她处理起来才勉强游刃有余。

D 实验室的工作可是技术性的，她去了能干什么？当个头号大傻子？！

肯定要拒绝的，夏楚打了一行字，然而还没发出去，江行墨又给她发了一条消息：“不会给你增加负担，有时间了过去走走也好。”

江行墨把话都说到这个份上了，她再推辞就不太好了。

不管他们俩私下里关系如何，但表面上他们还是夫妻、是共同体，更是实打实的合作伙伴。

现在他受了伤，要把自己的工作委托给她，她怎样都不该拒绝。

而且江行墨也是不得已而为之，否则他哪里甘愿放权！

放到二十八岁的 Megan 的逻辑思维上，她大概还会乐意至极。

毕竟他们同时也是互相角逐的关系。

夏楚犹豫了一会儿，考虑再三后，还是打字道：“我会抽时间去看看的，不过你也知道，连线的事情很多，我怕分身乏术。”

江行墨回道：“没事，你去就好。”

简简单单的六个字，规规矩矩的黑体字，实在是看不出他的情绪如何。看他的脸也不行，夏楚又不是粽子，没法分辨粽子的表情。

就这样吧，夏楚想着，她去了只看不说，实在不行就逃跑，问题应该不大。

她只要别自作聪明，也不至于被当成大傻子。

而且……夏楚打心底是想去看看的。

也许她的表意识不想承认，可潜意识里藏着这样的渴望：去一趟 D 实验室，去那儿看看，那里有你在意的东西。

会有什么呢？她去了就知道了。

车子停在东停车场，夏楚先下车去了公司。

一路上她碰见不少人，大家同她打招呼，她已能从容应对。

人的适应力真的很可怕，这么短的时间里，她适应了自己的身份，适应了原本与自己格格不入的环境，适应了一份自己以为终身不可胜任的工作。

真的只是单纯的适应吗？

夏楚的心一紧，关闭了这扇引发胡思乱想的门。

第七章

昨天一天没来，积压了一些工作，夏楚看着待审的信息比较着数据，进行着审批。

连线的OA（将现代化办公和计算机网络功能结合起来的一种新型办公方式）是自主研发的，非常人性化，而且便捷、靠谱，似乎是在企业成立之初就创建好了，信息保存得极其完善，再加上连线强大的数据分析能力，对其进行多次优化后，简直比得上一个秘书团。

夏楚用的时候忍不住想着，这么好的自动化办公方式为什么不推广出去，做成一个产品？

不过后来她也明白了，连线的OA针对性太强，完全是为连线量身定制，很难推广，哪怕推出去了，接受的公司也没法有效利用。

忙了一上午，下午的时候，夏楚便有些坐不住了。

去D实验室吧，去看看吧。好像有个声音在耳边念叨着，念得她有些烦，又有些心痒。

夏楚端起手边的咖啡，喝了一大口。

咖啡的醇香安抚着她的神经，缠在舌尖的丝丝苦涩也让她逐渐平静。

走了！去看看！

夏楚找到Ethan，说道：“和我去一趟D实验室。”

Ethan并不惊讶，或者应该说，夏楚都没见他为什么事惊讶过。

他道：“好的。”

其实夏楚话中是有暗示的，她相信Ethan听得懂。

她希望Ethan带她去，更希望他和她说说D实验室的情况，也好让她有更加充足的准备。

Ethan的确明白，轻声说着：“不如先去MG实验组？”

夏楚莫名觉得这东西耳熟。

Ethan轻声道：“这是您之前负责开发的实验，是一个适用于可穿戴设备的操作系统。”

夏楚微怔，也不知是因为这句话里的哪些内容而愣怔了。

“可穿戴设备？”她问Ethan。反正自己的“无知”他都清楚了，她问就问了，总比去D实验室丢脸要好得多。

“是的，”Ethan道，“原本是希望做出整套感知人体的便捷设备，包含手机、电脑、VR、AR（混合现实技术，英文Augmented Reality的缩写，简称AR）等一切功能，不过目前只专注于开发投影式手环，成功的话，将是未来手机的替代品。”

夏楚眨了眨眼睛，有些蒙。

Ethan继续说道：“MG操作系统是适配的软件，这也是您当初提出的理念，眼下无论是电脑系统，还是手机操作系统，都已处于垄断状态，与其在这里厮杀，不如开辟出新的可能。”

这只是新的可能？这简直就是在颠覆了！

别人还在追求手机屏幕更大、更纤薄、更美观，D实验室已经抛弃手机的固有形态，思考其他可能了吗？

夏楚有些好奇，说：“走吧，我们去看看。”

之前夏楚也去过D实验室，主要是为了找江行墨，不过她当时去的只是外围，没有真正走到里面。

说是实验室，但它与电影里那些生物、化学实验室截然不同，这儿当然没有白大褂，更不是无菌环境，这儿的整体设计风格和连线类似，却更加紧凑，节奏更快，人也更怪了些。

一个蓝色头发、穿着黑色宽T恤与哈伦裤、蹬着一双运动鞋的青年走了过来：“Megan！”

夏楚一度以为他会扑上来给她一个熊抱！

蓝毛青年的确想，但想到无处不在的“魔王”Dante，生生地忍住了。

“Megan，你可算来了，我都快死了，脑袋都要炸开了。你之前的建模完全没问题，但是……”他叽里呱啦说了一堆，中间还穿插了无数英文单词，夏楚听得一个头两个大，恨不得一巴掌把他拍开。

夏楚提前做过准备，查过D实验室主要负责人的照片，可是哪张也和眼前这个扎眼的“蓝毛”对不上号。

等等……好像有点儿眼熟。

夏楚隐约记得那次偷袭会议室，徐之翰身后就跟着这么个人，不过不是“蓝毛”，穿得也正经些，但看她的视线都是这么……嗯……除了狂热这个词，她想不出其他的。

冯宇恒，这应该是冯宇恒。

果然，Ethan开口道：“Ron，Megan正打算去MG实验室，你先停下你的问题，把进度汇报一下吧。”

冯宇恒此时十分激动，因为他的女神来了！

“好、好、好！”冯宇恒赶忙收起自己一肚子的问题，认真地向夏楚说着如今项目的进展情况。

夏楚每个字都听得懂，内容嘛，能听懂三分之一，都是她天赋异禀了！

不过好在有Ethan护航，眼前这个“蓝毛”又是Megan的脑残粉，觉得女神站在这儿就已经光芒万丈，普度众生。即便她不开口，他都被“点化”得头脑清晰，仿佛刚结束了头脑风暴。

冯宇恒说个没完，恨不得拉着夏楚说个天昏地暗，Ethan及时制止道：“可以了，Megan还要去其他组看看。”

冯宇恒一脸失望，仿佛被亲娘丢下的可怜孩子：“这……就要走了？”

夏楚竟有些不好意思走了。

显然，冷酷的Ethan是个例外：“行程很紧，请体谅。”

冯宇恒看向夏楚，可怜兮兮地道：“Megan，你不要MG了吗？它需要你，它也是你的小宝贝……”

这下夏楚挪得动腿了！谁见着这样的神经病都想跑！

夏楚道：“有时间我会再过来。”

冯宇恒很悲痛：“不，不要有时间过来，Megan，你什么时候回来主持工作啊？”

抱歉了……

你的Megan怕是回不来了！

离开MG实验组，Ethan又带夏楚去了其他实验组。

整个D实验室比夏楚想象中的大得多，涉及的项目也多得让人咂舌。

Ethan只带她看了主要研发且有明显进展的几个项目，她的下巴都要落地了。

——无人驾驶汽车、无人机、血液粒子(可以随血液流动的医疗检测仪)、量子计算机、语音识别、同步实时翻译机、电子地图、便携式穿戴设备、智能家居、物联网智慧城市、首席人工智能官（她的工作手册就是半成品吧）……

这叫什么D实验室啊，干脆叫“黑科技大本营”得了！

上面这些词汇出现在科幻小说里倒还行，可一个个出现在眼前，还在被斥巨资研发，就让人觉得很可怕了。

对，不是可笑，而是可怕。

一路走来，夏楚竟有了种毛骨悚然的感觉。

可能外人甚至是业内人士，譬如顾忆航都觉得D实验室是江行墨的大型玩具厂。

可一旦走进来，一旦接触到这里的氛围，一旦看到那些确实在为之努力的青年，那种沉睡的血液被唤醒的沸腾感便迎面扑来，让人心驰神往！

不是玩笑，不是玩具，而是真的有这么一帮人，一帮各种意义上的精英在不计代价地奋斗！

不为金钱，不为利益，他们像长不大的孩子般，为的是改变这个世界。

这在“成年人”眼中，似乎是一笑了之的事情。

可令人惊叹的是，他们的确有这样的能力。

时代不停地变化，创造新时代的人总会被旧时代的人当成是异类。

江行墨是个异类。

夏楚离开D实验室时，大脑忽然清醒了。

也许她和江行墨不是一对合适的夫妻，也许他们在生活、感情上经营得十分糟糕，但她觉得，在这段婚姻之前，她和江行墨是朋友，或者应该说是战友。

他正在做的事，她是认可的。

她轻舒一口气，终于有了勇气。

她是从十年前过来的也好，是失去了记忆也罢，她打算把自己的事情告诉江行墨。

不为别的，她只是不想毁了D实验室。

她得坦白、诚实地告诉他，他交给她的工作，她已经无法胜任。

想通这些时，天色已经不早了，夏楚拿出手机，准备给江行墨打个电话，约他出来见一面。

电话号码都翻出来了，按下时，她又想起他嗓子不好，改成了发信息。

她刚打了一个“有”字，屏幕上面弹出一行字——Dante：“有空吗？”

夏楚顿了一下，关掉了江行墨的对话框，切换到Dante的对话框：“又遇到什么问题啦？”

Dante道：“还是之前那个模块的算法问题。”

夏楚估计有点儿“做题瘾”，听了就有些心痒，但想到正事，又忍下来问：“着急吗？”

Dante看出了她的言下之意：“不着急。”

夏楚便道：“你别自己折腾，等明天我帮你看看，不差这点儿时间。”

Dante自是应道：“好的。”

过了一会儿，夏楚正打算编辑发给江行墨的信息时，Dante竟又发了一条信息过来：“你那边没什么要紧事吧？”

“没事。”夏楚道，“只是和人见个面。”

Dante没再回复她。

夏楚还挺愧疚的，大概就是高晴约她一起做作业，结果她丢下高晴跑了的感觉。

而且还是数学作业，要知道晴格格是一张数学试卷能做三个小时的神人。

夏楚只好又给他发了一条信息：“如果我回来得早，就联系你。”

Dante便回复她：“没事，我这边不急，你玩得开心。”

对话框里的“玩得开心”怎么瞧着这么勉强呢？

罢了、罢了，夏楚想着，大不了早点儿回来，早点儿帮他解决问题，想想也知道这小子是要熬夜的。

她开始编写给江行墨的短信。

按理说，一条短信十秒就写完了，但人的思维堪比光速，别说十秒，几秒都能脑补出一个星球。

江行墨滑动着手机，心里想着：她是和谁有约？这个点肯定是去吃饭。那人是高晴吗，还是别人？别人又会是谁呢？也许是顾忆航？

反正不会是自己。

江行墨放下手机，准备继续投身于数据的世界。

叮——属于江行墨的手机响了一下，是消息的提示音。

江行墨没太当回事，这部手机响基本都是些烦心事，他连看的心情都没有。

他的确没看，视线盯着屏幕，脑中已经被汪洋大海般的种种逻辑问题给霸占。

过度专注总会忘记时间的流逝，十分钟、二十分钟都是眨眼的工夫。

夏楚这边却等得有些糟心。

本来她对江行墨略有改观，如今又退回初始状态。

她撇撇嘴，心里想着：就算他俩以前是战友，也是战时拼命、战后再见的类型。

十五分钟后，她犹豫着要不要打个电话。

他连信息都不回，电话估计也不会接。

算了，不打了。忙吧，他忙，她也忙！

夏楚给 Dante 发了条信息："我不出去了，咱们会议室见？"

Dante 回复得很快："好的。"他还顺便问了句，"没和对方约好？"他还是有点儿在意她要和谁吃饭。

夏楚幽幽地道："没提前约，不过，正常人要和自己丈夫见面都不用提前预约吧。"话里话外都是自嘲，她是真没把 Dante 当外人了。

她丈夫江行墨愣住了。

夏楚是要约他？约他一起吃晚饭？

江行墨想起刚才手机响的那一声……

他一把抓过手机，"楚楚"二字跃入眼帘，她问他："有空吗？"

信息来自十七分钟前。

江行墨左手一部手机，右手一部手机，仿佛站在了天平上。

左边是和夏楚去吃饭，右边也能和她见面。

但是……

江行墨冷酷无情地抛弃了马甲，用"大号"回道："刚才在开会，有事吗？"

夏楚看到他的短信，却不乐意理他了，打字道："没事了，改天再……"

她还没打完字，更没发出去，Dante 又给她发了条信息："抱歉，我这边临时有点儿事，组长让我出去。"

夏楚沉默了一会儿，先回复 Dante："没事，那你忙吧。"

她又给江行墨回道："有点儿事想和你谈谈。"

从回信息的先后顺序，也能看出谁在夏总心里更像个人。

几乎是在她发出信息的瞬间，江行墨给她发来第二条信息："一起吃饭？"

夏楚才不想和他一起吃饭，只是想和他坐下来谈一谈，谈完就拜拜。

江行墨又回复她："已经到饭点了，边吃边谈吧。"

行吧，她也饿了。

江行墨问她："有什么想吃的吗？"

夏楚道："出去吃？"他那样，出去了是让人围观吗？！

江行墨顿了一下，谨慎地问道："回家？"

夏楚很机警："不，就在公司吧，去小餐厅。"

连线的小餐厅还是很出名的，不比外头的饭店差。

江总并不打算得寸进尺："好。"

放下电话，江行墨起身，出门就对助理道："过来帮忙。"

助理一脸蒙地抬头，收到老大凌厉的视线后，立马清醒，连滚带爬地过来"包粽子"。

江行墨紧赶慢赶，还是晚了点儿。夏楚十分体谅，毕竟他受伤了嘛。

江行墨问她："点菜了吗？"

夏楚道："点了。"

江行墨没再问。

说起菜，夏楚倒是想起一件有趣的事："你不吃茄子吗？"之前她爸妈提过，她当时只顾着吃醋去了，没当回事，这会儿倒是想起来了，他和 Dante 居然都不吃茄子。

江行墨心里一紧，委婉地道："不吃茄子的人挺多的。"

其实夏楚完全没多想，点头道："是挺多吧，毕竟好几十亿人口呢。"

两人坐下，等着上菜。

小包间里也是连线的风格，黑白色调，简约中透露出遥望未来的气息。

江行墨先打破了沉默："今天去 D 实验室了？"

夏楚顺势说道："去了。"

江行墨道："他们见到你一定很开心。"

夏楚犹豫了一下，本想饭后再说的，可想想也没必要等了——现在就是最好的时刻。

"江行墨。"夏楚看着他，认真地叫出他的名字。

江行墨微怔，不是因为别的，只是单纯不适应这三个字从她的嘴中说出。

夏楚道："我不知道你会不会相信，但我说的都是真的。"

江行墨隐约知道她要说什么，说实话，他是惊讶的。他以为她会把自己的状况告诉爸妈、高晴甚至是 Dante，但绝不会告诉他。

可现在，她即将说出真相。

"我觉得我来自十年前，当然，你可能会觉得我是失去了一部分记忆，但结果是一样的，我对高考结束至今发生的所有事一无所知。"

夏楚声音清晰，字句分明，轻而易举地将话放进了他的脑中，如同将流沙倒满玻璃瓶一般，一滴不漏，精准吻合。

一时间屋里极静，静得连呼吸都放轻了，似乎是怕吓到某个隐藏在空中、透明的小东西。

过了好一会儿，江行墨开口，不用伪装，嗓音都是沙哑干涩的："你不记得我了。"

夏楚道：“不止是你，这十年中所有的人与事，我都不记得了。”

说完，她还是忍不住解释道：“也许不是不记得，只是我根本没经历过。你可能觉得好笑，但我真觉得自己是十八岁的夏楚，莫名其妙地来到了十年后的世界。”

江行墨轻呼一口气，恢复了拉风箱的音调，问她：“还有其他人知道吗？”

夏楚盯着他道：“只有你知道。”

“为什么要告诉我？”江行墨反问得很快。

夏楚顿了一下，但终究还是给了他答案：“我不熟悉你，还对你有成见，说实话，现在的我并不认可你，但二十八岁的我还是选择了你，嫁给了你，我相信自己。再者……”她轻叹道，“我喜欢D实验室，但现在的我只怕会耽误它。”

江行墨没出声，脑中回放的是她那句“二十八岁的我还是选择了你”。

她真的选择了他？他低垂的眼中全是自嘲。

“你是什么时候发现自己失去……”他改口道，“发现自己来到这个时间点的？”

夏楚说了那个日子。她记得很清楚，那天早上给她的冲击无比强烈，她没法忘记。

江行墨道：“你什么都忘了，这阵子的工作却没出问题？”

夏楚道：“连线的事务很有条理性，而且Ethan也帮了我大忙，再者，我始终是我自己，各方面的权限都有，我学到了很多东西。”当然，还有万能的工作手册君以及Dante的精神支持。

江行墨沉默着，似乎在思考什么。

夏楚道：“你应该了解的，我没有骗你的必要。”

江行墨向后靠在椅背上，眼睛盯着她：“你不怕我骗你吗？”

虽然江行墨裹成一个粽子，但这瞬间，夏楚还是感觉到了一股无法形容的压迫感，那是感知到危险后产生的本能反应。

倘若夏楚有触角，此刻那触角大概会抖一抖。

他毕竟不是个普通人，哪怕在她父母面前装得再乖，他也是被世人诟病为疯狂的野心家的男人。

夏楚挺直了腰杆：“你会骗我什么？”

如果是连线，她可以拱手让给他。

江行墨笑了一声，脸上看不出什么情绪，但气氛一下子缓和了。他沙哑的嗓音中竟带出一丝缠绵：“你一直都深爱着我。”

夏楚马上接道：“看来我一直都不爱你。”

虽说他本就是在逗她，但她这么斩钉截铁地回答他，还是让他心脏一抽。

“还真骗不了你。”江行墨的声音淡了些。

他这么一说，夏楚倒是有些不自在了。

联系上下文，再加上他那语气中刻意的成分，她分辨得出他在开玩笑，所以才那样回复他，可此时听他这么说，又看到他眼中的落寞，反倒让她觉得自己说错话了。

难道她真的不曾爱过他吗？

夏楚当然不会问，这太复杂了，根本不是言语可以表述清楚的。

江行墨岔开了话题：“你有什么打算吗？”既然告诉他她失忆的事，那她肯定是有自己的想法了。

夏楚不再胡思乱想，凝神道：“我向你坦白，最主要的是为了D实验室，你希望我做的，现在的我是做不到的。”

“我明白，你不用担心D实验室。”

夏楚踟蹰了一下，仍说道：“连线首席执行官的工作，我也很难胜任，你可以……”

“这个我做不了主。”江行墨清了一下嗓子，又拿出手机打字道，“抱歉，嗓子还是很不舒服。”

夏楚道：“你可以打字。”

江行墨打了一行字，手机却发出了语音：“想必你已经知道连线的组织构成。”

夏楚点了点头，有点儿分神，大概是因为那略显呆板的合成音。

“你的任职是经董事会投票决定的，我左右不了。”

夏楚了解这些，道：“我主动辞任能行吗？”

江行墨道：“可以，但他们不会接受。”

夏楚咬牙道：“我什么都忘了，他们……”

“你怎样才能证明自己什么都忘了？”

“他们就不怕我弄出乱子吗？”

“你来这里也很久了，出过什么乱子吗？”

还真没有……她也不忍心故意弄出乱子。

不过，夏楚不甘心地道：“做CEO不是一份简单的工作，只是处理寻常事务是不行的，连线的未来以及很多战略性问题，还有……”

江行墨笑了一下，手机合成音代他回答：“连线的未来在D实验室。”

夏楚愣了一下。

江行墨看了看她，又打了一行字：“放心，你现在这样很好。”

夏楚张口就是：“你是说，我做一个傀儡很好？”

江行墨沉默了一会儿，哪怕失去了记忆，她这出自本能的敏锐也保留得很好，只是因为缺乏经验而少了份隐忍，多了份冲动。

“没错。”江行墨的表情被纱布挡住，露出的黑眸反倒更明亮了，里面是冷静的计算，像逻辑分明的代码，像数以万计的IF（指电子软件中的条件函数）的集合。

他这样坦白，夏楚心里反倒舒坦了些，她说道：“我有个条件。”

江行墨道：“你说。”

“一年。”夏楚道，“我只给你做一年的傀儡，之后我会离开连线，而你要帮我离开。”诚然，董事会有着巨大的权力，但江行墨不让她走，也是根本所在。

江行墨先问她：“一年后，你想去哪儿？”

“开始新的生活，”夏楚这纤瘦的身体里的确装着“十八岁的灵魂”，她说，“我会重新学习，重新积累经验，去做自己想做的事。”

江行墨饶有兴致地问她：“你想做什么？”

夏楚卖了个关子：“不告诉你。”

江行墨道：“也许你想做的事就在连线。”

夏楚摇头道：“才不是，我想学的不是计算机专业，我……”她及时止住，眼中带笑，“不告诉你。”

这家伙，江行墨竟有些怀念，在结婚前他们也曾这样。

他喜欢她卖关子，因为她的确可以自己做好，也的确给了他无数的惊喜。

这么想的话……至少她还是给了他一些真实的回忆。

江行墨敛住思绪，问她：“我可以理解为一年后你要和我离婚吗？”

夏楚道：“当然，我要开始新的生活。”

“所以，”江行墨手机上的合成音还奇妙地停顿了一下，接着用似乎有些无奈的语气说道，“我不仅要失去优秀的伙伴，还要失去妻子？”

夏楚纠正他：“是无知的傀儡。”

江行墨也纠正她：“是合法的妻子。”

夏楚耸了耸肩：“你当真觉得我们这样的婚姻是值得维持的？”

一句话问住了江行墨。

其实这句话早就在江行墨的意识中诞生了，但是他不愿去面对，也不会有人将这句话从混沌的意识中捞出来，所以他就理所当然地当作看不见了。

此时被“十八岁”的夏楚用干净的双手轻而易举地捞了出来，摆在他面前，让他不得不正视。

如果没有这个意外，江行墨大概会认同这句话。

这样的婚姻值得维持吗？

他放过她，她也放过他，让八年的相知相识化作一场梦，醒了，也就走进真实了。

即便残酷，但真实始终在那儿，你不走过去，它也会走过来。

只是现在夏楚什么都忘了，江行墨很清楚自己在做什么，也很明白自己心底的奢望。

这次他走在了前头……也许会改变，也许是个机会。

为此他不惜践踏自己的尊严。

“给我一些时间考虑。”江行墨回复她。

夏楚很想问他：值得考虑吗？分居半年，半年不联系，两人的关系僵得连陌生人都不如……

算了，夏楚不想逼得太紧，今天的谈话已经有了巨大的突破！

两人停下话题时，刚好传来了敲门声，是菜做好了。

丰盛的四菜一汤，荤素搭配，瞧着很是美味。

夏楚心情不错，胃口也相应地好多了，她道：“我们吃饭吧。”

江行墨却没什么胃口，当然他不会表现出来：“嗯。”

吃饱喝足，夏楚起身准备离开，江行墨问她："明天去一趟医院吧？"

夏楚抬头看他："医院？"

江行墨道："你这样了……还是仔细检查一下比较好。"

夏楚很想说：我没事，什么事都没有，我只是从十年前来到这个身体而已。

当然，她也清楚江行墨的顾虑，于是应下来，道："行，没问题。"

第二天，两人在东停车场见面，又坐上了那辆有着漂亮鹰翼门的Model X。

江行墨身为病号，自然是不会开车的。

他问夏楚："没有驾照对吗？"

夏楚道："我高中恨不得做题到凌晨，哪有时间考驾照。"

江行墨道："我认识你时，你是有驾照的。"

夏楚道："那看来是大学时考的。"说完，她又叹息道，"说来也很可惜，十年驾龄一朝归零。"

还挺押韵，她还有点儿作诗的天赋嘛。

江行墨道："没事，以后也许就不需要驾照了。"

说来也奇怪，他只不过这么提了一句，夏楚便想到了："无人驾驶吗？"

江行墨没用手机打字，而是扯着破锣嗓子问她："感兴趣吗？"

"谁会不好奇？只不过这还很遥远吧……技术问题难以突破，伦理问题也是障碍，更不要说现在的交通安全法根本不适合无人驾驶。"

"你这可不仅仅是好奇，的确是感兴趣。"只是好奇的话，哪里会查这么多东西。

夏楚沉默了一会儿，纠正道："只是有一点点感兴趣。"

江行墨问她："那你知道无人驾驶的好处吗？"

夏楚说："当然，解放了车子的空间，也解放了人的身体和时间。到时候'在路上'将不会是一件枯燥乏味的事，可以用来休息、娱乐甚至是工作。而且堵车、停车难的问题都会得到缓解，至于酒驾更是不会存在，毕竟机器不喝酒嘛。"

说完这一连串的话，夏楚又有些后悔，她好像不是只有一点点感兴趣，她这明显是很感兴趣……

江行墨没拆穿他，只是埋头在手机上打字，打很长时间。

夏楚意识到他要说一大段话，但也没想到会说这么多——裹着纱布，打字的速度还这么快，不愧是整天噼里啪啦写代码的人。

"根据世界卫生组织提供的信息，2017年全世界因车祸而死亡的人约有一百二十五万，也就是全球每天有三千五百人为此丧生，而这其中百分之九十的事故是人为失误导致的。如果无人驾驶的技术成熟并被推广，这个事故率将会降低为现在的百分之一。更不提这其中节省下的资源，摩根士丹利在'无人驾驶汽车'的研究报告中指出，仅在美国，每年就可以节省一点三万亿美元。"

夏楚愣了愣："一点三万亿美元？"

江行墨道："包含节省下来的燃料、昂贵的堵车费用，还有交通事故带来的医疗和保险费用，更有一大部分是衍生自工作效率的提高。”

如此清晰的数据摆在眼前，夏楚才真正意识到无人驾驶给这个社会带来的将是什么。

“可是，无人驾驶还很难实现吧……”夏楚忍不住这样说。

江行墨道：“没你想象中的那么遥远，更别用现有的规则去定义未来。”

就像蒸汽机刚发明时，人们还规定必须有人在前面“领着”它走。

沉默了一会儿，夏楚道：“这是你的工作，我也有很重要的事要做。”

江行墨打字道：“我和你分享我在做的事，你是不是也可以向我分享你将要做的事？”

就知道他是要套她的话！她扭过头看向窗外。

反正现在江行墨不会用合成音的，毕竟前头还坐着司机。

没多久便到了医院，因为早就预约好，又因为身份问题，他们走的是特殊通道。

检查很快，结果出得更快。

医生姓刘，穿着工整的白大衣，留着整齐的短发，面容很干净，年过四十但瞧着也就三十五六岁的样子。

他的声音很温和，充满了耐心：“从目前的各项检查来看，Megan的身体状态都还不错，只是要少熬夜，注重饮食，改善一下贫血的问题。”

夏楚明显松了一口气，看向江行墨，一副“你看，我就说我的身体没事吧”的模样。

江行墨又问：“那心理方面呢？”

“这样吧。”刘医生道，“我提前帮你们约了张博士，你们方便的话，可以直接去见见他。”

夏楚小声道：“我真的……”

江行墨已经应了下来：“麻烦刘主任了。”

刘医生道：“别客气，我们还等着和你们合作呢。”

江行墨和他聊了些“专业问题”，夏楚听得一知半解，只知道自己要去见心理医生了，可问题是她的心理很健康，完全没毛病。

离开医院，他们又去了一个类似研究所的地方。

见到这位张博士，夏楚愣了愣。

不怪她，她没想到张博士会这么年轻，重点是还这么帅！

江行墨扯着嗓子道：“好看？”

夏楚回神，赶紧收回视线，自己这样盯着人看也太不礼貌了。

张博士乍看似乎有些疏离，但一开口便拉近了彼此的距离：“我能单独和夏小姐聊一聊吗？”

江行墨应道：“请。”

他们进了里面的诊疗室，江行墨等在外头。

约莫半小时后，张冠廷一个人出来了。

江行墨问道：“张博士，她怎么样？”

“睡着了。”张冠廷道，“让她休息一会儿吧。”

江行墨还欲再问，张冠廷已经说道：“可以确定是心因性失忆，她本人对这十年的记忆十分抗拒，我对她进行了唤醒式催眠，她产生了强烈的抵触反应，并且再度失忆。”

张冠廷又道：“忘记这十年对她来说也许是好事。”

江行墨没出声，只是细细地品味着这句话。

“不过，这潜藏着一个危机。”

江行墨蓦地抬头看着他：“怎么说？”

张冠廷道：“她封闭这十年，同时也封闭了爱上一个人的能力。”

第八章

对心理医生，夏楚其实挺抗拒的。

不管有没有问题，恐怕大多数人对走进心理诊疗室是抵触的。

有病的觉得自己没病，没大病的更觉得自己没病，偏激一点儿的还会觉得自己走进来再走出去，不管之前是什么样，出来就有病了。

夏楚当然没有这种偏见，可单独和一个陌生人同处一室，难免有些紧张。

诊疗室布置得很温馨，明亮的落地窗玻璃，暖黄色的窗帘被拢在一旁，似乎外头的风一吹，它就要挣脱夹子，跟着摇摆。屋子不大，东西却不少：靠前的是淡棕色的书橱，上面摆满了书，书不是崭新的，这种已经被翻阅过的感觉带给人一种安定感；书桌上有电脑、翻开的书、一本黑色笔记本，还有一支蘸水笔，全都摆得很随意，像一个备受主人关爱的书房。

看到这些，夏楚紧张的心放松了很多。

长毛地毯上有两张相对放着的单人沙发，浅灰色，皮面微皱，上面放着两块花朵图案的坐垫。

似是察觉到她的视线，张冠廷道："是一位客人送给我的，她亲手做的。"

夏楚惊讶道："手好巧。"

"很不容易的，"张冠廷道，"她做了一个暑假。"

夏楚愣了一下："她是学生？"

张冠廷道："刚刚高考结束。"

这对夏楚来说，无疑是极好的切入点，她不知不觉就和张冠廷聊了起来。

他们聊到忙碌单调的高中生活，学生们简单的小烦恼，还有迎接高考的压力，想要考上心目中的院校的渴望，以及走近考场时激动又意外平静的心情。

直到最后尘埃落定，不知不觉就聊了许久，夏楚回神时，才不好意思地道："我说了很多，耽误您的时间了。"

"不会。"张冠廷道，"这样很好。"

他这样说，夏楚倒是明白了，原来"治疗"早就开始了。

虽然她没提失忆以及来自十年前，但张冠廷已经切实掌握了她的状态。

夏楚道："我觉得我的心情挺好的。"

张冠廷说："心情不等于心理。"

夏楚道："可我真不觉得自己有什么问题。"

张冠廷问她："介意我对你进行一定程度的催眠吗？"

"催眠？"夏楚一愣，有些惊讶。

张冠廷道："放心，对你构不成伤害，也不是电影中演的那样。你想醒来，随时可以醒来，我只是给你一定的引导，帮你面对一些你不愿意面对的事。"

夏楚坦荡荡，根本不觉得自己有不能面对的事，道："可以。"

怀揣着一丝好奇，夏楚看到了一些自己完全没印象的东西。

阳光极盛的地方，骑着单车的学生在校园里穿行，她站在翠绿的草坪前，等着一个人。

太阳很大，气候极好，这简直是个没有冬季的地方。

她等了好一会儿，一个身形修长的男人走了过来。

他的头发乱糟糟的，穿着纯黑的T恤和牛仔裤，趿拉着一双人字拖，嘴里还叼着一根烟，一副没睡醒的样子。

这副打扮，这个姿态，实在糟蹋了那张脸。

这么好看的脸因为全是不耐烦的表情而让人望而生畏。

夏楚却不怕他，还嫌弃道："校园里不许抽烟。"

男人抬抬眼皮看她，当没听见。

夏楚虽然没跳上去夺他的烟，但干的事也不比这个强多少，只听她碎碎念道："你自己抽烟把肺给熏黑了不要紧，我呢？我凭什么跟着你抽二手烟？！你知不知道二手烟的危害有多大？！你知不知道肺癌的发病率有多高？！我还想活着等奇点临近呢！"

男人越发不耐烦，眉头紧皱着，模样凶得不行，路过的人瞧了估计会以为他要欺负女孩，然而他只是老实地掐灭了烟，把剩下的一大截丢进了垃圾桶。

夏楚笑了，心情特别好。

男人开口，本该清冽的嗓音因为熬夜和抽烟而略显沙哑："你要回国？"

夏楚："毕业了，不回国干吗？！"

男人道："不读博？"

夏楚摇头道："不！"

男人又道："硅谷那么多公司给你发了录取通知，不去？"

夏楚还是摇头："想家了。"

"呵。"男人轻笑一声，似乎是在嘲笑她的儿女情长。

夏楚并未在意，问他："你呢，有什么打算？"

男人没看她，反倒是抬头看向了天空。

漆黑的发，白皙的肌肤，还有一双黑眸，他似乎在跟刺眼的阳光对抗。

他说："我们的高才生都要回去报效祖国了，我还留在这里做什么？"

夏楚一愣，手指不受控地握成拳：“你也要回国吗？”

男人道：“嗯，该回去了。”

透过金子般耀眼的光芒，夏楚看到了他。

修长的眉、深邃的眸子、高挺的鼻梁，还有那带着一点儿弧度、满是讥讽的薄唇。

“Dante……”夏楚唤出这个名字，迎来了钻心的痛。

无法想象的剧痛蔓延全身，好像骨头被敲碎了重组一般，痛得让人无法承受。

夏楚动不了，甚至发不出声音。她像是被囚禁在一个深深的牢笼中，四肢被穿透，身体被挤压，感受到的只有无边无际的痛苦。

下一瞬，她睁开了眼。

冰冷的眸子，毫无表情的面庞，精致小巧的五官被衬出了霜雪般的冰寒。

张冠廷微怔。

她看向他，眼睫微垂，视线极具穿透性，带有久居高位常年历练出的审视意味。

“Megan。”张冠廷沉声道。

随着他最后一个音节落地，夏楚睡了过去。

张冠廷顿了一下，起身出了治疗室。

江行墨微怔，问他：“封闭爱上一个人的能力？”

张冠廷道：“对，不过这只是我的一个猜测，你可以确认一下。”

“尝试？”江行墨没太听明白这话的意思。

张冠廷道：“你是她的丈夫，可以合法追求她，看看她是否能爱上你。”

江行墨：“……”

这瞬间，江行墨觉得自己遇到“庸医”了！

张冠廷说道：“如果不能的话，我们再做进一步的检查，现在她的状态不适合继续治疗。”

夏楚并未睡太久，醒来时觉得挺莫名其妙的。这就是催眠？睡一觉完事了？他不会是个庸医吧？

她出来同张冠廷道别，和江行墨一起离开。

路上，夏楚说道：“现在信了吧，我真的是从十年前来的，我的心理很健康，完全没问题。”

江行墨没出声。

夏楚问他：“你考虑得怎么样了？”她问的是一年之约的事。

江行墨的确在思考，很认真地思考。

医生的话是要配合的。他本来也要追求夏楚，想和她有一段真正的开始。

那么问题来了，他该怎么追？

他隐瞒身份追得到她吗？坦白身份还有机会靠近她吗？

用 Dante 的身份？

他为什么要假扮成另一个人？

“江行墨？”夏楚叫他。

江行墨收回思绪，回复她：“两年。”

夏楚似乎没明白。

江行墨补充道：“两年时间，你留在连线，之后……”

夏楚怒了：“两年？江行墨，你讲点儿道理，我都二十八岁了，再过两年就三十岁了！三十岁啊！太可怕了！”

说者无心——三十岁对十七八的少女来说的确挺可怕的，听者有意——三十二岁的江行墨深感痛心。

江行墨又道：“这两年你是自由的，可以做自己想做的事，也可以学习自己感兴趣的东西。”

夏楚摇头道：“不，这种自由不叫自由。”

说着，她又干脆利落地道：“一年，否则我明天就去辞职。”光脚的不怕穿鞋的，她要不是顾及自家爸妈的心情，才懒得和江行墨“谈”。

“一年也可以，”江行墨退而求其次，“但我有个要求。”

他还有要求？！这人……

江行墨说得很快：“这一年，无论发生什么事，你都不可以提前离开。”

听他这么说，夏楚松了口气。他的要求并不过分，她道：“我承诺了一年，那肯定就是一年。”

江行墨重复道：“无论发生什么事。”

夏楚狐疑地看向他：“会发生什么事？”

江行墨打了个比方：“比如你喜欢上别人了，想要离开。”

夏楚笑道：“放心、放心，我不会搞婚外情。”

江总很清白，却莫名有中了一箭的感觉：“我也没有搞婚外情。”

“我又没说你。”夏楚很不在乎道，“当然有也没关系，你出轨也无所谓，毕竟从某种角度来讲，十八岁的我根本没和你结婚。”

很好，他又中了一箭。

这话题不好，江行墨立马转移话题，道：“再比如，我做了惹你生气的事，你也不能离开。”

夏楚一副了然的模样：“好啦，都说你可以随便了。”

江行墨解释道：“我指的是我可能在某些……情况下做了欺骗你的事。”

夏楚盯着他：“你骗我什么了？”

江行墨的薄唇动了一下。

夏楚眼睛一弯，笑道：“没事啦，我很有契约精神的，只要你不做触及道德底线的事，我就都能接受。”

他披着马甲和她相处了一个多月算不算触及道德底线？

江先生认真思考了三秒钟：不算……吧。

其实，夏楚还挺好奇的，她又不傻，自然听出江行墨话里有话，但他说得太宽泛，两人接触的时间又太短，她怎么想也不可能想到这一点上。

她猜来猜去，觉得大概还是和 Megan 或者连线有关，无所谓了，她真的不在乎。

安静了一会儿，江行墨又打了一行字：“你觉得张博士如何？”

夏楚道：“很好啊，长得帅，性格好，很温柔的人，但是……嗯……”她顿了一下道，“似乎没温柔到心里。”

她在识人这一点上倒一如既往地敏锐。

江行墨又问她：“你对他有什么感觉吗？”

感觉？能有什么感觉？庸医？

说起来……夏楚看向他：“你问这个干吗？”

江总不打字了，扯着破锣嗓子道：“我失忆的妻子盯着一个男人看了两秒钟，我不该在意吗？”

这下，夏楚卡壳了，清了清嗓子道：“有什么可在意的，张博士的确长得很好。”

“你喜欢长得好的人？”

夏楚反问：“会有人不喜欢长得好的人吗？！”人都是爱美的嘛。

江行墨有一点点安心，虽然他很讨厌自己这张脸，但不可否认的是，他这张脸长得还行。

夏楚今天是揣着箭出门的，她问他：“听说你长得也挺好看？”

江行墨心道：比张冠廷好看。

夏楚赐了他一箭：“可惜现在毁容了。”

——都包成粽子了。

浑身插满箭的江行墨：“……”

夏楚来劲了，转头看他：“你的手机里有自拍照吗？给我看看呗！”

江行墨的心一紧。

夏楚道：“你也真厉害，网上怎么都搜不到你的照片，连我的手机里也没有，哦，连结婚照都没有。咱俩真的结婚了吗？”

她说的都是事实，而且是他早在自己“伪装”成 Dante 时就已经知道了。

如果不是她删除了他们之间的所有照片，不是她扔掉了结婚照，她至于醒来后认不出他吗？

想到她这样决绝，决绝得这样彻底，江行墨觉得胸口的箭上淬了毒，火烧火燎的。

“我从不拍照。”扔下这句话，江行墨便不出声了。

他转头看向窗外，一副不想再交谈的模样。

夏楚也不好意思再追问，主要吧，还是她理亏。哪有妻子连丈夫长什么样都不知道的？

两人回到公司，各自忙碌。

下午的时候，夏楚没什么事了。

江行墨效率不错，两人刚谈妥“协议”，他就帮她分担了一大部分工作，她有更多工夫看“闲书”了。

下午四点钟左右，夏楚的手机响了一下。

她拿起一看，是Dante。

“晚上有空吗？”

夏楚以为是学习小组的日常会晤，回道：“老地方见。”

Dante却道：“这阵子一直受你照顾，觉得很过意不去，晚上有空的话，一起吃顿饭？”

夏楚意识到这顿饭不是泡面，也不是外卖，甚至不是在外头的小面馆吃。

夏楚道：“客气什么，举手之劳。”再说，她也受益匪浅。

Dante很坚持：“总得给我一个感谢的机会。”

夏楚想了想，道：“别这样说，同学会的时候，你也帮了我大忙！”

Dante道：“那不算什么。”

夏楚说：“好啦，咱俩也别互相客气了，晚上我没事，一起吃饭。”

Dante给她发了个位置：“六点见。”

夏楚看了看那饭店的名字，回复他：“我请客。”

Dante没再回复，大概是不同意她请客。

夏楚掐着点来到约好的地方，这是家西餐厅，掌勺的大厨颇有名气，想来在这里吃饭是得提前预约的。

想必Dante是早就想请她吃这一顿饭了，也不知多少天才预约到位子。

夏楚颇为感慨，走进去后，立马有服务员接待，引她上楼，去了靠窗的位置。

Dante很用心，选的位置视野好，而且不显眼。

他顾及夏楚的身份，不愿给她惹麻烦。

夏楚走近了才看到Dante，他换了身行头，脱下T恤和牛仔裤，一身笔挺的西装将整个人装点得器宇轩昂。

人靠衣装，马靠鞍，老马好好收拾收拾都能装成千里马，更不用提真正的千里马了。

夏楚坐下道：“这么正经吗？”

Dante换了身衣裳，气质似乎也变了，瞧着和这西餐厅很般配。他道：“好不容易约到你，怎么能马虎？！”

夏楚笑道：“得了，你哪次喊我，我不是立刻去见你？”

这话挺好听，可惜说话的人根本没其他心思。

江行墨道：“所以才要好好谢你。”

夏楚压低声音道：“吃碗面就行了，来这儿吃饭，你这个月的工资不要啦？”

江行墨沉默了一会儿。

真要吃光他一个月的收入，夏楚怕是得多长几个胃。

“别瞧不起工薪阶级。”江行墨道，“生活品质和钱无关。”

夏楚打趣道："吃泡面、外卖，偶尔去小面馆吃一顿的品质？"

江行墨："……"

哪还用封闭爱人的能力？她是天生缺了一颗"恋爱脑"。

这么浪漫的环境，这么英俊的男人，她却在想些什么乱七八糟的东西？

江行墨耐着性子问她："喝什么酒？"

夏楚无所谓："都行。"

江行墨倒是想喝点儿好的，但想想自己的"工资"，他只能退而求其次，点了最便宜的酒。

女士这边是看不到价钱的，但夏楚也知道Dante的难处，于是体谅道："要不我们不喝酒了？"

江行墨瞪了她一眼。

夏楚撇撇嘴："凶什么凶，还不是为你好。"

江行墨："……"他怎么觉得披着马甲也没法追她？可能是这件马甲太破了。

前菜上桌后，夏楚戳着蟹肉沙拉道："你说你，来什么西餐厅，我们有这工夫都吃完两碗面，回去干活了……"

江总又被噎到了。

夏楚聊完这些，又开始聊编程。

她问他："前些天的那个算法弄懂了？"

江行墨能怎样，还不是陪她在这浪漫百分百的地方说起了和浪漫毫无关系的话题。

总体来说，两人之间的气氛还算融洽，乍看是俊男美女，细听是一对程序员，也是"带感"。

吃到中途，江行墨看她心情不错，斟酌道："我有件事想……"

他话没说完，被外头突兀地传来的高声给打断了。

"王瑞鑫，你真不是个东西！"

餐厅是极幽静的，桌子和桌子之间距离也远，轻声说话，旁人根本听不到。

可如果这样抬高音量，又是饱含着愤怒的女声，响在这幽静的地方就越发刺耳。

夏楚愣住了，江行墨也微怔。

因为这声音，他们都很熟悉。

是高晴。

王瑞鑫是她的丈夫。

高晴不是个肯吃亏的性子，打小都是有人欺负她，她就和人硬干。

夏楚初中时不知对什么过敏，起了一脸疙瘩，班上的人笑话她，起哄叫她"疙瘩妹"，她气得直流眼泪，却不知道该怎么反驳。

被分到隔壁班的高晴知道了，拎着扫帚过来，对着嘲笑夏楚的人一顿乱挥。

那扫帚是扫院子里的落叶用的，又大又脏，她这一挥，起哄的人叫苦不迭。

后来起哄的人去老师那里告状，老师问情况，高晴挺直背，道："是他们先笑话人的。"

老师说："那你也不能拿扫帚打人！"

高晴道："他们都欺负到我头上了，我还不能还手？！"

老师气得罚她站，夏楚默默地来陪她，眼眶通红。

高晴瞪夏楚一眼："不准哭，没出息！"

夏楚将在眼眶里打转的眼泪收了回去，破涕为笑："你真厉害。"

"废话。"高晴也笑了，"像你这么胆小，我早让人吃得骨头都不剩了！"

高晴的妈妈跟人跑了，爸爸是个酒鬼，她家的情况一言难尽。

一直以来，夏楚都觉得高晴会活得很好，因为她真的很厉害。

但现在……

外头的争吵已经毫不避人了。

高晴的声音拔尖到有些失真："你真有能耐啊。瞒着我有了小孩？！"

王瑞鑫的脸涨得通红，他试图安抚着高晴："不是的，没有的事，我……"

"人都找上门了，还没有？！非得等孩子生下来，长成你这个样子，你才肯承认？"

王瑞鑫被她这样骂，脸上就有些挂不住了。

他压低声音道："别在这里闹，丢不丢人？"

高晴气疯了："你嫌丢人，就别干这事！"

"我……"王瑞鑫被骂得有些沉不住气，结巴了一会儿，辩解道，"我也没办法！都是应酬，他们要去那种地方，我能不去吗？我也不想啊，我喝醉了，根本就……"

啪的一声脆响，高晴给了他一巴掌："你个人渣，别在这里找借口。"

这话骂得王瑞鑫额头青筋暴起，他也失去理智了，说的话完全不经大脑："要不是你，我用得着低三下四地去求人吗？"

"跟我有什么关系？你那点儿事，我什么时候过问过？"

"你凭什么不过问？！你和连线的CEO打小一起长大，你帮我牵条线，帮我介绍一下，我用得着求别人？！"

高晴的脸色更难看了："你做梦！"

"我做梦？"王瑞鑫也不管不顾了，"哪有你这样的？！死要面子，活受罪，人家过得比你好一百倍，你还瞎操心！自己的事呢？顺手帮帮老公就难为情了？我又没让你做什么为难的事，就说句话的事都不行？！你是根本没把我们这个家当家！"

"你自己没本事，就别指望别人！"

"我凭什么不能指望别人？！我娶你是为什么，你真当自己好看得天下第一了？要不是夏楚这层关系……"

夏楚听不下去了，正要起身，江行墨扯了她一下："这个时候你出去，你的朋友会很为难。"

夏楚一愣，硬是忍了下来。

Dante说得没错。

夏楚冷静下来：高晴爱面子，她这样冲出去，只怕会让高晴更加难堪。

今非昔比。

十几岁的时候，伤了敌人，她们就快活。

如今快三十岁了，敌人又是高晴的丈夫……夏楚可以给王瑞鑫一耳光，可以把椅子砸到他的身上，但她无法确定这样做对高晴是否有好处，她怕自己也是在伤害高晴。

她忍一忍，还有更成熟的办法来解决问题。

高晴快气炸了："滚！王瑞鑫，你给我滚！"

王瑞鑫到底没敢怎样，推开椅子，弄出极大的声音后，离开了。

高晴也走了。

自始至终，她都没流过一滴眼泪，从头到尾都很强势，踩着高跟鞋离去的架势像是打了胜仗的将军，只是手指深深嵌入手包，新做的指甲染上了丝丝血迹。

"抱歉。"夏楚对江行墨说，"我得先走了。"高晴这样，她哪还有心情继续吃饭。

江行墨道："没事，你快去看看吧。"

夏楚急匆匆地出了餐厅，上了车便给高晴打电话。

电话没人接，她不禁有些担心，刚想再拨过去，高晴已经给她打了过来。

"刚才在上厕所，不想和你打有味道的电话。"高晴的声音听起来一如往常，清脆利落，似乎世间万事都难不倒她。

夏楚心里一阵酸涩，问她："在哪儿呢？"

"在家，"高晴道，"怎么，有什么事？"

夏楚道："吃饭没，一起？"

"姐姐啊。"高晴夸张道，"这都七点半了，哪还能没吃饭。"

夏楚太着急，忘了时间。

高晴道："你要是有空的话，咱们喝两杯？"

夏楚只想快些见到她，一点儿都不想让她自己扛，于是说道："好，去哪儿？"

高晴想了一下，问："要不，就去你家？"

"好！"夏楚道，"我等你。"

高晴道："马上到。"语调十分轻快，只有嗓音中隐藏的沙哑暴露了她之前的暴怒。

夏楚立马回家，换了身衣服，十五六分钟后，高晴到了。

高晴也换了身衣服，是条崭新的无袖连衣裙，精妙的剪裁将身材勾勒得极美，笔直的小腿下是一双漂亮的细高跟鞋，拱起了脚踝，似乎也拱起了人生。

夏楚道："穿这么美给谁看？"

高晴拨了拨头发："给你看嘛。"

夏楚面上笑着，心里却很难受。到底是多要强的人，才能在发生了那样的事之后，还把自己伪装得这样完美？

夏楚没出声，高晴又问她："美不美？"

"美。"夏楚道，"我们晴儿是天下第一大美人。"

"嘴巴真甜。"高晴道。

夏楚笑了，笑得鼻尖发酸。

夏楚拿了瓶好酒，高晴想制止，夏楚说："放在这里就是用来喝的。"

高晴道："咱俩不用喝这么贵的，浪费。"

"那要留给谁喝？！"夏楚道，"好东西就得和自己人分享。"

高晴想了一下，道："也对，留着到最后也是要喝的。"

夏楚想想是真难受，她俩的婚姻怎么都这么乱七八糟的？

小酌一杯后，夏楚状似不经意地问她："最近怎么样？"

高晴哪里会露馅，说道："挺好的。"

"公司也还好？"王瑞鑫的公司做的是 ERP（企业资源计划，英文 Enterprise Resource Planning 的简称）开发，高晴负责的是销售方面的工作。

"最近挺不错，更新了一个版本，客户反馈很好，销量也有所上涨。"

夏楚还是主动提道："你们那里有什么问题就告诉我，我这边……"

"好啦……"高晴摆摆手道，"每次见你，你都要说这个，我那里能有什么问题？！软件方面有技术部和管理顾问，销售方面得慢慢磨，做 ERP 急不得，服务很重要。"

夏楚听到高晴这样说，隐约也猜到了，高晴不开口提公司的事，但她不会不提，想必她一提，高晴就这样敷衍过去。

"你有事一定要告诉我。"夏楚道，"你和我见外，我会生气的。"

高晴拿起醒酒器给自己倒酒，道："谁跟你见外，以后我来你家只喝这酒！"说着，她举起杯子，透过挂了红酒的玻璃面看夏楚。

夏楚越是看她这轻松的模样，心里越是难受。

她知道高晴不是和她见外，她知道高晴就是这样的性子。当年龚晨和人打架受了伤，高晴也是死咬着牙不说。要不是她临考前去叫高晴来家里吃饭，她都不知道好闺密好几天没回家了。

高晴什么都要自己扛，什么都要自己担，明明可以为了朋友拼命，却绝不肯让朋友为自己做任何事……

怎么十年了，谁都变了，就高晴这个倔脾气没变？！

吧嗒，一滴泪落了下来。

高晴不会哭，夏楚替她哭了。

"今天我也在那家餐厅。"夏楚捅破了这层窗户纸。

高晴一愣，脸上的笑容僵住了，就像被画师捕捉到了画布上，保持着一个要笑又笑不出来的模样。

"哪……哪家餐厅啊？"高晴的声音很干。

夏楚抬头，红着眼眶道："我都听到了，王瑞鑫说的话，我全听到了！"

刹那间，一切都凝固了，似乎空气中弥漫的酒气也逐渐成了固态，现出了血一般的猩红色。

高晴张了张嘴，好半晌才道："你也在啊，你别当回事，那种人……"

她说不下去了，往日里的伶牙俐齿此刻全都消失不见。她的胳膊拄在桌子上，手抵住额头，眉心皱得很紧，好像里面藏着近三十年都想不通的疑惑：“你说……男人怎么就这么不是东西？！”

“我爸打老婆、打孩子，六亲不认；龚晨是个白眼狼，我为他掏心掏肺，他一走了之；我以为江行墨会待你好，可谁知道结了婚，他就这样欺负你；王瑞鑫瞧着老实巴交，说着爱我，转头就搞外遇……”

她说不下去了，摇了摇头，满脸疲倦。

夏楚心疼得厉害，可又不知道能说什么来宽慰她。

高晴笑了一下道：“来吧，喝酒。”话落，她一口干了。

夏楚陪她喝，只希望她能稍微痛快些，哪怕一点点，只一点点也好。

喝到后头，高晴醉了，醉得一塌糊涂。

她骂王瑞鑫，骂龚晨，骂她爸，不停地骂，骂得流出了眼泪。

夏楚酒量好，有了醉意，却没糊涂，忍不住问高晴：“你为什么不告诉我？你为什么什么都不开口说？”说点儿也好啊，只一点点，她知道了就一定会全力帮高晴。

“不能说的……”高晴趴在桌子上，用梦呓般的声音道，“楚楚，我……不能再失去你。”

一句话真是把夏楚的心都给捣烂了。

江行墨来的时候，两个女人已经醉得不省人事。

一个在沙发上，一个在地毯上，都是蜷缩着的，好像整个世界都压在了她们的身上。

高晴在沙发上，江行墨给她找了床毛毯盖上。

夏楚睡在地毯上，怀里还抱着个空酒瓶。

她酒量很好，一般情况下很难醉，如今醉成这样，估计是心里难受，自己想醉。

江行墨轻叹一口气，弯腰把她抱了起来。

她很轻很软，酒气中夹杂着一股女孩的香气——都说这是脂粉泡出来的，江行墨却觉得是男人自行想象出来的。

酒不醉人，人自醉；香不迷心，心已迷。

江行墨抱着她上楼，打算将她安置到卧室里。

衣服……还是别换了，睡到床上总比在硬邦邦的地板上强。

他推开卧室的门，迎面看到那幅紫色的抽象画，怔了一下，生硬地别开了视线。

床铺很整齐，枕边放着一本书，封面被仔细地包起来了，侧面有小小的便笺露出。不用翻开，江行墨也知道这本书肯定被画了很多线，写了不少东西。

夏楚很爱书，但不是将书束之高阁那种爱，而是捧在手心，将它翻烂，让它烂在心中的那种爱。

江行墨扬了扬嘴角，小心地避开书本，将她放到枕头上。

自始至终，夏楚都一动未动，安静又乖顺，像个睡熟的小动物。

江行墨动作很轻很轻，不是怕她醒，而是不愿扰了她的梦。

安顿好后，他也该离开了。

江行墨看了她一会儿，略微起身。

“不要走……”柔软的呓语从微动的嘴中溢出，她的手抓住了江行墨的衣服。

江行墨一怔。

夏楚紧闭着眼睛，眼珠在眼皮下转动，似乎在做噩梦。她的唇色淡了些，声音也越发着急了：“别……别走，别走。”

她不想让他走。

可她知道他是谁吗？

江行墨的心一阵刺痛，到底不忍心挣开她。

夏楚用力握着他的衣摆，用力到指关节泛白。夏日的衬衣本来就很薄，银灰色的料子仿佛天边厚重的云，顺滑、沁凉，可她怎样用力都没法真正握住，反而把自己弄得湿淋淋的，狼狈不堪。

江行墨看了一会儿，终究没走，上床躺在她的身边。

像是在寻找火源一般，她缩在他的身侧，露出寻常难以见到的脆弱的一面。

可她也只是缩在那儿，没有紧挨着他，也不再靠近，在薄薄的衣衫之间留了那么一丝微不可察的距离——很难看清，却能让人清楚地感受到的距离。

江行墨就这样躺在床上，看着自己亲手挑选的吊灯，听着她逐渐缓和的呼吸，脑中只有一缕缕清香，是他幻想出来的属于她的味道。

半个多小时后，夏楚似乎安心了，紧攥着他的手松开了，他很快便感受到了。他动作很轻，小心翼翼。

然而，当他坐起身准备离开时，睡着的女孩忽地睁开眼。

两人对视，江行墨愣住了。

夏楚用无比清醒的眼神注视着他，一言不发。

她醒了，她看到他了，她会怎样想？

Dante 怎么能进到这里来？！

不是 Dante，又是谁？！

江行墨并没有愣太久，虽然这摊牌的方式很糟糕，但他本来也不想再隐瞒。

“我……”他开口，只说了一个字，夏楚已经闭上眼。

江行墨顿了一下，唤了她的名字：“Megan”

夏楚一动未动，睡得很安稳，仿佛刚才的一切都是江行墨的错觉。

江行墨微拧着眉心，坐在床侧，透过微弱的地灯光看她。

她是睡着的，不是装睡，是真的沉浸在美丽的梦境中，安心得像靠在母亲的怀中。

刚才睁眼的仿佛是另一个人，另一个人透过这个身体在看他。

夏楚醒来时，头痛欲裂。

这滋味谁试谁知道，当真是满脑子就只剩下一句话：谁再喝酒，谁是小狗！

夏楚缓过神来，发现自己睡在床上，还挺诧异：她都意识不清楚了，还能走回卧室，睡到床上，真棒！

她脑袋稍微清醒后，想起了高晴。

我不会把她丢在地上不管了吧？

夏楚猛地坐起，剧烈的眩晕感袭来，让她体会到了什么叫眼冒金星，真的是小星星满眼飞，飞得她脑壳都要炸掉。

“唉！”她发出叹息，仰面躺在床上，缓了一会儿后，才慢慢起身，感觉能够适应了。

她光着脚下楼，一眼便看到乱七八糟的空酒瓶，今天得找人来收拾一下。她这样想着，径直走过去，看到了睡在沙发上的高晴。

沙发很宽敞，高晴睡在上面并不显得局促，更让夏楚松口气的是，自己还记得给她盖上毛毯。

靠谱，夏楚实在佩服自己的酒量。

眼瞅着太阳高高挂起，夏楚给 Ethan 打了个电话，说上午不去公司了。

她去厨房，琢磨着厨房会不会做醒酒汤。

过来一试，还真会做，夏楚对智能厨房是心服口服！

厨房还真是受之有愧，本来吧，它是不会做的，不过某人昨夜给它更新，加了醒酒汤的食谱和材料，也是非常贴心了。

可惜某人不留名，厨房就默默地接受夸奖啦。

智能厨房做好醒酒汤，夏楚先自己喝了一碗，味道挺要命，不过的确醒神。

她去叫高晴，高晴喃喃道：“睡会儿，再睡会儿。”嗓子是彻底哑了。

夏楚道：“喝了醒酒汤再睡。”

高晴用毛毯捂住耳朵，当作没听见。

夏楚灵机一动，拿出手机打开了拍照模式。

咔嚓一声，毛毯下毛茸茸的大波浪瞬间露出来，眼皮肿起的高晴道：“拍什么拍！我没洗脸，没洗头，没化妆！”

夏楚笑道：“拍的就是你不洗脸、不洗头、不化妆的样子。”

高晴愣了一会儿，大脑才恢复运转。她按了按太阳穴道：“天都亮了啊。”

夏楚端来醒酒汤：“喝了会舒服些。”

高晴肿着的眼里全是诧异：“你还会做这个？”

夏楚道：“厨房自己做的。”

高晴很好奇，想去看看，不过脑袋痛得很，挪不动步子。她接过醒酒汤，难得地说道：“江行墨不是个好丈夫，但的确是个人才。”

这大概算是夸奖了，虽然和“他除了一张脸长得好外，其他方面一无是处”有异曲同工之妙。

捏着鼻子喝完醒酒汤后，高晴去洗漱，夏楚去和小黑“商量”早餐。

一起吃早饭时，夏楚见高晴状态还行，便开门见山道：“你打算怎么办？”

高晴知道她问的是什么：“离婚。”

斩钉截铁的回答让夏楚松了一口气，她打心底觉得王瑞鑫配不上高晴。

不过，“离婚”二字始终是个标签，烙在女人身上，女人所受的伤害永远比男人深得多。

夏楚问：“王瑞鑫会配合吗？”

高晴冷笑一声：“他不配合，我就闹到他身败名裂。”

夏楚真心为高晴觉得不值，不过后头的事更重要：“离婚后，你有什么打算？”

“这你不用担心。”高晴道，“我离了男人，只会活得更好。”

她这辈子遇到了三个男人，一个是亲生父亲，一个是深爱的人，一个是丈夫……她所有的灾难都来自他们！

夏楚没出声，头一次后悔自己只有“十八岁”，她相信二十八岁的她一定能帮助高晴更多。

不过她会想尽办法帮高晴，一定不会让高晴再受委屈。

吃过饭，高晴要回去了。她昨天的衣服是没法穿了，夏楚给她找了件自己没穿过的新衣服。

高晴比她丰满些，黑色连衣裙裹得她前凸后翘，性感得很。

夏楚笑道：“身材真好。”

高晴还故意挺了挺胸，对着镜子说道：“没你聪明，身材要是还没你好，那我也太惨了。”

说完，两人都乐了。

下午，夏楚在公司里走神。

她虽然缺乏社会经验，但也知道离婚不是那么简单的事，尤其是有利益纠纷，又闹成这样的婚姻。

她想来想去，找不到适合的人商量，毕竟二十八岁的她并不需要找人商量。

最终，夏楚拨通了江行墨的电话。

也只有江行墨了，他俩如今也算是“和解”，更有一年之约，她找他咨询一下，问题应该不大。

电话接通，江行墨的嗓子还没好：“嗯？”

夏楚道：“有空吗，见个面。”

江行墨有空，但得“化妆”，于是道：“十分钟后，我去找你。”

夏楚道：“不用，我去东停车场等你。”

江行墨道：“行。”东停车场在他俩的办公室的中间线上，而且基本没别人会去。

见到江行墨，夏楚也没浪费时间，直接说道：“我想和你商量一下离婚的事。”

江行墨：“……”

夏楚意识到自己这话说得很不妥当，赶紧解释道：“不是咱俩离婚的事，咱俩不用商量，一年后，我直接走人。”

她这句解释没安慰到江行墨，他反而更伤心了。

夏楚把高晴和王瑞鑫的事一五一十地说了。

虽然一见面就被捅刀子，但江行墨还是帮她出了主意："离婚，搞垮王瑞鑫，收购他手里的股份，让高晴单干。"

简单粗暴、干脆利落。

夏楚忽然有些发怵，深深感觉到自己这位名义上的丈夫不是个好惹的人。

按着江行墨的句式，夏楚把人名换了一下……

"离婚，搞垮夏楚，收购她的股份，江行墨单干。"

江行墨又道："你放心，这件事我会帮你处理好。"

夏楚并不放心，谨慎地问道："要怎么搞垮王瑞鑫？"她补充道，"我担心影响到连情公司。"

连情公司就是王瑞鑫注册的主营ERP的企业，他造势称这名字是向妻子告白，源自"恋晴"，更暗指他和高晴的恋情。

如今想起他那番说辞，再看这个名字，夏楚就觉得很恶心了。

"连"怕是取自连线集团，至于"情"，他恐怕更想和连线集团有点儿感情。

夏楚的担心不无理由，既然要收购王瑞鑫的股份，让高晴单干，那就不能影响到公司，尤其这种做ERP的，比较注重形象——有了糟糕的形象，会让客户犹豫，进而影响销量。

谁都不想维持经营的核心ERP出自一家随时会出事的公司。

但不影响公司，又怎么搞垮王瑞鑫？他又怎么肯放开手中的股份？这似乎很无解。

她都能想到，江行墨自然早就心里有数。

其实他很少对人解释，因为他奉行一句话：不解释就弄不懂的事，就意味着怎么解释也弄不懂。

这话来自一部文学作品，当时还是夏楚念给他听的。

在明确听到这句话前，江行墨早已如此行事：懂的人自然懂，不懂的人，你费尽口舌也是浪费时间，人和人之间从来都竖着无数堵高挺且厚实的墙壁。

也不知是在什么时候，也许是做完一个项目后缓口气的时候，他懒洋洋地晒着太阳，夏楚坐在他的身边，捧着一本略厚的书，念了这句话。

江行墨眯着眼睛道："说得对，傻子永远是傻子。"

"才不是。"夏楚反驳道，"这句话的意思和你说的完全不一样。"

"哪里不一样？"江行墨把手里的魔方丢给她，"复原它。"

这见鬼的十三阶魔方，是说复原就能复原的吗？

夏楚把魔方扔回给他："我不会玩魔方，但我不是傻子。"

江行墨微扬薄唇，眯着眼把玩着手里的魔方。

夏楚合上书本，对他说："懂不懂和知不知道是不一样的，而解释的用处在于让人知道；不解释的话，别人不仅不懂，还会不知道。"

江行墨干脆闭上眼睛，要不是手指还在转动着魔方，他简直像睡着了。

夏楚又说道：“就像生孩子这种事，没经历过的话，不管别人怎样解释，都不会确切地体会。这就是‘不解释就弄不懂，而解释了也不会懂’的事。”

夏楚补充道：“但你不能否定‘解释’这个过程，倘若因此而不解释，那男人岂不永远不会知道母亲生育子女的痛苦？”

江行墨没出声，夏楚还在说着：“的确，解释了也不一定能懂，可解释是一种沟通。哪怕沟通了也不会彻底理解对方，却可以有所了解。”

她说：“人与人之间有着不可翻越的高墙，但谁说一定要翻越高墙？！”

她问他：“只在墙上开一扇门不行吗？”

江行墨睁开眼睛看她：“门没开，耳朵起茧子了。”

夏楚抱着书起身，没好气道：“不吵你了。”

她走了，他耳朵清净了，心里却空荡荡的。

开一扇门，说得轻巧，谁知那是一扇门还是一个填不满的洞！

“江行墨？”夏楚的声音把江行墨从记忆中唤了回来。

他敛神，在手机上打字给她解释：“从王瑞鑫的个人作风下手，爆出丑闻，搞垮他的个人形象。这对公司自然是有影响的，等连情出事，市值下跌，我会安排其他人与他接触，收购他手中的股份。

“他对连情没多少感情，原本成立的动机就很有问题，如果和高晴离婚，只怕他做的头一件事就是甩掉连情。”

夏楚跟上了他的思路：“嗯，他本来就是想借着高晴和连线搭线。”

“线没搭上，得罪了你，他自然想脱身。”

夏楚皱眉：“可这还是影响了连情。”

江行墨看了她一眼，开口道：“不是有你吗？”

夏楚没反应过来。

江行墨道：“王瑞鑫离开连情，高晴单干，你随便让媒体‘偷拍’到你俩逛街的照片就可以了。”

失误是王瑞鑫的，而王瑞鑫已经和连情脱离关系，高晴背后又有连线这棵大树，连情只怕比以前还要前途光明。

夏楚恍然大悟：“对哦！”

江行墨又耐心地给她解释道：“以前高晴为了避嫌，你也忙，所以你们很少一起出去。当然，你们一起出去，媒体也不会拍你们，不过这些都是可操作的，你不用担心。”

夏楚差不多明白了，由衷地说道：“拜托你了。”

“不用和我客气。”

“还是要客气一下的。”夏楚诚实地道，“这事不在合约内。”

江行墨有些心塞，说道：“无论你发生什么事，我都会帮你。”

夏楚觉得江行墨挺有合作精神，感激道：“你放心，我会好好当傀儡，对了……”她又慷慨大度道，“这一年里，你可以自由恋爱，我不会打扰你。”

江行墨：“……”

夏楚道：“事实上，我们并没有婚姻关系，所以你也不算出轨，一年时间挺长的，你可以……”

“事实上，”江行墨打断她道，“我们就是合法夫妻。”

夏楚道：“别这么死板，结婚证不过是一张纸。”说着，她像是想起什么一般道，“说起来，我怎么连我们的结婚证都没有？”

虽然早就清楚，但江行墨还是被扎心了，果然连结婚证都被她扔了……

夏楚道：“那个……你还留着我们的结婚证吗？我能看看不？”她真的好奇江行墨的长相。

江行墨“冷酷无情”地拒绝了她：“不。”

“我就确认一下。”

“不用确认，”江行墨道，“我们是民政局认定的合法夫妻。”

夏楚还想再说，江行墨意识到继续这个话题只是自我折磨，于是生硬地转移话题：“你提前帮高晴做好心理准备，接手一个公司可不是一件轻松的事。”

这倒是，夏楚顺利地被转移注意力，忧心忡忡地问：“她能行吗？”

江行墨说道：“为什么不行？！当然，也要看她的个人意愿，她不想接手，可以卖掉。”

夏楚想想高晴的性子，觉得没问题，郑重道：“我相信她可以的。”

甩开渣男，高晴一定会过得很好。人还是要有自己的事业，与其把心思花在别人身上，不如做点儿更有意义的事。

在这件事上，夏楚由衷地感激江行墨，又道：“你真的可以自由恋……”

江行墨不想聊下去了，推开车门，下车走人。

夏楚小声嘟囔：“好心被当作驴肝肺。”

幸好江行墨没听到，要不又得挨上一箭。

江行墨办事效率极高，在高晴和王瑞鑫办完离婚手续后，王瑞鑫出轨、小三怀孕的事已经闹得满城风雨。

王瑞鑫不是什么大人物，但互联网这个圈子很奇妙，说大很大，说小又真的小，而且媒体还对他们都挺“热情”的，毕竟有话题嘛，都是年轻有为的企业家。

再加上江行墨在背后的推波助澜，整件事情发酵得极快，王瑞鑫被搞得焦头烂额。

这种紧急时刻，有人以“公道价”收购连情，他难免会考虑。

中途高晴找过夏楚，她比较担心的是：“这事对你没影响吧？”

夏楚当然不能说是江行墨在操纵，于是道：“能有什么影响？这是王瑞鑫咎由自取。”

高晴道：“我不想给你添麻烦。”

夏楚道：“你再见外，我真要生气了。”

“这不是见外不见外的问题，”高晴正经道，“我不想我们之间……”她没说完，但夏楚明白她想说什么。

好朋友，尤其是打小一起玩到大的，更是心贴着心，可为什么有很多朋友最后反目成仇？因为有利益牵扯。

利益这东西十分可怕，别说是朋友了，血脉至亲都能因它而反目。

高晴不肯“帮”王瑞鑫，一来是瞧不上他的行径，二来是不想因为这些事伤了和夏楚的感情。

她开口，夏楚一定会帮，一次、两次、三次、四次……夏楚都会帮，可这种帮忙消耗的是她们的感情。

夏楚道：“你有这样的顾虑，就说明我们不会走到那一步。”真正走到那一步的，都是连想都没想过这个问题的“朋友”。

王瑞鑫被踢飞那天，夏楚心情大好。为表感谢，她给江行墨发信息：“有空吗，请你吃饭。”

江行墨当然有空，说：“小餐厅？”

夏楚问：“你的伤还没好吗？”

他敢好吗？他一天不摊牌，这伤是一天也好不了的。

不过他得摊牌了，趁着机会正好，夏楚心情不错，他得赶紧老实交代，以求从轻发落。

两人在小餐厅见面，夏楚道：“等你伤好了，我再正经请你吃一顿。”

江行墨道：“不用的。”

“一码归一码，”夏楚道，“这次你真的帮了我大忙。”

江行墨顿了一下，扯着嗓子道：“吃饭就算了，我有件事想告诉你。”

夏楚道：“你说。”

“你还记得我们的约定吗？”他得再确认一下。

夏楚想了一下才道：“你是指那个无论发生什么事，我这一年都不能离开的约定吗？”

江行墨郑重地点头：“对。”

夏楚很敏锐，捕捉到了其中的微妙意思——到底是什么事让江行墨这么顾忌？

她看了看他，试探地问道：“你不会是有私生子了吧？”

江行墨：“……”

见他沉默，夏楚以为自己说中了，皱皱眉道：“这是有点儿麻烦……”

江行墨真想敲开她这小脑袋瓜，看看里面都装了些什么！

夏楚还在认真思考：“孩子的妈妈呢，你先让她委屈一下吧，也就一年，要不……”她灵机一动，“我现在就把位置腾出来？只要能辞职，我……”

“没有私生子！”江行墨粗着嗓音道，“这一年，你哪儿也别想去。”

夏楚真的好奇了，问他：“到底是什么事？”

江行墨恢复了一下自己的声音，道：“我……”

他只说了一个字，手机铃声响了。

他顿住了，夏楚道：“先接电话？”

江行墨道：“抱歉。”

他看到了来电人的名字，是张冠廷，这电话他不得不接。

江行墨起身去外头，接听了电话。

“张博士，你好。”

张冠廷道：“很抱歉，才看到你的留言。”他这些天在一个没有信号的地方，手机无法拨通，也收不到信息。

他又向江行墨确认了一下：“你是说 Megan 看到你，第二天却不记得了？”

江行墨道：“对。”

张冠廷问他：“难道她这阵子一直没看到过你？”

江行墨顿了一下，把 Dante 和自己的事坦白了。

张冠廷：“……”

虽然是为了配合医生治疗，但这事实在令人感到羞耻，江行墨很尴尬，道：“我准备向她坦白。”

“等等。”张冠廷制止道，“先不要刺激她。”

江行墨道：“这事难道不是越早澄清越好吗？”

“对普通人而言是这样。”张冠廷解释道，“其实我感觉她不止是失忆，可能还有些其他问题，只是暂时不好确认，还需要继续观察。Dante 是她的朋友，是她自己寻找到的精神支柱，我建议暂时不要让她失去 Dante。”

江行墨抓到了关键词：“精神支柱？”

张冠廷道：“这个世界对现在的她来说是陌生的，甚至是不属于她的，她现在能够接受并且面对，Dante 起到了至关重要的作用。”

“你可以设想一下，”张冠廷继续道，“在一个‘本属于自己的一切全冠上自己的另一个名字’的世界里，在一个分不清真假的世界里，一个由她自主认识的朋友该是何等难能可贵？夸张点儿说，Dante 对她来说是新的现实。”

这话说得很绕，江行墨却听懂了。虽然夏楚表现得很好，瞧着也乐观开朗，但她始终不肯正面承认自己失忆，执拗地认为自己来自十年前，这本身就是一种寻找自我并且否定自我的过程。

她像是徘徊在《楚门的世界》里，一切熟悉的都是属于她又不属于她的，一切早就存在的也似真似假。

而 Dante 是“楚门”走出“世界”后认识的第一个人，一个证明她自我存在的“现实”。

张冠廷道：“你揭穿 Dante 的身份，她感受到的可不止是被欺骗、被背叛，还有现实被打破。”

江行墨抿紧薄唇：“难道要一直瞒下去？我不可能一直不见她。”

张冠廷道：“人的适应能力很强，现在的 Dante 就像她接触这个世界的桥梁，她正站在桥上，你把桥拆了，她就摔下去了。等她安稳地过了桥，桥的作用就没这么大了。”

江行墨明白了：“她什么时候能走过桥？”

“这个问题，”张冠廷道，“只有‘桥’是最清楚的。”

桥是 Dante，只有 Dante 最清楚吗？

江行墨心中一动，隐约捕捉到了什么。

他又问："你说她还有其他问题，这个问题……"

张冠廷："Dissociative Disorders。"

江行墨的瞳孔猛地一缩："人格分裂？"

张冠廷道："你不用太惊讶，心因性失忆本身就是人格分裂的一种。这种把引起她内在痛苦的意识活动或记忆，从整个精神层面解离，以保护自己的行为，自然会丧失其自我的整体性。"

江行墨一时说不出话，脑中浮现出的是那天晚上忽然间睁开眼的夏楚。

她看着他，深色的眸子像一个旋涡，空洞得透不出光亮。

张冠廷道："所谓封闭了爱人的能力，是她将其解离出去了。"

江行墨道："可她并没有第二人格出现。"

张冠廷道："所以我不希望 Dante 消失，Dante 巩固了她现在的自我，贸然打破，她会再度陷入深深的自我怀疑之中，到时候其他人格会接管主人格。"

江行墨的心猛地一抽。

虽然隔着手机，但张冠廷像是体会到了他的心情，于是解释道："你不用自责，你的误打误撞其实帮助了她。你创造的 Dante 支撑了她，否则她的精神早就陷入不可控的混乱。"

"所以……"江行墨的嗓音很干涩，"现在我要做什么？"

张冠廷道："做她的桥，牵着她的手，引导她面对自我。"

江行墨轻声问："帮她找回记忆吗？"

张冠廷："逃避只会让伤口溃烂。"

通话时间有些长，江行墨回来时，饭菜已经摆上桌。

夏楚道："你再不回来，我都要开动了。"

"抱歉。"江行墨敛眉道，"让你久等了。"

夏楚还好奇着呢，饭都不想吃，眼巴巴地看着他："你到底要跟我说什么？"

本来要说出口了，现在江行墨哪敢说。

他瓮声瓮气道："没什么。"

夏楚瞪大眼："什么叫没什么？吊人胃口最讨厌了！"

江行墨也不想吊她的胃口。

这吊的不止是她的胃口，还有他的心。

他拿起筷子，夹起一块做得酥脆香甜的锅包肉塞进嘴里。

锅包肉是甜的，他故意吃了这个自己以前从不吃的东西，想让甜味冲淡喉咙深处的苦。

"你……"夏楚气呼呼地道，"不说算了。"

江行墨连吃了三块锅包肉，又喝了半杯水，感觉好多了。

他道："这一年，你要履行身为妻子的义务。"

如果只剩下一年的话，那他就好好珍惜吧。

"身为妻子的义务？"夏楚傻眼了，"你……你不会……"

她防御性地向后退了一步，警惕地看着他。

她想得倒是挺深，江行墨道："难道妻子的义务就只有你想的那一种？"

听到这句话，夏楚的脸腾地红了。

江行墨道："放心，不包含这项。"

夏楚并没卸下警惕："那包含什么？"

江行墨犹如背清单一般说道："每天不少于一个电话，通话时间不少于三分钟；不少于一条信息，内容不得少于二十五个字；至少一起吃一顿饭，时间不少于三十分钟；睡前说晚安……"

夏楚打断他道："说晚安？难道要睡、睡在一起？"

江行墨看她一眼道："打电话、发信息都行。"

听到不用睡在一起，夏楚松了一口气。

江行墨继续道："每周去看一次美术展、听一场音乐剧、看一次电影……"

夏楚忍不住又打断他："这些我都可以接受，但问题是……你有时间吗？"

江行墨："……"

夏楚道："听说你一天恨不得工作二十个小时，真有时间干这些？"

"有。"江行墨哑着嗓子也能弄出咬牙切齿的语气，"我的时间多得很。"

"那就行。"夏楚觉得这并不过分，还友好地问他，"还有其他的吗？"

江行墨顿了一下，低声道："每周抽出半个小时给我读书。"

"嗯？"夏楚纳闷道，"给你读书？自己看不是更好吗？"

江行墨道："我喜欢听人读。"

夏楚热心道："现在的阅读软件都有诵读功能，还有知名主持人……"

江行墨道："半个小时就行，你读给我听。"

夏楚纳闷道："这也是妻子的义务？"

江行墨应道："嗯。"

"好吧……"夏楚倒也不觉得这有多麻烦，又向他确认了一下，"读什么书有要求吗？"

"随便。"江行墨道，"你喜欢就好。"

夏楚心道：我可喜欢语文课本了，要听吗，先生？

末了，江行墨又补充了一句："先读《1Q84》吧。"

"《1Q84》？"夏楚好奇道，"是书名？"

江行墨道："嗯。"

"好别致。"完全让人看不出讲了什么，夏楚又问，"不会是编程书籍吧？"

江行墨摇头道："是小说。"

“作者是？”

“村上春树。”

夏楚惊讶：“村上春树老师？”

江行墨道：“2008 年以后出的书，所以你不知道。”

夏楚终于体会到一些来到十年后的喜悦了，这十年还是藏了无数惊喜的！

夏楚喜滋滋地道：“行，我给你读。”

后来，她看到那厚厚的三本书，脸都黑了。这么长的篇幅，她要给他读到什么时候？

到这里，两人的“契约”算是彻底完善了。

这一年，夏楚充当傀儡并承担一部分妻子的义务。

江行墨向她保证，一年后会给她想要的自由。

日子平稳下来，一切似乎都步上正轨，夏楚也看到了希望。

第九章

夏楚很尽责，当傀儡也不能当得太假。

该学的还在努力学，不管是公司管理还是编程相关工作，她都在认真地研究。

这天，Ethan 说道："今年的连线未来程序设计大赛还定在十五号吗？"

程序设计大赛？

夏楚应道："行。"

Ethan 道："那我通知一下 Ron。"

Ron 是冯宇恒，那位着装怪异的 MG 项目的负责人，更是 Megan 的终极迷弟。

到了办公室，夏楚忙完手头的工作后，查了一下这个连线未来程序设计大赛。

这个竞赛已经举办了五年，起初还默默无闻，这几年随着连线的雄起而名声大噪，已然成为国内计算机行当里的终极赛事。

且不提奖金如何，单单是在其中崭露头角，就会有无数机遇扑面而来。

参赛没什么特别要求，只要拿得出作品，不问学历，不问年纪，不问工作情况，都可以报名参赛。

别说是外面的人，就连连线的员工对这个竞赛也很重视。

连线的外围门槛不高，基本上过了笔试都有参加工作的机会，可就像汪洋大海里的一只小虾米，想要在连线站稳脚却实在不容易。毕竟海里的鱼太多，小虾米们熬不到自己长出巨大的钳子就已经被淘汰。

连线来来往往的实习生很多，外界很不认可他们这种管理模式，戏称他们为"流水"线公司。

也有人十分认可，觉得江行墨是自掏腰包给人机会。

虽然这机会看似渺茫，但总比没有好，冲进去了也许就是海阔天空。

因为这个，不少底层的员工很期待这个竞赛。

如果他们能够拿出优秀的作品，没准儿就一飞冲天了。

看到这个竞赛，夏楚立马想到了 Dante。

晚上她主动约 Dante，见面便道："你知道连线未来程序设计大赛吧？"

江行墨怎么能不知道？这是他一手创办的：“嗯，知道。”

夏楚满眼期待地看着他：“你要不要报名参加？”

江行墨：“……”他去？去欺负小朋友吗？

夏楚游说他：“这是个好机会，你一定要好好把握，即便拿不了奖，也能锻炼自己！”

“而且，”她又道，“我觉得你很厉害，一定能拿到奖的。”

夏楚忍不住又道：“到时候你肯定会有更好的发展！”

对 Dante，夏楚可谓是操碎了心。按理说，以她的职位，他们俩关系这么好，Dante 早就可以一飞冲天，但是她不能任性。一来是她自己也脚底悬空，做不了结实的支点；二来是这样没长翅膀的冲天，是飞不了多久的，摔下来只会粉身碎骨。

她相信 Dante 瞧不上这种捷径，否则他早就不是今天这样了。

他这样的性格让人钦佩，也让人担忧。不走捷径是好事，可他情商太低，连基本的变通都不懂，在职场上要怎样才能混出头？！

夏楚至今还深陷在“Dante 生性古怪，遭人排挤”的忧虑中。

江行墨想了想，看她一眼后，说道：“有道理，竞赛和考试是激励进步的最好途径。”

这话让夏楚的心一痒……事实上，她也很想参赛，她也学很久了，已经很熟悉 Python 了！她也想试一试！

江行墨很了解她那一提“考试”就兴奋的个性，说道：“都说闷头学半年，比不上一个月考一次。”

这还真有人做过实验，对原本成绩相当的一群人进行了学半年考一次和学一个月考一次的测试，结果频繁经历考试的人成绩明显优于前者。

夏楚是冲过独木桥，考入国内名校的高才生，对考场的情怀就像沉迷战场的老将，全身都是沸腾的热血。

江行墨说着说着又叹息道：“可惜一个人是不能参赛的。”

报名至少得三人，不能超过六人，这也是考验大家的协调合作能力。

夏楚的心更痒了：我啊、我啊、我啊，我算一个人！

然而她怎么有脸说出口？！连线的 CEO 去参加自家组织的竞赛，这不是瞎闹嘛！

江行墨说：“我可以拉一个同学入伙，但还是缺一个人。”

夏楚给嘴巴拉上“拉链”，生怕自己一个冲动说出荒唐的话。

第二天早上，夏楚和江行墨一起吃早餐。

——她这也是履行妻子的义务，一起吃饭嘛。

夏楚心不在焉地戳着煎蛋，江行墨心里有数，故意说道：“对了，冯宇恒有点儿事，今年的程序竞赛交给曹思远负责吧。”

听到竞赛，夏楚的情绪更低落了。

江行墨心里闷笑，嘴上却在给她铺路：“你以前就很喜欢各种竞赛。”

夏楚：“……”真是哪壶不开提哪壶。

“话说回来，”江行墨又道，“你如今倒是有‘资格’参加这个竞赛了。”

夏楚瞪他一眼：“什么资格？去让人笑话的资格吗？”

“你现在的水平还比不上报名的大学生。”

夏楚不服了：“我学东西很快。”

“有多快？”江行墨故意激她，“这个竞赛，你怕是连资格赛都进不了。”

竞赛分资格赛、预选赛和决赛。

夏楚感觉受到了莫大的侮辱，道：“我要是……”说着，她又卡壳了，“什么跟什么，我又不会参赛。”

“想去就去吧。”江行墨道，“竞赛的真正目的是让人进步，你完全可以去试试自己的水准。”

夏楚哼了一声：“出高考题的人去参加高考？”

“我才是出题的人。”江行墨纠正道。

夏楚摆手道：“监考的也不能参加考试。”

“你又不是Megan，”江行墨引导她，“换个名字参赛不就行了？”

资格赛和预选赛都是在网上发送作品，根本不用露面。

夏楚怔了怔。

江行墨又说道：“我又不会给你开绿灯，你凭实力参赛，有什么好顾忌的？”

他故意加重了“实力”二字，似乎在笑话夏楚如今实力不足。

换个名字吗？

这样，Dante也可以报名了……

可她连Dante都得瞒着。

江行墨又给她递了个台阶：“三人参赛也没事，一大把网上协作的，你随便找个小队加入就行。”

“实在不行，还有变声器。”江行墨也真好意思说这话，“你装成男人，也没人会知道。”

这听起来可真诱人。

夏楚犹豫着，还是摇头道：“不太好，我参赛的话，对其他人来说太不公平了。”

就像游戏刚开服，别人还不到十级，她已经满级了，还去新手村和他们抢资源，也太无耻了。

夏楚又说服自己道：“不用非得参赛，我也可以准备自己的作品。”

“那你怎么知道自己的作品是怎样的？”

夏楚：“……”

“真正走进考场和在家做往年的试题，效果能一样吗？”

夏楚坚持原则道：“我不能违反规则。”

“规则是什么？”江行墨道，“当初我设立这个竞赛，就没有设定任何门槛，理论上连我自己都可以参赛。”

夏楚瞪了他一眼：“那你怎么不参赛？”

江行墨厚着脸皮道：“我这不是受伤了嘛。”

说到这里，夏楚纳闷道：“你这绷带还不能拆吗？不是轻伤吗？”怎么这么久了还包着？

他早想拆了，可怕她吓着，只能闷着。

这个话题不好，江行墨强行转移话题：“要不我给你加一条规则？”

夏楚本能地觉得他那合成音里冒不出什么好话。

果然，江行墨慢悠悠地道：“就写上——连线 CEO 可以参赛。”

夏楚懒得理他，涂上草莓酱，咬了一口薄片面包，忽地脑子又一转，问道：“你为什么这么想我参赛？”

江行墨：“……”

夏楚瞪他：“你是不是有什么阴谋？”

快入秋了，他想送她一件马甲算阴谋吗？

江行墨很稳，淡定道：“我知道你喜欢考试和竞赛。”

夏楚好奇地问：“我以前也参加过什么竞赛吗？”

“在 Q 大时参加过，还拿了冠军。”

“那去了斯坦福大学呢？”

江行墨顿了一下才道：“也参加过。”

夏楚问：“成绩怎样？”

江行墨沉默了一会儿，才说道：“第二名。”

夏楚道：“很厉害啊！”都是自己的成绩，与有荣焉有没有？

“其实可以拿第一的。”江行墨小声说。

夏楚问：“为什么？”

“因为……”江行墨幽幽地道，“你当时和我闹脾气，如果能找我帮你看一下，你肯定拿第一。”

“……”沉默了一会儿后，她还是没忍住，“你好自恋！”

江行墨笑了一下，说：“去参赛吧，这是十八岁的你会干，也该干的事。”

夏楚越发心动了，不过她心里还是有道坎：“其实我有个朋友也要参赛。”

江行墨当然知道，毕竟她的“朋友”就坐在她的面前，只是她认不出来。

“哦？那不挺好的，再找个人就够数了。”

“可是，他知道我的身份。”

“反正你也是要换个名字参赛的。”

“我不想骗他。”

这话让江行墨后背一紧，他斟酌着道：“不算骗吧，你的身份太特殊，如果暴露了，这场竞赛就没意思了。”

他又道：“你心里是想和他一起参赛的吧，想一起完成一个作品吧？”

夏楚诚实地道：“是。”

“那就不要错过眼前的机会。”

夏楚紧蹙着眉道：“这样瞒着他，总觉得不太好。”

“没准儿他也有事瞒着你。”

夏楚以为他在挑拨离间，不满道：“他才不会。”

江行墨的心情更复杂了，他说：“人都有自己的秘密，谁对谁也不会完全坦诚。”

“话虽如此，”夏楚道，“但能够坦诚的地方，还是要尽量坦诚。”

“那该不该坦诚，”江行墨问她，“又要怎么区分？”

夏楚有些被他绕晕了。

江行墨道：“就像这件事，你坦诚了，就没法参赛，也没法和自己的朋友共同完成作品。要知道，这样的机会不多，也许这一生你们只有一次。”

一生只有一次。

夏楚心脏一紧，竟有种美景转瞬即逝，自己却无法留住的遗憾。

“好了，”江行墨又道，“别想那么多，你最该在意的是自己的意愿。你想参加，那就去，其他的都是空话，别给自己留下遗憾。”

“再说了。”江行墨这句话也许是说给自己听的，“想要获取，总得付出些什么。”

夏楚这一上午都心不在焉的，下午看书也看不进去。

下午四点的时候，Ethan 过来，给她一个包装严实的小盒子。

夏楚疑惑地看着他。

Ethan 道：“是江先生让人送来的，说是给你的。”

江行墨？夏楚应道：“嗯，我知道了。”

等 Ethan 出去，夏楚打开了包装，里面是一部崭新的手机，电话卡已经安好，连微信都注册妥当，昵称是：楚留香。

夏楚翻了个白眼：谁要叫这个！

她把昵称改成“夏木”，改完又后悔了……她改了干吗，难道真要披件马甲和 Dante 去参赛吗？

晚上的时候，Dante 找她。

两人例行“学习”，学完后，夏楚忍不住问他：“怎么样，报名了吗？”

如果他的团队人数够了，她就彻底死心！

江行墨摇头道：“缺一个人。”

夏楚这个心焦啊，继续挣扎：“去网上随便拉一个也行啊，磨合磨合就可以参赛的。”

江行墨道：“不行的，有能力的早就开始筹备作品了，剩下的都是些浑水摸鱼的，懒得折腾。”

就这样，江行墨还让她随便去网上组个小队，这不是坑她吗？

夏楚替 Dante 着急：“你们项目组里就没人参加？”

“有。”江行墨小声道，“他们六个人，刚好组成两个小队。”

果然，他是个被排挤的小可怜！

夏楚瞬间心疼，话都到嘴边了。

江行墨轻叹一口气，向后靠在椅子上，眯着眼道："算了，就这样吧，我从小不合群，最怕这种团队合作。"

这话是真的戳到夏楚的心尖了，她心一横，说道："我帮你找个人。"

江行墨看向她："嗯？"

"我……"反正都说出口了，夏楚干脆道，"我有个堂妹，在外省念书，也是学计算机专业的，你要不介意的话，就带上她一起参赛？"

江行墨心里闷笑，面上自然不显："当然可以，但她想参加吗？"

"她之前就问过我，不过她还在念书，时间没那么充裕，只有晚上有空。"

江行墨道："那刚好，我也只有晚上有空。"

夏楚又道："她在外省，你们只能网上联系。"

江行墨道："没问题，能开语音就行。"

夏楚深吸口气：好了，她要以夏木的身份征战沙场了！

夏楚将自己的小号发给了江行墨。

江行墨当场就加了她，她的小号手机还在办公室呢，哪里会同意？！

夏楚解释道："她应该不会加陌生人，你等我和她说说。"

"好。"说完，江行墨看着她。

夏楚这才意识到，他是让她现在就说。说个鬼呀，办公室的大门紧锁，空无一人。

"我……"她想说自己没带手机，就看到手机被自己随手扔在桌面上。

江行墨好心地把手机递给她。

这还没正式开始呢，她就感觉骗人不好了！

夏楚到底道行不深，也想不出太棒的托词，只得拨通了自己的手机小号。

自然是没人接电话的，等挂断电话后，夏楚道："她可能没带手机，等晚点儿我再告诉她。"

江行墨说："不着急，明天也行。"

夏楚道："你放心，她肯定想参赛的。"

江行墨扬了一下嘴角，似乎挺开心的："嗯。"

离开会议室后，夏楚先回了趟办公室，从抽屉深处摸出手机，点开看到了 Dante 的好友请求。

夏楚正想通过，停了一下，决定再等等。

说好的不加陌生人，自己还没给"堂妹"打电话呢，怎么能通过呢？

夏楚抓抓头发，觉得自己掉坑里了。

第二天，夏楚才通过 Dante 的好友请求。

中午时，Dante 给她发了条信息，做了自我介绍："你好，我是 Dante。"

夏楚赶紧回道："你好，我姐和我说过了，很高兴能一起参赛。"

两人寒暄一阵后，Dante 问她：“你在什么大学念书？”

夏楚被问得一蒙，满脑子想的都是外省的大学有什么……

“Z 大！”她就想到这个了。

Dante 回道：“我去过 Z 大，杭州景色真美。”

夏楚：“……”杭州她自个儿还没去过……

Dante 又问：“我听说 Z 大有好几个校区，你在哪个校区？”

这可把夏楚给问住了，她连有哪几个校区都不知道。

Dante 似乎在很认真地和她交流，主动说道：“我去过之江校区，很美的地方，有个湖的水还是蓝色的。”

夏楚能怎样，还不是赶紧打开搜索引擎，开始疯狂地搜索。

哦……之江校区？好像是法学院和研究生院？她“表妹”是计算机系的本科在读生，肯定不在这儿。

那该在哪儿？话说，“堂妹”你几岁啊？念大一、大二，还是大三、大四啊？

主要是年级不一样，所在的校区也不一样啊！

夏楚愁得慌，自己干吗要随口蹦出 Z 大？

想了想，夏楚觉得“堂妹”应该大四快毕业了，所以不在紫金港校区，那应该是……玉泉校区？

算了、算了，查到什么先说什么，夏楚道：“那个湖叫情人湖。”

Dante 道：“名字真有趣。”

“听说湖底有硫酸铜。”

“所以才是蓝色的？”

“也不好说……具体的缘由，我也不太清楚。”

两个根本没去过 Z 大的人就这么通过搜索引擎聊天，还聊得像模像样。

聊到后头，江行墨道：“有机会还想再去一趟 Z 大。”

夏楚可不敢说要招待他的话，只得说：“杭州挺美的，值得多来几次。”

大概是觉得彼此熟悉了，Dante 终于放过了 Z 大，问道：“你一般晚上有空？”

夏楚道：“嗯，白天有课，晚上是有时间的。”

“那今晚我们来商量一下选题吧。”

夏楚自是应下，又问道：“我们的另一位队友叫什么？”

Dante 道：“等晚上让他自己介绍吧。”

夏楚好奇地问：“不是你的同学吗？”说完，她又补充道，“我姐告诉我的。”

Dante 道：“是在网上找的，你别告诉你姐，我没好意思和她说实话。”

夏楚：“……”你这“自闭儿”连一个同学都拉不来吗？

夏楚真是操碎了一颗老母亲的心，问道：“网上的能行吗？”他不是说水平很差，靠不住吗？

Dante 道：“拉来凑数，我一个人可以干两个人的活。”

夏楚沉默了，过了一会儿，问："要是我姐没找我来……"

"那我就不参赛了，一个人干三个人的活太累。"

牛的你，还累呢，根本是做不到吧！谁还不知道你的水平似的，装大头倒是挺会的。

夏楚故意激他："你都工作了，经验足，肯定很厉害。"

Dante 道："应该还可以，毕竟 Megan 也常夸我。"

夏楚扑哧一声笑出来，道："那你很厉害了，我姐很严格的。"

"是很严格，毕竟她专业能力很强。"

她现在还比不上自己的"堂妹"呢，也就 Dante 看不穿。

夏楚起了玩心，又问："你在连线负责什么项目？你这么厉害，还要参加这个竞赛吗？"言下之意就是，你都这么牛了，怎么在连线还是个底层员工？

过了一会儿，Dante 才深沉地道："职场水深，人情复杂，等以后，你就明白了。"

这老前辈的语气把夏楚逗得肚子都笑疼了。

完了、完了，做坏事果然很有趣，她堕落了！

晚饭的时候，江行墨打电话给她，她接了："喂？"

江行墨道："吃饭。"

夏楚道："好嘞。"她心情好，胃口也好。

到了小餐厅，江行墨问她："看来是搭好线了？"

夏楚道："等着我们大杀四方吧！"

江行墨看了她一眼，问道："你这朋友是男的吧？"

夏楚道："是啊。"

"很年轻？"

"比你小十岁。"

他瞥她一眼："还比我帅吧？"

"肯定啊。"夏楚就事论事道，"就你现在这样子……一般人都比你帅吧。"

江行墨即便有了心理准备，还是觉得心窝被插了一刀。

夏楚不介意再给他一刀："不过你都三十二岁了，没必要这么在意脸了。"

三十二岁怎么了？凭什么三十二岁就不能在意脸了？

夏楚觉得自己这话不妥，又讪讪地笑道："我的意思是，你看你都事业有成了，不管长什么样，都不会缺女人的。"

江行墨并没有被安慰道，说道："重点是我已经结婚了。"

夏楚："一年后就单身了。"

江行墨："……"

夏楚清了清嗓子道："放心，男人三十一枝花，一年后，你肯定炙手可热！"

可就热不到你这个没心没肺的小妮子。

江行墨也就披着马甲暗暗"欺负"一下她，脱了马甲，他就只能被她按在地上摩擦了。

饭菜上桌，两人吃饭，吃了一会儿后，江行墨又来找虐："你那朋友比我年轻、比我帅，你不会……”

“嗯？”夏楚看他，“不会什么？”

江行墨问：“不会给我戴绿帽子吧？”

夏楚笑道：“你瞎想什么呢，我比他大六岁。”

江行墨很入戏了：“现在不都流行姐弟恋吗？”

夏楚想了想小奶狗，再想想Dante那目中无人的样子，顿时觉得鸡皮疙瘩直跳：“可拉倒吧。”

江行墨还挺好奇夏楚心中Dante的形象的：“怎么，不是长得挺好吗？”

夏楚反问：“你以前不也长得挺好？”

什么叫以前？他现在也没毁容。

夏楚摇头继续道：“你以前长得好，还不是一堆人怕你。”

江行墨：“……”

“我那朋友啊……”夏楚想了一下道，“不太好相处，挺可怜的。”

一句话让江行墨心里五味杂陈，仿佛把油盐酱醋全洒了，混在一起，流淌在他的心窝上。

她很敏锐，从不理会虚假的表象，总是一针戳在最关键的穴道上。

江行墨闷声道：“反正你不许出轨。”

夏楚道：“好啦、好啦，这一年我是你的妻子，不会做出格的事。”

如果去掉“这一年”，就好了。

晚上，夏楚准备好变声器，加入了江行墨建的聊天组。

“大家好。”夏楚听到自己这陌生的声音，还挺新奇的。

江行墨出声介绍道：“这位是夏木，这位是Gong。”

那个ID是Gong的人出声：“你们好。”他声音低哑。虽然没见过他这人，但她感觉这是个不爱说话的人。

夏楚耳朵一动，莫名觉得这声音有点儿熟悉，不过一时间也想不出在哪儿听过。

江行墨已经把竞赛的规则发到了组里。

她收回神来，凝神看去。

竞赛的选题是分系列的，A系列是创意组，选题自定，只要不违法，做什么都可以；B系列是定制组，题目由连线布置，一共七个方向，可以自主选择，选一个也可以，能力强的话，选两个、三个甚至七个都行。

这里面还是有不少门道的，创意组听起来比较随性，但其实也没那么自由，要考虑审核官的喜好，要作品连贯，还要有创意。创意这个东西，可不是说有就有的。定制组看起来相对简单，其实也暗藏玄机，能力强，多选题是能加分的，可要是三个选题都做成半吊子，又会丢分，所以也得量力而为。

夏楚是不会选定制组的，表态道：“我想选A。”

江行墨也道：“我也是。”

Gong 道：“我无所谓。”

选题就这么定下了，还真是出奇默契，夏楚想着：这是个好的开始！

虽说选择了 A 系列，但具体要做什么东西，还值得商讨。

如果针对连线的喜好，那自然有三个大方向，第一是智能领域，D 实验室的存在也不是什么秘密，无人驾驶技术都被报道过好几次了；第二自然是游戏相关，毕竟连线本身就是做游戏的；第三是安全方面，这个是老生常谈，哪个互联网公司都不会嫌弃这方面的人才。

江行墨道：“我不建议做智能领域，我们做的东西只会让他们觉得太无知。”

夏楚很赞同：“游戏方面很难创新。”当然，如果是想入职连线，做游戏相关还是靠谱的。

Gong 还是道：“我无所谓。”

他这么无所谓，最后就成了江行墨和夏楚两人在商量。

他俩讨论得头头是道，说得十分投机，虽然最后也没定下明确的选题，但大体方向有了。

他们要做一个完整且实用的东西！

时间不早了，各自下线，夏楚热血沸腾。洗完澡，换好衣服后，她翻书到十二点。

她是抱着书睡的，梦里都是竞赛的事。

她好像真的去了 Z 大，成了一名大学生，在电脑前忙碌着，一阵烟味飘了过来。

夏楚头都没抬，便道：“要抽烟就出去。”

过了一会儿，烟味没了，她以为人走了，可没一会儿，自己的水杯就被人拿了起来，男人低声道：“有这闲工夫，还不如跟我出去做项目。”

夏楚转头，虽然看不清男人的模样，但她对他很熟悉，瞪他道：“别喝我的水。”

男人听都没听，仰头喝下，他的喉结动了一下，在炎炎夏日下带起一阵莫名的热气。

夏楚气道：“我是女的，你是男的，能注意点儿吗？”

男人笑道：“你把我踹下床时，怎么不注意点儿？！”

“我……”夏楚卡壳，扭过头去，不理他。

男人心情不错，依靠在桌边晃着水杯道：“做了个什么东西，给我看看，我帮你改一改。”

夏楚关掉屏幕，严词拒绝：“不用！”

男人道：“我帮你改了，肯定拿第一。”

夏楚道：“那是你的第一，而不是我的。”

男人声音散漫：“你和我分得那么清楚干吗？”

夏楚一把从他的手中夺过自己的水杯，严肃道：“江行墨，我不是你的影子！”

夏楚醒来时，脑袋里还转着那句话——江行墨，我不是你的影子。

什么乱七八糟的？

夏楚摇摇脑袋，下床洗漱。照着镜子的时候，有些出神。

梦里的情绪还挤在胸口上，让梦变得无比真实，真实得让她有些不安。

不是失忆，夏楚再度摇摇头，告诉自己：我没有失忆。

早饭在连线吃的，她刚到，江行墨就招呼他去吃饭。

早餐已经备好，是精致的小笼包和瘦肉粥。

夏楚没什么胃口。

江行墨拿起旁边的水杯，喝了一口道："没睡好？"

夏楚看他这样，那个梦又冒了上来。她犹豫了一下，还是说道："我做了个梦。"

"梦到什么了？"

夏楚道："梦到你了。"

江行墨的心一紧。

"梦到我了？"江行墨谨慎地试探，"你都不知道我长什么样，怎么能确定那是我？"

"我叫了你的名字。"

她顿了一下，虽然不是故意的，但这个停顿显然让江行墨体会了一把坐过山车的滋味。她又道："可惜没看清你长什么样。"

江行墨：和她吃饭，三天能瘦两斤。

江行墨沉住气，问："梦到我做什么了？"

夏楚看了看被他握着的水杯，说道："你抢我的水喝。"

他抢过她的水喝吗？他问："不就一口水吗，值得做梦？"

夏楚支吾了半天，才道："是我的水杯，你抢了我的水杯、我的水。"

按理说……那么点儿小事，又过去那么多年，江行墨早该忘了。

但他记起来了，记得在斯坦福大学，夏楚参加过的唯一一次竞赛的事。

她偷偷报名，找了同学帮忙，却连说都不和他说一声。

后来还是她的"兄弟"出卖了她，让江行墨知道了。

江行墨当时有些恼火，那种规模的竞赛没有任何价值，她有那精力，跟着他能学到，也能得到更多东西。

说白了，那劳什子竞赛除了能让自己的履历好看些，再没有其他价值；那一点点奖金，还没有她每次分红的零头多。

至于让履历好看些，也没必要，他带她的那些"实习经验"，足够让一堆顶尖公司疯抢她。

江行墨虽然觉得她是在浪费时间，但也没干涉她的决定。

她只是跟着他做项目，而不是他的员工，更不是他的学生。

深更半夜看到她在熬夜，他去逗了逗她，故意喝了她的水。

后来夏楚嫌被他用过，就把水杯给了他。

那个杯子他一直用到她大学毕业。

江行墨把这些一一说给她听。

夏楚听得有些愣怔，因为江行墨说的和梦中的画面全对上了。

她看看他，狐疑地道："你怎么记得这么清楚？"

江行墨道："脑子好，过目不忘。"

夏楚撇撇嘴，后悔给了他自吹自擂的机会。

两人吃着早餐，江行墨心情不错——她开始回忆以前的事了，是不是意味着想要面对了？

看来他引导她参加这次竞赛是对的，熟悉的东西会引起心底的共鸣。

夏楚心不在焉地吃了一个小笼包，还是没忍住，问他："我们……"

"嗯？"

夏楚一咬牙，问了："我们有没有过婚前性行为？"

问完夏楚就想钻到桌子底下去！太不好意思了，可是她真的很在意梦里江行墨那句"她把他踹下床"的话。

江行墨扬唇，声音暧昧："看来你不止梦到我抢你的水喝。"

夏楚："……"

江行墨放下汤勺，好整以暇地看着她："还梦到一些美妙的画面了？"

夏楚道："我连你长什么样都不知道，怎……怎么可能梦到那种事？！"

江行墨："做那种事，你不需要看我的脸。"

夏楚睁大眼，难以置信道："我们……我们真的……"

江行墨说得极其直白："我们是合法夫妻，当然。"

他故意压低声音，还沙哑着嗓音，这在密闭的空间里带起了别样的意味。夏楚到底单纯，猛地站起，饭也不吃了："那……那……那都是以前的事了！我们现在是清白的！"

扔下这句话，她就跑了。

太要命了，她之前完全没想过这方面的事。

一觉醒来都嫁人了，她还没谈过恋爱啊，连喜欢一个人是什么感觉都不知道啊！

十八岁的少女颓丧了一上午，下午的时候，江行墨给她发了条信息："选题准备得怎样了，要不要我给你开绿灯？"

此刻夏楚并不想理他，道："不要！"

"别见外，不是外人。"

夏楚："我们是清清白白的！"

她刚发出去，江行墨迅速回复她："嗯，夫妻而已。"

过了好半晌，少女没回复他，他才发现自己被拉黑了……

拉黑江行墨后，夏楚顿时觉得手机"干净"了。她扬眉吐气，开始认真琢磨竞赛的选题。

时间不多了，她不能把心思浪费在这些破事上。

到底做个什么呢？夏楚晃着鼠标，看到工作手册时，灵机一动，有主意了！

晚上进了三人小组，夏楚弄好变声器后，快速说道："我有个提议。"

江行墨道："你说。"

Gong是打字的："你说。"

夏楚便认真地说了起来："我们做个清单吧。"

夏楚这个想法的核心不算有创意，但细节处全是惊喜。

清单，一个从自我管理出发，可以进行公司协作的App。

其实这种软件大大小小的有很多，别的不提，手机备忘录也能达到最简单的效果。

可是夏楚想到了更加周密的细节，她说："我们可以根据问题来设计清单，首先是简单问题，那就是最平常的执行清单，录入完成即可；其次是一些复杂问题，那就使用检查清单，针对一些管理层，自动生成每日需要管理的项目……还有些超级复杂的问题，就可以设定多人协作的沟通清单，再配合审查清单……"

她说了一大堆，江行墨听得非常认真。

说实话，这不是多么新颖的东西，但如果做成了，却是个完整、成熟、可延续甚至能直接推出去的产品。

这说是清单，却更像是一个简单的私人助理。

江行墨道："可以通过囤积数据进行分析，每日自主生成固定的执行清单和检查清单。"

"对！"夏楚补充道，"如果有能力，还可以算出用户间工作的协调性，推荐合适的人进行互助协作。"

"这个不容易，但想法很不错。"

"还可以根据清单长期汇总，评定一个人的工作情况，分析他擅长的领域和容易出错的地方。"

一直沉默的Gong补充道："开放接口，可以作为其他ERP的辅助工具。"

江行墨道："甚至可以整合不同的ERP系统。"

这讨论得就有些深了，但只要能做到最前头的需求就足够了！

夏楚问他们："怎么样，我们就做这个吧？"

江行墨自是依她的："我同意。"

Gong很好说话："行。"

就这么定下了，他们连作品名字都想好了，就叫——XDG清单。

X是夏楚，D是Dante，G是Gong。

其实这个方向很好，乍看之下似乎普通，深入摸索就会发现里面暗藏玄机——包含数据挖掘、数据处理以及深度学习。

这其实是智能助理的雏形，只不过夏楚选择了最脚踏实地的一步。

她看起来只是触碰了第一级台阶，但真正厉害的是推开了这扇门。

只要有力气，谁都会爬楼梯，可不是所有人都能破解密码，打开门。

有了方向，他们便紧锣密鼓地忙了起来。

眨眼几天过去，夏楚每日干劲满满，恨不得一天有四十八小时！

"考试"是进步的阶梯，对别人有没有效不知道，对夏楚真的是效果非凡。

这日一大早，夏楚接到了江行墨的电话。

“喂？”夏总忙得很，说一个字就想挂电话。

江行墨道：“今晚一起去看画展。”

什么画展？她今晚要测试第一个模块，哪有空出去玩？

江行墨提醒她：“妻子的义务。”

夏楚好忧愁：“我今晚有事，明天行吗？”

“今天是最后一天，过了今晚就没了。”

“那就换一个看嘛。”

“我很喜欢这位俄罗斯画家。”

夏楚头痛：“看画展要多久？”

江行墨道：“看情况，算上路上的时间最少三个小时。”

三个小时！夏楚长叹一口气：“打个商量，改天行吗？”

江行墨没出声。

夏楚道：“我不是故意毁约，我今晚是真的不方便。”

“行吧。”江行墨“大度”道，“三场电影。”

什么？夏楚惊呆了：“三场电影要六个小时。”

江行墨说：“那你陪我去俄罗斯看画展。”画家回国了，他们只能出国去看了。

夏楚：“……”

江行墨又提醒她：“这是我们约好的。”

夏楚长叹一口气，妥协了：“好吧……”

去电影院比去画展强，前者没准儿可以允许她带着笔记本去干活。

江行墨不愧是个“生意”人，三言两语就把一次约会变成三次。

但愿“露馅”后，他不会被打死。

甩开闲闲的江先生，夏小姐投入忙碌的工作中。

进度比想象中的还要快一些，夏楚觉得 Dante 比她想象中的要厉害得多！

她看了看他负责的那部分，赞叹道：“真好看。”

江行墨道：“嗯？”

夏楚道：“代码写得真好看。”

电脑那头的江行墨沉默了一会儿，这话可真是耳熟。

更耳熟的是——“你写的代码比你这个人还好看”。

没错，这就是当年的夏楚第一次见他工作时蹦出来的一句话。

江行墨生了这么张脸，从小被人夸奖无数次，然而这么另类的夸奖还是头一次听。他很喜欢。

江行墨道：“我以为你是说我好看。”

夏楚才不露馅：“我都不知道你长什么样。”

Gong 还没来，组里就他俩，江行墨道：“开一下视频吧，彼此认识一下。”

夏楚吓一跳，赶忙道：“不……不用了吧……”

江行墨道：“没关系吧，总会见面的。”

见面？夏楚可不想和他见面！

夏楚道干笑道：“我在宿舍，有室友，不方便。”

江行墨低笑一声：“也对。”

夏楚被他笑得心里发毛，毕竟做贼心虚……

江行墨又道：“室友在的话，你这样讲话方便吗？”说着，他补充了一下，“我是说前些天，我们讨论到晚上十一点那次。”

夏楚尴尬了，只能强行解释：“那……天晚上她们都不在。”没办法，夏楚只能强行给不存在的室友们安了个设定，“她们通宵玩游戏去了。”

“用得着出去通宵？”

夏楚这才意识到自己思维定型了，她到底是2008年的人，那时候可不是每个学生都有自己的电脑，不过现在……尤其他们这个专业，会不自带电脑？！

她只能硬着头皮道：“外面自在些，而且……热闹。”

江行墨没有继续追问，应了声：“原来是这样。”

Gong来了，道：“有点儿事耽误了。”

夏楚见到他，犹如见到救星，以无比热情的姿态欢迎他。

Gong顿了顿，冒出一句：“抱歉。”

夏楚一脸问号。

Gong道：“我有喜欢的人了，请不要对我有任何想法。”

夏楚十分尴尬。

江行墨没忍住，笑了一声。

她现在退组还来得及吗？

江行墨怕她恼羞成怒：“好了，不开玩笑，来干活吧。”

于是他们就忙起来了。

Gong的这一句话还真让夏楚对他敬而远之了，如此自我感觉良好之人，她必须跟他拉开距离。

江行墨乐得如此，巴不得夏楚字字句句都是对他说的。

虽然Gong有深度自恋的倾向，但本事也是真有，做什么都游刃有余，仿佛安排给他的工作对他来说只是小儿科。

夏楚私下里和江行墨讨论：“我看Gong挺厉害的。”

“嗯，”江行墨声音轻缓，“他对Python有些不适应，但很明显是C语言的老手。”

“我觉得以他的实力没必要参加这个竞赛。”

“也许有什么难言之隐。”

“职场水深，人心复杂？”她搬出来Dante前阵子说的话。

江行墨沉吟一声，改了话题：“你这么关心他，不会真的对他……”

“怎么可能！”夏楚道，“你们一个两个的，怎么全是恋爱脑！”

“毕竟你很优秀，还是个女孩。”

“那又怎样？”

“不都说男人和女人之间没有真正的友情吗？”

“不要以偏概全。”

“看来你有单纯的男性朋友？”

当然有，就是你！

夏楚自是说不出来的，含混道：“反正有，朋友就是朋友，不分男女。”

“好吧。”不知道为什么，夏楚觉得 Dante 这声应答里含了些其他意思。

第二天，江行墨提起看电影的事。

夏楚吃着早餐还在翻书，道：“等等嘛，现在又没什么好片子。”

真不能让她忙起来，这个小工作狂。

江行墨没收了她的书：“认真吃饭。”

夏楚快速道：“我吃饱了！”

江行墨瞥她一眼：“喝一口粥就饱了？”

夏楚开口就是：“我减肥。”

“你再减肥，骨头都要没了。”

是了……她“今非昔比”，已经瘦得没法用减肥当不吃饭的借口了。

夏楚有一勺没一勺地喝着粥，江行墨见她这样，便问道：“在研究 TensorFlow（一个基于数据流编程的符号数学系统）？”她看的书就是这方面的。

夏楚点了点头：“嗯，也就看看……”

“你们的作品是人工智能领域的？”

“不完全是，”夏楚道，“但有所涉及。”

江行墨道：“不用翻书了，问我就行。”

夏楚道：“又要给我开绿灯？”

“这算什么开绿灯？”江行墨道，“顶多是导师指点。”

也对哦，参赛规则里写了可以寻求导师帮助，她不用他帮助，就问一下自己看不懂的地方。

夏楚兴冲冲地道：“书给我看一下，那个梯度下降算法……”

江行墨：“先吃饭。”

夏楚又蔫了，但“有求于人”，只能听话。

见她喝完一碗粥，江行墨又道：“再吃一个包子。”

夏楚：“……”

江行墨：“磨刀不误砍柴工。”

“好吧、好吧。”夏楚拿起一个大大的发面包子，大口大口地吃起来。

其实包子挺好吃的，面松软，酱油香而不腻，口感极好，只是她心急，实在顾不上品味美食。

她总算达到要求，江行墨还是没给她书。他将手掌压在光滑的白色书皮上，问她："道士下山的故事知道吧？"

夏楚点头："看过，形象比喻了梯度下降算法。"

"这个算法是 TensorFlow 中的基础，无非不停地寻找某个节点中下降幅度最大的趋势进行迭代计算……"

江行墨没用合成音，而是用微哑的嗓子缓慢地说着，这嗓音挺奇妙的——沙哑低沉，带着点儿难以捕捉的熟悉感。

他的嗓子应该好了，这也许就是他本来的声音。

夏楚的精神专注于他讲解的内容上，这些可不是粗略听听就能懂的，而是需要在字里行间进行自我消化和理解的。

而她的确非常有天赋，江行墨说完后，留了个悬念："能察觉到吗？这是梯度下降算法天生的缺陷，噪音较多，没法一直向着整体最优解的方向优化。"

夏楚立马说道："增大数据量，不停进行迭代处理，是不是就可以解决这个缺陷？"

江行墨扬起薄唇，说道："对。"

他没说任何夸奖的语言，但嘴角微微扬起的笑意所包含的嘉奖已经超过所有言语。

夏楚心中莫名涌起一股暖流，说："你讲解得比书本上写的要好。"

"谈话是两个人的事，而看书的只有你自己。"

"是说两个人总比一个人强吗？"

江行墨道："大多数情况下是。"

夏楚又道："你有空的话，能多给我讲讲吗？"

江行墨反问她："我以为你对这些不感兴趣。"

夏楚顿了一下，道："我对有趣的事都感兴趣。"

感兴趣的话，一年后能不走吗？当然，江行墨不会问出口，与其问，不如行动起来。

"你可以随时问我，我也会随时给你回答，不过……"江行墨道，"一周都快过去了，说好的给我读书，我可是连一个字都没听到。"

夏楚哀鸣一声："江总，能等我忙完这段时间吗？"

江行墨道："电影可以以后再看，书今天就得读。"

夏楚："……"

是她这个"妻子"太不尽职，还是他这个"丈夫"太烦人？

因为江行墨荣升为江导师，所以夏楚对他越发改观，约定了午后读书。

地点就定在夏楚的办公室，Ethan 还贴心地送进来两杯咖啡。

不知道是不是错觉，她觉得自己的面瘫助理好像心情不错。

发生什么好事了？总不会因为她和江行墨共处一室吧……

Ethan 还真就为这件事高兴，心情大概就像看到即将离婚的亲人重归于好吧。

江行墨坐在沙发上，夏楚坐在他的对面，翻开了书的第一页。

江行墨问她："提前看过吗？"

夏楚倒是想看，但她哪有时间，道："没呢。"

"也好，边读边看吧。"

夏楚清清嗓子，这就开始读了。她的声音很好听，书中的文字也有着特别的韵味，搭配着缓缓响起的声音，有种时光流转、沉浸在书中的感觉。

她读到第九页的时候，江行墨道："这句话再读一遍。"

他没指明，但夏楚知道他指的是哪句："事物往往和外表不一样。"

江行墨看向了她："比如你，瞧着是精明能干的首席执行官，其实是个十八岁的小姑娘。"

夏楚毫不客气地反驳他："也比如您，瞧着像个大粽子，其实是连线创始人。"

"你还是只看到了外表，"江行墨道，"最重要的是，我是你的丈夫。"

夏楚道："我们的婚姻难道不是表象吗？"

一句话戳得他心窝疼，他是斗不过这位十八岁的少女夏了。

"继续读吧。"江行墨道。

夏楚便读了下去，读到那句"不要被外表迷惑，现实永远只有一个"时，怔了怔。

现实只有一个，那她的现实是什么？

来自十年前，还是忘记了这十年的记忆？

哪个是外表，哪个是现实？她的不愿思考也许是在逃避。

她读完第一章，时间才过去不到二十分钟，两人约定的是至少读半小时。

江行墨道："接着读吧。"说完他闭上眼睛，靠在沙发上的模样很闲适。

夏楚读得还挺开心，也好奇后面的内容。她喝了一口水，翻开新的一页。《1Q84》是本双视角的书，第一章是以女主角的视角写的，第二章是以男主角的视角写的。

夏楚只读到第二行就卡壳了。

江行墨是看过这本书的，又有着过目不忘的本事，自然知道这里有什么，于是故意问："怎么停下了？"

"有不认识的字？"

夏楚盯着这行字看了老半天，做了一大堆诸如"不要亵渎老师的作品"的心理建设，可惜最后还是突破不了防线，决定跳过这句，直接到下一行。

谁知江行墨却敏锐得很："缺了一句吧。"

夏楚："……"

江行墨胳膊长，伸手拿过书，扫了一眼，自然看到她跳过了什么。

夏楚一脸尴尬。

江行墨把书还给她，道："这是很重要的细节，不能跳过。"

夏楚瓮声瓮气地道："你已经看到了，那我就接着读了。"

江行墨很好说话："行，继续。"

谁知这整整两页内容都围绕着这个话题，同样的一句话出现了三次……

她第一章读得那样流畅，到了这一章，简直像换了个“播音员”，磕磕巴巴，断断续续，不成句子。

江行墨抬眼看她：“好好的一段文字，被你读得变味了。”

这怨她吗？这么直白的字句，让她怎么念？！

夏楚看看时间，觉得差不多了，合上书本道：“可以了。”

“行吧。”江行墨也没勉强她，“下周继续读。”

夏楚心里有些虚，问他：“你看过这本书吗？”

“没看过，”江行墨厚颜无耻地道，“看过的话，还用你读吗？！”

夏楚总有种自己一脚踏在贼船上的感觉……

江行墨道：“虽然没看过，但这一段应该会频繁出现，显然幼年时母亲出轨的画面对男主角的冲击力很大。”

夏楚很头疼：“以后碰到这段可以用母亲出轨代替吗？”

江行墨瞥她一眼，异常大度：“行吧。”

他这么好说话，夏楚都觉得是自己想太多了！

江行墨离开后，夏楚心里忐忑，赶紧粗略地翻了翻这本书，不翻还好，这一翻……她不知不觉看了一个小时……

不能看了，夏楚合上书，忙碌起来。

在资格赛前一天，他们完成了 XDG 清单的制作，多次试运行都没有出任何错误后，夏楚身心舒畅：“辛苦了！”

后面这阵子，为了和时间赛跑，更为了做到最完美，他们都加班加点，恨不得不睡觉。

江行墨道：“很完整的作品。”

夏楚保守地道：“进预选赛是没问题的。”

Gong 很嚣张：“一等奖。”

江行墨也认可：“问题不大。”

两个男人都这么嚣张，夏楚脸上全是笑意，不过她只是嘴上谦虚。说实话，她也觉得他们这个作品可以夺冠！

上传作品的工作交给了夏楚，她道：“放心吧，一定办妥。”

临上传时，她又试运行了一遍，现阶段实在是挑不出任何毛病。

正准备上传作品，她心思一动，给江行墨发了条信息：“有空吗？”

江行墨道：“随叫随到。”

到个鬼啊，他想去哪儿？

夏楚忽视这句话，问道：“有空的话，帮我看一下我们的作品？”

江行墨回复她：“行，你在公司？”

夏楚道：“对，在办公室。”

“等我。”

“不用啊。”夏楚说，“我传给你就行。”

然而没人回复她，十分钟后，传来敲门声。

夏楚去给他开了门。

外头灯光很暗，冷不丁站着个裹满纱布的人，说实话，挺吓人的！

“你身上的伤恢复了？”夏楚留意到他的衣服下没那么鼓鼓囊囊了。

“差不多了。”

“没留下疤吧？”

江行墨扯了下领口：“脱了衣服给你检查一下？”

夏楚顿时结巴了：“谁……谁要检查！”

江行墨是故意逗她的，主要是怕她盯着他看久了，发现猫腻。

“快点儿吧，一会儿截止时间到了，你没法上传，可别怨我。”

这话提醒了夏楚，她赶紧招呼他：“来！”

江行墨坐到她的位子上，看到了熟悉得不能再熟悉的XDG清单——他和它缠缠绵绵这么多个日夜，能不熟吗？！

其实这个程序里还是有不少问题的，毕竟时间太短，而且他还要掩藏实力，大概就出了一成实力的样子。

夏楚虽说什么都忘了，但潜意识里怕是还藏着些东西，稍一唤醒，就能散发出惊人的光和热。

还有Gong的帮忙，虽然这也是个藏着掖着的人，可毕竟是个小竞赛，三个“半吊子”加一起足够了。

“很不错。”江行墨毫不吝啬地夸奖道，“以十八岁少女的能力来看，非常优秀。”

夏楚不乐意了：“干吗非得加上十八岁？”

“因为……”江行墨看她一眼道，“二十八岁的Megan怕是不会犯这样的错误。”

夏楚看过去：“哪里有错误？”

“这里可以用upsampling计算，能大幅度提升运算速率。”

“upsampling？”

“上采样。”

夏楚好奇地道：“要怎么弄？”

“我可以教你，不过你确定要改吗？”江行墨看了一下时间。

夏楚连忙道：“不改了、不改了，我先上传！”

江行墨道：“已经很棒了，十分出色的作品。”

夏楚点了上传按钮，眼睛盯着上传进度，嘴上说着：“还不是让你一眼挑出错误。”

“放心，别人挑不出。”

“为什么？”

“别人能和我一样吗？”

夏楚听懂了，就是江行墨厉害、江行墨天下第一的意思呗。

天哪，为什么她身边的男人都这么自信？

上传完成后，夏楚松了一口气。

江行墨道："过了资格赛，我请你吃饭。"

夏楚瞅了他一眼："不是天天一起吃吗？"

"去外面吃。"

夏楚不解风情道："不要，天热路远，太麻烦。"

江总："……"这约会被拒的理由可真别致。

夏楚伸了个懒腰道："我要回家了，你呢？"

江行墨道："我也想回家。"

"那赶紧走吧。"夏楚道，"时间不早了，咱们各回各家，各找各……"

她话音未落，江行墨便道："你觉得我的家在哪儿？"

夏楚随口就道："我怎么知道……"

她顿住了，江行墨幽幽地看她一眼，实在没忍住，在她的脸颊上掐了一下："你的家就是我的家。"

他的手上有纱布，被他捏这一下也不痛不痒的，夏楚就觉得怪尴尬。她干笑两声，想赶紧逃："我回去了，拜拜。"

她溜得飞快，好像稍微慢点儿，江行墨就要追上来和她抢"家"。

资格赛的结果在两天后于官网上公布。

夏楚其实完全可以通过内部渠道提前看结果，但她是个恪守本分的好考生，半点儿违规操作都不要。

到了出结果的时候，她守在电脑前刷啊刷，直到刷出了一排名单。

看到入选作品"XDG 清单"时，她攥紧拳头来了句："Yes！"

第一战，完美！

她赶紧给 Dante 发了短信："成功！"

正要给 Gong 发短信时，她发现找不到 Gong 的电话号码。

咦，怎么回事？

紧接着，她后背一凉，意识到自己拿错手机了！

这叫什么来着？常在河边走，哪能不湿鞋……

江行墨看着好笑，赶紧帮她"擦干鞋"："你早就知道结果了吧，谢谢关心。"

一句话救回了夏楚，她赶紧回复道："是啊，早就看到了，想着这会儿也该公布了，就同步给你们俩发条信息。"

江行墨眼中、嘴角全是笑意，在他对面等着汇报进程的老徐同志后背生寒，深深怀疑老大是傻了！

好险，躲过一劫，夏楚按了按怦怦乱跳的小心脏，换了部手机继续给 Dante 和 Gong

发信息："通过资格赛啦。"

她这次是群发，绝对不会错。

两人一前一后地回复她，内容一般无二："意料之中。"

夏楚："……"怎么好像就她一个人在激动？

过了资格赛，还有预选赛，最后是决赛。

赛事的时间间隔不长，也就几天的样子。

他们能做的无非是根据评委的意见做些修改，再努力完善一下。

到了预选赛，夏楚反而没那么紧张了，因为她已经交出了现阶段最完整的试卷，等的就是个结果。

结果并不让人意外，但夏楚还是很开心：他们成功进入了预选赛！

夏楚照例给两人发信息。

江行墨这次说的话多了些："多亏了你的 Idea（意见）。"

夏楚道："是我们配合得好，整体完成度高。"

江行墨道："我们的确很有默契，和你一起工作非常愉快。"

夏楚看了看这句话，莫名品出点儿不一样的东西。

坏了，Dante 不会……

这时，夏楚收到了一条信息。

"夏木小姐，你好，我是维讯的投资经理，有时间见一面吗？我们顾总对您的作品很感兴趣。"

维讯？顾总？

顾忆航，那只花孔雀。

他对 XDG 清单感兴趣？

很快她又收到了第二条短信："维讯有意收购您的作品，价钱肯定让您满意。"

看到这里夏楚明白了，原来顾忆航看中了 XDG 清单，想买回去自己开发。

他倒是挺有眼光。

可惜的是，他怕是出不起让她满意的价钱。

夏楚久久没回复，那位投资经理又给她发了条信息："夏小姐有空吗？方便面谈吗？具体条件都可以商量，我们顾总很有诚意。"

夏总冷漠脸：不是有没有诚意的问题，这事就怕你谈不起。

她没回复信息，当作没看见。

不料下午的时候，顾忆航来了。

夏楚一愣，猜不透他来干吗。

他不可能知道夏木是她，这事除了江行墨之外，没人知道，而江行墨绝对不会告诉他这事。

应该是别的事，夏楚起身去会客室见他。

一进门，看到顾忆航，夏楚就觉得眼睛疼。

一个男人，竟然和“妖精”一词如此般配，实在非同一般。

其实顾忆航穿得并不夸张，还挺休闲的，上身一件黑色T恤，胸前是戴着王冠的骷髅头图案，骷髅上绕着一条蛇，很邪性；下身是笔直的黑色长裤，修身的剪裁显得腿极长，膝盖处有不规则的磨损，但没露出肌肤。

这挺正常的，而且还很酷，但配上微微卷曲的头发、自带眼线的狭长眼睛、不点而朱的唇、尖尖的下巴，整个味道全变了。

他锁骨上有根银链，左手腕上还戴了个银镯，银镯两头的骷髅头和衣服上的一模一样。

仅这一点点装饰，衬着白皙的肌肤就活脱脱一个在夜风中勾人心魂的男妖精。

一个正儿八经的霸道总裁，怎么就把自己打扮得像个女孩？

夏总很不认可。

“顾总，下午好。”她客套地问，“有什么事吗？”。

顾忆航见着她就开心，笑了笑，眉眼“电光四射”，可惜她是绝缘体，不导电。

“没事就不能来看看你了？”

夏楚道：“顾总日理万机，怎么会没事？”

“嗯……”顾忆航道，“是有点儿事。”

夏楚心中哼了一下，面上却不显：“什么事？”

顾忆航眨了眨眼，眼角的阴影真像化了妆：“想你了，来看你。”

夏楚：“……”

顾忆航满眼都是笑意，声音温柔：“看看你有没有想通，要不要离婚来我这儿。”

她就算离婚了，也不会去一个不正经的人那里！

夏楚冷着脸起身：“既然顾总没事，那我先走了，我那边还有……”

“好了、好了。”顾忆航怕了她，“你啊，真是油盐不进。”

夏楚心道：油盐是可以有的，就不知道孔雀能不能炖。

顾忆航开口道：“你们连线的这个竞赛没什么内幕吧？”

夏楚弄不清他话中的意思：“什么内幕？”

顾忆航道：“比如内定的一等奖啊什么的。”

“怎么可能。”夏楚道，“设立竞赛的初心就是给更多从业者展现自己的机会。”

顾忆航：“那我就放心了。”

夏楚纳闷地道：“你问这个干吗？”

顾忆航道：“我扶持了几个新人，拿了一个作品参赛，生怕你们冠军内定，伤了他们的心。”

“你扶持的新人？”夏楚难免想起上午的短信。

顾忆航还真够无耻的，说：“对，他们的作品叫XDG清单，你有没有看过？很有意思。”

夏楚心中冷笑，口中道：“XDG清单？好像听他们提过，不过报名的似乎是独立的小队。”

“当然不能说是维讯的，毕竟是你们的比赛嘛。”顾忆航暧昧道，“我们的新人参加你们的比赛，还拿了冠军，是不是……”

“呵呵。”夏楚道，“顾总就这么笃定他们会夺冠？”

“只要你们公平公正，我觉得没问题。”

夏楚道：“顾总今天来这一趟，本身就不公平、不公正吧？”

被人戳穿了心思，顾忆航依然面不改色：“你看了那个作品就会明白的，冠军实至名归。”

虽然这家伙是在搞事，但听到这话，夏楚的心情还是微妙地好了一点儿，毕竟是自己做的项目被夸了。

送走顾忆航，一个小时后，夏楚的小号手机响了。

这次是顾忆航给她发的信息：“你好，关于 XDG 清单，能见面谈一下吗？”

没得谈！你连作品都没买下来，就敢自作主张地到处炫耀。

夏楚明白顾忆航今天来的目的，他是想让 XDG 清单夺冠，提前预热，借着连线程序设计大赛冠军的噱头炒起热度。这样他接手 XDG 清单后就可以快速推出产品，省了好大一笔宣传费用。

他来夏楚这儿说一番话，主要是为了激她，逼着竞赛“公平公正”。

他之所以敢这么做，一来是笃定自己能拿下三个“大学生”，顺利收购作品；二来是非常信任 XDG 清单，觉得这个作品的确是夺冠首选；三来是他了解夏楚，知道她是公正的性子，只要让她留意到这个作品，她肯定会心生伯乐之情，不允许下面的人乱搞。

不得不说，顾忆航城府很深，绝不是花孔雀摆件。

后两条他都算得很准，要是没有第一条，夏楚还真就遂了他的愿，为了“新人”的前程，让他蹭热度了。

可惜他千算万算，怎么也算不到夏木是夏楚，这个 XDG 清单是夏楚亲自做的。

夏楚用小号给顾忆航回复信息：“感谢厚爱，这个作品，我不卖。”

顾忆航哪里想得到自己会被拒绝，维讯在互联网企业中是什么地位，他是什么身份？他纡尊降贵地来联系他们，是的确看重这个智能助理（清单）的雏形，再就是已经在夏楚那儿夸下海口，不想在她那儿丢脸。

他也不急，耐着性子道：“你们不想卖也可以，不如加入维讯，一起开发。”

连线加入维讯？怕是要收购维讯哦。

她继续用小号回复他：“抱歉，我们不打算加入维讯。”

顾忆航：“……”

他碰了这一鼻子灰，有些蒙，他哪里肯放弃，继续道：“你们可能不清楚，一个作品做出来容易，但后续开发和维护不是三个人可以搞定的，需要大量的资金和团队研究拓展，绝非易事。”

他又道：“不如先考虑一下我给出的价钱。”

他报了个数，夏楚一看，倒也感受到了他的诚意。

普通大学生的话，估计得两眼放光，想都不想赶紧卖掉。

可惜……她看不上这点儿钱。

顾忆航继续道：“你们的作品雏形很好，交到维讯手中，绝对会成为一个非常优秀的产品，相信你们也是爱它的，也希望它有一个更好的前景吧。”

真是能说会道，这动之以情、晓之以理，一般人哪里招架得住。

但是，夏总不是一般人：“抱歉，我们不卖。”

顾忆航郁闷了，这姓夏的都是石头转世吗，怎么一个个都这么冥顽不灵？！

顾忆航不死心，又对她说道：“你要不要问问你朋友的意见？”

毕竟作品是三个人的，不过网上只留了夏木的联系方式。

顾忆航这是打不破石头，准备迂回发展了。

关于这事，夏楚还真能自己拿主意。

倒不是她一人独大，不顾 Dante 和 Gong 的建议，恰恰相反，是她全听他们的。

如果 Dante 和 Gong 不想卖，那她就不卖。

如果他们想卖，那她就买过来，绝对比顾忆航出的价钱高。

哪怕他们想自己开发，她也可以给予资金上的支持。

所以，她对顾忆航才会这样笃定。

顾忆航还在挣扎：“你们实在不想卖，维讯可以作为投资方注资。”

这是最大的让步了，可以看出顾忆航是真的看重 XDG 清单，当然也不排除他是因为在夏楚面前提前扯好大旗，此时旗上写不了维讯的名字，太丢人。

夏楚继续泼他的冷水：“对不起，我们已经有打算了，不劳烦您费心。”

顾忆航沉默了，他这辈子都不想和姓夏的人说话了！

晚上，夏楚来到讨论组，Gong 还没上线，她先把这事说给 Dante 听。

她说了价钱后，还美滋滋地道：“我们的宝贝身价不低。”

江行墨道：“其实卖也可以。”

夏楚一怔，问他：“你想卖吗？”

江行墨道：“价钱合适就可以卖。”

夏楚问道：“你心里的价格是多少？”

江行墨故意顿了一下，慢条斯理地道：“三千……亿……美金吧。”

他一句话顿了三下，最后彻底把夏楚逗笑了：“别闹。”

江行墨轻声道：“我们的作品是无价的。”

他说这话时很认真，本来就富有磁性的声音里带了一丝别样的感情。

夏楚居然一下就察觉到了。

坏了，Dante 不会真把她当成年龄相仿的大学生了吧？

这时，Gong 来了，夏楚松了一口气，赶紧把收购的事也告诉了 Gong。

Gong 道：“我出力少，主要是你们的想法，所以卖不卖，我没意见。”

他难得说这么一大段话，夏楚还挺不适应，说道："这是我们三人协同做好的，不分主次，你有想法尽管说。"

Gong 顿了一下道："我只想拿第一。"

好胜心这么强的吗？

夏楚没开口，江行墨却问他："拿了第一，你想做什么？"

Gong 道："见一个人。"

"谁？"

Gong 没出声，这是不想回答了。

江行墨和夏楚都没再继续追问。

三人对作品进行了一些修正，赶着这几天进行最后的调试。

忙完后，各自下线时，江行墨问了句："决赛的时候需要现场展示，我们提前见一面吧。"

夏楚的心一紧。

Gong 无所谓道："行。"

夏楚心道：Gong 先生，你行，我不行啊！

两个男人都等着夏楚的回复，她支吾一会儿道："我在外地，就不过去了吧。"

"可以请假，"江行墨很热切地给她出主意，"你告诉老师你的作品入围了，学校肯定给你批假。"

这倒是，计算机专业的学生入围连线程序设计大赛决赛，别说给批假了，恐怕老师都想陪着走一遭。

夏楚想不出合适的理由。

见面是不可能的，打死都不可能的！

她绝对不要暴露自己的身份，这也太尴尬了。

第二天见着江行墨，吃饭时，夏楚说起顾忆航要买 XDG 清单的事。

江行墨眼中有笑意："看来你们的作品很成功。"

夏楚心情不错，也笑眯眯地道："当然，我们团队很强的。"

江行墨道："这么看，进决赛是没问题了？"

"必须没问题。"她没好意思说，她觉得得一等奖也是没问题的！

江行墨道："最终评选要当众展示作品，而且还有媒体采访，你……"

夏楚拉下脸来，说道："我肯定不会露面的，到时候让他们两个上吧。"

"倒也可以。"江行墨应了下来。

夏楚还在犯愁线下见面的事，但这个没法和江行墨说，她只能自己想办法。

想着想着就有些出神，她看着洒进屋里的阳光，看着异常明亮的光线，胸中忽然生出了一股难以言说的愤怒和委屈。

阳光极明媚，连最阴暗的角落都照得分明，却照不亮人阴暗的内心。

夏楚没法形容自己心里的滋味，气愤大于委屈，委屈又压过一切，像是在比着谁高的海浪一般，一层一层堆叠，如山一样迎面向她砸来。

她难受得不行，可这份难受又好像不是全为自己。

她“听”到了自己的声音：“凭什么，你没日没夜地忙活了这么久，他们这根本是明抢！”

说完这话，她看到了角落里的人。

外头的阳光那么亮，阴影处的男人却像是待在另一个黑暗的世界里。

她看不清他的表情，只隐约辨出轮廓。

他将长腿放在桌上，像没骨头一样靠在沙发上，手指间燃着一根烟。

夏楚就看了一眼，心脏便像被一只大手攥紧一样，满是疼痛与委屈。她道:“这不公平，这对你太不公平了。”说完，她鼻尖酸透了，眼泪徘徊在眼眶中，倔强地不肯落下。

“小屁孩。”男人开口，音调一如既往地散漫，仿佛一点儿也无所谓。

夏楚却难受极了，道：“难道就任他们这样强抢吗？那是你的作品，是你的心血！”

男人站起来，按灭了手指间的烟，带着薄茧的手在她的额间点了一下：“都多大的人了，还哭鼻子？”

本来她没哭的，但听到他这么说，眼泪不争气地落了下来——起初是一滴两滴，然后就像断了线的珠子般滚了下来。

男人的声音很低，有着难以言说的温柔：“好了，别哭。”

夏楚停不下来，越想越委屈，越委屈，眼泪越止不住：“这太不公平了。”

“哪有那么多公平的事？！”男人弯曲着食指，帮她拭去泪水。

可惜眼泪一直在流，一直擦不干，她道：“难道就这样了吗？”

“怎么会？！”男人轻笑一声，散漫的音调中带着浓得化不开的阴鸷，“我可是他们口中睚眦必报的恶人。”

“怎么了？”江行墨沙哑的声音唤回了夏楚。

夏楚猛地回神，竟有种时空倒置的混乱感，有些分不清哪个是现实，哪个是虚假的。

她怔了好一会儿，才缓过劲来。

“我……”只不过说了一个字，她就感觉到眼眶一热，有眼泪流了下来。

“哭什么？”江行墨微怔，将手伸了过来。

看到他的动作，夏楚记起了他弯着的食指，记起他温柔地给他拭去眼泪，也记起了心底的委屈。

夏楚向后退了一下，躲开他的手指，自己胡乱地抽了张纸巾擦了擦眼睛：“没什么。”

她这哪里是没什么的样子？！

江行墨顿了一下，还是问道：“是看到什么了吗？”

他没用“记起”这个词，而是用“看到”，这小小的细节无疑安抚了夏楚，让她松了口气。

过了好半晌，夏楚才出声：“以前我们，不，是你的作品被人强买过吗？”

江行墨知道她记起什么了，道：“是有这么回事。”

夏楚有些紧张："具体是怎样的？"

江行墨没有丝毫隐瞒，缓声道："是要回国时发生的，当时我们做了一个操作系统，本来想成立公司，进行这方面的业务拓展，但国内行情不比国外，咱们根基浅，难免受人欺负，最后被他们低价强买了过去。"

夏楚的心一紧："后来呢？"

"你是问哪个操作系统，还是哪家公司？"

夏楚道："都想知道。"

江行墨笑了一下，轻描淡写地道："操作系统是MG的前身，至于那家公司，被爆出安全丑闻后，解散了。"

——我可是他们口中睚眦必报的恶人。

——更何况，他们还把你惹哭了。

夏楚的心一紧，分不清里面翻来覆去的是什么滋味。

"江行墨。"

"嗯？"

"你以前喜欢我吗？"

"当然。"江行墨低笑道，"不喜欢又怎么会娶你？"

夏楚没再出声，她说不出口：既然喜欢，为什么我们会走到今天这个境地？

之后夏楚都没再提这方面的事。她不提，江行墨也不多说，非常留意她的情绪。

总的来说，夏楚的状态很稳定。

江行墨松了口气，感觉到了张冠廷说的那个时间。

——什么时候可以告诉她？

——只有Dante知道。

江行墨感觉到了，夏楚已经慢慢走过了Dante这座桥，走向未知的前方。

而Dante只需要再推她一把。

夏楚一下午都有些魂不守舍。她没再"看到"其他的画面，可江行墨的话不停地在她的耳边徘徊：他待在阴影中时的漫不经心，他拭去她的眼泪时的温柔，还有最后那句话中的森冷阴鸷。

江行墨到底是个怎样的人？

吃过晚饭，夏楚又开始考虑他们线下见面的事。

她到底该用什么样的托词呢？

晚上去了讨论组，Gong还没来，夏楚竟有些害怕和Dante单独相处。

江行墨道："如果你不方便的话，我可以去杭州找你。"

夏楚赶紧道："不！别来！"

她的声音都有些变了，江行墨微怔，问道："你是……不想见我吗？"

夏楚："……"

江行墨的声音落寞了些："我以为你会想见我。"

这不是想不想见的事，而是没法见啊。

夏楚只能含混道："当……然想见的，我们都认识这么久了，而且合作愉快，还……"

"我喜欢你。"

江行墨冷不丁说出这么一句话，夏楚差点儿从椅子上摔到地上！

完了、完了，虽然夏楚隐隐有些预感，但万万没想到Dante同学这么直白！

她比他大六岁，是已婚人士，还是他的顶头上司，这要是让他知道真相，他不得杀了她？

夏楚扶住椅子的扶手坐好，半天都发不出声音。

江行墨还在说着："本来我想当面告诉你的，但现在我想当面听你的答复。"

夏楚头皮发麻，深刻体会到什么叫"搬起石头砸自己的脚"了。

早知今日，她就不坑蒙拐骗他了！

"那个……你都没见过我。"夏楚小声道，"我很丑的。"

"我长得也不好看。"

你不好看，谁好看？夏楚长这么大就没见过比他还好看的脸蛋！

夏楚道："我肯定不是你想象中……"

"我没想象，"江行墨道，"你就是你，我感觉得到。"

夏楚欲哭无泪：可问题是……我不是我啊！

"后天中午，索洛伦餐厅，我们见一面吧。"江行墨顿了一下道，"要是拒绝的话，也请当面和我说。"

夏楚："……"

这时，夏楚看到了不知道什么时候到的Gong。

这家伙什么时候来的？是不是全都听到了？

不过夏楚顾不上这些了，赶紧道："Gong，你来了！"

Gong的声音一如既往地冷静："后天中午，我就不去了。"

他果然全都听到了！

夏楚连忙道："一起，后天我们一起！三人都去，缺一不可！"

Gong："……"

江行墨有些失望地道："一起吧，我们也该见上一面了。"

Gong最后确认了一下："真的要我去？"

夏楚赶紧道："当然，我们三人是一个团队的！"拜托了，Gong大爷，请务必到场，要不场面要尴尬到死。

Gong无所谓道："好。"

见面是躲不掉的，夏楚也不想躲了，心里已经有了主意。

反正没人知道夏木长什么样，她可以找个人替她去！

只要应付完决赛，夏木就可以消失了。

至于Dante的这份感情，她会快刀斩乱麻，让他彻底死心！
夏木是不存在的，而夏楚是绝对不可能和Dante有什么的。
她这头“老牛”哪里啃得动这根“嫩草”？
再说了，Dante喜欢的是夏木。
夏木绝对不是夏楚。
那是一个虚假、在哪个时空都不存在的女孩。

第十章

既然决定要去了，那她就得找人帮忙。

那该找谁来装成夏木，去和 Dante 见面呢？

夏楚想来想去，发现自己只有一个选择——高晴。

除了高晴，她还能找谁？她还敢找谁？

夏楚一咬牙，给高晴发了条信息：“有空吗？”

高晴很快回复她：“随叫随到。”

这四个字有点儿眼熟，好像江行墨也说过。

不过江行墨说时，她撇嘴，不以为然；高晴说，她心里一片暖洋洋的。

“晚饭来我这儿吃吧。”

高晴道：“你难得有空，我请客。”

夏楚要和她说私事，不想出去：“我们就在家吃吧。”

“要不……”高晴建议道，“你来我家，我给你下厨？你家那厨房，我不习惯。”

高晴的家？夏楚还是想认认门的。

她道：“行！”

高晴说：“那我早点儿回去准备。”

夏楚也不慌。她不知道高晴住哪儿，但她如今好歹是有司机的人，司机肯定一清二楚。

挂电话前，高晴又问了句：“你自己来，对吧？”

夏楚纳闷：“不然还有谁？”

高晴赶紧道：“行，我去看看晚上给你做什么。”

挂了电话，夏楚才回过味来，难道高晴以为她会带江行墨去？

想到这里，夏楚又叹息，自己也是让高晴操碎了心。

婚姻这事，接触了才明白有多麻烦。

别人说没用、劝没用、帮也没用，全看自己想不想得通。

高晴想得通，所以能一脚踹了王瑞鑫。

Megan 想不通，所以和江行墨这样无止境地纠缠着。

下午的事处理完后，夏楚带上提前让 Ethan 订的甜点去了高晴家。

高晴住在黄金地段，小区的环境很好，翠绿的植被拂去了外头的嘈杂，留下一份幽静。

高晴的公寓是在顶楼，上下层相连的复式结构，阳台外居然还带了个小泳池，十分别致。

夏楚看得稀奇，但不敢多说话，毕竟“自己”应该来过很多次了。

她一来，高晴便招呼她：“先等会儿，马上就好。”

说着她进了厨房，给她打下手的阿姨向夏楚问好，夏楚微笑回应。

没多久，高大厨解了围裙出来，白色的欧式餐桌上放了四五道菜，中间还摆了个烛台，风格可真够诡异的。

夏楚乐了：“这是中西合璧？”

高晴道：“不行啊？谁说烛光晚餐一定得是西餐？”

“原来是烛光晚餐？”

“当然，还是我亲手准备的，浪漫不？”

“浪漫，”夏楚抖了抖胳膊道，“一股子油腻味。”

高晴扑哧笑出声，推着她入座：“快别废话，一会儿菜凉了就不好吃了。”

夏楚坐下道：“你做这么多，咱们吃得完？”

高晴瞅瞅她那瘦骨嶙峋的模样，凶巴巴道：“你吃不完不许走！”

夏楚：“……”这是要撑死她啊！

两人吃着饭，聊着些有的没的。吃得差不多了，高晴才问夏楚：“突然找我是有事？”

夏楚这么个大忙人，主动找她肯定是有事了。

夏楚开口便是：“能帮我个忙不？”

高晴见她神态为难，神色也凝重了些：“你和我客气什么，说就是了。”

夏楚不是客气，而是尴尬，道：“明天你能帮我去一趟索洛伦餐厅吗？”

“去做什么？”高晴弄不懂。

夏楚有些难以启齿。

高晴脑洞大开，眉毛都要竖起来了：“是不是江行墨在那里和人约会？女的？你放心，这事交给我了，我让他们有脸进门，没脸出门……”

加班加点的江行墨莫名其妙就挨了一通骂，连打三个喷嚏。

夏楚连忙道：“不是、不是，你想哪儿去了。”

“那让我去饭店干吗？”

夏楚只得说个大概：“你知道最近连线有个竞赛吧？”

“知道啊。”都是业内人士，哪里能不知道？！

夏楚干咳一声道：“我为了摸清竞赛有没有内幕就虚构了一个名字参加了一下。”

高晴惊呆了：“你参加了？”

夏楚只能硬着头皮说：“是啊，我在网上随便找了个队。放心，我没怎么出力，也就划划水，主要想看看赛程设置得合不合理。”

“可你也不用自己去吧……”高晴一脸蒙。

夏楚道：“自己去，体会到的才真实。”

高晴沉默了一会儿，才道：“你也太拼了。”难怪你忙成这个鬼样。

夏楚哂然，只得继续道：“我运气挺好的，随便找的两个小伙都很优秀，作品非常出色，眼看着进了决赛，他们就想见个面。”

“哦……”高晴懂了，“所以明天你是让我去帮你见他们？”

“对！”夏楚道，“我没法去，又不好不去，只能请你帮忙了。”

这可把高晴稀奇坏了：“你也能干出这种事。”

夏楚道：“我也没想到他们能进决赛……”

这么个小忙，还是这么“活泼”的事，高晴自是会帮她的：“放心吧，交给我了，和我说说你叫什么名字，他们又叫什么，先把口风对好了。”

夏楚松了口气，说道：“我叫夏木，是个大四的学生。”

一听这话，高晴笑得不行：“还是个学生，哈哈哈！”

夏楚很不好意思了，道：“反正你别化妆，别穿高跟鞋，穿得休闲点儿。”

“这些你不用操心，”高晴打包票道，“我化个学生妆，保证干净稚气。”

她怎么听起来就这么古怪呢？只是见面，又不是干啥！

夏楚见高晴起了玩心，赶紧叮嘱她：“还有件事。”

“怎么？”

“其中一个男生向我告白了。”

“哎哟喂！”高晴眼睛一亮，露出八卦的表情，“你这小坏蛋，快给我如实交代，到底怎么回事？”

夏楚说：“也没什么，就是……相处久了吧，不过我不可能喜欢一个小屁孩的，所以还要拜托你明天去帮我拒绝他。”

高晴笑眯眯地道：“这样好吗？人家还没见到你，就喜欢上你了。”

夏楚很有自知之明：“见到就不会喜欢了。”她和Dante差了六岁呢！

“你得了。”高晴捏捏她的脸蛋道，“只怕见到了会爱得无法自拔。”

夏楚想了一下那画面，顿时浑身一颤，摇头道：“不可能。”

“我说……”高晴认真了些，“你真不去见他一面？”

如果只是单纯的一次性合作，高晴替她去也没事，可人家都告白了，说明感情是挺不错的。

夏楚笃定地道：“绝对不见！”

高晴说：“你别顾忌太多，年龄啊，身份啊，都不是事。”

夏楚纠正她：“我已婚！”

高晴嗤笑一声道：“你这婚，结和没结有区别吗？！”

夏楚十分有原则：“那也不行，出轨是不对的，我们不能学江行墨。”

高晴顿了一下，盯着她道：“离婚就可以了。”

夏楚也想和她说这事，道：“这事我只和你说，你千万不要告诉别人。”

高晴道：“你说。”

“我和江行墨商量好了，一年后我会离开连线，也会和他离婚。”

高晴蹙眉问：“一年后吗？”

“主要是工作上的事需要交接，我也不是说走就能走的。”

“所以，你们已经谈好了？”

“嗯。”夏楚道，“一年后，我就自由了。”

夏楚本以为高晴听到这个会高兴，但她面上的笑容淡了，好像眼眶还有些红，道：“也好，这样也好。”

夏楚却有些不了解她这表情的意思。

高晴起身道：“我去拿酒，咱们喝点儿。”

“欸。”夏楚喊她，“明天还有正事呢！”大四的学生会宿醉吗？高晴，你敬业点儿啊。

高晴却道：“我知道你心里难受，不用在我这里强撑。”

高晴眼眶通红，竟真的要哭了：“楚楚，没事的，以后还会遇到更好的人。”说完，她眼泪啪嗒一声滚了下来。

高晴一哭，把夏楚弄得手足无措。

夏楚起身道：“我……”

高晴一把抱住她，瓮声瓮气地道：“没事、没事，时间久了就好了，时间一久，什么刻骨铭心的感情都会忘记。”

夏楚怔住了，也明白了。

在高晴眼中，夏楚深爱着江行墨，深爱着这个她付出了整个青春的男人。

协议离婚，对夏楚来说应该是天灾人祸吧。

高晴是心疼她，这眼泪也是为她流的。

夏楚轻叹一口气，拥着高晴道：“我没事。”

——什么刻骨铭心的感情都会忘记。

夏楚听出了藏在这话深处的含义。

当初高晴爱龚晨爱得死去活来，如今不也这样了吗？

她嫁了人，离了婚，生活中早就没了龚晨的影子。

年少时的爱情，在时间的风蚀下，早就成了褪色的老照片，连故人的模样都看不清了。

夏楚倒是记得清清楚楚，记得那个嚣张跋扈的少年，记得那个明艳美丽的少女，记得他们站在她面前的样子。

高晴快乐得像飞上天空的小鸟儿：“楚楚，他叫龚晨，是我这辈子最喜欢的人。”

“龚晨，她是夏楚，是我这辈子最好的朋友。”

一切恍如昨日，睁眼已隔了十年长河，人都不知被洗成了什么模样。

十七八岁的人口中的一辈子，实在太短暂。

夏楚挺想问高晴，你还记得龚晨吗？

但她问不出口。高晴忘了的话，她问了做什么？没忘的话，她问了岂不是生生撕开高晴心底的伤疤？

她希望高晴还是忘了吧。

爱得那么痛苦，不如忘了。

吃甜点时，两人的情绪已经平复。

高晴不提江行墨的事，只问夏楚：“你那两个小朋友叫什么？”

夏楚道：“我给你发到手机上。”都是字母，她用嘴巴说，很别扭。

高晴一边看手机，一边问：“哪个是向你表白的小……”

她顿住了，因为看到了Dante这个名字。

夏楚道：“Dante。”

高晴猛地抬头，夏楚面色不变，还说道：“你不用和他聊太多，就直接来句对不起。他问什么的话，你就说自己在外省，不想异地恋，而且也只把他当朋友。”

她的面色实在太正常，高晴反倒觉得自己有些大惊小怪了。

Dante，这不是江行墨吗？

不过这个名字也挺大众的，很有可能是同名，尤其是英文名，同名率更是极高。

再说了，这怎么可能是江行墨？！

江行墨怎么会报名参加自己创立的竞赛？！

高晴耸耸肩，嘟囔道：“你还对这名字情有独钟。”

“嗯？”夏楚没听清，“什么名字？”

高晴又脑补了一通：譬如夏楚去找小队参赛，一眼看到这个名字，不由自主地就加入了，之后肯定也因为这个名字而对这个男生多加照顾，照顾到这个男生都心动了，勇敢地向她告白……结果她心里有别人，毫不犹豫地拒绝了他。

“放心，”高晴道，“这个Dante，我一定帮你搞定。”

那个Dante她搞不定，这个肯定没问题。

夏楚总觉得高晴说Dante这个名字时有点儿咬牙切齿。

错觉吧，高晴又不可能认识Dante。

这天一大早，夏楚忙完手头的工作就来找高晴。

她不放心，得看看高晴的形象。

这一看，高晴简直变了个人——黑长直的头发、干净的小脸蛋、天蓝色的连衣裙、小白鞋，还有白色双肩包。

少女！是不是太少女了？

夏楚道：“我怎么觉得你十八岁时都没这么小女生。”

高晴一出声就露馅：“十八岁那会儿，我恨不得把自己打扮成二十八岁。”

也是，年轻时都想成熟，成熟了就想装嫩。

人哪，反正最爱折腾。

夏楚又问："这样能行？会不会太刻意了？"

"放心吧。"高晴道，"百分百符合直男审美。"

也对，直男的眼睛和女人的眼睛构造完全不同。

夏楚握着她的手道："那就拜托你了！"

高晴拍胸脯保证："小事一桩。"

时间差不多后，两人一起去了索洛伦餐厅，夏楚自然是不会下车的，道："我就在这里等你。"

高晴说："等什么？怎么也得吃顿饭的工夫了，你先回去。"

夏楚不放心："没事，我就在停车场，等你出来咱们一起回去。"

"那行吧。"高晴道，"我早去早回。"

夏楚又叮嘱她："记住了，你叫夏木！Dante 应该长得还行。"

高晴笑道："放心吧，都得做自我介绍，我不会搞错的。"

说着，她走进电梯，上了楼。

餐厅在四楼，订在了四号桌。

高晴想着：四楼四号，真不吉利。不过她转念一想，四加四等于八，好像也挺不错。

她脑袋里胡思乱想着，面上的笑容滴水不漏，远远望去，看到四号桌前，背对着她这边坐了个男生，看来是有人先到了。

应该是 Dante，高晴想着，要和心仪的女生见面了，他肯定会比较主动。

不过……怎么这背影她瞧着有些眼熟？

高晴并未想太多，径自走过去，在对面坐下后说道："你好，我是夏木。"

说完，她对面的男人抬头了。

高晴打死都想不到，自己会在这里见到龚晨。

她有多久没见到他了？

高晴以为自己会对有关他的事记得清清楚楚，每一分每一秒都记得，可事实上她记不得了。

好像过了很久，又好像只是短短一瞬，似乎时间不复存在，她一抬头就能看到他对她笑。

龚晨。

一个她不能提及、不能碰触、不能面对却始终无法忘记的名字。

他变了很多，头发理得很短，几乎贴着头皮，新长出的头发比以前还要冷硬；他的脸也变了，比以前成熟多了，可眼睛仍是那样——漆黑、深邃，仿佛全世界都欠了他的。

而他的出生，就是为了向这个世界讨债。

高晴的心一阵刺痛，恍惚间自己仿佛站在悬崖边上，前头寒风猎猎，而她疯了一般想一跃而下。

就像第一次见他时，她明知道他浑身是刺，还是想靠近他。

"高晴？"龚晨的声音里有着掩藏不住的难以置信，"你是夏木？"

一句话将高晴拖回到现实中。

她是替夏楚来和别人见面的，来和一个喜欢夏木的男人见面，就在四楼的索洛伦餐厅四号桌，就是龚晨坐的这张桌子。

龚晨是Dante，龚晨向一个不存在的大学生夏木告白了。

而她竟然装成夏木出现在他面前。

高晴觉得这也不是现实，如果是现实的话，怎么会这么荒谬？

“我……”高晴张嘴，能说出的话却极有限。

“你怎么会是夏木？”龚晨紧拧着眉，压低的声音中带着质问。

“我为什么不能是夏木？！”高晴抬头，所有脆弱消失殆尽。她面色冰冷，像个身披盔甲、无所畏惧的战士。

龚晨眯起眼睛，周身的气势极其骇人：“你为什么要装成一个大四的学生，为什么要参加连线的比赛？”

高晴毫不退缩地道：“如果我知道你在，绝对不会参加这个竞赛。”

这是她朝思暮想的人、魂牵梦萦的声音，可她说出的话像是淬了毒的刀，毫不犹豫地捅在他的心口上。

龚晨垂眸，薄唇抿得像刀锋：“我不明白你这样做的意义，还是说你早就知道我……”

“我说了，我要是知道你在，我连这家餐厅都不会踏入一步！”

龚晨面色一白，眼眸更深：“高晴，你离婚了。”

高晴的手指微缩，声音却冷硬如冰锥：“与你无关。”

龚晨扬唇，说着剜心的话：“刚结束一段婚姻，就迫不及待地……”

啪的一声，高晴毫不犹豫地扇了他一巴掌。

龚晨侧着脸，一动没动。

高晴的手火辣辣地疼，但也比不上心上受的罪：“我乐意，我还可以立马找个男人再婚。”

“你敢。”龚晨一把握住她的手腕。

“你有什么资格训斥我？！当年你没把我当女朋友，现在更是什么都不是！”高晴丝毫不惧他，她这辈子就没怕过哪个男人，“放手！”

见龚晨不放，高晴心头火起，一脚踩在他的脚上。她只后悔今天没穿高跟鞋，比他矮一个头就算了，还没法踩死他，可恨！

“放开。”

龚晨没出声。

高晴道：“我要喊人了！”

龚晨知道她怒火上来了什么都干得出来，不得不松开她的手腕。

高晴猛地把手抽出来，心里恨，脚上又用力蹍了一下，嘴上说的话更是怎么扎心怎么来：“决赛我不去了，我不想再看到你！”

说完这话，高晴转身走人。她虽然穿了一身学生装，但也硬生生地走出了女王的气势。

输人不输阵，碰见渣男，她就得如秋风扫落叶般毫不留情！

龚晨停在原处，好一会儿都缓不过劲来。

高晴可能把他当成Dante了，在组里时，两人有说有笑，Dante告白，她也没拒绝，还为了见面特意打扮成这样。

她是要接受Dante吧？

她结婚、离婚，再开始新的恋情。

这的确与他无关，在他推开她的时候，她已经彻底离开。

夏楚万万没想到，高晴这么快就出来了。

难不成一进去，她就拒绝了Dante，饭都没吃就出来了？

做不成恋人，还能做朋友嘛，高晴是不是太决绝了？

夏楚赶紧下车，迎上去道："这么快？"

她凑近一看，才发现高晴的面色不对。

高晴是打死也不会在外头掉眼泪的，哪怕心中积的水都溢出来了，也绝对不会哭。

"这是怎么了？"夏楚是了解她的，一眼就看出她濒临崩溃。

高晴的嗓音直颤抖："龚晨。"

"龚晨？"夏楚蒙了，"他也在这餐厅里？这么巧的吗？"

高晴几乎破音道："他就是Dante！"

龚晨是Dante？夏楚愣了一会儿后，赶紧道："不可能，怎么可能？"

高晴以为她是不敢相信，说道："我亲眼所见，他就在四楼四号桌的第四个座位上坐着。"

夏楚连忙解释："肯定有误会……"

"不会有误会，他还问我是不是夏木！"

夏楚反应过来，倒吸了一口气："原来Gong是龚晨……"

我的天，Gong可不就是"龚"的拼音吗？可问题是谁能想到？！谁想得到这个世界会小成这样？

高晴还没失去理智，看向夏楚："你为什么觉得他不是Dante？"

这天大的误会，夏楚得赶紧解释，道："我见过Dante的照片，他要是龚晨，我会认不出来？"

原来龚晨不是Dante……

高晴愣了一会儿，眯起眼睛，战意十足："呵，他不是Dante啊。"

夏楚后背酸麻，有种很糟糕的预感。

高晴道："改变计划，我要接受Dante的表白。"

夏楚顿时语塞。

高晴冷笑一声道："我要和Dante在一起，还要去参加决赛，我要让龚晨知道，我就算离婚也有人追求我。"

夏楚蒙了，赶紧道："姐姐啊，你冷静点儿，Dante是无辜的……"

“放心，”高晴道，“我不会伤害无辜。”

可你这行为已经要伤害了啊！

高晴大步走回餐厅，显然要去见真的Dante。

这发展太疯狂了，夏楚哪里还坐得住，赶紧追上去控场。

江行墨来得晚了些，他猜到夏楚会找人顶替，所以想晚点儿来，看看是谁。

十有八九是高晴吧。

反正他要摊牌了，是高晴也好。

抱着这样的心情，江行墨进了餐厅，走到四号桌，却发现……

人呢，都还没到？

那头，高晴已经重回“战场”，夏楚紧跟其后。

高晴刚上楼就看到了准备离开的龚晨。

龚晨显然没想到她会再上来：“你……”

他只说了一个字，斗志昂扬的高晴便道：“你不是Dante吧？”

龚晨：“……”

高晴见他这样，也知道是怎么回事，心情莫名好了些，肯定是复仇的快感在膨胀，她道：“你别自作多情，我是来见Dante的。”

龚晨瞬间领会到她的言下之意，面色冰冷地道：“你要接受他？”

高晴扬唇道：“不一定啊，总得先看看……”

叮的一声响，夏楚也追了上来。她从电梯出来，一眼便看到了剑拔弩张的两个人。

夏楚抬头看去，虽然有了心理准备，可还是很惊讶：“龚晨……”

真的是龚晨！

他的变化好大。

十年前，龚晨是他们学校的风云人物，长得帅，性格“跩”，一言不合就跟人干架，从学生到老师，没一个人敢惹他。

那时候夏楚觉得他戾气太重，对其敬而远之，奈何高晴对他很是喜欢，夏楚也只能小心翼翼地和他结交。

如今他样貌未变，但整个人的气质变得太多，没那么愤世嫉俗了。

不过细看之下，夏楚很快就分辨出来了。

不是变了，他只是收敛了。

他将浮在肌肤之上每个毛孔中的戾气收敛到了骨子里，如同被白布裹住的利剑，遮住了锋芒，却遮不住凛然的杀气。

看到夏楚，龚晨也愣了一下，显然他没想到她会在这里。

今天这连续几个“惊喜”，让三个人的大脑有些反应不过来了。

他这一出神，高晴逮着机会了，从他身边走过，径直去了四号桌。她要去找Dante，只要这男人长得不像龚晨、王瑞鑫这么恶心，她就接受了！

夏楚顾不上龚晨，急忙跟上去，打算即使厚着脸皮也要把 Dante 给“救”出来。

和龚晨擦肩而过的时候，夏楚不由自主地想起之前和 Gong 谈过的话。

Gong 寡言少语，一起合作这么久，只有两次谈及自己的私事。

一次是他误会夏楚喜欢他，说：“我有喜欢的人了。”

当时夏楚只觉得这人自我感觉太好，忍不住想离他远些，如今再品一品，却觉得话中全是露骨的思念。

另一次是因为顾忆航收购他们的作品，她问他们的意见。

Gong 说他只想要第一，因为他想要见一个人。

见谁呢？

看来，总归是和高晴有关。

可惜她没时间思考这些了，因为高晴快走到四号桌了，而四号桌前明显有人。

看来是 Dante 到了，她要立刻去阻止高晴！

她刚追上去，就听到高晴无法控制的高音：“你怎么在这里？！”

夏楚跟了上来，和 Dante 对视的瞬间，她尴尬得想钻到桌子底下去，赶紧扯扯高晴的手道：“好了、好了，不闹了，我摊牌，我是夏……”

“摊什么牌啊？！”高晴满眼都是震惊之色，“江行墨怎么会在这里？！”

一句话让夏楚愣住了，她的大脑就像被人用勺子搅动一般，完全理解不了这句话的意思。

高晴转头质问江行墨：“你来凑什么热闹？”

她问完，一个荒唐至极的念头涌上心头：“Dante……Dante……江行墨，你不会这么幼稚吧？”

江行墨：“……”

他想到了高晴会替夏楚来，但怎么也没想到夏楚会跟在后头。

难道是陪“堂妹”一起？这发展，犹如脱缰的野马，冲到悬崖了。

江行墨的确做好了摊牌的准备，但他没想在这种时候被当众扒皮。

他想的是和高晴见面，和她坐下来聊一聊，说说夏楚的病情，再说说自己的苦衷，把她劝住。有她说情的话，他摊牌时会平和得多。

如今……帮手没拉拢到，他倒是惹了个刺头。

夏楚好半晌才反应过来，但她仍不敢相信。这太荒唐了，Dante 是江行墨？他们是一个人？那这些天……这些天……

天旋地转，夏楚好像又回到了最初的时候，那个犹如被脱光了放在手术台上用强烈的灯光照射的时候。

高晴“想明白”了，也彻底气炸了。

“好啊，耍人很有趣是吧？你肯定早就知道夏楚会为了竞赛公平而参赛，你故意扮成 Dante 去接近她、戏弄她，对不对？”

高晴想得也挺有道理的，毕竟她不知道夏楚失忆了。

而夏楚被高晴一喊，脑袋嗡嗡直响。她是被戏弄了，可不止被戏弄了这么一点儿！

难怪江行墨把自己包成个粽子，难怪这么久了，他的嗓子还不好，说话还不利索！

他根本没受什么伤，他根本是心里有鬼，羞于见人！

夏楚也快爆炸了。她想想自己对 Dante 的掏心掏肺，想想自己对 Dante 的信赖，想想自己对 Dante 骂过江行墨的话……

夏楚捞起手边的一个咖啡杯，径直扔了过去。

她气疯了，恨不得这咖啡杯是刀子，能刺死那大骗子最好不过！

按理说江行墨是躲得开的，但他哪里能躲，只得生生受着，褐色的咖啡洒了一胸膛。

“骗子！”夏楚这辈子都没这么生气过，“你这个大骗子！”

她到底没骂过人，怒火快把她烧着了，她也只能喊出这么一句话。

高晴怒其不争，代为上阵：“江行墨，你真够恶毒的。你一个大男人，怎么能想出这么龌龊的伎俩？夏楚，你扔什么咖啡杯，我拿椅子砸死他！”

说罢，高晴就要拎椅子。

夏楚吓了一跳，一把抱住她。

高晴没好气地道：“他都这样戏耍你了，你还护着他？！我今天和他拼了，这帮子臭男人，我打死一个赚一个，就当为民除害了！”

这时龚晨也过来了，完全看不透这局面，只看到发疯的高晴：“高晴，你做什么？”

“我做什么？”高晴看到龚晨，更火了，“你俩等着，我一把火烧了这儿。”

夏楚都顾不上生江行墨的气了，赶紧安抚大怒的高晴：“好了、好了，在这儿闹不值得，我们回去、我们回去。”

这里动静这么大，已经有服务员听到了，正往这边走来。

高晴虽然气疯了，但还顾及着夏楚。

她不要紧，不怕在媒体上露面，但夏楚这张脸要是被发到网上，肯定一眼被人认出，到时候后果不堪设想。

高晴冷静下来，反手牵住夏楚，凶巴巴地瞪着两个男人：“咱们走着瞧！”

说罢，她带着夏楚就要走人。

江行墨全程说不上一句话，这时见她们要走了，喊了一声：“夏楚。”

夏楚回头，送了他一个字：“滚！”

江行墨：“……”

走出餐厅上了车，夏楚和高晴都有种强烈的失真感，好像做了一场梦，不，连梦都不会这么荒唐！

两人都没出声，怔怔地靠在椅背上，脑袋里乱成了一团麻。

这到底是怎么回事？！这到底是多么魔幻的一天？！

Gong 是龚晨。

Dante 是江行墨。

一个是高晴的前男友，一个是夏楚的现任丈夫。

而她俩在今天都成了一个不存在的夏木。

今天发生的这些事，说出去估计谁都不会信！

这不扯淡吗？怎么会发生这么混乱的事？

然而它发生了，切切实实地发生在她们身上。

直到车子停下，夏楚才回过神来。

“到家了。”她对高晴说。

高晴睁开眼看着夏楚道：“你说咱们一没伤天，二没害理，怎么就摊上了这样的事？”

夏楚沉默了一会儿，半晌蹦出四个字：“否极泰来。”

她们已经倒霉透顶，也该转转运了吧！

她俩下了车，回到屋里，又一起瘫倒在了沙发上。

谁都不想动，好像所有的力气都被大脑吸收了。

夏楚的手机响了一下，她拿起，看到江行墨的名字，干脆利落地直接将其拉黑。

手机又响了一下，是 Dante 的名字，她面无表情地继续拉黑。

手机第三次响，哦……是“夏木”的手机。

夏楚拿起“夏木”的手机，起身去了洗手间，掀开马桶盖，把手机扔了进去。

想起这还是江行墨送给她的，她就气不打一处来。

扔马桶都便宜他了，她应该拿出来用锤子砸烂！

被彻彻底底地拉黑后，江行墨放下手机，向后靠在椅背上，感受到了前所未有的巨大危机。

虽然气都气饱了，但饭还是得吃的，夏楚用智能厨房做了饭，招呼高晴来吃饭。

高晴帮着她端菜，两人一起坐在餐桌前。

菜是好菜，饭是好饭，可惜她们都没胃口。

夏楚叹了口气道：“吃吧，中午也没吃，晚上还是要吃些。”

高晴实在没胃口，不过她知道夏楚也不想吃。她不吃的话，夏楚更不想吃，她好歹带着夏楚吃些。她叉起一块烤土豆片放到了嘴里。

夏楚见她吃，自己也打起精神吃了起来。

夏楚这一吃倒是觉得饿了，本以为吃不下什么，可事实上身体有自己的主意，不管你想不想吃，反正是会饿的。

食物果然是生命之源，她们吃饱之后，丧失的力气回来了，精神也好多了。

高晴一边收拾碗筷，一边说道：“我真没想到江行墨会这样。”

他出轨、冷落夏楚、整日整夜不回家，高晴气归气，也能想通——男人的心不在这个家了，自然会往外头跑。

可他怎么会装成一个陌生男人去勾引夏楚？

如果夏楚动心了怎么办？

如果夏楚喜欢上这个 Dante 怎么办？

到那时真相暴露，夏楚怎么受得住这样的羞辱？

三番五次爱上同一个人，而这个人还在戏弄嘲讽她，她会质疑人生的好吗？

高晴攥紧拳头，心中想的是：江行墨是要逼死夏楚啊！

不行，不能再任由夏楚执迷不悟，高晴心一横，把心中想的都说了出来。

夏楚听得一脸蒙……不得不说，从高晴的角度来看，这逻辑还挺对的。

可事实绝非如此，如果江行墨真想害夏楚，那机会多了去了，毕竟夏楚早就向他摊牌，说清自己的状况了。

她赶紧打住高晴的脑回路："有件事我一直没告诉你。"

"什么事？"高晴道，"不管什么事，都不要怕，有我在。"

要是江行墨真疯狂到为了公司利益对夏楚起了杀心，那她高晴拼了命也要拖着他同归于尽。

事到如今，夏楚不想再瞒着高晴了。

刚刚醒来时，她不确定的事太多，不能把握的事太多。

十年太久，她连自己是不是真实的都无法确定，又怎么敢确定高晴还是以前的高晴呢？！

所以她不敢说，也说不出口。

但现在她很确定，高晴还是那个高晴，她们的感情经住了时间的考验，是完全可以托付的。

夏楚道："我失忆了。"

说出这四个字时，她心中有块巨石落地，仿佛自己从悬浮的虚空中走到了踏实的平地上。

她说出口了，承认了。

她不再逃避了。

高晴愣住了，一副自己的耳朵出了问题的模样。

夏楚轻舒一口气，把事情的来龙去脉一五一十地说给高晴听。

最初醒来的茫然、见到陌生的熟悉的人时的不安、渴望去同学会确认真实的急切心情，还有最重要的——误打误撞地和 Dante 的相识。

高晴听得满脸惊讶："你真的全忘了？"

"也不是全忘，大概就忘了这十年的事吧。"

高晴："……"十年，人生有几个十年？

高晴反应过来了："所以，你主要是忘了江行墨。"

夏楚微微蹙眉，问她："难道我高考后就认识江行墨了吗？"

高晴道："不可能吧，那时候他应该在美国。"

夏楚道："我最后的记忆就是高考结束，你带我去喝酒那天晚上。"

这么久远的事，高晴都记不太清了，想了一会儿后，叹了口气："那可真是有十年了。"

夏楚仍想说自己来自十年前，可就连她自己都没法相信这个说辞了。

十年前的事越来越模糊，反倒是这十年里的记忆像是破碎的拼图般一点点露出原貌。

只是失忆吗？那她为什么会失忆？

高晴也在思考这个问题："你为什么会忘了这十年的事？"

夏楚答不上来。

高晴顿了顿道："是太难过了吧。"

夏楚摇摇头道："我记不起来，也感觉不到丝毫难过的情绪。"

她倒是生气了，而且很生气，主要是被信任的朋友欺骗所带来的熊熊怒火。

高晴道："其实你自从和江行墨结婚后，状态一直很不对。"

听高晴这么说，其实夏楚有些排斥。她不想听这十年发生的事，连一点儿好奇心都没有。

这就很诡异了，她怎么会一点儿都不好奇呢？

只能说明这是她心理上的问题，是自己太脆弱，在逃避，逃避解决不了的问题。

夏楚压住心底的抗拒，问道："能跟我说说吗？"

高晴点点头道："当然，不过我知道的事也不多。"

这半年，高晴几乎见不到她，偶尔通个电话也是说几句闲话，只有在高晴生日那天，她陪高晴喝酒，喝得有些多，和高晴说了江行墨外面有人的事。

夏楚追问："我当时是怎么说的？"

高晴道："你说江行墨经常不回家，你们一个多月没说话了，他在外面似乎有了别的女人。"

夏楚立马想到了："田昕栗？"

"对，是她，好像江行墨还专门为她投资了一部片子？"

夏楚有些想不通了，说道："那片子是我投资的，导演和主角人选都是我签字同意的。"

"那又怎样？！"高晴道，"江行墨指名道姓要用她，你还不是只能同意。"

"但江行墨很排斥连线涉足娱乐圈。"夏楚继续说道，"前阵子那片子出了乱子，我什么都忘了，根本做不了主，江行墨二话不说就把这个项目给停了。"

高晴紧锁着眉，显然也搞不清楚了："关于他和田昕栗的事，我本来也不了解，是你告诉我后我才知道的，不过这种事你不会随便说。"

夏楚叹了口气："可这会儿我全忘了。"

她实在没办法判断真伪，江行墨矢口否认，目前瞧着他也的确不像和田昕栗有什么的样子。

可夏楚也不会无凭无据就那样笃定地告诉高晴那些事。

高晴又说道："但他的确经常不回家，而且一直冷落你。"何止冷落，这简直是冷暴力了！高晴没忍心说出口而已。

"哪里是经常？"夏楚坦白道，"他应该从没在这个家住过一天。"

高晴愣住。

夏楚解释道："你没去过楼上吧？上去看看你就懂了，这个家就没一丁点儿另一个人的气息。"

衣服、用具，所有东西都是单人的，没有任何男主人的痕迹。

高晴错愕道："所以，你们这是分居半年了？"

"应该是。"夏楚道，"我之前大概没和你说实话吧。"

高晴只知道江行墨冷落她，只知道他时常不回家，但绝对没想到他竟然半年都没在家住过。

这也叫婚姻吗？

高晴怔了半晌，才道："你们到底是怎么了？"

夏楚无奈道："我也想知道。"可是，她记不起来了。

"你没问江行墨吗？"高晴试探着开口。

夏楚道："没什么好问的，我和他谈的只是一年后离婚。"

高晴问："他同意了？"

"对。"

"既然你什么都忘了，公司的事也很难帮上忙吧，为什么还要等到一年后？"

夏楚道："他说董事会那边不会同意我辞任，所以要等一等，慢慢来。"

高晴睁大眼道："开什么玩笑？！谁不知道江行墨早年吃了亏，打死不肯让股权，整个连线董事会就是他的一言堂，他说什么就是什么，谁敢反对？！"

夏楚愣了愣道："不可能吧……"她解释道，"我在连线权限很高的，董事会的情况，我那里能看到。"

"你上网查查就知道啊。"高晴道，"早年你们被坑了一把，辛苦做出来的东西被人以融资之名低价抢了过去，从那之后，江行墨再也不肯出让股权。不过那之后，你们改做游戏，赚得盆满钵满，也没必要再看人眼色。"

夏楚道："我查过，根本没有这方面的信息。"不过高晴说的作品被抢走，她之前倒是有过这么一段模糊的记忆。

高晴拿出手机道："怎么可能查不到？！江行墨做事极端，得罪不少人，偏偏连线又越做越大，嫉妒他的人多了去了，一搜就是一大片讨论他集权专政……"

话没说完，她顿住了。

还真没有了……

不仅没有，还有一篇新闻认真详细地阐述了连线的股权构成何等复杂……

夏楚凑过来道："你看，我之前也搜到了这篇。"

高晴一摔手机，道："这家伙手也太长了！"

"你是说他故意把那些信息删除了？"

"删除是不可能的，但肯定做了手脚，让你没法一下子查出来。"

夏楚疑惑道："这是何必？"

高晴道："不想让你知道实情。"

"可这有什么好隐瞒的？！"夏楚纳闷道，"既然他说了算，那我立刻辞职就是了，他也省心，不是吗？"

很明显，江行墨这么做的缘由只有一个。

他不想让夏楚离开连线。

他不想和夏楚离婚。

可为什么呢？

他们分居半年，见面不说话，都过得和仇人一样了，为什么不离婚？

有个答案呼之欲出，可是夏楚和高晴都无法相信。

高晴对江行墨的偏见很深，但此刻也忍不住说道：“你们是不是有什么误会？”

如果江行墨喜欢夏楚，那么他肯定不想离婚，可夏楚也喜欢他，这两人怎么把日子给过成了比离婚还糟糕的状态的？！

夏楚又问道：“你确定我以前喜欢江行墨吗？”

高晴翻了个白眼：“你是喜欢惨了好吗？要不，我怎么会恨他入骨？！”

就是因为夏楚喜欢，江行墨的所作所为才深深伤害了夏楚。

就是因为夏楚那样难过，高晴才恨死了江行墨。

否则她管江行墨干什么？！

夏楚耸了耸肩道：“我一点儿都感觉不到自己喜欢他。”

高晴：“那是因为你都忘了。”

夏楚应道：“可能是吧。”

“说起来，”高晴问她，“你和 Dante 相处这么久了，难道就没……”

“我把他当弟弟。”夏楚无奈道，“我一直以为他只有二十二岁。”

一个三十二岁的大叔为什么会长得这么嫩？真不科学！

高晴沉默了一会儿，忽然觉得夏楚全忘了也挺好的，多洒脱。

夏小姐却有点儿洒脱过头了，伸了个懒腰道：“既然董事会是他说了算，那我也不用等一年后了，明天就离婚。”

Dante 也好，江行墨也罢，她夏楚的人生要翻篇了！

之前高晴是一百个同意夏楚离婚。日子过成那样，夏楚都瘦成这样了，爱得这么辛苦，早离婚早解脱。

可现在……她竟有了一丝丝犹豫。

她更希望夏楚是在清醒的状态下做出离婚决定的。

夏楚现在看着十分潇洒，却是在忘记一切的前提下这样，这就好像骨折后吃了止痛药，现在的确不痛了，但药效过了呢，还不是痛得死去活来。

这失忆……能失忆一辈子吗？

“楚楚……”高晴唤她。

夏楚知道高晴在想什么，安抚道：“你放心，离婚后我就再也不会见江行墨，我总感觉见不到他，以前的事也就想不起来了。”

几次三番，她都是因为他而回忆起这十年间的一些事。

既然如此，她切掉根源就是。

现在挺快活的，她才不要过那糟心的日子！

高晴心里只想她好，见她如今畅怀，索性不多想了。

想那么多又有什么用？珍惜眼下才是正经事。

夏楚心里还装着事，问高晴："你和龚晨是什么时候断的？"

十八岁时，高晴和龚晨还在一起，虽然那时候夏楚就觉得龚晨不靠谱，觉得他欺负高晴，甚至觉得他毁了高晴的人生。

但那时候高晴一头热地扑在龚晨身上，什么都听不进去，只想和他天长地久。

高晴道："毕业聚餐后，龚晨和我大吵了一架。"

毕业聚餐刚好是夏楚的记忆节点，她就是从那时开始失去记忆的。

这其中有什么关联吗？应该没有吧？

夏楚问："他为什么和你吵？"

"他嫌我烦，让我走，别再缠着他。"

夏楚听得心头火起："他怎么这样？！要不是你，他以后就是个瘸子！"

高三时，也不知龚晨为什么和人打架，还是以一打五。他虽然把人都放倒了，但腿上遭了一闷棍，折了。

要不是高晴照顾他，带他看病，他肯定会落下病根。

当时高晴家里也很糟糕，完全自顾不暇，为了凑够医药费，她打工到晚上十点多，耽误了学习，临近高考却找不到人。

后来夏楚找到她，知道了情况，夏楚找爸妈帮助龚晨看病，硬逼着高晴去上课，这才没耽误考试。

都这样了，龚晨还好意思说高晴缠着他！夏楚能不气吗？

高晴说起这些往事，声音倒也平静："我知道他是过意不去，觉得拖累了我，才想赶我走。"

她这么一说，夏楚心里很不是滋味。

"喜欢"这个词为什么会有这样大的魔力？不管谁沾上了，都像变了一个人一样，把委屈当饭吃，还吃得心甘情愿。

高晴说："我彻底离开他是在你大三的时候，那时我妈回来说要带我走，她再嫁了，过得还不错，想接我过去。"

这绝对不是和龚晨分开的原因，夏楚问都没问。

果然高晴又道："当时我傻，不想离开龚晨，再就是我心里怨着我妈，没法原谅她，自然不想跟她走。"

夏楚问："是龚晨做了什么吗？"

高晴道："嗯，我回家时，见到他和一个女人在一起。"

夏楚一愣，忍不住想说："他是不是故意的……"

高晴轻笑一声道："他根本不知道我妈回来了，更不会知道她要带我走，又哪里来的故意？！"

夏楚听她说得轻松，心却犹如刀割。那时候她得多无助？而夏楚远在美国，恐怕压根不知情。

高晴又道：“后来我才知道他早就和那女人在一起了，好几个月了，只有我一直被蒙在鼓里。”

“你不知道……”高晴笑着，眼睛却剔透得像水洗过的玻璃珠，“我当时拼命攒钱，还想和他一起交首付买房。”

日子穷、日子苦都不可怕，只要有那么个奔头在，过得就充实且快乐。

一旦这个奔头没了，以前受过的累便会加倍反噬，让人痛不欲生。

夏楚听得心脏直抽抽：“对不起，那时候我不在。”

高晴摇头道：“也好，就这样分开了对我来说是解脱。”

解脱了吗？真解脱了，也不至于这么多年过去了，一见龚晨，她仍像遭到背叛一般，恨不得杀了他。

高晴仰头喝了口水，道：“不提这些了，都过去那么久了。”

原来他们分开六年了，难怪她一见他，就觉得这样陌生。

夏楚犹豫了一下，还是说道：“我和Gong也认识一段时间了，彼此聊过一点儿私事。”

她没用龚晨的名字，用的是Gong。

高晴看向她：“嗯？”

“第一次他说自己有个喜欢的人，那种语气绝对是喜欢了很久的；第二次，他说他想拿第一，是为了见一个人。”

“见一个人？”高晴忽略了前半段话。

夏楚：“你觉得他想见谁？”

“你？”

参加连线的比赛，进入决赛，夺得头名，按理说，夏楚会出席颁奖，所以他能见到的就只有她。

夏楚也是这么想的：“他为什么要见我？”除了高晴，他们之间再无牵扯。

高晴的目光闪了闪，随即她垂眸道：“也许只是叙叙旧吧。”

夏楚察觉到了她的躲闪，问她：“这些年，你们再也没见过面吗？”

高晴道：“我怎么可能再见他？”

“那他这些年都做什么去了？”

高晴面色平静道：“不知道。”

夏楚还想问，高晴却打断她道：“时候不早了，你也早些休息，我回去了。”

她明显不想再说，夏楚也不好再追问——结了疤的伤口再被血淋淋地撕开，任谁都会抵触。

高晴一走，没人聊天，一个人就少不了胡思乱想。

夏楚想想自己醒来后误打误撞去了那个办公区，第一次见到Dante……真没想到他就是江行墨！

他怎么会在那个办公区？难道关于那个办公区的信息也是假的？那其实是江行墨的办公室？

不可能啊，那分明是个多人集中的办公区！

她这么一想，脑袋就停不下来了……抢他的泡面，还他夜宵，更要命的是，还当着他的面骂江行墨。

夏楚低吟一声，都不知道自己在 Dante 面前说了江行墨多少坏话！

正所谓“日有所思，夜有所梦”，当晚她就梦到江行墨了。

夏楚气得不行，在梦里狠狠地打了江行墨才解气。

一觉醒来，夏楚精神抖擞，元气满满。

离婚！

她立刻去连线，先把这事给办了！

江行墨这半年一直睡在连线，有时候睡在休息室，有时候直接睡在办公室的沙发上。

助理对此都习以为常，一般情况下不敢喊醒他。

其实喊不喊也无所谓，他们老大就像个机器人，到点准时醒，从不多睡。

夏楚到公司的时候，刚好七点整。

她没急着去找江行墨，主要是手头有不少事要做。

虽说要辞职了，但在位一天，她就得做好分内的事，这是原则。

她先把紧急事务处理掉，刚好八点半。

妥了，她现在就去找人，离职加离婚，一箭双雕。

夏楚一到 D 实验室，冯宇恒就扑了上来。他穿了一条哈伦裤，趿拉着人字拖，还顶着一头蓝毛，哪里像高级工程师，倒像个“非主流”。

冯宇恒对女神毕恭毕敬：“Megan，去看看我们的 MG ？”

夏楚瞥他一眼道：“我找江行墨有事。”

“Dan……”他说到一半，赶紧收住话头，道，“老大昨晚忙了一宿，这会儿……”

他话没说完，夏楚就捕捉到了他的语病：“为什么不叫他 Dante ？”

冯宇恒毫不知情，分分钟把江行墨给出卖得干干净净：“他不让啊，也不知道是什么原因，忽然就恨上自己的英文名了，说死了都不许大家在公司这样叫他！”

他恨？他是处心积虑怕露馅！

夏楚想想就来气，连线上下都是以英文名相称，怎么到了他这里就成了江先生？！

可谁能想到这个男人会这么无聊！

夏楚走路如风，径直冲向了江行墨的办公室。

临到门口，江行墨的助理迎了上来：“Megan。”

夏楚道：“江行墨在吗？”

在，江行墨在里面的沙发上睡着呢。但助理不敢说，往常这时候如果有人找江行墨，他都推说江行墨不在，让江行墨多睡一会儿。

不过这个往常里从不包含Megan。

一来人家是夫妻，二来他们还是彼此的左膀右臂，三来Megan从没在这时候找过老大啊！

怎么办？怎么办？

冯宇恒还跟在后头，乐呵呵地想把夏楚骗到自己那儿，让楚楚可怜的MG勾起女神的“慈母心”，这样小MG就不是爹不疼、娘不爱的可怜的系统了。

冯宇恒道：“Dante肯定回去休息了，要不你先去我那儿等等？”

夏楚没理他，盯着助理问：“他回哪儿休息了？”

“这……”助理结结巴巴。

夏楚觉得江行墨就在里面，说道：“他就在里面是吧？”

躲什么躲？他有胆骗人，就别躲！

“吵什么。”低沉又隐隐含着怒气的声音从门内传来。

话音刚落，门开了，紧拧着眉、一脸杀气的江行墨站在门边。

助理一哆嗦，心道：完了、完了，把睡眠严重不足的雄狮子给吵醒了！

冯宇恒一看大事不妙，抬脚就想溜。

夏楚才不㞞，开口便是：“我找你有事。”

助理和冯宇恒都服气得很，果然是女神，就是不一样。

更让他们错愕的在后头，本来一脸起床气，恨不得把吵醒他的人都拖出去砍了的江行墨变脸如翻书。

“你……怎么过来了？”他的声音变得极其温柔，神态更是温和得像换了个人。

说出去怕挨揍，但冯宇恒真心觉得老大这模样有些刻意讨好。

江行墨是真没想到夏楚会一大早来找他，他刚熬夜把工作完成，想着补一觉，以最好的状态去登门求见。

不料夏楚来找他了。

刚才他有些凶，不会吓到她吧？

江行墨瞥了助理一眼，说道：“Megan来了，怎么不叫醒我？”

助理吓得腿软。他也不确定该不该叫啊，毕竟Megan没有来找过江行墨，他们往日里似乎也……

“都回去。”江行墨又瞪了冯宇恒一眼。

冯宇恒哪里还敢缠着夏楚，赶紧跑路。

人都走了，江行墨看向夏楚，带着些许倦意，嗓音更显温柔：“吃早饭了吗？”

夏楚开门见山道：“既然董事会你说了算，那也不用等一年后了，我们现在就去民政局吧。”

江行墨知道以董事会作为幌子的事露馅了，但他能做的也就是装傻充愣：“饭都没吃吧，别急着出门。”

夏楚见他这样，其实心情十分复杂。

放在昨天以前，她打死都没法把好友Dante和丈夫江行墨画上等号。

她觉得这是截然不同的两个人。

一个二十二岁，一个三十二岁。

一个是小程序员，一个是连线创始人。

一个心地善良，一个心怀叵测。

一个帮了她那么多，一个害她瘦了十多斤，连脑子都坏了！

这两个人怎么能是一个人呢？！

可此时此刻，Dante的脸和江行墨的坏完美融合！

想到这些，夏楚怒火中烧，离婚的欲望更强烈了，说："先去离婚，之后再慢慢吃饭。"

听到"离婚"二字，江行墨的心猛地一跳，他低声道："不都说好了吗？等一年。"

夏楚道："当时说的是董事会那边很麻烦，我没法立刻离开。"

"董事会的确很麻烦。"

"是你自己很麻烦吧！"

江行墨小声道："先进屋？"

他们还戳在门口呢，虽然现在没人，但保不齐一会儿不会有人过来，毕竟江行墨不是那种办公室占了一整层楼的老总。

家丑不可外扬，夏楚也能理解，进屋道："没什么谈的必要，我辞职，你同意；我们离婚，你签字，咱们一别两宽、各自欢喜。"

江行墨把门带上，说道："你是个很有契约精神的人。"

"那也得看什么样的契约！"夏楚气炸了，"你从一开始就在骗我，这样以欺骗为基础定下的契约，我凭什么遵守？！"

"在这件事上，我没有骗你。"他也好意思说是在这件事上！

夏楚气极反笑："董事会你一家独大，你说什么他们听什么。你让他们复杂，他们就复杂，这事证明不了，所以你就不算骗我了？"

"董事会的确是我说了算。"他这么诚实，反倒呛了夏楚一下。

不过她很快调整战略："既然你承认了，那么契约作废。"

江行墨又道："可'董事会'的确不想你离开。"

夏楚："……"

江行墨低声道："在这件事上，我没有骗你。"

江行墨这张脸的确非常犯规，他又把话给说成这样，谁招架得住？！

然而夏楚不是一般人，封闭爱一个人的好处就是——撩不动！

"江行墨，我不和你玩文字游戏。"夏楚道，"事到如今，我们也不用再拐弯抹角，我失忆了，把你忘了，我做不好这份工作，也不想继续这段婚姻，所以我们离婚。"

江行墨道："这十年的记忆，你不想找回来吗？"

夏楚回答得干脆利落："不想。"

"难道你一点儿都不好奇吗？"

“你认识我这么久了，应该对我有所了解吧？”

夏楚这么问他，他几乎猜到了她要说什么。

“我放下了，那就说明我不想要了。”夏楚道，“我既然丢了这段记忆，那为什么要再找回来？”

字字句句都化成了密密麻麻的针，扎在了江行墨的心脏上。

执着的人不肯轻易放下，一旦放下就是永远。

这十年，她放下了，也许与他无关，但她的确不想要了。她丢弃了让她痛苦的记忆，也顺便把他丢下了。

江行墨道：“我们去见一下张博士吧。”

夏楚道：“我觉得……”

“去看一下。”江行墨闭了闭眼睛，道，“如果他说没问题，就都听你的。”

夏楚想说没必要，但江行墨说：“你毕竟还是病了，问问医生，看看会不会有其他风险吧。”

夏楚顿了一下，道：“好吧。”

江行墨轻舒一口气，从桌子上拿了车钥匙：“走。”

夏楚紧跟上来，临出门前，问他：“如果没有问题的话，你……”

“辞职、离婚，全听你的。”江行墨说这话时，没有回头。

夏楚的心落下，可旋即她又发现这下落的趋势有些不对劲，下面竟是个没有底的深渊。

上了车，江行墨开车，夏楚坐在后面，转头看着车窗外。

路程很远，两人不可能不说话。

江行墨问她：“我们结婚半年，分居半年，你不想知道为什么吗？”

夏楚反问他：“你真的没出轨吗？”

江行墨答非所问：“我三岁时，母亲死了，她是投湖自尽的，浮上来时，尸体被泡得像个巨大的茄子。”

夏楚一愣，想起了 Dante 曾和她说过的话。

——讨厌它的颜色，像死了很久的人。

所以，他是因为小时候亲眼见到了母亲的尸体，才厌恶茄子。

江行墨继续说道：“四岁时，我有了第一个继母，五岁时有了第二个，七岁时有了第三个，到我十五岁离开家前，我总共有过十位继母。”

夏楚听蒙了，这……

“她们都是很美丽的女人，年轻，也许怀揣着爱情，也许想的是金钱、地位，但有一点不会改变，她们都不喜欢我。因为我是他唯一的孩子，是她们爱情里的眼中钉、利益上的肉中刺。”

夏楚道：“你父亲……”怎么听起来这么荒唐？

“江景远，这个名字知道吧？”

夏楚错愕地睁大眼："他……他是你父亲？"

江行墨道："血缘上的父子，现实中的死敌。"

江景远这个名字，连十八岁的夏楚都知道，他是当年的房产大亨，名正言顺的全国首富，是一个连普通老百姓都知道的人。

夏楚道："可是……你们……"

诚然，江行墨现在很厉害，但好像完全没人知道他有这样一位父亲。

江行墨把话题绕了回来，透过后视镜看了一眼夏楚："我说这些是想告诉你，我讨厌女人，在认识你之前，我从不靠近任何女性。"

他说这话时，夏楚脑中浮现了一幅画面。

应该是在斯坦福大学吧，那么明媚的阳光。

一个女生大概是想制造唯美的浪漫，不小心"撞"到了前头的男生。

"对不起……"她是个华裔姑娘，在这个异地他乡，说普通话实在惹人亲近。

然而男生板着脸，别说开口了，连垂眸看她一眼都没有，径直走了过去。

夏楚似乎是认识这个女生的，她过去问道："还好吧？"

女生盯着男生远去的背影，又迷恋又懊恼："Dante 不会真的不喜欢女生吧？"

夏楚解释道："不可能吧，师兄可能只是……"

另一个女生过来插嘴道："肯定是，听说他的项目只带男学生！"

"好气人啊！"摔倒的女孩不甘地道，"为什么帅哥都喜欢帅哥？"

记忆戛然而止，夏楚接了江行墨的话："你讨厌女人，却还是结了婚。"

"嗯，"江行墨低声道，"娶了你。"

夏楚一时无言。

江行墨道："夏楚，你不知道你对我来说意味着什么。"

她是唯一走近他的女人，他唯一喜欢的女人，也是让他从噩梦中走出来的人。

他用了八年，才对她敞开心扉。

结果……

半年前的江行墨真切地体会到了母亲投湖自尽时的心情。

夏楚紧拧着眉心："既然你没出轨，那为什么这半年要和我分居？"

江行墨沉默了许久，摇了摇头。

"是因为我吗？"夏楚问他。

江行墨轻声道："你找回记忆就知道了。"

夏楚道："所以，你是知道的。"

"对。"

"为什么不告诉我？"

江行墨的答案很直接："我不想说。"

夏楚抿着唇，好半晌没出声。

其实江行墨这话说得挺让人生气的，但夏楚气不起来。大概是因为他的语气听着太让人难受了，好像所有无可奈何都涌进了这四个字中，让他只能无奈地说出这句话。

仿佛一个孤零零地站在城墙上的将士，眼睁睁地看着无数箭矢扑面而来，却也只能举起长剑和盾牌，徒劳地守卫着一座空城。

“江行墨。”快要停车时，夏楚问他，“是我变了吗？”

虽说她决定放下这十年，但不代表她没想过。

如果江行墨是喜欢她的，是真心想和她过日子的，那日子过成这样，就一定有人得负责。

责任不在江行墨，那是不是在她？

是她变了吗？因为金钱、权势？因为D实验室？因为和他理念不合？

江行墨停稳车，转头看她，温柔的视线中尽是苦涩：“没有，你一直坚持着自己的理想。”

“那我们……”

江行墨道：“下车吧，到了。”

夏楚还坐在车里，直到鹰翼门缓缓升起，带着凉意的阳光由下而上蔓延到她的身体上，她才慢慢回神。

这十年到底发生了什么？

张冠廷一眼看出他们的情况，他仍是那副温文尔雅的模样，问夏楚：“如果你想的话，我们可以尝试着找回这十年的记忆。”

之前夏楚连面对失忆这件事的勇气都没有，遑论找回。

如今她的情绪明显稳定多了，才能进行真正的治疗。

夏楚问道：“可以找回吗？”

张冠廷道：“需要你的配合。”

夏楚拧着眉，又问：“如果不找回呢？”

“你可以开始新的生活。”张冠廷道，“不过会很难再爱上别人。”

夏楚有些疑惑：“这是后遗症？”

“不，这是你最想放下的。”

“最想放下的？”

张冠廷道：“你最想忘记的不是某个人，也不是某些事，而是爱情本身。”

刹那间，夏楚隐约明白了自己的记忆为什么会停在毕业聚餐那晚。

张冠廷问夏楚：“需要时间考虑一下吗？”

夏楚猛地回神，应道：“嗯，我考虑一下吧。”

她动摇了，不是因为不能再爱上别人，而是怕自己的记忆中藏着属于别人的至关重要的秘密。

回去的路上，夏楚问江行墨：“你认识龚晨吗？”

江行墨道：“不认识。”

“我以前和你提过他吗？”

“从来没有。”

夏楚陷入了思索，江行墨问她：“是 Gong 吗？”

“对，是他，他是高晴的初恋。”

江行墨也猜到 Gong 和高晴有关系，所以那天高晴才会闹成那样。

快到公司时，江行墨开口：“你怎么想？”

夏楚以为他是问她是否找回记忆的事，于是说道：“有些事还需要确认，等确认了再考虑。”

江行墨却道：“我是说，离婚。”

夏楚一怔，明白了。

他们去张博士那里前说的是，只要没问题，离婚、辞职全听夏楚的。

如今张博士已经给出了答案，无论是否找回记忆，对夏楚来说都不会有太大的问题。

不找回，她可能很难爱上别人，却会有一段洒脱、开怀、崭新的人生——这可不是坏事。

江行墨停好了车子，手却还放在方向盘上。他直视着前方，好像那片空旷的草地上有一朵小花，仔细看着就能呵护它不被风雨侵蚀。

夏楚道：“对不起。”

瞬间，草地上只剩翠绿，倒也和谐。

江行墨轻舒一口气：“我明白了。”

夏楚没再出声，话已至此，说再多也是徒劳。

“对了，”江行墨问她，“你的结婚证找不到了吧？”

夏楚一愣，点头道：“是。”

江行墨道：“离婚需要结婚证，你抽时间去补办一下。”

他冷不丁地转到这么“严肃”的话题上，夏楚还有些反应不过来，应道：“好。”

“那行。”江行墨下车道，“你先去补办，等可以了，联系我。”

夏楚：“好……”

这就可以离婚了？这就可以离开连线，离开过去，开始新的生活了？

她怎么觉得很不真实？

夏楚揉揉脑门，下车回了办公室。

补办结婚证之前，她还有事要办。

之前夏木的手机被她扔到马桶里泡水了，所以她只能用电脑登入之前的聊天组，给龚晨留言。

“这是我的手机号码。”

龚晨想见她，刚好她也有事要问他。

约莫十分钟后，她的手机响了，是个陌生的、没什么识别度的号码。

夏楚接了：“喂？”

“是我。”

夏楚道：“方便见面吗？”

“嗯，你定地方。”

夏楚说了个咖啡厅，定了时间，没带司机，自己打了辆车过去。

二十分钟后，夏楚到了，一眼就看到坐在角落里的龚晨。

第十一章

他好像一直不喜欢阳光，总喜欢待在不会被光线照到的地方。

高晴以前总和夏楚说："你看看，他坐在阴影下，像不像一个英俊迷人的吸血鬼？"

夏楚瞪她一眼："你早晚要被他吸干。"

如今夏楚倒是明白了，一个人心里藏了太多见不得人的事，难免就会躲着阳光。

夏楚坐在龚晨的对面，龚晨问她："喝点什么？"

夏楚道："美式咖啡。"她需要十万分的清醒状态。

龚晨点单："两杯美式咖啡。"

服务员走了，他俩所处的角落就显得越发僻静。

夏楚正斟酌着该从何问起，龚晨却主动开口了："谢谢你。"

谢她？谢什么。

龚晨垂眸，盯着桌面道："这些年多谢你的帮助。"

她帮他什么了？还这些年？

夏楚空荡荡的脑袋里一片迷茫，像个在丛林里丢失了指南针的冒险家。

夏楚有些拿不定主意，不确定自己该不该告诉龚晨自己忘了这十年间的事。

她还是先不说了。

夏楚问他："你想见我？"

龚晨道："必须和你道谢。"

夏楚有些接不上话，以为他想见她是问高晴的联系方式，但……

两人沉默了一会儿，龚晨又道："高晴离婚了。"

夏楚应道："嗯。"

龚晨正欲说什么，服务员端着两杯咖啡走了过来。

他停下话头，等咖啡杯放下，服务员再度离开后，才道："我给不了她幸福。"

夏楚的心一紧。

龚晨转头，看向阳光极明媚的窗外，慢慢说道："可这么多年了，她还是不幸福。"

夏楚实在不知该说些什么。

龚晨似乎也没想要她回应，收回视线，黑眸中闪着光："我想试试。"

夏楚张口："你……"

龚晨道："我想给她幸福。"

十年，他兜兜转转地把她交托给很多人，最后才发现她的母亲、她的父亲、她的丈夫，全都在伤害她。

他不停地把她推出去，以为她会过得好，可结果大错特错。

夏楚低头，搅动着咖啡杯中苦涩的液体，脑中浮现出了自己想问的问题。

高考后的那次聚会，是夏楚第一次喝酒，她醉了，高晴也醉了。

她俩走出 KTV 时，外头是极深的夜。

高晴哭着对夏楚说："对不起，楚楚，对不起。"

夏楚说："你和我道什么歉？你最对不起的是你自己啊！"

高晴咬着牙道："不，是我对不起你，我没法丢下龚晨。"

她没法丢下龚晨，所以糟蹋了学业，与想上的大学失之交臂。

夏楚死死地握着她的手道："他值得吗？"

高晴道："楚楚，他和我一样，我知道的……他和我是一样的，所以我不能丢下他。"

他同样有一个糟糕的父亲，有一个离开了的母亲，同样在那样恶劣的家庭中顽强地活着。

高晴喜欢龚晨，不如说是看到了另一个自己。

她有夏楚，龚晨却一无所有。

高晴太了解他，以至于爱得盲目。

高晴喝得太多，醉倒在墙边，缩在那儿睡着了。

夏楚还好一些，但脑袋也嗡嗡地响。她也靠在墙边，靠着高晴坐着。

初中的时候，高晴学习成绩不好，她努力帮高晴考上了高中。

高晴对她说："你放心，我可能考不上 Q 大，但我一定会考上一所好大学，一定会和你一起去首都，一定会出人头地！"

夏楚知道高晴学得很辛苦，所以每晚帮她补课，给她讲题，帮她提高成绩。夏楚把她看得比自己还重。

因为夏楚坚信一句话——想要摆脱糟糕的生活，那就考出去。

外头海阔天空，没有任何束缚。

夏楚认定了高晴走出泥沼的方式就是考出去。

她爸不给她学费没关系，她们一起打工，一起凑学费。

高晴需要新的人生，太需要了。

可是龚晨出现了，一个新的泥沼蔓延到了高晴的脚踝处。

夏楚讨厌龚晨，只是从未表现出来，而现在她恨透了龚晨。

如果不是龚晨，高晴早就离开这座城市，早就离开那个家庭，早就开始新的生活了。

可是因为他，她选择了留在这座城市，选择留在她父亲给予的噩梦中。

都是龚晨的错，都是龚晨一时冲动和人打架，都是龚晨毁了高晴。

“哎哟，两个小姑娘怎么了？累得起不来了？要不要哥哥们帮帮你们？”轻浮的声音将夏楚从愤怒中唤醒。

她睁眼看去，顿时后背生寒。

“离她们远点儿！”介于少年和青年之间的声音带着浓浓的戾气传来。

夏楚紧张地看过去，看到了龚晨。

“你一个跛子还敢来惹老子？”那人说着，举起拳头朝龚晨挥去。

夏楚吓傻了，死死地抱着高晴，看得目瞪口呆。

龚晨在打架，一个人和三个成年男人缠斗。

最后龚晨浑身是伤，破了的嘴角还有血在流着。

夏楚好半晌回不过神来。

龚晨问她：“走得动？”

夏楚点了点头。

龚晨弯腰把高晴背了起来：“走，他们还会回来的。”

夏楚赶紧起身，强压住身体的颤抖，小跑着跟了上去。

“龚晨。”夏楚忍不住喊了他一声。

龚晨道：“别吵醒她。”

龚晨叫了辆出租车，三人上了车。

夏楚看着龚晨，多次欲言又止。

出租车停在了高晴家楼下，龚晨道：“你先回去吧。”

夏楚说：“高晴她……”

龚晨道：“我会送她上去。”

夏楚到底不放心，还是跟了上来，龚晨也没说什么。

三人到了高晴家，高晴的父亲高立参来开门。

龚晨看了高立参一眼，高立参脸一白，开口道：“你……又来做什么？我可没钱给你看腿，你……你是自找的，不关我的事……”

龚晨什么都没说，只径直去了高晴的房间，把她放到床上。

夏楚跟了上来，道：“你的伤……”

“不要紧。”龚晨拿了张纸巾擦了擦嘴角的血，坐到了房间的角落里。

夏楚走过去道：“今晚谢谢你。”如果不是龚晨，她简直不敢想象会发生什么。

龚晨道：“没什么。”

夏楚顿了一下，还是忍不住问道：“你的腿是怎么回事？”

她们只知道龚晨和人打架，可到底为什么和人打架，她们是不知道的。

夏楚咬了咬下唇，问道：“是和高叔叔有关吗？”

龚晨没说话。

夏楚还想问，龚晨却道：“你别告诉她。”

一句话，夏楚懂了："是不是高叔叔又惹事了，你……"

高立参的荒唐，夏楚是一清二楚的，他喝了酒就闹事，打老婆，打孩子，在外头胡作非为。

龚晨道："他是她父亲，我不能不管。"

他这算是承认了。

夏楚愣了一下，好半晌才开口："你很喜欢高晴，对吗？"

龚晨没出声。

夏楚道："你既然这么喜欢她，为什么不告诉她？"

龚晨看向夏楚，扬了扬薄唇，满是自嘲地道："你今晚也说了，我只会毁了她。"

他听到了她和高晴说的话。

龚晨仰头靠在墙角，对夏楚说："今晚的事，你别让她知道。你说得对，是我毁了她，她和我不一样，她值得更好的生活。"

夏楚的心一阵抽痛："龚晨你……"

"我给不了她幸福。"龚晨道，"所以你放心，我会离开她。"

"可是，你喜欢她！"夏楚忍不住说道，"她也那么喜欢你……"

龚晨隔了好久才慢慢地说道："喜欢有什么用？她跟着我不会快乐。"

"夏楚。"龚晨对她说，"如果我的爱只能给她痛苦，那么这份爱有什么存在的价值？"

——如果爱情只能带来痛苦，那他不如放下。

这是夏楚第一次清晰地感受到，爱情不只有浪漫和甜蜜，还有无数的痛楚与互相伤害。

在她眼中，龚晨和高晴都是很独立、坚强的人，可他们一路走来这样狼狈。

夏楚差不多明白了自己的记忆为什么会停在那里。

虽然这不是她的爱情，却是她第一次正视爱情。

这埋下的无疑是一颗糟糕的种子，长出的也只能是一棵蔫蔫的歪脖子树。

咖啡凉了些，夏楚端起杯子喝了一口，浓烈的苦涩缠住了舌尖，让大脑更清醒了。

夏楚问龚晨："六年前，你真的和其他女人在一起了吗？"

龚晨摇头："没有。"

"是为了让高晴离开？"

龚晨道："高晴的妈妈找我，说要带她去香港，她不肯去。"

夏楚皱了皱眉："所以，你就找了个女人做戏？"

"嗯。"

可她说你们都在一起几个月了。

这话夏楚没问出口，因为答案显而易见，龚晨铁了心要让高晴离开，自然是话怎么难听怎么说。

夏楚一时语塞，想不太明白："高中毕业那会儿，你就说要离开她了，为什么还要等三年？"

龚晨笑了一下，黑眸深处全是温柔神色：“她很聪明。”

夏楚的心一抽：“高晴看穿了你。”

“是，她看出我是故意离开她。”

“既然没离开，那为什么三年后又要离开？”

龚晨道：“那三年她跟着我过得很苦，我爸像条吸血虫一样盯着我，当时的我能给她什么？连给她买件漂亮的衣服都做不到……她既然有了开始新生活的机会，我又何必再拖累她？而且她一直很思念自己的母亲，我知道。”

所以，你就放开她了。

夏楚沉默了好久才问他：“你现在说想试试？”

“对。”龚晨看着她，眼中有着执着和坚定。

离开咖啡馆后，夏楚想了很多。

龚晨的家庭比高晴的家庭还要糟糕，母亲离开了，但是患了病，龚晨嘴上说恨她，却一直想办法接济她；父亲是个赌徒，放高利贷的人时常上门，他这拳脚功夫都是生生被打出来的。

夏楚正是清楚他的这些情况，所以一开始就不看好他和高晴。

高晴也正是清楚他的这些情况，才说什么都不肯离开他。

以夏楚对龚晨的了解，他是个寡言少语、将心思全部藏在深处的人。

刚才他和她的对话算得上是推心置腹了，说了很多原本绝对不会说的话，而且十分坦白，毫无隐瞒。

龚晨是个因为自卑而极度自傲的人。

这种人会对一个人说这么多话，足以证明他十分认可这个人。

夏楚很疑惑：自己这些年到底帮了他什么，他才会如此感激她？

她找不到答案，因为她把这些都忘了。

也许这很重要。

心底有个声音这样提醒着夏楚。

可惜这段记忆应该是跨度很广的，所以夏楚没办法像触碰碎片般触碰到它。

先这样吧，夏楚收回思绪，准备去一趟民政局。

当务之急是先把结婚证补了，这样她才能把婚离了！

补结婚证这么私密的事，夏楚当然不会假他人之手。她继续打车，一路赶往民政局。

下车时，她心中也是五味杂陈，结婚是什么样的滋味还不知道，离婚倒是可以提前体验一把了。

她戴了墨镜，长发散下来，又穿了一条很不起眼的深灰色长裙，尽量不惹眼。

办事厅里人挺多，有一起来领结婚证的，也有板着脸闹离婚的。

仔细想想，也很可笑，这边是结婚的，那边是离婚的，把这两件事放在一起，就好像把喜事和丧事安排在一条大街上，考验着心中的喜是不是真的喜，悲是不是真的悲。

夏楚没什么特别的感觉，没有结婚的记忆，没有婚姻的甜蜜，一切都很寡淡，彻头彻尾地置身事外。

补办结婚证的是位临近退休的中年女人，眼镜架在鼻梁上，她抬起眼睛看向夏楚说道："结婚证丢了？"

夏楚应道："对，不知道放到哪儿了。"

"补办了是要干吗用？"

夏楚哪里会说是用来离婚，于是胡诌道："有点儿业务需要结婚证。"

"买房了？"

夏楚只能硬着头皮应道："对。"

"第二套了吧？挺好，小夫妻很能干哦……"

夏楚干笑一声，把话题绕了回来："我需要填表吗？"

"填吧，照着这样填就行。"

夏楚接过登记表，拿着笔写了起来。

也不知是大妈太寂寞了，还是夏楚长得像个好说话的人，总之大妈很热络地道："字写得真好看，一看就很有文化。"

夏楚的手一抖，写歪了一个字。

大妈对夏楚不了解，所以看到她的名字也没太大的感觉，还评价道："你丈夫的名字真好听。"

夏楚品了品：是挺好听的。

大妈还在继续："下次可别马虎了，结婚证还是挺重要的。"

夏楚填完了表，交给她道："以后一定小心。"

大妈又打趣夏楚："丢了结婚证也不是坏事，是好的寓意，说明不想离婚。"

夏楚能怎样？她只能讪讪地笑一声。

大妈笑眯眯地问她："合影呢？"

"合影？"夏楚愣了愣。

大妈道："对啊，补办结婚证需要两人的合照，你们没提前拍好？"

还合照呢！夏楚连江行墨的单人照都没有！

"这……"夏楚只得说道，"还真不知道。"

"这哪能不知道？！"大妈道，"结婚证上能没照片吗？！"

夏楚还真没见过结婚证长什么样！

折腾半天，无功而返，夏楚深切地意识到，离婚是件麻烦的事！

但这点儿小小的挫折是难不倒她的。不就是合影吗？她现在就给江行墨打电话。

夏楚拿出手机，翻了半天通讯录，才想起自己一气之下把他拉黑又删除了，而她根本记不住他的手机号码。

各种社交软件里也将他的号都删除了……她想加也没那么容易。

没办法，夏楚只能再跑回连线去找江行墨。

谁知她回到公司，江行墨的助理告诉她："Dante 去 H 市了。"

现在解禁，他们可以叫江行墨为 Dante 了，但夏楚听得耳朵疼。

夏楚问："什么时候走的？"

助理道："一大早。"

"他什么时候回来？"

助理摇头道："不太清楚。"

夏楚："……"他早不出去，晚不出去，怎么就挑这个节骨眼出去了？

夏楚回到自己的办公室，翻到江行墨的手机号码拨了过去。

"你在外地？"

"嗯。"

"什么时候回来？"

"至少一周，有什么事？"

夏楚顿了顿，只能说道："补办结婚证需要我们俩的合影。"

电话那头，江行墨微扬薄唇，声音却是低沉的："这样啊。"

夏楚不甘心："你不能早点儿回来？"

江行墨道："可能不行，样品问题频出，我得在这儿看着。"

夏楚也不好打扰人家工作，只得说道："那算了，我等你回来。"

"要不你过来吧。"江行墨建议道，"你来 H 市，我们一起去合张影，然后你回去就可以先补办结婚证了。"

去 H 市也就飞两个小时，她一个来回也许一天的工夫就搞定了，拍完照就可以去补办结婚证，等江行墨回来了，他们直接离婚，的确省下不少时间。

江行墨又道："反正你现在也没什么事。"

她都准备辞职了，工作交接出去，的确很闲。

要不她就去找他？省得夜长梦多，赶紧离婚，赶紧了事！

夏楚正要应下，忽然灵机一动道："哪用这么麻烦？！你找个地方拍张单人照，我也拍张单人照，然后用修图软件拼在一起不就得了？"这么点儿小事哪里用得着千里奔波。

江行墨沉默了：你可真是个小机灵鬼。

夏楚道："那就这么定了。"

想得美！江行墨说道："万一被人发现，不太好吧。"

"绝对不会被发现。"夏楚道，"就这点儿小事，我自己修图都能保证万无一失。"

这下江行墨镇定不了了，换了个角度行事："这……也许这是咱们最后的合影。"

夏楚一愣。

江行墨压低声音，听着还挺忧伤："我们真正合张影吧，也算是最后的留念。"

他这么说，夏楚倒是不好意思再提修图的事了。

江行墨以退为进："你不愿折腾就等等我，最多一个礼拜，我就回去了。"

夏楚考虑了一下，拿定主意道："我去找你吧，也没那么费事。"

电话那头，江行墨轻舒一口气。

Ethan 办事妥当，早早订好了机票。

夏楚问："明天几点？"

Ethan 疑惑地问："不是今天去吗？"

夏楚道："这都下午一点了，今天去得几点到？改签到明天吧。"

Ethan 应道："好的。"

过了一会儿，Ethan 道："明天的头等舱没了。"

夏楚不信："怎么会？"

Ethan 道："现在是暑假，H 市是旅游城市，难免会紧张些。"

夏楚纳闷了："明天订不到，今天却能订到？"

Ethan 说："刚好有位先生退票。"

这样啊……夏楚犹豫了。

Ethan 问她："要不要查一下后天的？"

夏楚道："嗯，查一查吧。"

结果是一样的，头等舱都满满当当的，夏楚嘟囔道："H 市这么火爆的吗？"

现在有钱人可真多，都坐头等舱。

夏楚本身并不介意坐经济舱，可她毕竟算个公众人物，换登机牌要排队，安检要排队，登机也要排队……要是被人认出来，实在麻烦。

夏楚算算时间，再拖几天就不如等江行墨回来了。

她有些后悔了，自己干吗要跑过去，等他回来不就行了？

可都答应了，她再反悔似乎有些不厚道。

夏楚问："今天的航班是几点的？"

Ethan 道："下午四点，抵达 H 市大约是六点半。"

"行吧。"夏楚说，"我收拾一下，一会儿去机场。"

她也没什么可收拾的，本来打算当天去当天回，现在少不了要过一夜，带上睡衣就够了，其他都无所谓。

D 实验室，MG 项目组。

冯宇恒看着手机上的信息，一脸发蒙："Jack，你说老大这又犯什么病了？"

Jack 是个年轻小伙，如今也是冯宇恒的得力干将，问道："怎么了？"

冯宇恒将短信给他看："老人让我们去 H 市，还早早地帮我们订好了机票。"

Jack 道："这不是好事吗？ H 市的八号样品机用的是 MG 系统，我们组去负责调试也是应该的。"

冯宇恒沉吟道："全员头等舱。"

Jack 眼睛一亮："是老大爱我们。"

“爱我们也就算了，”冯宇恒道，“他凭什么爱昨天刚入职的几个实习生？”

Jack 很惊讶：“那些毛头小子也去？”

冯宇恒道：“对，整个 MG 项目组全去，而且订的都是头等舱。”

Jack 道：“这也坐不下吧？”就那小飞机，头等舱有几个座位？！

冯宇恒冷静地说出他家老大的“骚操作”：“明后两天所有去 H 市的航班的头等舱都被咱们包了。”

Jack 沉默了。

连线集团福利就是好……

夏楚没怎么费事就到了 H 市，刚下飞机，江行墨就打来电话：“到了？”

夏楚道：“正在往外走。”Ethan 肯定早就和江行墨说了，江行墨会知道也不意外。

江行墨又道：“从三号出站口出来。”

夏楚没怎么在意，以为江行墨安排人接她了：“行，时候也不早了，我……”

她话没说完，江行墨就打断她道：“一起吃个饭吧，我订好地方了。”

航班很准时，这会儿六点多，夏楚睡了一路，还真有些饿了。

她应道：“好。”

她沿着指示向前走，约莫十分钟后，来到了三号出站口。

刚走出来，她就愣住了。

外头接人的人不少，都在四处张望，但那身形修长的男人丝毫不迷茫，站在那儿，一双眸子精准无误地盯住了她。

夏楚十分错愕，江行墨怎么来了？

她愣的这一会儿，江行墨已经走过来。腿长就是好，别人走十步，他只需要走五步，眨眨眼就到了她身前。

江行墨接过她的行李箱，说道：“外头有点儿小雨，你拿着伞。”

夏楚接过伞，忍不住问道：“你……怎么来了？”

江行墨道：“接你。”

“我是说你怎么亲自来了？安排司机就行了啊。”

江行墨笑了笑，说：“你千里迢迢过来，我当然要来接你。”

夏楚很纳闷：“你来 H 市不是很忙吗？”

“没事。”江行墨道，“忙也不忙在这一时。”

夏楚走在他的身边，莫名觉得有些不自在，道：“江行墨，你……”

“你别想太多。”江行墨道，“以前也都是我接你。”

一句话让夏楚脑中闪过了一幅幅画面。

他俩已经出了门，江行墨嘱咐她：“站在这里等着，我去开车。”

夏楚点了点头：“好。”

江行墨撑着伞去了雨中，夏楚站在原地，看着他被雨水浸湿的后背，陷入过去的记忆中。

同样的机场，同样的雨天，同样的她刚下飞机。

江行墨来接她，带了两把伞，给她一把后，他先去取车。

门口一个抱着孩子的女人没带伞，正准备冲过这哗啦啦的雨帘。

夏楚看到了，赶紧把自己的伞借给她。

女人一个劲地向夏楚道谢，夏楚道：“别淋着孩子，快过去吧。”

“这雨伞……”

“没事。”夏楚道，“你拿着用，一会儿有人来接我，还有伞。”

女人也看出夏楚并不差这个，连说了好几句谢谢。

江行墨停稳车，打着伞来接她，她道：“这伞可遮不住咱俩。”

江行墨却没说什么，揽着她的腰冲入雨中。

夏楚躲在他的怀中，嘴角挂着笑：“你比伞管用。”

江行墨的声音从上方传来：“就你这二两肉，找片荷叶都遮住了。”说完，他还在她的腰上掐了一下。

夏楚脸上一红，小声道：“疼死了。”

“我都没用力。”江行墨看她一眼，扬了扬薄唇，“娇气。”

夏楚低头不看他。

上车后，她身上滴水未沾，倒是江行墨左半边的身体湿了一大半。

正值夏日，T恤湿了倒也不会冷，江行墨却扯了扯湿漉漉的衣服道：“怎么办？全湿了。”

湿了的棉T恤紧紧地贴在他身上，将结实的肩膀、半边胸腹肌都完美地勾勒了出来。

夏楚别过眼去，道：“开空调，吹一吹。”

“那不行。”江行墨道，“是来接你弄湿的，你得负责。”

夏楚盯着窗外，声音有些颤抖：“我……又没让你来接我。”

“过来。”江行墨低声唤她。

夏楚的心一晃，随即她转头看着他。

江行墨没系安全带，轻而易举地就凑了过来。他的指尖带着薄茧，手掌很烫，似乎单手就能捧住她的一张脸。

夏楚不敢动，江行墨微微侧头吻住她的唇。

记忆戛然而止。夏楚猛地回神，脸上生出一层绯红，唇边竟也有着丝丝缕缕的滚烫和酥麻。

这……是假的吧？

他俩以前有这么亲密吗？她不敢相信。

这时夏楚身边一位老者正将手提包举在头顶准备冲入雨中。

情景何其相似。记忆中，夏楚把伞给了一位母子，现在她把伞给这位老者，结果会怎样？

夏楚摇了摇头，将胡思乱想抛到脑外。不管会发生什么，反正她不能坐视不理。她淋点儿雨没事，那个年纪的老人若是淋雨，回去怕是要大病一场。

谁家还没个老人呢？能帮，她是一定要帮的。

夏楚过去送伞，两人少不了一阵推让。

最后老者接受了她的好意，又是夸奖又是感谢，倒是让她很不好意思。

这下她没伞了，将车停在临时停车区的江行墨一眼便看到了。

他开门下车，拿着伞走了过来。

这似曾相识的感觉似乎让雨水都落得慢了些，仿佛被按下了慢放键的影片，一幕一幕、一帧一帧，连雨滴的形状都看得清清楚楚，更不要说雨中的人了。

夏楚不自觉地攥紧手心，也不知为什么就说出了记忆中的那句话："这伞可遮不住咱俩。"

话音落，她自己的心一紧，有些慌张，她简直像在暗示什么……

江行墨却没像记忆中那样揽住她的腰，而是将伞撑在她的头顶上，道："走吧，车在前头，几步远，跑一下就过去了。"

夏楚的慌张一下子散了大半，她明显松了口气。

她跟上江行墨的步伐，走到滂沱大雨中。

没人护着，伞面又只有那么大，即便她一个人打着，雨水也会扑进来，所以她的胳膊上自然被溅了雨水，不过这不让人讨厌，还十分清爽。

上车后，江行墨浑身都湿透了，连头发都在滴水。

夏楚满目歉意，江行墨却道："没事，夏天热，这样还凉快。"

凉不凉快她不知道，湿漉漉的衣服贴在肌肤上的滋味可不好受。

江行墨递给她纸巾，道："擦擦吧。"她的胳膊和腿上都有些水。

夏楚顿了好一会儿，才蹦出两个字："谢谢。"

"有什么好谢的。"江行墨道，"是我考虑不周，没多带几把伞。"

夏楚笑了："两个人两把伞，足够了。"

"那不行。"江行墨看了她一眼道，"我该想到你是个尊老爱幼的好青年。"

虽被打趣了，但夏楚一点儿也不生气，反而觉得很松快。这大大消散了那段记忆带给她的紧张和不安。

江行墨又说道："以后可以弄把智能伞，下雨了，让它们自己从仓库跳出来排成一排等着人用，用完再跑回去。"

夏楚扑哧笑出声："怎么可能？"

"现在不可能，等以后可不好说。"

夏楚认真地说道："真有这本事，干吗要做智能伞，做点儿更有意义的东西不好吗？"

"怎样算是有意义？"江行墨一边启动汽车，一边说道，"与生活息息相关的琐碎小事都是有意义的，我们研究来研究去，为的是什么？无非让人们生活得更好。"

夏楚笑弯了眼睛："原来江总的理想这么接地气。"

江行墨也扬起嘴唇：“不然呢？”

夏楚道：“我以为该是……改变世界那种。”

或者是外界口中的毁灭世界——研究人工智能，最后人类毁于一旦什么的……

江行墨道：“改变数以亿计的人的生活，不算改变世界吗？”

夏楚微怔后，笑得越发由衷：“算。”

车子行驶在高架桥上，外头的雨似乎又大了些，雨滴打在车前窗上瞬间绽放成了一朵晶莹剔透的花朵。

这模样就像有无数鲜花在迎接他们。

夏楚心情不错，主动问道：“你来H市是忙什么？”

江行墨道：“TITI的生产车间在H市。”

TITI是D实验室研发的无人驾驶汽车，D实验室主要负责软件方面的工作，车子的具体制造安排在了H市。

夏楚好奇地道：“进度怎样了？”

“还需要不停测试，H市政府开放了几个路段，这几天准备公开上路。”

夏楚眼睛一亮：“有把握吗？”

江行墨透过后视镜看她一眼道：“我做过有把握的事吗？”

夏楚以为自己听错了，认为他说的是：我做过没把握的事吗？

江行墨道：“‘有把握’这三个字是最大的欺骗，没有真正的有把握，只有不断地谨慎行事。你觉得有把握的事，可能会因为自己的疏忽大意而酿成大错。何况一味地追求有把握会丧失冒险的力量，更甚者止步不前，一事无成。”

夏楚道：“那也不能冲动行事。”

江行墨：“嗯，不能冲动，不能有把握，那该怎样？”

夏楚答不上来，江行墨动了一下手指，却没真正碰她，只是说道：“这是一条只看结果的路，能够走到底，那么冲动也会变成有把握；走不到底，有把握也会变成冲动。”

夏楚心思一动，说道：“所以欣赏你和骂你的人一样多。”

“很正常，因为他们看不到结果，只能陷入争议之中。”

“那你呢，你看得到结果吗？”

“我不在乎结果，”江行墨缓缓说道，“我只是在做自己想做的事。”

夏楚的心一震，好半晌没接上话。

江行墨邀请她道：“要不要去看看TITI？”

夏楚想去看，非常想去，可是……

江行墨道：“补办结婚证顶多几个小时的事，我也没那么快回去，不急。”

也对……夏楚便应了下来：“那就明天吧，我也想看看。”一个近在眼前的未来产物，实在让人心动。

江行墨又状似不经意地问她：“离开连线后，你有什么打算？”

之前他也问过很多次，但夏楚都避而不谈。

如今她马上要离开连线，两人聊得又很投机，还有一方面是因为那记忆而神经紧绷的她因为江行墨绅士的举动而大大放松，所以谈话欲也变得强烈了。

她说：“我想去进修生物学。”

江行墨心思一动，想起了一些东西。

夏楚道：“我高中时很喜欢上生物课，也对这方面很好奇。人的身体真的很奇妙，大脑也很神奇，我有时候觉得人就好像一个星球，各个器官就是城市，细胞是居民，它们也有自己的‘职业’，分类明确，各司其职。”

江行墨道：“很有趣。”

他温和的声音无疑鼓励了夏楚，她开始兴致勃勃地说起来。

“其实大脑很无耻有没有？毕竟告诉我们‘最聪明的器官是大脑’这句话的就是大脑自身。”

十八岁的少女的脑袋里充满了荒诞、有趣的念头，似乎很不切实际，似乎很荒谬，却是这个世界最鲜活的血液。

夏楚不知不觉地说了一路，下车时，江行墨道：“说起来，有本书你很喜欢。”

“什么书？”

江行墨卖了个关子：“晚点儿我送你。”

夏楚道：“和什么相关的？”

江行墨笑道：“是生物学的范畴。”

夏楚很期待了：“到底是什么，我以前常看的吗？我从事计算机行业之后，也还喜欢这个吗？”

“等你看到就知道了。”

夏楚指责他：“你这是在吊人的胃口。”

江行墨笑道：“我就是在吊你的胃口。”

夏楚好气，江行墨“安抚”她道：“吊起胃口，吃得才香。”

外头雨停了，夏楚下车时才发现，时间竟过去一个多小时……这么快的吗？她完全没感觉到。

走了几步，夏楚道：“在这里吃吗？”这里看起来像个酒店，当然酒店里大多有餐饮，味道还不错。

江行墨扯了扯自己的衣服道：“我得先去换身衣服吧。”

有道理，夏楚说道：“那我在车里等你好了。”

江行墨道：“你不把行李送上去？”

夏楚应道：“也是。”说着，她跟着江行墨走进了酒店大堂。

进了电梯，江行墨刷了一下房卡，最上面的楼层的数字亮了。

电梯运行平稳且快，似乎说句话的工夫都没有，已经叮的一声开门了。

江行墨示意她出去，她先迈出步子，好奇地四处看了看，问道：“这是传说中的总统套房？”

江行墨道：“确实是间套房。”

夏楚小声问道：“多少钱一宿？”

江行墨被她逗笑了：“你猜。”

夏楚想想自己如今也是身家几百亿的老总，于是开口往高了说：“五……五千元一宿？”

再加个零还差不多，当然，江行墨不会说，点头道：“差不多吧。”

小市民少女夏被吓到了：“这么贵啊！”

江行墨说：“出门在外，也不好住得太差，主要是考虑安全问题。”

夏总一脸“我明白”地道：“也对，得小心被绑架。”

江行墨心里闷笑，面上也有些撑不住，索性双手扯着衣摆，轻而易举地脱下了T恤。

夏楚彻底蒙了：“你……干吗？”

他怎么一言不合就脱衣服了？

“换衣服。”江行墨的声音很平常。

“你……”夏楚“你”了半天后，问，“你为什么不回自己房间换衣服？”

江行墨很无辜：“这就是我的房间。”

“那我出去！”夏楚转头就要走人。

江行墨又道：“这也是你的房间。”

夏楚不敢看他，心里臊得慌：“我们怎么会住在一起？”

“大概……”江行墨故意说道，“因为我们是合法夫妻。”

离婚证没办，他俩还真是合法得不能更合法的夫妻了，夏楚辩解道：“我们是有名无实的夫妻。”

江行墨低低地笑了一声，其他的什么都没说。

夏楚蓦地想起之前接吻的记忆，觉得自己这话可能靠不住。

江行墨懂得见好就收，并未再过分刺激她，道：“我去卧室，你在这儿等我。”说罢，他去了卧室。

听到关门声，夏楚才敢抬头。她坐在沙发上，完全没心情欣赏这奢华、漂亮的欧式套房。

一个窝在电脑前写代码的死宅男，是怎么保持身材的？！

夏楚觉得，这可以列为连线的未解之谜了！

她等了大约十分钟，江行墨洗好澡换了身衣服出来了。

他的头发还带着些湿意，本来就不好打理的头发，此刻更显凌乱，可因为五官太好看，反倒衬出了性感的味道。

夏楚飞快地别开视线。

江行墨道：“久等了，我们去吃饭吧。”

夏楚瓮声瓮气地道：“嗯。”她没抬头看他。

江行墨循规蹈矩得很，仿佛刚才一言不合就脱衣服的人不是他。

他主动走到前头，道："我们就去楼下餐厅吃吧。"

夏楚也懒得东跑西跑了，应道："好。"

两人出门下楼，去了第八层的餐厅。

餐厅是开放式的，环境优雅安静，是家西餐厅。

两人坐下后，很快便点好餐。

夏楚道："我一会儿下去再开一间房。"

江行墨道："这里应该住满了。"

夏楚道："那我换个地方住。"

"现在是旅游高峰期，"江行墨道，"好一些的宾馆应该订不到了。"

夏楚："……"

江行墨又道："你就住楼上吧。"

夏楚盯着他："和你一起？"

江行墨理所当然地道："嗯。"

夏楚压低声音道："我是来和你离婚的！"

"没错，"江行墨道，"这证明我们还是夫妻。"

夏楚说不过他，干脆利落地道："我不会和你睡在一起的！"

都要离婚的人了，怎么可能同床共枕？

江行墨闷笑道："谁说要睡在一起了？"

"啊？"

"那是间套房，有两间卧室，两张床。"

夏楚："……"

到底是江行墨太狡猾，还是她想太多啊？

吃饱喝足后，她面临着睡哪儿的问题。

夏楚先问了一下前台，江行墨没骗她，的确没有空房间了。她又用手机查了周边的酒店，也没有合适的房间。

江行墨道："其他地方不许去，太危险。"

他不说，夏楚也不敢去住。

夏楚狐疑地看向他："你不会是故意骗我来的吧？"

江行墨道："故意骗你来干什么？"

夏楚脸一热，不好意思说出口。

江行墨顿了一下，问道："你觉得我是那种会趁机轻薄你的人？"

夏楚沉默了。

江行墨拍拍她的肩膀道："实在不行，你上去睡，我随便找个地方凑合一晚。"

这哪行？！

夏楚纠结了一下，还是妥协了："就这样吧，反正有两间卧室、两张床。"

江行墨笑得十分坦诚。

夏楚心里不踏实，瞪了他一眼：“你是不是在打坏主意？”

江行墨诚恳道：“我能有什么坏主意？！”

夏楚秋后算账道：“你装成 Dante 骗了我两个月！”

江行墨还挺委屈的：“我的确是 Dante，这名字你叫了七八年。”

夏楚才不会被他绕晕：“你明明是连线的创始人，还装成一个小职员；你明明什么都会，还天天问我基础知识；你明明就是我丈夫，还要假装成我丈夫去参加同学会！还有……”夏楚一一列举他的罪行，“你的身体好好的，还把自己裹成粽子！你剥了皮，听我吐槽，穿上皮再来对付我，你说你是不是在欺负人？”

憋了好久的话一股脑地说出来，夏楚畅快多了。

江行墨认真听着，半晌才说道：“对不起，当时我真的不敢告诉你。”

夏楚微愣，竟明白了他的意思。

所有人都对江行墨有偏见，她的友人是，连线的大多数员工也是，外界更严重。

他不敢暴露自己，因为连夏楚对江行墨都有偏见。

恍惚间，夏楚眼前又浮现一段记忆。

江行墨问她：“为什么要给游戏起名叫《偏见》？”

夏楚看了他一眼，说道：“因为所有人都对你有偏见。”

江行墨：“可是这游戏的主创人是你。”

夏楚仰头看他：“它本就是为你而创造的。”

江行墨嘴角扬着笑，俯身吻住她的唇。

夏楚猛地回神，脸上一片滚烫，问道：“吃……吃好了没？”

江行墨却问她：“你的脸很红，怎么了？”

夏楚哪里敢说自己想到了什么，起身道：“有些累了，上去睡觉了。”

江行墨没有任何异议，起身和她一起上楼。

回到套房里，夏楚认真检查一番后，放心了。的确有两间房、两张床，更贴心的是，还有两个洗手间和两个浴室。这大概是个家庭套房，适合一家四口出行。

夏楚把自己的行李拖进自己的卧室后，便道：“我睡了！”

江行墨规矩道：“晚安。”

他这么谦谦君子，夏楚倒觉得自己脑袋里的想法太污。她也回了句“晚安”，就进屋了。

洗了个澡，换好睡衣，往床上一倒，夏楚松了口气。

折腾一天，她是有些累的。

她没开大灯，灯带的光将天花板映照得十分漂亮。她看着这美丽的纹路，脑中浮想联翩。

——所有人都对你有偏见。

——它本就是为你而创造的。

《偏见》，这款风靡全国的连线的常青树游戏，是她为江行墨创作的吗？

她果然是喜欢他的吧，要不然怎么会做到这个地步。

江行墨呢？

他也喜欢她的话，她怎么会舍得丢下这十年呢？

迷迷糊糊中，夏楚睡着了，做了一个梦。

梦醒后，她口渴极了，环顾整间卧室也没有找到水。

卧室里没有水，外头的客厅里肯定有，她打算出去找水喝。

酒店的空调远没她家里的那么智能，温度开得有些低了，她睡着了，懒得起来，被冻得有些不舒服，现在已经裹着浴袍瑟瑟发抖了。

得喝水，而且得是热水才能驱寒，要不她明天铁定感冒。

夏楚检查了一下自己的衣服，觉得完全没问题后，偷偷打开了卧室的门。

已经凌晨三点，想必江行墨早就睡了，她出来喝口水应该没什么。

夏楚轻手轻脚地来到吧台前，保温壶中有热水。

夏楚倒出来喝了一口，觉得嗓子舒服多了。她一连喝了三杯，逼出了一头汗后，稍稍放心了些。

外头比她的卧室里的温度要高不少，她打算歇一歇再回去，要不好不容易出的汗又要被冻得消失。

夏楚端着杯子来到沙发前，正要坐下，却吓了一跳，杯子都差点儿扔了！

她没开灯，只凭借着行走时亮起的地灯分辨事物。

沙发上躺了个人，他枕着抱枕，侧着身子，长腿蜷曲着，因为个子太高，这姿势显得可怜巴巴的。

是江行墨……

夏楚被吓得怦怦乱跳的心安稳不少，她很纳闷，他怎么会睡在沙发上？

好好的卧室，好好的床不睡，他偏爱沙发？

可是沙发注重奢华，不注重长度，他这大个子睡这儿让人看着都感觉憋屈。

夏楚没敢吵醒他，手指摩擦着热水杯，忽然心思一动。

真的有两间卧室吗？

夏楚抬脚，小心翼翼地走向江行墨的卧室。

门没锁——当然不可能锁，江行墨在外头呢。

夏楚尽量轻微地拧动门把手，门悄无声息地开了。她探进头去，一眼就看到了整面墙的书架和书桌，书桌上的笔记本电脑还没关，亮着莹白色的微光。

毫无疑问，这是间书房。

江行墨的“卧室”根本就是间书房，夏楚记得很清楚，昨晚他是到这里换的衣服，甚至洗了澡，所以她先入为主地认定这是间卧室。后来他又告诉她有两间卧室，她去隔壁一看，真是卧室，自然信了。

可事实上根本没有两间卧室，所以江行墨才睡在外头的沙发上。

他为什么要这样做？

夏楚心里五味杂陈。

酒店没有其他空房间，他不放心夏楚去不安全的地方住，所以从一开始就盘算着让她睡在这里。

怕她介意，他故意装成有两个房间，要不是夏楚起来找水喝，根本不可能发现。

他一片好心好意，她还各种猜疑，以为他有坏心思。

他能有什么坏心思呢？！

夏楚走近，看着他的长手长脚。

他真有什么坏心思她也抵抗不了，体力差距太大，而且还名正言顺，她没处找人说。

也不知是地灯的光太柔和，还是客厅的温度太舒适，夏楚脑袋里徘徊的竟全是Dante的好。

他鼓励她，默默地帮她出主意；他老实地听她“骂”他，一骂就是大半天，甚至还会附和一两声；同学会的时候，他更是帮了她大忙；他甚至还陪她参加自己创立的连线竞赛，和她一起做了一个优秀的作品。

夏楚回忆着和Dante相处的点点滴滴，找不到一丝一毫的不快乐。

她虽然失忆了，也许还忘记了爱人的能力，但她并没有丧失感知的能力。

她知道江行墨是真的对她好。

他将点点滴滴藏着掖着，怕她为难，也不愿惊动她。

江行墨，对不起。

夏楚在心里这样默默地说着。

她只能离婚，只能离开连线。

诚如张博士说的，她找不到喜欢这个情绪，遑论爱。

既然她没法给江行墨爱情，那和他继续维持婚姻就是在折磨他。

至于找回记忆，夏楚想过，但是她不想找回。

这其中肯定有一些心理因素作祟，但她经过理智的思考觉得，找回记忆不一定是好事。

她都难过得封闭记忆了，真正找回了，就能释怀吗？

她无法释怀的话，他们还不是互相折磨，就像婚后的这半年。

所以保持这样是最好的，他们离婚，各自开始新的生活，将重心放到自己想做的事上，用时间来冲淡甚至冲走爱情。

夏楚起身，将滑落在地上的毛毯盖到江行墨的身上后，回了自己的卧室。

她这一宿却怎么也睡不着了。

她睁着眼看着天花板，脑袋里空空的。

——我爱他，哪怕这辈子都没有重逢的机会。

——我爱他，哪怕他根本不知道我爱他。

——因为我的人生只剩下爱他了。

这是《1Q84》里，女主角青豆对男主角天吾的感情。

二十年的光阴也没能洗去两人对彼此最初的那份执念。

二十年的时间也没能让她忘了他，更没能让他忘了她。

他们还只是年少时的一次短暂相遇，他和她却已经相处了八年。

多少个二十年才能冲洗掉这样漫长的感情？

Dante 的人生中，除了 Megan，还有别人吗？

夏楚心中一抽，用力地抱紧了被子，眼泪却不受控制地夺眶而出。

对不起，真的很对不起。

她就像战场上的逃兵，一个人丢下炮火烟尘中的战友，落荒而逃。

即便如此，她也清楚地明白，她心中有的只是浓浓的愧疚，而非爱意。

江行墨不需要她的愧疚，他是个视尊严为生命的人。

她尊重他，就应该离开他。

第二天，夏楚是被敲门声吵醒的。

她一起床就感觉到头晕目眩。

果然，她还是感冒了，虽然喝了热水，但之后一直没休息，浑浑噩噩到天亮的结果就是头痛欲裂。

夏楚穿好衣服出门，见着了精神抖擞的江行墨。

人比人……真是不能比。

铁打的江总，流水的小兵。这话是连线的格言之一。

夏楚不想暴露自己感冒，但一开口就完蛋了，鼻子齉齉的。

江行墨眉心紧蹙：“受凉了？”

夏楚无奈地点头。

昨天她没淋雨，没睡沙发，结果感冒了。瞧瞧人家，又淋雨，又睡沙发，反而精神很好。

江行墨道：“你这身体还是得多运动。”

夏楚一听脑壳疼，说：“你不也不运动？”结果，你不仅身材好，还身体好，真气人。

“谁说我不运动？”

夏楚诧异道：“你还有时间运动？”

江行墨笑道：“运动需要花很多时间吗？”

夏楚：“……”

江行墨伸手探了探她的额头，道：“你以前还和我骑行……”说着，他顿了一下，没继续说下去。

这想必是很久以前的事了，毕竟这半年他们连话都没说。

夏楚昨晚想得很通透，不想再耽误他，所以尽量避开两人相处的记忆。

“你喜欢骑单车？”夏楚问他。

江行墨道：“我喜欢自行车。”

夏楚打趣他："那你很另类了，别的霸道总裁都喜欢豪车。"

"那些娇贵的车离了公路什么都不是。"

他这么一说，夏楚脑中已经冒出了下一句话："电脑是人类所创造的最非同凡响的工具，它就好比我们思想的自行车。"

江行墨笑道："这话你以前告诉过我。"

夏楚很确定自己从没看过这句话，但她就是知道出处："这是乔布斯说的。"

江行墨道："嗯，自行车和电脑很像，都能让人自由地抵达没有轨道的目的地。"

夏楚觉得很有趣，抿唇笑道："你喜欢骑行，喜欢魔方，讨厌茄子。"

江行墨眨了一下眼道："最喜欢的是这个。"他晃了一下手机。

"当然。"夏楚道，"你喜欢编程，喜欢未曾探索的新世界。"

"我喜欢这些，"江行墨看着她，轻声道，"爱着的却只有Megan。"

Megan。

这个对夏楚来说很陌生的名字，此刻却像一道涓涓细流般涌入胸腔，柔软了五脏六腑。

她是熟悉它的，毕竟她和它相伴了那么长的岁月。

夏楚低头笑了笑，没说什么。

吃过早饭，他们一起去汽车制造厂，路上，江行墨又和她聊起了无人驾驶技术。

这是一项即将诞生却仍面临着重重难关的技术。

因为工厂地处偏远，他们即将驶向高速公路。江行墨问她道："要不要试试Autopilot（自动驾驶系统）？"

"自动驾驶？"

"特斯拉这个算是特定环境下的自动驾驶。"

夏楚还蛮紧张的："靠谱吗？"

江行墨随手掰了一下，车子"嘀"了一声，他把手从方向盘上拿开了。

车子开得很稳，似乎比刚才还稳一些。

夏楚一脸稀奇，凑过来看了看仪表盘，仪表盘中央是一辆黑色的车子，两边显示出它看到的东西：白色的线和其他汽车。

夏楚笑了："它还分得清货车和汽车。"

江行墨道："有时候也会把商务型的汽车当成巴士。"

夏楚很感兴趣："看来它的眼睛还得好好强化。"

"对。这是L2级的自动驾驶，特斯拉已经做得很好。"

夏楚如今也了解了不少，其实自动驾驶离我们没那么远，像现在的很多普通汽车有紧急情况制动、盲区监测的功能，这些也属于自动驾驶，不过属于第一层、最低级的辅助驾驶。

像特斯拉这种在高速公路、环路等相对规律的环境中的自动驾驶属于L2级，也就是第二阶段，而L3级则是在多种复杂的环境下自动驾驶，人类只在紧急情况下干涉驾驶。

真正意义上的无人驾驶是L4级，成熟的L4级汽车将会拆除方向盘和刹车，人类将彻底从驾驶这项工作中解脱出来。

连线涉足的正是最艰难的L4级。

夏楚问了一路，江行墨也耐心地给她解释了一路。

无人驾驶涉及人工智能和高精地图，更不要提作为眼睛的摄像头、传感器等……

夏楚听得很惊讶："这可真是汽车人了。"

江行墨笑了："很有趣的比喻。"

一辆真正的无人车需要有视觉能力、语言分析能力，更要有深度学习的能力，这的确是个"人"了。

带着浓浓的好奇，夏楚见到了TITI。

这与她想象中的不同，它是一辆非常可爱的浅黄色小汽车。

它个头不大，圆鼓鼓的，车灯像一双萌萌的大眼睛，一脸无害与呆萌样。

夏楚怔了一下，脑中闪过一个片段。

应该是在连线吧，设计师给出了很多幅TITI的外形设计图。

因为可以丢下驾驶座，所以在设计上有很多创新的可能，设计师铆足了劲，给出了几幅非常帅气、科技感十足、未来感满满的设计图。

当时夏楚也在场，江行墨问她："觉得怎样？"

夏楚看了一会儿后，摇头道："我建议做得简单一些，普通一些。"

设计师显然不认同，说："这样一个未来的新事物，怎么可以……"

江行墨打断了他的话："可爱一些，类似甲壳虫那种，但要再胖乎、圆溜一些。"

设计师一脸发蒙，以为自己的脑袋出了问题："可、可爱？"连线上下都很酷，和"可爱"二字毫无关系！

江行墨道："一定要可爱，人工智能已经让很多人忧心忡忡了，就不要做得那么有距离感了。"

设计师懂了。

外界时常有文章批判江行墨，最常说的就是：超人工智能注定毁灭人类，而致力于创造人工智能的江行墨就是罪魁祸首之一！

与其再用科技感十足的车体去触碰他们的神经，不如在外形上设计得可爱一些，无害一些。

夏楚回神，从这段记忆中，她第一次收获了与江行墨默契十足的体验。

她想到的，不用说清楚，他已能了解并且采纳。

设计师尚在状况外时，他们已经达成了统一意见，并且做了决定。

这何止是默契十足，完全是心意相通。

之后的行程很忙碌，TITI在封闭测试区内，完美达成了包含隧道、林荫道、地下停车场、十字路等多达三十种场景的测试，其间还模拟了一些现实情况，也基本合格完成。

工程师们紧跟其后，采集数据进行分析，并且修正Bug。

其间江行墨也参与其中。他总是能敏锐地发现问题，最快地给出解决方案，从众人纷繁的建议中选出最有效的那一个。

专注、高效。

这是夏楚跟了他三天后最大的感受。

是的，本来说看一天就走，夏楚一个没忍住，就待了三天。

这的确非常有趣，就像在看一本侦探小说，一边揣摩着现有线索，一边期待着后续的剧情，更让人欲罢不能的是最后的结局，哪怕知道一定会找到凶手，却还是心痒难耐地想看完整个过程。

至于合影什么的，也没那么急，江行墨这么忙，她不好意思开口。

最后，他俩是一起回的 S 市。

刚登机，江行墨就道："让你白跑了一趟。"

夏楚摇头道："不会，这几天非常有趣。"

江行墨没提合影的事。

这几日他睡得不好，这会儿断了网，倒是省心了，上下眼皮便开始打架。

夏楚道："你睡一会儿吧，怎么也得飞一个多小时。"

江行墨打起精神道："没事，不困。"

她坐在他的身边，这种近在咫尺的机会只怕不多了，他不想浪费。

夏楚准备把手机切换到飞行模式时，手机响了，是高晴打来的。她接了后，说道："我在飞机上，就要起飞了。"

高晴道："要回来了？"

夏楚道："是的。"

高晴说道："晚上给你接风。"

夏楚应道："行！"

挂了电话，她把手机切换好模式后，飞机上的广播响了。

一番安全须知讲完，江行墨问夏楚："晚上一起吃饭？"

夏楚道："刚才和高晴约好了，要去她那里。"

"好。"江行墨应了一声。

江行墨和高晴是王不见王，夏楚可不敢邀请他一起去，只得岔开话题，随便聊了些琐事。

两人说起了连线的比赛，他们百分百拿冠军的项目因为三人全部弃权而无比可惜地输在决赛上。

这在大赛上还正经闹了一阵，曹思远这个负责人非常喜欢 XDG 清单，地毯式地搜索找人，说什么都要把这三个天才揪出来。

结果……当然揪不出来啊！

一个是连线创始人，一个是连线 CEO，让他揪到，他俩不要面子啦？

夏楚好奇地问："龚晨也没被找到？"

“那小子手段很高，毕竟以前是个Hacker（黑客）。”

“Hacker？”夏楚心惊，“确定吗？”

“我私下查过，三年前他入侵了景城置业，窃取了一份重要文件，转手卖了几百万。”

夏楚听得目瞪口呆：“这……违法了啊。”

江行墨道：“嗯，他似乎没想躲，入侵时手段高明，离开时却留下了很多痕迹，被抓到后判刑六年，不过在狱中表现好，还帮助公安部破获了一件大案，将功抵过，三年后出狱了。”

夏楚怔了怔，想起龚晨那刚刚长出来的头发，原来这三年，他入狱了。

可是……

夏楚拧眉道：“前阵子我和他见面了，他向我道谢。”

江行墨微怔，说道：“看来是你帮了他，给了他提前出狱的机会。”

夏楚全忘了，自然也不记得自己有没有帮过他，不过想想他对她推心置腹说的那些话，想必自己是真的帮忙了，否则那乖戾的男人不会对她说那么多尘封已久的往事。

夏楚纳闷道：“我为什么要帮他？”他犯法入狱是咎由自取，她和他的关系仅限于都认识高晴，高晴都结婚了，她还帮他做什么？更何况他那样伤害高晴，当时的她不该希望他在狱中孤老终生吗？！

江行墨道：“我也不清楚。”

“我没和你说过吗？”

江行墨的神色淡了些：“你很少和我说你的私事。”

夏楚一时无言。

想不通的地方太多，找不回记忆就找不到真相，这让人有点儿难受。

龚晨为什么会做犯法的事，是为了钱？可既然为了钱，他又怎么会轻而易举地被抓到？

她又为什么要帮他减刑？难道她知道他犯罪的原因？

一连串的问题挤在脑海中，因为找不到那个重要的线头，所以越扯越乱，全都团成一团。

飞机有些晚点，下飞机后，夏楚给高晴打了电话。她是想和高晴说一声，自己得晚点儿过去，让高晴不用着急。

高晴应道：“行，那我不急着做菜，先等你安顿好了，再……”

她话说到一半，忽然惊叫了一声。

夏楚的心一紧，她忙问道：“怎么了？”

电话那头，高晴的声音里满是惊恐：“王瑞鑫，你怎么进来的？你要干什么，你……”

王瑞鑫的声音阴森可怕：“你真行啊，高晴，我说你为什么不肯帮我，原来你和你的好闺密从头到尾盘算的就是抢走我的公司！”

“你……你别过来……”高晴的一声厉喝之后，手机被摔了出去，夏楚这里只能听到一阵忙音。

见夏楚的脸都白了，江行墨问道：“怎么？出什么事了？”

“去……去高晴家。”夏楚转头抓住江行墨的胳膊，着急道，“快让司机去高晴家，她有危险！”

“靠边停车。”江行墨对司机说道。

司机没多问，利落地驶向路边，停稳车子。

江行墨从后座下来去了驾驶座，司机也赶紧下车，江行墨说道：“你打辆车回公司。”

司机道：“好的。”

上车系好安全带后，江行墨一脚踩下油门，以风驰电掣般的速度冲了出去。

巨大的推背力让夏楚血液逆流，脑袋直发昏。

这都不算什么，她得赶紧报警。她着急地掏着手机，可越着急越乱，手抖得包都打不开。

江行墨已经开口：“打电话给雷警官。”

夏楚有些晕，以为他是跟她说话，但马上就反应过来了，他是对汽车说的。

汽车语音播放：“正在打电话给雷警官。”

没多会儿，电话接通了，江行墨干脆利落地把情况说明白，对方立刻道：“我们这就过去！”

做完这些，江行墨才向夏楚解释道：“高晴和王瑞鑫的情况比较复杂，简单的报警太费时间。这位雷警官，我们之前帮他们升级过安全系统，是相熟的，他们行动起来会更迅速。”

时间是最紧要的，能多争取一秒是一秒。

王瑞鑫狗急跳墙，难保会做出什么事。

夏楚尖着嗓子道：“谢谢。”

江行墨又安抚她：“你别怕，高晴没那么脆弱，她有自保的能力。”

话虽这么说，可夏楚怎么可能不怕？她用力攥着拳头，心中无法控制地把可能发生的恐怖景象都想了个遍。

千万不要有事，千万不要有事，请一定一定不要有事。

夏楚如坐针毡，期盼着这已经像飞一样的车子能快些，更快些。

高晴的手机被王瑞鑫扔了出去，用力砸在墙上，直接黑屏死机。

她向后退，警惕地看着眼前这个疯了一般的男人。

“王瑞鑫！我刚才在和夏楚通话，她肯定听到了，你……”

王瑞鑫瘦了两圈，身上的衣服显得宽大又狼狈。他的头发乱糟糟的，胡子也没剃，脸上敛去那虚伪的笑之后，只剩下露骨的恨。

“夏楚、夏楚，哈哈哈，让她来啊，来了，我新仇旧恨一起算！”

他这么一说，高晴脸色一变，后悔向夏楚报信了，尤其她想起夏楚失忆，更慌张了。

十八岁的人冲动、冒进，万一夏楚自己来了怎么办？

不、不、不……高晴又安慰自己，夏楚从小到大都不是冲动的性子，她肯定会先报警，一定会报警的。

高晴扬声道："夏楚才不会直接过来，她会先报警的，你别乱来，警察一会儿就到了！"

"到就到，"王瑞鑫目露阴狠之色，一步一步逼近她，"我已经被你们折磨成这样了，我辛辛苦苦努力的事业也被你们抢走了，我的整个人生都完了，我临死前一定要拖你垫背。"

他说这话时，眸中全是刻骨的恨意，这是不管不顾、誓要鱼死网破的姿态。

高晴的心一紧，后背撞上了墙角的木桌，她退无可退了。

王瑞鑫看着面前狼狈无助、满脸恐惧的女人，眼中有了报复的快感："高晴，你装什么？你以为我不知道你这些年做了什么？背地里帮那坐牢的小子，让他从六年减刑到三年，哈哈，你俩还真是情深义重啊，他为你坐牢，你什么都不知道，还能这么掏心掏肺地帮他……"

他为她坐牢？高晴一愣，声音冷硬地道："你说什么？王瑞鑫，你在说什么？"

王瑞鑫啪地给了她一巴掌："你以为我还会让着你？！要不是因为连线，我早就打死你了！嫁给我，心里还装着别人，你当我是傻子啊！"

他这一巴掌打得很用力，高晴的脸立马红了一片，极快地肿了起来。她歪着头，眉眼间却没有一丝恐惧，声音也异常冷静："王瑞鑫，我嫁给你的确目的不单纯，但从我嫁给你那天起，我就想好好和你过日子。可你呢？你把我当什么了？"

王瑞鑫掐住她的脖子道："我当你是摇钱树，可你只是一条吸血虫！"

被勒住脖子，高晴也毫不退缩，死死地瞪着王瑞鑫"王瑞鑫，没有我，你能有今天？！你整天蝇营狗苟地搞些邪门歪道，正经考虑过公司的运营和前程吗？！不是我给你撑着，你真当你能有今天？！我告诉你，我接手连情是天经地义，我把它给你才是让你给糟蹋了！"

王瑞鑫又给了高晴一巴掌，直接打破她的嘴角："你是心里有鬼！让你找夏楚帮忙，你不干，你又心疼你那男人在监狱受罪，当然拼命搞好连情！你为了我？骗鬼呢！"

高晴的脑袋嗡嗡的，她对王瑞鑫失望透顶，对自己这荒唐的几年失望透顶，更因自己都不愿直视的痛处被人揭露而难堪至极。

王瑞鑫死死地掐着她，铁了心要杀了她："我不会让你得逞的，抢了我的公司，毁了我的一切，你还想等我死后和那小子双宿双飞？你想得美，反正我活不了多久了，我先弄死你！"

他手上越发用力，高晴被他掐得面红耳赤，已经无法呼吸。

她没挣扎，没被控制的双手自始至终没抬起来。

缺氧的大脑中浮现了无数过去了很久的画面。

喝醉了的父亲、挨打的母亲，她扑上去想保护母亲，却被父亲一脚踹出去。

男人的脚掌大且有力，踹在她的胸口上，仿佛一块滚烫的烙铁，在她的五脏六腑上都留下了印子，一辈子都摆脱不了的烙印。

凭什么？为什么？

为什么她会有那样的父亲？为什么她会嫁给同样的男人？为什么命运要这样对她？！

生她的男人不要她，娶她的男人要杀她。

为什么她要死在他们手中？

高晴双手握住身后的木桌，用力向上一抬。

上面是个一米多高的巨大艺术品花瓶，她不知道自己哪里来的力气，但这一瞬间，她是冷静且理智的，知道自己在做什么。她要反抗，反抗这可笑的命运！

她清楚地感觉到自己的手抬起了木桌，感觉到了背后花瓶的摇晃，也判断好了完美的角度。

她掀起木桌，花瓶会向后撞，但后方是墙壁，花瓶会反弹，最终会前倾而倒下，砸在王瑞鑫身上！

“王瑞鑫！”高晴用尽最后一口气喊着，“上面有……”

王瑞鑫反射性地抬起头……

一切发生在电光石火之间，发生在无法做出反应的时刻，但精准无误。

哐当一声巨响，王瑞鑫因为仰头看花瓶，正好被倒下的巨大花瓶砸在了头上，瞬间血流满面。

花瓶太结实，这样都没碎，滚到一边，毫不在意自己刚才“杀”了人。

高晴的脖子被解放，她开始撕心裂肺地咳嗽。

她杀了王瑞鑫，她杀了王瑞鑫，她把这个人渣给杀了！

一瞬间，她的脑中一片空白。

咔嗒一声，房门开了，高晴猛地抬头，以为是夏楚来了，但她看到的是留着寸头、额头是汗、面上全是焦急之色的龚晨。

龚晨。龚晨……

高晴脑中徘徊着这个名字，一阵阵热意直往眼眶蹿。

龚晨在门边站了一会儿，走过来时，眸中已经完全冷静。他看了看王瑞鑫的伤口，接着将他的身体搬动了一下，换了个角度，模拟着砸人的动作抱了一下花瓶，留下自己的指纹。

高晴起初不知道他在做什么，但很快她就明白了，面色苍白如纸，用沙哑的声音质问：“你在干什么？”

夏楚终于赶到了，他们比警察快，一路跑上楼，气喘吁吁的夏楚开了指纹锁——上次来时，高晴就给她录了指纹，她能进高晴的家。

夏楚推门而入，焦急地喊道：“高晴！”

话音刚落，她看到了这混乱的场景。

“龚晨……”夏楚诧异地喊着他，紧接着看到了倒在血泊中的王瑞鑫。

心脏骤停，夏楚不受控制地踉跄一下，身后的江行墨扶住她的腰，握紧了她的手。

这时龚晨开口了："人是我杀的，我赶来时，他正在伤害高晴，我一怒之下，用花瓶砸了他。"

杀人了……龚晨杀人了……他刚出狱……

高晴猛地站起来，急声道："你胡说什么？王瑞鑫是我杀的，我掀翻了身后的花瓶砸的他。"

龚晨道："你掀不动。"

高晴急道："我掀得动，是我做的，我用不着你帮我顶罪。我自己做的事自己承担，王瑞鑫要杀我，我这是防卫过当杀人，最多被判刑三年，我……"

龚晨打断她道："三年，监狱那地方是你能待的吗？"

高晴濒死时都没哭，可这会儿眼泪断了线般往下流："这是我做的，真的是我做的。"

听到这里，夏楚明白了。

虽然不确定是谁干的，但显然两个人都在争着承担责任。

谁都不愿对方背上杀人的罪名，哪怕是正当防卫，毕竟人死了。

这种情况，夏楚完全不知道该怎么办，脑袋一片混乱，冷静不下来。

坏了……雷警官，她转头看向江行墨，还什么都没说，江行墨似乎已经明白了，握了握她的手道："没事。"

说完他大步上前，来到头破血流的王瑞鑫面前。

王瑞鑫的样子极惨，头发都被血污黏成结，脸上被鲜血覆盖，头下更是有一大摊血。

正所谓身在局中，关心则乱，现场唯一真正冷静的只有江行墨。

他说："虽然王瑞鑫该死，但他应该还没死。"

话音一落，江行墨拨通了医院的电话。

王瑞鑫没死，不过也活不久了。

他得了艾滋病，处于急性期，认为自己活不久了，所以才疯了一般找高晴报复。

得知这个消息时，夏楚很急，毕竟高晴和他曾是夫妻，她会担心也很正常。

江行墨安慰她道："检查过了，高晴没事。"

夏楚这才放心。

整个事件的收尾都是江行墨在忙碌，他配合雷警官调取了监控录像，看清事情经过后，松了口气。

夏楚也在看，但毕竟经验不足，还是很紧张。

江行墨小声对她说："不要紧，这属于正当防卫，王瑞鑫是要杀了高晴，别说花瓶没砸死他，即便砸死了，高晴也不需要负刑事责任。"他又解释道，"如果王瑞鑫失去了行动能力，高晴还对他进行伤害才算防卫过当。"

听到这里，夏楚提着的心是彻底归位了。

当时高晴是蒙掉的，脑子里一片混乱，只剩下自己杀人了这个事实，其他的根本思考不了。

龚晨来得又晚了些，只看到头破血流的王瑞鑫和滚落在一旁的大花瓶，还有一脸无措不安的高晴。

他本能地把事情往最糟糕的方向想，只想着不能让高晴沾上污点，不能让她惹上这种事。

好在是虚惊一场，谁都不会有事。

江行墨道："你去看看高晴吧，这里有我。"

夏楚由衷地说道："谢谢。"

江行墨说："别和我客气。"

如果不是江行墨，这该乱成什么样子？！吓蒙的高晴、失去理智的龚晨、手忙脚乱的夏楚，也许最后也不会有大事，但肯定不像现在这样有条有理，明明白白。

夏楚去了病房看高晴。

高晴没事，只是白皙的脖子上浮现出了手指的勒痕，有些触目惊心。

值得庆幸的是，这瘀青在现场尚没浮起，要不龚晨一气之下能再捅王瑞鑫一刀。

高晴哑着嗓子道："替我谢谢江行墨。"

夏楚坐在床边，握着她的手道："别想这些，没事了。"

高晴扯起嘴角笑了笑，笑容十分勉强："是我自找的。"

夏楚道："这种事谁想得到？别什么都往自己身上揽。"

高晴道："是我招惹了王瑞鑫，是我利用了他。"

夏楚一愣，安抚她道："他这个人的确不行，你……"

"那时候龚晨入狱了，被判了六年。"

高晴说这番话时很平静，只是眼眶红了一圈："他犯法被抓是罪有应得，我不该管，可是不行，我睡不着觉，整宿整宿地睡不着。楚楚，我不敢和你说，也不能和你说，你一定会对我很失望，不……我对自己也很失望。他就那样丢下了我，就那样走了，我为什么要再管他？可是我做不到，我没法不管他……那时王瑞鑫出现，我利用了他，利用连情，想尽办法给龚晨减刑，想尽办法让他在狱中过得好一些……

"王瑞鑫恨我是应该的，我是自找的。"

听她说了这些，夏楚全明白了。

是高晴以夏楚的名义去帮了狱中的龚晨，龚晨的减刑是高晴暗地里奔波的结果。

如果夏楚不是失忆了，在龚晨出来时，她就该知道了。

自己根本没做过的事，又怎么会承这份情？

哐当一声，是重物落地的声音，站在门外的龚晨愣住了："是你以夏楚的名义……"他全听见了，所有的话都听见了。

她结婚是为了他，她把自己推进那样一个火坑，是为了帮他减刑。

她这样，那他做的一切又有什么意义？

高晴看向他，追问的却是另一个问题："你到底为什么要入侵景城置业窃取文件？你到底为什么入狱？"

龚晨抿着嘴没出声。

高晴站起来道："龚晨，你再不和我说实话，这辈子我们都别再见面了！"

龚晨身体一震，他看了她一眼后，别开视线道："是高立参借了高利贷。"

高立参是高晴的父亲。

高晴和夏楚都愣了愣，这下却是把一切都给串起来了。

难怪这些年高立参再也没找过高晴的麻烦，甚至都没在她面前出现过。

三年前，一直嗜酒如命的高立参碰了赌，一来二去，输得一塌糊涂，借了高利贷，利滚利到了两百多万元。

他本来就不是个东西，被逼急了就想去折腾自己的妻女。

两百多万元，这砸在高晴身上，得是什么样的灾难？

龚晨的父亲就是这样的人，龚晨太清楚这种人会给家人制造多大的麻烦。

他知道后，把高立参拦下揍了一顿，为了赚快钱，他触碰了法律的底线。给高立参还清债后，剩下的钱他雇了个人，专门看着高立参。

高立参敢去打扰高晴的生活，那个人就会把他往死里揍。

后来龚晨虽然入狱了，但有些靠得住的朋友。他把钱过了几道手后转给朋友，每月定时支付费用。那人把高立参看得老老实实的，高立参安生了几年。

其实自从把高晴赶走后，龚晨就过得浑浑噩噩，对人生很失望，对生活也没个奔头。

能为她入狱，他觉得很值。

能稳住高立参，能让她开始新的生活，他觉得不亏。

在狱中，他听闻高晴结婚，心中是畅快的。没了高立参，没了自己的拖累，她该得到幸福。

可事实呢？

她为了帮他减刑，嫁给了一个人渣。

她为了他能快些出狱，折腾了三年多。

他在狱中，她在外头受尽煎熬。

夏楚悄悄离开了病房，在外头站了好一会儿。

十八岁时，她以为爱情只会给彼此带来伤害，只会让他们互相折磨，只会让人痛苦不堪。

后来很多事也证实了这一点。

爱一个人总希望对方能好一些，更好一些，好像全世界最好的东西摆在他面前，也完全配不上她。

因为他太好，其他的就越发不堪。

为了让他好，做什么都值得，哪怕是让自己痛苦。

可事实上，哪有这么麻烦？

爱情本身没有错。

痛苦从来不是爱情的本质，逃避才是。

龚晨在逃避。

夏楚也在逃避。

龚晨的逃避换来了高晴心灵上的千疮百孔。

她的逃避又给江行墨带来了什么？

她把过去的一切都忘了，像个缩头乌龟一样把自己缩在了坚硬的壳里。

没错，这样一来她安全了，再也受不到伤害了，甚至可以在黑暗中探索着可笑的自由。

可被留在外头的人呢？

怀揣着一切，站在风霜雨雪中的人呢，到底承受着怎样的煎熬？

夏楚深吸一口气，这一刻真真正正地想要面对过去。

狼狈也好，不堪也罢，痛苦也无所谓，她总得找回全部记忆再做判断！

夏楚也不知道自己在外头站了多久，后来还是江行墨把她唤回神的。

“怎么站在外面？”

夏楚抬头看着他：“让他们两人待一会儿吧。”

江行墨明白了：“龚晨在？”

“嗯。”

江行墨看出她眉眼间的疲倦，问道：“我们先回去？”

一切都安顿下来，他们在这里守着意义也不大，夏楚想想江行墨跟着奔波了一晚上，也该疲倦了，于是应道：“好。”

回去的车上，夏楚好久都没说话，直到驶上了环路，才开口道：“龚晨是因为帮高晴的父亲还高利贷，才犯了事。高晴根本不知道龚晨为什么入狱，却一直想办法帮他周旋。”

她顿了一下，垂眸道：“他们都一心想要对方好，却因为不知道对方的心意而付出了巨大的代价。”

江行墨道：“《麦琪的礼物》。”

《麦琪的礼物》，这名字对夏楚来说并不陌生。

这是欧·亨利的短篇小说，说的是一对爱人给彼此准备圣诞礼物，女主人公卖掉美丽的长发给丈夫换了一条精巧的手表链，而男主人公卖掉了三代相传的金表给妻子买了一把漂亮的玳瑁梳子。

等到互赠礼物时，他们才发现这礼物成了对方不需要的东西。

这阴错阳差让人惋惜，却也深深地让对方感受到彼此的感情。

麦琪的礼物，送出去的是一份真挚的爱。

夏楚盯着自己的手背，仔细地看着那熟悉又陌生的纹路，问道：“我们是这样吗？”

一句话把江行墨问得出神，他好半晌才道：“我不知道。”

夏楚问江行墨，他们是麦琪的礼物吗？他们是互相爱着彼此，却为了对方而造成了误会和伤害吗？

江行墨的答案是：不知道。

夏楚看向他："为什么会不知道？"

江行墨却反问她："你打算找回记忆了吗？"

他倒是一针见血，只不过几句话的工夫就看穿了夏楚的心思。

夏楚也没躲闪，定定地道："对，我想找回记忆。"

江行墨没出声。

夏楚察觉到了，问他："你不想我找回记忆吗？"她以为他应该是想的。

江行墨回答得很肯定："不想。"

夏楚愣住。

江行墨无心开车，索性把车子驶下环路，停在了路边。

他转身看着她："我只是希望你不要和我离婚，但从没要求过你找回记忆。"

他这么一说，夏楚才意识到的确如此。

江行墨不希望她离开连线，不想和她离婚，但一直都没有执着于帮她找回记忆。

仔细想想，江行墨是最早发现她失忆的，她几乎是第二天就将一切都暴露在 Dante 面前了，那时候该是最好的治疗时间。

但江行墨没带她去见心理医生，反而用 Dante 的身份陪伴着她。

他是想戏弄她吗？不，他只是不想她找回记忆。

夏楚问他："为什么？不找回记忆，我根本不懂爱人是什么，这样的婚姻有什么意义？"

江行墨笑了一下，半个字没说，却让夏楚心间响起一句话：至少在一起。

她瞳孔微缩，问他："我真的不爱你吗？"

江行墨轻舒一口气，重新发动了汽车："明天我还有点儿事，等后天，我陪你去张博士那里。"

"江行墨。"夏楚问他，"哪怕我不爱你，你也希望维持这段婚姻？"

江行墨平静地看着前方："像现在这样就很好。"

夏楚声音微颤："你爱我对吗？"

"嗯。"

"可是，我不爱你是吗？"

江行墨抿着薄唇，没应答。

夏楚又问："那我为什么会失忆？"

江行墨隔了一会儿才道："答案只有你自己知道。"

夏楚沉默了好一会儿，还是摇头说道："这样对你不公平，我要找回记忆。"

江行墨直视着前方，车灯映在他漆黑的眸子上，像给大地覆了一层白雪，将一切都藏了起来。

两人无话，十分钟后到了家。

江行墨在夏楚离开时说道："对了，这个给你。"

"嗯？"夏楚接过他手中的包裹，问道，"是什么？"

“之前说好送给你的那本书。”

夏楚想起来了，道：“谢谢。”

江行墨看着她，扬了一下唇：“过来。”

夏楚一脸茫然：“怎么？”

她靠近了些，不知道他喊她做什么。

江行墨伸手在她的脸颊上捏了一下。

夏楚猛地后退，手不自觉地捂住脸：“干……什么？”

江行墨道：“可惜没能早些遇到你。”

夏楚意识到他的言下之意，但是又分辨不出来：“二十岁还不够早吗？”

江行墨摇了摇头，岔开话题道：“早点儿睡，明天不用去公司了，在家休息一下，或者回去陪陪爸妈。”

夏楚点了点头。

江行墨又看了她一眼，像是在同什么道别：“好梦。”

夏楚说道：“你也是。”

江行墨笑了笑，深色的眸与夜色融为一体，让人很难分辨其中的情绪。

但夏楚可以确定，那不是笑，而是如冬夜月华般沁凉的某种东西。

回到家，夏楚拆开包裹，看到了里面的书。

这是一本英文原版书，但夏楚看得懂。

《自私的基因》——理查德·道金斯。

还真是本生物学相关的书籍，夏楚拧了拧眉，脑中想的是，这书名的意思是说人都是自私的吗？

翻开书后，她就明白了，自私的不是人，而是基因。

她看着一行行文字，脑中浮现出看过一遍的熟悉感。

基因为了自我延续，创造出了无数的生物。

所谓人这个个体，无非基因的机器。

We are survival machines—robot vehicles blindly programmed to preserve the selfish molecules known as genes.

（我们都是生存机器——作为运载工具的机器人，其程序是盲目编制的，为的是永久保存所谓基因这种本性自私的分子。）

夏楚合上书时，明白自己为什么会放弃生物学转而去学计算机专业了。

其实她没放弃，只是换了个途径，希望用前沿的科技来给未来铺路。

基因像一个编写程序的程序员，写出了人类这个生物。

人类也在编写程序，试图创造人工智能。

想要做成后者，就要探索前者，而后者的研究一旦有所突破，前者也将如展开的画卷般一目了然。

夏楚十分确定，十八岁的自己看到了这本书，然后走到现在的道路上。

原来她从未放弃过想做的事，原来她一直在做的都是自己想做的。

既然这样，她没有了离开连线的必要。

因为她想不到还有哪里比连线更加适合她。

兜兜转转一大圈，她果然还是她。

夏楚睡了前所未有地踏实的一觉，她枕边放着《自私的基因》，做了一个色彩斑斓的梦。

梦里有广阔的天地，有使不完的力气，有无可抵挡的干劲。

她追随江行墨，不是因为儿女情长，而是因为他们在对抗，向操纵着自己的基因发出了渴望真正自由的战书。

第二天，夏楚回了趟家。

夏爸爸看到女儿回来，高兴得很，又问道："行墨呢？"

夏楚道："我俩一起回来，活谁干？"

夏爸爸道："也对，你俩啊，也别太忙，工作是忙不完的。"

夏楚挽着爸爸的胳膊道："好，我们知道啦。爸，我妈呢？"

"约了李医生，下午应该就回来了。"

医生？夏楚想问妈妈怎么了，但听爸爸的语气，显然不是一天两天，自己一问会露馅，反正自己要找回记忆了，也没必要现在说出来让爸妈跟着操心。

不料，夏爸爸又说道："我看你妈早就没事了，就你们不放心，每个月都要让她去检查。"

夏楚便顺着他的话道："那不行，医生说要复查，就要准时过去。"

"医生巴不得你妈每天去，他们那里都是按时计费，聊聊天就赚那么多钱，心理医生这职业真不错。"

心理医生？夏楚一愣，隐晦地套话："你别这么说，心理医生很不容易，哪里是随便聊天，那是疏导治疗。"

"唉，"夏爸爸叹口气道，"都是我不好，害你妈落下这病，让你也跟着受了罪。"

爸爸做了什么让妈妈有了心理疾病？又怎么让她跟着受了罪？

夏楚只看到眼下父母的安稳，却不知这十年他们经历了什么。

夏楚相信自己的父亲不会干出荒唐事，那么就是他身上发生了什么。

夏爸爸显然不愿说这些，说道："你瞧瞧我，越老越糊涂，提这些做什么，反正都过去了，咱们的日子也安稳了，眼下就等着你给我俩生个大外孙了！"

夏楚一听孩子就心虚，好在夏爸爸不是夏妈妈，不会在这事上说太多，只提了这么一嘴，就赶紧去厨房做饭了。

夏楚想了一下，起身去爸妈的卧室，悄悄看了看他们的床头柜。

果然，那里有本日记本。

妈妈有记日记的习惯，她翻开看看就知道是怎么回事了。

但是……

夏楚伸出去的手又缩了回来。日记本是很私密的东西，她不该碰触。

妈妈曾说过，这是妈妈百年后留给她的礼物。她不能亵渎了妈妈对她的这份爱。

没必要着急，等明天她就会找回记忆了。

家里发生了什么事，她也会一清二楚。

过了没多久，夏妈妈回来了。

夏楚问她去检查的事，夏妈妈道："没事，都过去这么久了，早就没事了。"

夏楚还想问，夏爸爸道："吃饭吧！"说完他给夏楚使了个眼色。

夏楚明白，虽然全过去了，夏妈妈也不像有事的样子，但构成的伤害还是存在的，所以能尽量避免提起就尽量避免了。

夏楚只得收住话头，随意地和爸妈闲聊着。

下午时，夏妈妈收拾了一堆东西，让夏楚带回去。

夏楚很无奈。

夏妈妈道："妈知道你俩什么都不缺，但不缺不代表能想到。这些带回去，也省得再张罗。"

东西零零碎碎的，吃的、用的都有，看得出品质很不错。

夏楚不忍心拂她一片好意，便应道："嗯，我都带回去。"

夏妈妈美滋滋地和她交代了半天，诸如这个中草药给江行墨泡脚好，那个草药包可以在她例假前用来热敷，还有一些奇奇怪怪的东西，无非是帮他们调理身体的。

常年坐在电脑前，颈椎、肩膀和腰椎都少不了有问题，他们年轻不在意，可爸妈着急得很。

最后，夏妈妈老生常谈："调理好身体，才能怀个健康的宝宝。"

夏楚："……"

本来还想赖在家住一宿的，听到这个，夏楚立马想跑。

其实她不会住在家里的，江行墨不在，她一个人回来，一个人住下，爸妈又该多想了。

她既然要找回记忆，这些没必要的困扰就不要制造了。

夏楚拎着好大个包包出门。她没叫司机，打算走远点儿打车——爸妈以为她自己开了车，走远些是为了避开他们。

站在树荫下，夏楚拿出手机，正要打开 App，一辆深紫色汽车停在了马路边。

夏楚不禁看了过去。

汽车的颜色是倾向于黑色的紫，绝不浮夸，反倒沉稳得似是卷走了晚夏的燥热，唤来了初秋的落叶与静谧。

整个车身带着方正的古典美，像一位历尽千帆的长者，留下的只有耐人寻味的冷静、优雅。

劳斯莱斯幻影——一辆真正的豪车。

夏楚并未当回事，正想低头继续叫车。

这时，车窗缓缓落下，后座上露出一位着装工整的男子。

他转头看过来，岁月侵蚀了他的眼角，却无法撼动他的气魄。

“楚楚，”他的声音低沉甚至是柔软的，却让人不禁挺直后背，“上车。”

夏楚怔了怔，什么都没想起来，脑中已经浮现出这个男人的名字。

——江景远。

江行墨的父亲。

毫无疑问，他们五官生得很像，看到江景远，她几乎能想到二十年后的江行墨的样子。

时间真不公平，它可以将一个美丽的少女蹉跎成老妇，却又可以敛起刀锋，一点点沉淀阅历，勾勒出一个几乎凌驾于时光之上的存在。

夏楚上车，向他问好：“江总。”

江景远没纠正她生疏的称呼，只吩咐司机开去新的地点，是夏楚的家。

江景远问她：“司机呢？”

夏楚道：“本想住下的，所以让他回去了。”

江景远道：“别自己出行，注意安全。”

夏楚应道：“嗯。”

一路上，江景远只随口问了几句生活方面的事，像个温和的长者。

夏楚却全程神经紧绷，需要用尽所有精力来应付这简单到不能再简单的对话。

不知道为什么，她本能地觉得，自己失忆的事不能暴露给他，连蛛丝马迹都不可以。

好在路程不远，不到半个小时，车子停在了别墅前。

夏楚下车向他道谢。

“和我客气什么。”江景远笑了一下，问她，“Dante 在连线？”

“是，他还有些事要处理。”

江景远问：“D 实验室？”

夏楚喉咙一紧，竟没法作答。

江景远却并未再说什么，只道：“去吧。”

夏楚直到进入屋子，关上门背靠在门上，才真正松了口气。

其实江景远没问什么她难以回答的问题，他的态度也很好，对她十分温和，两人的谈话也中规中矩，可是那股难以言说的压迫感无孔不入。

夏楚好半晌才轻舒一口气，发现自己的手心全是汗。

十分可怕的男人。

那种犹如提线木偶般被控制的感觉实在让人很不舒服。

这一天没再发生其他事，晚上，夏楚还优哉游哉地看了部新上映的宫斗剧，一直看到眼皮打架，才关了投影仪，上楼睡下。

一夜无梦，第二天夏楚起了个大早。

她刚醒，江行墨就发了信息过来：“醒了？”

夏楚笑道：“刚睁开眼。”

江行墨问她：“一起吃早饭？”

夏楚道："好啊，等我收拾一下。"

江行墨顿了一下道："我去找你吧，在家里吃。"

夏楚应道："那更好，我就不用着急了。"

过了没多久，江行墨到了。毕竟是两人的家，夏楚不用给他开门，他也进得来。

夏楚已经收拾好，下楼道："你从公司过来的？"

江行墨："对。"

"昨晚没睡？"

江行墨顿了一下道："睡了。"

夏楚一眼看穿："睡了半个小时？"

江行墨笑笑道："没办法，今天要出门，总得把事情都安排好。"

他这一说，夏楚心生愧疚："抱歉，活都压到你身上了。"

江行墨道："等过几天，你就该回来干活了。"

夏楚没接这话，反而说道："那本书我看过了。"

江行墨问："怎样？"

夏楚道："冷冰冰的一本书，但是非常有趣。"说着，她又道，"我当时一定是看了这本书才会选择读计算机系的。"

江行墨问她："所以说，哪怕你不找回记忆，也不会想离开连线了？"

夏楚郑重地点头。

江行墨笑道："这么说来，我还真不想让你找回记忆了。"

他说的是玩笑话，夏楚却觉得这也许是他的真心话。

可是，逃避解决不了问题。他们都很清楚。

张冠廷见到他们并不意外，向夏楚确认："决定好了？"

夏楚道："嗯！"

张冠廷道："记住，只有你真的想要找回记忆，才能找回。"

江行墨问道："会有什么风险吗？"

张冠廷摇头道："没有任何风险，只是她心里不想找回的话，是没法想起来的。"

夏楚认真地说道："我想知道这十年都发生了什么。"

"那么，我们来试试吧。"

十年，无数天，无数小时，无数分钟，无数秒。

一点点，一滴滴，像雨水般汇集到记忆的长河中。

第十二章

2009年。

夏楚抵达斯坦福大学时正值最热的时候，这边的太阳本就明媚，在这火烧火燎的天气下，阳光亮得犹如圣光笼罩着神殿，藏不住一丁点儿阴暗，全是光明与希望。

夏楚精神抖擞，对未来充满了希望。

她想象过很多种接近江行墨的方法，却万万没想到，刚入校就见到了他。

新生入校会有前辈来引导着参观校园，如同命运安排好了一般，负责引导夏楚这一届新生的恰好是江行墨。

哪怕连照片都没看过，但第一眼见到江行墨时，她就知道是他。

修长的眉、冷淡的黑眸、高挺的鼻梁和没有丁点儿弧度的薄唇，不愧是父子，他们的五官太像了。

可气质截然不同，江景远是绅士、内敛的，锋芒全都收敛在刀鞘中，展露在外面的只有无懈可击的优雅与风度。

江行墨更像刚出炉的、铁匠耗尽心血锤炼而出的神剑，锋芒毕露，以削铁如泥的姿态不可一世。

不好对付啊。

这是夏楚对江行墨的第一印象。

夏楚不知道这位大爷为什么来引导新生，但看他满目的不耐烦就明白他不乐意干这事。

也对，天热又晒，谁乐意满校园转悠？估计是学校里有规定吧。

夏楚这么猜测着，不禁多看了他几眼。

他长得可真好，哪怕皱着眉、板着脸，周身散发着生人勿近的气势，还是让人忍不住看过来。

他虽然烦躁，倒也中规中矩地做好了引导的工作。

按理说，他这态度，别人该讨厌才对，但新生们都兴致勃勃的，尤其是女孩，竟然凑上去要联系方式。

江行墨就很过分了，一副听不懂英文的模样，理都没理。

参观校园的整个过程，夏楚都没接近江行墨。她本以为自己这个唯一的华人面孔会引起他的注意，但从头到尾，他都没看她一眼。

“目中无人”这个词，简直是写在他脑门上的。

急不得，夏楚明白“捕猎”是件考验耐性的事，她的工作是陪在他身边十年，可不能败在这第一面上。

虽然不知道江行墨为什么排斥女性，但看这模样，她可以确定此事不假。

既然他排斥，那么她主动凑上去反而惹他烦，所以要从长计议。

夏楚从这一刻开始，再没看江行墨一眼，不过见不到人，却可以听到他的声音。

他的口语发音非常完美，应该是来这边很久了，再配上低沉慵懒的声线，实在是悦耳至极。

夏楚自我安慰道：虽然江行墨脾气差，性子独立，但胜在赏心悦目。她这份保姆的工作，还是能干的。

这是他们的第一次相遇，夏楚看了江行墨两眼，以为他没看到她，实际上他第一眼就看到她了。

不过也只是看到了，此刻的他怎么也想不到，这矮小的女生今后主导了他后半生的喜怒哀乐。

一晃两个月过去了。

这两个月，夏楚再也没见过江行墨一次，按理说，这有些脱离她的职责。

说好的陪着江行墨呢？两个多月，她都没凑到他身边，显然是很不合格的。

夏楚怕江景远担心，偷偷给他发了邮件，解释了一下。

江景远回复她：“你做得很好。”

夏楚这就放心了，不是她不尽职，而是冲动不得。

她若贸然凑到江行墨身边，只会让他厌烦，还谈什么陪伴十年，只怕半天，她就被他赶出去了。

她在等机会，等一个恰到好处的时机。

虽然见不到江行墨，但她每日都会听到Dante的名字。

原因无他，她在计算机系，整个系都是江行墨的迷弟迷妹，时不时就能听到女孩们在讨论Dante有多帅、有多厉害、有多大能耐。

就连夏楚的室友Amy也是Dante的头号脑残粉。

“Megan，你们中国男人都这么帅吗？”

不都说欧美人的审美和亚洲人的相差很大吗，为什么江行墨这么受欢迎？

Amy给了她答案：“他真高，身材真好，Dante一定是上天赐给我们的瑰宝。”

夏楚被Amy说得直哆嗦，天生缺根恋爱神经的少女夏只看到了江行墨“跩”得天上地下装不下，其他都没留意。

Amy对江行墨求而不得，夏楚也算是某种程度上的“求而不得”，两人又是室友，时常在一起。

跟着 Amy，她总能得到江行墨的第一手消息。

比如，这家伙从大一就开始创业做项目，却只做研发，成熟后转手卖掉。他最赚的一个产品卖了两亿美金，这即便在奇葩遍地的斯坦福大学也是佼佼者了。

他的团队很小，不超过四个人，而且流动性极大，很多人跟到一半就受不了跑了。但跑一个就有无数人想去试试。

江行墨出手阔绰，而且有真才实学，跟着他完成一个项目，真的是受益匪浅。

然而至今为止，留在江行墨身边时间最长的就是一位大四的学长，名叫 Ben。

夏楚挺好奇的："Ben 学长跟了他多长时间？"

Amy 竖起一个手指。

夏楚惊叹道："一年啊。"

Amy 摇了摇头："一个月。"

夏楚："……"

江行墨，你是魔鬼吗？

此时此刻，夏楚有点儿明白为什么江景远要劳心费力地把她送来，只要她陪着他了。

他是怕自己的儿子孤单至死吧！

这到底是有多不会做人？！跟在他身边一个月都值得佩服，那她这个即将陪伴他十年的……

夏楚看到了眼前的无底洞。

果然是商人，商人是做不了亏本买卖的！

夏楚腹诽完老狐狸，又开始为江行墨发愁。

她到底要怎么不动声色且不被拒绝地接近小江先生？

Amy 哀叹道："我也好想为他工作啊，不要钱都行，只要能每天看到他。"

夏楚道："他真的一个女生都不带？"

Amy 十分幽怨地道："大四有位才貌双全的学姐，能力碾压一众学长，然而江行墨还是把她拒之门外，理由就一个，不要女生。"

夏楚品了品，倒觉得江行墨不近女色也不错，她就不用担心还要满足他生理层面的需求了。

机会来得倒挺快，这天 Amy 约她出去玩，她是不想去的。她来这儿是背负重任，实在没空玩。

Amy 道："一起去嘛，有几位学长在。"

学长……夏楚问她："有谁？"

Amy 一个一个地说名字。听到 Ben 时，夏楚心思一动：曲线救国的路子出现了。

夏楚跟着 Amy 去了聚会，是在一位学长的家里举办的小型聚会，十几个人，十分热闹。

年轻人嘛，爱玩是天性。

夏楚是有备而来，Amy 去狩猎时，她也瞄准了 Ben 学长。

Ben是个大块头，穿了红色格子衬衫和牛仔短裤，瞧着有些土气，意外的是很受欢迎，此时就有几个女孩围着他。

不过，凑近些，夏楚就明白了，女孩们是醉翁之意不在酒，都在打听Dante。

Ben起初还乐呵呵地和她们聊，聊着聊着发现这些妹子眼里、心里只有别人，就不乐意聊了。

他是出来透气的，可不想仍生活在大魔王的阴影中。

可惜，他不聊Dante，女孩便对他失去了兴趣，溜得极快。

Ben有些气闷，可怜巴巴地倚在阳台上喝闷酒。

夏楚过来时，他眼睛一亮：好小一只，好可爱啊。

他一米九往上的个子，夏楚才一米六出头，又没穿高跟鞋，再加上脸蛋小，一笑还露出两个小酒窝，直让他看出了如山的父爱。

夏楚向他问好。

Ben受宠若惊："好……好啊。"

两人互相介绍后，便聊了起来。

与之前所有女孩不同，夏楚只字未提Dante，Ben别提多开心了。

聚会结束，两人相谈甚欢，引为知己。

将要分开时，Ben问她："你感兴趣的话，我可以教你。"他们谈的是计算机相关的东西。

夏楚问："不会打扰到你吗？"

Ben道："不会、不会。"

夏楚笑逐颜开："谢谢学长！"

Ben被她笑得脸一红，竟有些不好意思了：小姑娘真甜，可惜太娇小了。

夏楚没怎么费力就搭上了Ben这条线。

两人互换联系方式后，她时不时问他一些专业问题，他都热心解答。

这样一来二去接触了半个多月，夏楚对Ben的人品还是很放心的。

于是某次"请教"后，她装了一回傻，Ben主动提道："你来我这里，我演示给你看。"

Ben和江行墨住在一起，夏楚这就打入敌人内部了！

江行墨没住在学校里，而是在外面租了房。

Ben对夏楚说："如果碰见Dante，你就躲在我身后。"

夏楚点头道："明白！"

两人停好车后，夏楚因眼前的小别墅而震惊了。

有钱真好啊，不住宿舍也就罢了，还住在别墅里！

她问："这么大的房子就你和Dante学长住吗？"

Ben小声道："我想搬出去了，和他住在一起，本该活到九十九岁，现在最多活到三十九岁。"

夏楚睁大眼："这么可怕……"

Ben道："你还是不要靠近他了，你这么娇小，不够他塞牙缝的。"

夏楚心想：听这描述，他还真是魔鬼啊！

夏楚谨慎道："我一定会避开他。"

两人开门进屋，夏楚皱了皱眉，Ben 干笑道："有点乱哈。"

哪里是有点乱？这都乱成狗窝了好吗？

从外头看，多好的一栋别墅，谁能料到里面是这个样子？

外卖盒子被扔在桌子上，衣服散落在沙发上，那价格不菲的长毛地毯上俨然有块洗不掉的巨大油渍，更要命的是，本该华丽奢侈的巨大座钟竟然成了垃圾堆……

Ben 道："Dante 不愿意外人进来，我们又没时间打扫……"

夏楚没洁癖，也不爱打扫卫生，但这环境也让她想动手收拾了。

Ben 招呼她道："来这边。"他带她去了左侧的一间屋。

这里却意外地干净，设备崭新，夏楚扫一眼就觉得心痒痒的。

都是同行，一眼就看出好坏，这可都是她喜欢却买不起的设备啊！

Ben 开了一台电脑，小声道："我能跟着 Dante 干，主要是舍不得这些美人！"

夏楚东看看、西看看，也小声地道："美，的确美。"

Ben 是个典型的程序员，属于一说起这方面的东西就嘴巴不停的那一种。

夏楚听得津津有味，半个小时后，Ben 才道："对了，说好要给你演示的。"

他们一起坐到电脑前，Ben 认真地给夏楚演示了一个常规算法的扩展应用。

夏楚认真听完，还懂得举一反三，Ben 的胃口被她吊了起来，两人越说越投机。

最后 Ben 一拍脑门："你提醒我了！"

夏楚问："怎么？"

Ben 道："这个段落完全可以这样处理，省去了冗长的解析过程，还可以自我试错！"

他生怕自己忘了，对夏楚说道："你先等我一会儿，我把这一段重写一下。"

夏楚问道："这是学长们在做的软件吗？"

Ben 道："嗯，是个安全拓展包。"

夏楚瞄了几眼道："看起来好复杂。"

Ben 道："没办法，防贼比做贼难多了。"

Ben 全神贯注地敲击着键盘，夏楚在一旁安静地看着。

一个小时一晃而过，Ben 回神时，才带着歉意道："抱歉，让你等太久了。"

夏楚道："不会，很有趣。"

Ben 想起身送她回去，她道："这里可不可以这样……"

她说着，Ben 听得目瞪口呆。

说完后，夏楚道："我是不是太想当然了？"

"不……"Ben 有些激动，"你这个逻辑很对，但可能会和 B 模块冲突。"

夏楚问道："方便给我看一下 B 模块吗？"

Ben 犹豫了一下。

夏楚歉意地道："是我冒犯了。"

“这倒不会。”Ben 道，“又不是核心模块，只不过 B 模块在 Dante 的电脑里……”

“那还是算啦！”夏楚道，“时间不早了，我也该回去了。”

她这招以退为进却让 Ben 心痒难耐了。技术控大多有这毛病，不入坑不要紧，掉进坑里就非得一挖到底，要么挖出钻石，要么挖出岩浆，反正不能半途而废。

Ben 正要开口，门开了。

夏楚一愣，反应倒是快得很，一下躲到 Ben 的身后。

Ben 也仗义得很，凭借着自己魁梧的大块头，把夏楚藏得严严实实。

夏楚什么都看不到，但听声音也分辨得出。

“我说过，不许带女人回来。”江行墨的声音里带着些刚起床的倦怠和浓浓的不耐烦。

夏楚不禁想着：你是有透视眼，还是有狗鼻子啊，怎么就分辨出这屋里有女人？

Ben 知道瞒不过他，只好努力给夏楚加分：“她是咱们的学妹，还是中国人，很优秀。她的数学非常好，而且专业强，你看这一段，是她的意见，如果继续推演一下……”

他一边说着，一边把电脑屏幕扳了过来，因为他移动了，夏楚自然就暴露了出来。

冷不丁和江行墨对视，夏楚为表友好，僵硬地笑了一下。

江行墨似乎刚洗了澡，头发湿漉漉的，不仅没吹干，好像还没梳，可惜脸蛋太好，鸡窝头都变得性感、迷人——发丝上的水滴落下来，滑过脸颊，都让人忍不住想起从冷玉上坠落的晨露。

然而长得再好也敌不过他糟糕的语气和态度。

“出去。”他冷着脸对夏楚说，语气要多糟糕有多糟糕，听起来很像中文里的“滚”字。

就这么对待一位女士，真是半点儿风度和礼貌都没有！

要不是因为自己有任务在身，夏楚早就甩手走人，这辈子都不见他一面了！

Ben 解围道：“你先看看嘛，真的很棒，我觉得豁然开朗……”

江行墨瞥了一眼后，说道：“和 B 模块冲突。”

Ben 正欲开口，夏楚道：“可不可以让我看一下 B 模块？也许……”

“我这里不需要女人。”江行墨就这么打断她道。

夏楚气道：“你这是性别歧视。”

江行墨薄唇微扬，语气里满是讥讽：“那又怎样？”

夏楚懒得再待下去，转头向 Ben 说道：“学长，我回去了。”她走得干脆利落，看都没看江行墨一眼。

Ben 赶紧跟上道：“我送你。”

夏楚对 Ben 的态度还是很好的：“不用了，我自己回去就行。”

Ben 还是追了出来，出了门，向她解释道：“你别生气，Dante 嘴巴坏，其实心里不是那么想的。”

夏楚不想再提江行墨，转移话题道：“我今天没给学长添麻烦吧？”

Ben 道：“怎么会？！你帮了我大忙。”

两人又聊起之前的算法，你一言我一语地说了一路。

后来，Ben 还是把夏楚送了回去，这边交通不便利，她自己回去很折腾。

Ben 再回来时，买了两杯咖啡，打算讨好一下大魔王。

他一进屋，就看到江行墨坐在他的电脑前。

Ben 眼睛一亮，走过去道："怎么样？ Megan 这个……"

他话没说完，江行墨冷笑着打断他道："连个女人都比不过。"

Ben 被噎了个半死，不过他早就习惯了，没生气，只是不认可："女人怎么了？女人很厉害的！"

江行墨顿了一下，改口道："连个小矮子都不如。"

虽然他很过分，但 Ben 竟有些无法反驳——小 Megan 真的是好小一只。

回到宿舍的夏楚打了个喷嚏，揉了揉鼻子想：谁在说她坏话？

接着，又打了个喷嚏，她开始怀疑自己是不是感冒了。

事实上，她没感冒，只是有人说了她两句坏话而已。

夏楚准备了两个多月，心心念念的就是给江行墨一个好印象。

然而再怎么准备，都是没用的，除非她是男生，否则不可能给他留下好印象！

为了让江行墨……好吧，得让自己冷静一下。她再度放慢了步伐，尽量不靠近他的活动范围。

Ben 反而愧疚得很，向她道歉了好几次。

夏楚和 Ben 仍保持着联系，偶尔探讨一下数学问题，关系很好。

晾了十天左右后，夏楚的心情好多了，她觉得可以继续战斗了。

而这时，Ben 病了。

夏楚听到他沙哑的嗓音，问道："学长的感冒还没好吗？"

Ben 咳嗽了几声道："没事。"

夏楚道："还是要好好休息。"

Ben 叹了口气道："时间太紧了，得赶进度。"

夏楚拧眉道："再怎么急，也不能和身体作对。"

Ben 不愿她担心，便说道："放心吧，我吃药了，很快就康复了！"

夏楚一语戳破他："你根本没吃药吧。"

感冒药大多有安眠的成分，Ben 的工作，她比谁都清楚，哪能昏昏欲睡？！

Ben 是个大老实人，被她这么一问，就编不出谎言了。

夏楚道："学长，你在家吗？"

Ben 问她："在，你……干吗？"

夏楚道："你一直对我多加照顾，这种时候，我怎么会放着你不管？"

"可是……"Ben 小声道，"Dante 一会儿就回来了。"

夏楚没好气道："他回来又怎样？他看不到你病了吗？你病了还让你工作，他也太过分了！"

“不是的……”Ben 想辩解，“他不知道的。”

夏楚早就知道他的好脾气，认定了江行墨是欺负老实人。

夏楚拎着药登门时，才发现 Ben 的情况比他想象中的还要严重。

“发烧了吧？”

Ben 鼻尖通红，脸颊也泛红，眼中还蓄着水汽，好大一个大块头，感冒了竟这样可怜巴巴的。

夏楚更把江行墨打进地狱了——魔鬼就该去魔鬼该待的地方。

Ben 道：“真不要紧……”

夏楚进屋道：“你这都病了多少天了，应该吃药，等引起其他炎症，后悔都晚了。”

Ben 叹口气道：“我这边真不能撂下……时间太紧了，这两天不做完，会很麻烦的。”

夏楚顿了一下道：“我来帮你。”

Ben：“你？”他摆手道，“不行的，你没经验，这方面……”

夏楚道：“不试试怎么知道？！再说了，学长不也在一旁嘛，我做得不对，你可以纠正我。”

“这个……”Ben 还在犹豫。

夏楚又道：“别担心，我写好了会给你看，到时候，你修正一下，不就万无一失了？”

这倒也是……他现在主要做的就是往里面填“肉”，补充细节，很多工作都是简单而重复的，夏楚可以胜任。

他的确是脑袋有些昏，强撑着工作……

夏楚继续说道：“学长这状态，万一出差错怎么办？”

这句话搞定了 Ben，他感激又惭愧道：“那就……辛苦你了。”

“放心。”夏楚道，“我能做好。”

趁着 Dante 没回来，夏楚赶紧接手了 Ben 的工作。

她对这些并不陌生，毕竟独立完成过项目，虽然眼下这个比她做的那个要复杂数十倍，但核心模块早就完工，这种小尾巴的工作对她来说是游刃有余的。

Ben 起初还老实地坐在她身后，看了几眼之后，就放心了。

自己这小学妹真不是普通人……

夏楚没回头：“学长去睡一会儿吧，这儿有我。”

Ben 忐忑地道：“我等 Dante 回来。”

夏楚的手指停了一下，她转头看他：“你去睡觉，别和他撞上。”

Ben 道：“他看到你在这儿，会……”画面太可怕。

小夏同志却毫不畏惧，道：“你都病倒了，活总得有人干，难不成他还能再抓到合适的壮丁？”

Ben：要抓的话，也能抓到，就是得费点儿时间。

夏楚道：“放心吧，只要你不在，他不会赶我走。”

“你……”Ben 有些不放心。

夏楚安抚他道：“也就吃点儿冷空气，他还会打人不成？！”

“打人是不可能的。”Ben 道，“Dante 这点儿人品还是有的。”

这点儿人品……夏楚和 Ben 都乐了，他也就只有这点儿人品了吧！

Ben 去睡了，夏楚径自忙起来。

房门被人推开时，夏楚看都没看，就已经感觉到了蔓延而至的冷空气。

紧接着，男人的声音像屋梁上的冰锥般坠落：“你在这里做什么？”

夏楚手上动作未停，头也没抬道：“Ben 发烧，我催他去休息了。他说工作很急，所以我来帮他做。”

江行墨嗤笑一声，走了过来。

夏楚察觉到他站在她身后，说实话，她是有些紧张的。虽然 Ben 说了他不会打人，但有些人根本不用动手已经吓退敌人！

反正寻常人在他这拒人于千里之外的冰冷气势下，都得跑得飞快。

夏楚到底不是普通人，稳住情绪，将注意力放到屏幕上，努力遗忘后头那释放冷气的冰山。

细想一下，她这性子也很奇葩，属于越挫越勇型。没有挑战，她还安安分分的；一旦挑战降临，她就是冲在最前头、杀敌最多且好胜心极强的勇士。

江行墨站了一会儿，什么都没说就走开了。

夏楚松了口气，知道自己过关了：他没挑出错误！

这可不是件容易的事，如果有第三人在场，只怕会惊为天人。

江行墨没赶她走，但也没和她说一句话，甚至都没看她一眼。

让夏楚气得胃疼的是，这个男人竟然把他的主机换到了离她直线距离最远的一张桌子上。

偌大一间屋子，两人一人占一半，只有按键声此起彼伏，冷不丁听着还很有节奏。

Ben 估计是又病又累，这会儿吃了药，睡得相当踏实，半点儿没有要醒的意思。

夏楚这一帮忙就帮到了晚上十二点。

她坐得脖子都僵了，刚好完成一个部分，索性起来活动一下，顺便找点儿水喝。

这一起身，她便看到了“瘫”在椅子上的江行墨。

他真的是瘫，完全是没骨头的坐姿。

夏楚偷偷看了一会儿。他似乎毫无所觉，聚精会神地看着屏幕，手指如飞。

虽说这坐姿不敢恭维，但不得不说，他这般专注的模样十分带劲。

那双黑眸里好像映着庞大的数据世界，深不可测中蕴含着无尽可能，如同这四通八达的互联网。

“看够了吗？”男人目不斜视地开口。

她淡定地挪开视线，拿起杯子喝水，装作没听见。

敲击键盘的声音戛然而止，男人抬眸看向她。

夏楚道：“我去看看 Ben 怎么样了。”

江行墨："他睡得正好，你去吵醒他做什么？"

要你管！夏楚心里是这么想的，嘴上却不是这么说的，她道："时间不早了，我该回去了。"

江行墨收回视线，继续盯着屏幕，虽然没说话，但周身都散发着"你早该走了"的气息。

夏楚拎起包出门，临到门口，又站住了。

半夜十二点，她一个人出去，这是作死啊！

怎么办？叫醒 Ben ？她的本意是让他好好休息，这时候叫醒他，岂不是本末倒置？

拜托一下江行墨？

夏楚琢磨了一下，有了最坏的打算。

实在不行，她就熬个通宵吧，又不是没熬过。

夏楚正打算回去，身后便传来了脚步声。

她一转身，看到了江行墨。

屋里的灯光比客厅的亮一些，他逆光而立，让人看不太清他脸上的表情，只看到他手指间夹了一根烟。缕缕烟雾缭绕向上，有了些不真实的感觉。

"我落了点儿东西在学校。"他闷着嗓子说完这话。

夏楚很讨厌烟味，也从不觉得吸烟的男人有什么魅力，不过今晚倒觉得这个人抽烟似乎没那么讨厌。

她故意问道："你要回学校吗？"

江行墨紧皱着眉头："废话。"

夏楚明知故问："可以捎上我吗？"

江行墨没理她，大步向前，从她身边走过。

夏楚急忙跟上去，说道："真是太好了，我正犯愁该怎么回去呢。"

江行墨一声没吭。

外头皓月当空，星星稀少，本就安静的街道上更是一片静谧，隐约还传来了猫头鹰的叫声。

夏楚被吓了一跳，小跑着跟上江行墨。也不知道是不是她的错觉，江行墨的步子好像放慢了一些。

不过他没回头，更没说什么，径直走向车库。

夏楚紧随其后，走到车门边，忍不住又确认了一下："我可以上车，对吗？"

江行墨瞥她一眼，语气很差劲："不上车就走回去。"

他说这话是用的中文，有些生疏和别扭，但意外地好听。

夏楚笑弯了眼睛，也用中文说道："谢谢！"

她正要开副驾驶座的车门，江行墨拧着眉道："你坐后面。"

夏楚腹诽道：坐你旁边能吃了你不成？！

夏楚这下自觉得很，不仅坐到后面，还是副驾驶座的正后方，保证在车子的有限空间中离江行墨最远。

她这么“懂事”了，江行墨的脸色也不见好，他还是冷着脸，好像她欠了他五百万不还似的。

车子启动，开得倒也平稳，两人一路无话，夏楚有些疲倦了。

一路晃晃悠悠，迷迷糊糊，她的脑门磕在车窗上，竟然睡着了。

车子停稳后，江行墨等了一会儿也没听到开门声，正想开口，却透过后视镜看到了睡着的女孩。

她缩在座椅最边上，脑袋歪靠在车窗上，耳边的发落下，垂在光洁的脖颈上，衬得发色更黑，肤色越白，好像一个可爱的瓷娃娃……

江行墨挪开视线，手重重地落下……

尖锐的鸣笛声生生把夏楚惊醒。

“怎、怎么了？”夏楚惊慌失措。

江行墨直接开门下车。

夏楚好半晌才回过神来，原来是到学校了。他至于大半夜按喇叭叫醒她吗？

夏楚下车，小声念叨：“你这是扰民！”

江行墨靠在车边，点燃了一根烟道：“别再过来了。”

夏楚愣住。

江行墨拧着眉，直视前方道：“我不管你有什么意图，但是别再出现在我面前。”

夏楚反问他：“你觉得我会有什么意图？”

江行墨道：“我不感兴趣。”

“我没想出现在你面前，”夏楚认真地说道，“我只是想帮 Ben 学长。”

江行墨顿了一下，说道：“那我让 Ben 搬出去。”

夏楚有些火了：“你这样也太过分了，Ben 为你工作都病倒了，你竟然……”

江行墨的视线一如既往地冰冷：“他不是为我工作。”

夏楚愣了一下。

江行墨道：“他是在为自己工作。”

夏楚卡壳了，但还是说道：“那你也不该赶他走，他住得好好的，又没惹到你，为什么要让他搬出去？”

“我和他说过，住在这里唯一的条件就是不许带女人回来。”

夏楚顿了一下，垂眸道：“等 Ben 病好了，我就不去你那儿了。”

江行墨将烟摁灭在烟灰盒里，开门上车，没再看她一眼。

眼看着车子消失，夏楚才没好气地吐槽道：“不是回来拿东西吗？东西都不拿就回去啦？”

她气得胃疼，把地面当江行墨，用力踩了两脚。

这天底下怎么会有这样的讨厌鬼！

难怪江景远对她的要求仅是陪伴。就江行墨这怪脾气，陪在他身边一年，只怕要少活十年！

夏楚就这么放弃了？

开什么玩笑，她根本没有放弃的机会。

Ben 同志十分“配合”，一病就四五天。

夏楚咬牙接过了他所有的活，一样样、一件件全部理清后，她一个头比两个大——还是天真了。

这可不是徐青蓉那边的小打小闹，这帮人做的是正经东西，她这水平，真有点儿不够格。

知难而退？

想都别想，她夏楚不吃不睡，也要把这份工作完美地完成！

第二天，夏楚过来时，发现这儿多了两个人。

他们看到夏楚都十分诧异。

江行墨头都没抬地介绍道：“Ben 病了，他们是来帮忙的。”

夏楚明白了，他是不信任她，又找了两个人来帮忙。

夏楚才不会生气，微笑着向两人说道：“我是 Megan。”

这两个青年也做了自我介绍，个子高的叫 Logan，矮一些、活泼一些的叫 Samuel。

两人显然都对夏楚很好奇。谁不知道江行墨“不近女色”，这位女士是何方神圣？

夏楚知道他们在想什么，也不打算给他们解惑，只亲切地说道：“Ben 的工作大多在我这边，你们过来看看吧，我们分一下工。”

她以过来人的语气说话，成功拉近了与这两人的距离。

大家都不傻，有温暖的小火焰在，谁还乐意去碰那大冰山！

眼看三人快速熟稔，江行墨抬了抬眼皮，对此嗤之以鼻。

才多大年纪，就如此圆滑。

只不过一天工夫，Logan 和 Samuel 已与夏楚推心置腹，成为好伙伴。

夏楚也是拼命了，使出所有力气，打起十二分精神，将所有能想到的事情都尽量做到了完美。

凌晨一点，江行墨停下手头的事，捏了捏眉心。他本以为没人了，却听到了噼里啪啦敲击键盘的声音，抬头一看，夏楚还在。

他微微后仰身体，不动声色地看着她。

明亮的灯光下，她坐得笔直，聚精会神地盯着屏幕。

她穿了条浅黄色的连衣裙，领口是有褶皱的，像绽开的花瓣，衬托着小巧的脖颈和秀气的面庞。

她似乎遇到了难题，粉色的唇紧抿着，鼻子微皱，一双漆黑的眸子里全是思索和纠结。

这一瞬，江行墨竟想起身去看看，看看是什么问题难住了她，他甚至想帮她解决一下……

很快，夏楚嘴角微扬，双眸发亮，显然是想到办法了。

江行墨：“……”可笑，他怎么会想要帮她？！

江行墨挪开视线，可心思不在该做的事上。

渐渐地，他觉得斜对面传来的敲击键盘的声音很刺耳，还觉得空气闷热，甚至连落下来的灯光都让他觉得很刺眼。

啪的一声，夏楚吓了一跳，抬头看去。

江行墨的水杯倒了，洒了一桌子水。

夏楚赶紧起身："我早就觉得你这水杯不靠谱。"

说着，她已经麻利地帮他拿走桌上的文件。

江行墨一动不动，夏楚也是服了这位大神了："快去拿抹布啊，一会儿水渗下去，电脑都要遭殃。"

江行墨还是没动。

夏楚没好气地把文件扔到他身上，自己去找抹布了。

江行墨抱着一堆东西，胳膊上还沾了水，心情却十分微妙地多云转晴。

夏楚犹如救火的消防员，风风火火地忙碌着，"受害者"加"纵火者"江行墨却悠闲地坐在那儿。

夏楚折腾完后，说道："你不能用这种杯子，早晚得出事。"

她观察过了，江行墨喝水都是凭感觉，眼睛不离屏幕，全靠手去摸杯子。有好几次，她都觉得他要把水洒到桌子上了。

江大爷终于开口了："那用什么样的杯子？"

夏楚愣了一下，没想到他会问这么一句话。

江行墨问完，有些后悔，但说出去的话就像泼出去的水，没法收回来。

夏楚回复他："带盖子的那种比较好。"

江行墨没看她："我没有这种杯子。"

夏楚：这发展，她怎么有些看不懂？

江行墨起身，拿了车钥匙道："便利店有卖吗？"

夏楚还待在原地，完全跟不上他的节奏。

江行墨回头看她一眼，说的话也别扭得上天了："你住的地方附近的便利店有卖的吗？"

夏楚凭本能地开口："有……有吧。"

江行墨这就要出门了。

夏楚终于反应过来了，拿上包说道："等我一下，我整理一下最后一段，还要关电脑……"

江行墨才不会等她。

夏楚关了电脑，小跑出来，看到男人靠在车上抽烟。

月光很亮，烟雾轻飘飘的，江行墨交叉着长腿，神态隐在夜色中，姿势却帅得一塌糊涂。

他果然在等她。

夏楚实在没忍住，眼睛笑成了月牙。

江行墨摁灭了烟，开门上车。

夏楚也老实地坐到后座、他的斜对角处。

车子发动起来，夏楚没忍住道：“你不会是故意打翻水杯的吧？”

江行墨握着方向盘的手一紧，目不斜视：“我为什么要故意打翻水杯？”

夏楚笑眯眯地道：“比如，你想送我回去休息？”

车子陡然提速，接着又猛地刹车，夏楚因为惯性，脑门磕在了副驾驶座上：“哎哟！”她捂着脑门叫出声，“你干什么？”

江行墨冷笑道：“有时间胡思乱想，不如把安全带系好。”

夏楚气得说不出话：天哪，这世上怎么会有这样别扭的人？！

夏楚忽然很同情江景远，有这么个儿子，他怕是操碎了一颗老父亲的心。

一路无话，夏楚不敢再招惹江行墨，老老实实地系好安全带。

到了寄宿家庭后，夏楚打了个哈欠，想上去睡觉。

江行墨却道：“杯子。”

夏楚：“嗯？”

江行墨扬眉：“我是出来买杯子的。”

夏楚在心里翻了个白眼：这家伙还真要把皇帝的新衣穿到底啊！

夏楚问：“对面就是便利店，我和你一起去？”

江行墨看她一眼，那眼神她能体会，就是两个字：废话。

夏楚只得跟上去。

这个时间，即便是二十四小时营业的便利店也空无一人。

夏楚帮江大爷挑了个黑色的杯子，江大爷看后，说：“再拿一个……”

夏楚：“嗯？”

江行墨快速改口：“再拿三个。”

夏楚不懂：“你一个人要用四个杯子？”

江行墨道：“他们三人不喝水？”

夏楚明白了：“哦、哦、哦，是员工福利啊。”

江行墨道：“他们不是我的员工。”

夏楚笑了笑，在这点上倒是挺认同江行墨的。他的确从没把他们当成员工，而是伙伴，虽然当他的伙伴压力大得痛不欲生……

她喜滋滋地挑着杯子，为了避免用错杯子，每个杯子的颜色不同是最好的。

Ben 喜欢灰色，Logan 就用白色吧，Samuel 性情活泼，可以用橙色的。

挑完后，她才意识道：“我呢？我不用喝水吗？”

江行墨没理她，已经走向收银台。

夏楚才不会亏待自己，给自己挑了个粉色的。

结账时，夏楚说：“我可以自己买……”

“难看。”江行墨拿过她手中的杯子，一起结了账。

夏楚：怎么就难看了？粉色哪里难看了？

算了、算了，和他争辩，吃亏的肯定是她。

出门时，江行墨拎着袋子，里面只装了五个杯子。

走到车子前，夏楚道：“我的杯子……”

江行墨已经把袋子放到了车里。

夏楚说道：“你放心，我不是想私吞公物，只是想回去用热水烫一烫。”新杯子总得消消毒再用吧。

江行墨道：“明天自己过来烫。”说完，他上车走人。

夏楚想想也累了，懒得再折腾，打着哈欠回去睡了。

江行墨到家停稳车后，看了看被扔在副驾驶座上的几个杯子。

他盯着那个粉色杯子看了一会儿，嗤之以鼻道：“幼稚。”

说完，他想把它们拎上去，手将要碰到袋子时，又顿住了。

袋子散开了，里面的杯子被晃了一路早已东倒西歪：黑色杯子在角落，几乎要落到椅子下，其余三个杯子都离它很远，唯独粉色的那个杯子靠了过来，紧紧地挨着它。

江行墨面无表情地看了一会儿，收回了手。

他下车，点燃了一根烟，在凉爽的夜色下安静得仿佛身处孤岛。

Ben 瞧着块头大，身体其实很虚。

这一病，他竟转成了肺炎，迟迟不见好转。

夏楚虽说为此可以待更久，但到底是愧疚的。

她毕竟利用了 Ben。

因为这份愧疚，夏楚十分惦记 Ben，点外卖时，总顾及他的口味，不敢让他吃太油腻，也不敢让他吃太咸和太辣的东西。

江行墨冷眼看着，心里想的是：她对 Ben 真是用心良苦。

想到这，他有些烦躁，再抬头，看到她和 Logan 谈笑风生，竟觉得十分碍眼。

夏楚察觉到他的视线，问他：“怎么了？”

江行墨道：“很闲？ G 模块调试了？”

Logan 立马坐下，开始噼里啪啦地打字。

夏楚也搞不懂江行墨又发哪门子火，只能老实地干活。

时间过得很快，Ben 身体康复后，这个项目也接近尾声了。

最后一次调试结束，客户那边给予了肯定的答复，他们终于收工了。

Logan 和 Samuel 高呼一声：“成功了！”

夏楚也很开心，不管过程如何艰辛，他们最终还是做了一个很厉害的东西，一个即便在这个世界技术尖端的地方也能够让人耳目一新的完整作品。

其他都是次要的，这份成就感实在是让人万分满足。

夏楚心情好，又有胆子招惹江行墨了："怎么样，我没给 Ben 丢脸吧？"

江行墨跟往常一样冷笑。

夏楚本来就没期待他能说出一句好话，可谁知过了会儿他竟然低声道："嗯。"

夏楚以为自己听错了："嗯？"

江行墨别开眼，点燃一根烟，道："还不错。"

夏楚一副自己听错了的表情。这是江行墨说的话？！她没听错吧？

江行墨已经若无其事地走开。

夏楚反应过来，乐得眼睛弯弯，追上去问："只是不错吗？就只是不错？"

江行墨拿起桌子上的杯子，弹开盖子喝了口水。

杯子不大，遮不住他的表情，反倒暴露了他的欲盖弥彰。

夏楚只觉得稀奇得很，还在问："你这算夸我吗？"

江行墨没出声。

夏楚道："我就当你是在夸我了。"

"自作多情。"江行墨冷冷地送了她四个字。

然而夏楚早就对他的冰冷免疫了，学会了自我翻译。这话翻译过来就是：再说，我就恼羞成怒了啊。

摸清江行墨傲娇的性格后，她竟然觉得还挺好玩的。

夏楚喜滋滋的，意外地开心。

Ben 整个人瘦了一圈，不停地向夏楚道谢。

夏楚道："学长这样就太见外了。"

Ben 是真的感激她："晚上，我请你……"

"晚上一起来吧，庆功宴。"江行墨打断了他未尽的话。

夏楚和 Ben 没反应，Logan 和 Samuel 已经欢呼起来。

Samuel 问去哪儿吃，江行墨说了个餐厅的名字。

这两人一起惊呼："这么奢侈吗？"人均消费过千元的餐厅，听听都觉得心疼好吗？

夏楚也跟着兴奋了，拉着 Ben 的衣袖道："Dante 请客，我们省钱了！"

Ben 道："等以后，我再请你。"

这次江行墨没再说什么，也没看向这边，只是又点燃了一根烟。

夏楚正侧头和 Ben 说话，闻到烟味后，不自觉地咳了一声。

江行墨皱了皱眉，起身走了出去。

Logan 和 Samuel 都很兴奋，在商量晚上的聚餐，夏楚也加入其中，几个人聊得兴致勃勃，犹如被困在笼子里的小鸟要飞向天空一般。

过了一会儿，Logan 的手机响了一声，他拿出来一看，惊呼道："好……好……好多钱！"

Samuel 的手机也叮了一声，接着是 Ben 的。

Samuel 看清那钱的数额后，也惊得合不拢嘴。Ben 倒是淡定得多，说："虽然跟着

Dante 做事压力大些，但绝对物超所值！”

Ben 后期病着，基本没怎么参与，但前期的开发是他加班加点跟下来的，所以得到的金额比 Logan 和 Samuel 加起来都多得多。

唯独夏楚的手机没响。

Ben 道：“Megan，你的手机调成静音模式了吗？”

夏楚的手机开着最大音量，没响只能说明没有收到短信提示。

没有短信提示就说明江行墨根本没给她报酬。

当然，夏楚也不计较这些，Ben、Logan 和 Samuel 都是江行墨自己找来的，项目结束，他给他们支付薪酬是理所当然的。

她是自己厚脸皮“求”来的，加班熬夜也是她心甘情愿的，没报酬也正常。

再说了，她早就拿了最大的“报酬”，接近江行墨本来就目的不纯。

当然，这些没必要说出来，为了不给 Ben 增加心理负担，夏楚道：“是调成静音了。”

Ben 道：“还不快看看，不少钱的，肯定让你满意。”

夏楚道：“我要回去看，才不让你们知道。”

她这样说，大家也不好再追问。虽然他们都没踏入社会，也不是真的进了什么公司，但也明白这方面是隐私，想分享可以分享，不想分享也没毛病。

尤其夏楚还是个女孩，心思细腻一些很正常。他们往日里都很照顾她，这会儿也不会继续追问。

大家都开开心心的，夏楚也有说有笑，瞧着很开心。

下午的时候，他们都各自回去收拾，等着晚上的大餐。

夏楚也回了自己的住处，手指碰了好几下包里的手机，几次要拿出来，又都没拿出来。

是没有收到短信，她看了也白看。

其实她不在乎这些钱，只是觉得少了一份认可。

他还说她不错呢。

夏楚撇了撇嘴，觉得自己真的是自作多情了。

他们五个人，一辆车刚刚好。

江行墨开车。

Ben 道：“Megan 去副驾驶座上坐吧。”

夏楚以前是怕惹江行墨，所以从来都跟他坐在对角线上，这次却是自己想避开了。

“我坐后面吧，你们三个在后头太挤。”

Ben 道：“车子很宽敞。”

夏楚偏不乐意坐在前头：“还是让 Samuel 去前面坐吧。”他最胖，坐前头的话，后面能腾出一大块地方。

Ben 本就护着夏楚，自然想她坐得舒坦些，所以推着夏楚去前面坐，而她非要坐后面……

一声鸣笛响起，江行墨满脸不耐烦地道：“走不走？”

他一发火，大家都老实了。

Ben 眼疾手快，把夏楚推到了副驾驶座。

夏楚心不甘情不愿地坐下。

江行墨直视前方，只是绷着嘴角，显然心情不悦。

这下夏楚更心不甘、情不愿了！

好歹是大家伙一起聚餐，实在没必要扫了大家的兴。等到了餐厅时，夏楚已经调整好心情，准备大吃一顿。

不被认可就不被认可呗，她也没想让他认可。

一下车，夏楚就和 Ben 他们有说有笑，讨论这儿的食物如何。

Ben 道："不管好不好吃，咱们都放开了吃，反正 Dante 请客！"

Logan 和 Samuel 都振臂高呼，夏楚也跟着笑。

说实话，花了好几千元钱的饭并没好吃到哪儿去，不过心情好，气氛棒，再想想这价钱，大家就觉得非常好吃了。

大家有说有笑，江行墨偶尔也插一句话，气氛意外地还挺和谐。

夏楚留意看了他几眼，觉得他说人话时，还是能和人正常相处的。

吃好后，Logan 和 Samuel 兴致勃勃地要去酒吧。

江行墨道："你们去吧，我回去了。"

酒吧里一堆女人，江行墨从来不去。

大家也都了解，Ben 问夏楚："一起吧？"

夏楚的脑袋摇得像拨浪鼓。

Ben 还想说点儿什么，江行墨已经站起身来要走。

夏楚对 Ben 说："学长去玩吧，我就不过去了。"

Ben 也不勉强她，怕江行墨就这么走了，她回去不方便，赶紧说道："行，那你坐 Dante 的车回去吧。"

夏楚心道：人家怕是不想我坐。

罢了，没必要让 Ben 担心，她应道："好，你们玩得开心。"

江行墨走在前头，步子迈得很慢，夏楚轻而易举地跟了上去。

两人走到停车场时，夏楚闷声道："Ben 已经康复了，按照约定……我以后不会再出现在你面前了。"

前头的江行墨猛地站住，背对着她站了一会儿。

就在夏楚以为他不会说什么时，他开口道："谁和你约定了？"

夏楚一愣：嗯？

江行墨道："自说自话。"

停车场是在地下，空荡荡的，衬得这话尤其清晰，好像湖水中漾起的一圈圈波纹，直直地往人心口上扩散。

夏楚怕自己会错意："当时你赶我走，我说等 Ben 身体好了，我就……"

江行墨仍背对着她："我答应了吗？"

夏楚一回忆……江行墨那时候还真是什么都没说，没答应，也没拒绝。

可在那种情况下，他不开口明显就是默认啊！

等等……现在不是纠结这个的时候，夏楚眼睛一亮，走到他面前，问："你不赶我走了？"

江行墨抬头看着前方："我真要赶你走，你还能待在这儿？！"

夏楚真想跳起来看看他的眼睛："你不是最讨厌女人吗？"

江行墨垂眸看向她，反问："你哪点像女人？！"

他说她不像女人，他竟然觉得她不像女人！

夏楚很不服："我哪里不像女人了？"她长得不说十分好看，但也不至于被人当成男人吧！

江行墨嗤笑，没回答。

夏楚说完这话就后悔了，她不该说的。

"算了……"夏楚妥协道，"你觉得不是，那就不是吧。"

谁知她服软，江行墨又不乐意了："你这么想留下？"

这问题不好答，夏楚支支吾吾，江行墨眼中闪过一丝烦躁之色，他岔开了话题："手机给我。"

这是命令的语气，夏楚怕他反悔，老实地把手机给了他。

"要我的手机干吗？"

江行墨单手在她的手机上按了一串数字，然后存了自己的名字："这是我的电话号码。"

两人坐在斜对角工作这么久，这还是第一次交换手机号码。

江行墨把手机还给她，又说道："回去后，把你的银行账号发给我。"

夏楚愣了愣。

江行墨瞥她一眼道："还是说，我直接转给 Ben？"

是报酬！

夏楚胸腔里开满小花朵，说："这种事怎么好麻烦别人？"

她都和 Ben 说自己收到钱了，这时候江行墨再转给 Ben，岂不是露馅了？

夏楚赶紧把银行账号发给江行墨。

江行墨摁灭了烟，开门上车。

坐到车上，吹了一会儿空调后，夏楚冷静了一些。

她怎么觉得有点儿不对劲呢？

江行墨给她手机号码是为了要银行账号的话，她发到他的邮箱不就得了？！

还有，她的钱，他为什么要转给 Ben？

想了一路，夏楚也没想出个所以然来，最后勉强下了个结论：Dante 的心如海底针，猜不透的！

她给江行墨发了银行账号后，没多久便收到了收款短信，仔细数了数后面的一串零后，她上扬的嘴角怎么都压不住。

钱是身外之物，这身外之物长得可真美。

夏楚睡了个十分踏实的觉，梦里，她徜徉在代码的海洋里，像灵活的鱼儿一样自由自在。

谁知后头出现一条脑门上贴着 Dante 的照片的大鲨鱼。大鲨鱼张开嘴巴，露出了雪白的牙齿。

夏楚吓了一跳，想赶紧游走，但大鲨鱼没吃她，而是把所有代码变成了钱。

夏楚差点儿被钱压死，醒来时，才发现是主人奶奶的猫咪溜了过来，压在她的胸口上。

夏楚心情很好，逗着它玩了一会儿。

项目结束，夏楚也还是准时去江行墨那儿。

忙了这么久，大家都撒开蹄子狂欢，到手的钱恨不得扔出去一半。

夏楚是不会乱花钱的，只搬了盆茉莉花去工作室，养在了自己的小天地里。

江行墨看到了，给予的评价是一声冷笑。

夏楚早就习以为常，将它当成江行墨的每日心情打卡了。

这天夏楚下了课过来，意外地发现昨晚出去疯玩的 Logan 和 Samuel 都在。

夏楚好奇地问："有新工作了？"

Samuel 招呼夏楚："来一起玩游戏。"

夏楚凑过去，才发现这四个大男人在玩电脑游戏，说道："我不会。"她打小热衷学习，对其他与学习无关的事都没兴趣。

谁知 Ben 一听她不会玩，更兴奋了："你没玩过？"

夏楚摇头道："没。"

"一次也没？"

夏楚丈二和尚摸不着头脑："一次也没。"

"太好了！"Ben、Logan 和 Samuel 同时欢呼。

夏楚一脸蒙："为什么？"

Ben 推着她坐到江行墨旁边，特别殷勤地给她开了电脑，说道："来、来、来，你和 Dante 组队，咱们打对抗赛。"

夏楚无奈地道："可我不会玩啊。"

三个男人异口同声道："要的就是你不会玩！"

江行墨一脸冷漠："你们想太多，带个零基础的队友，我一样赢。"

这话一出，夏楚明白了。

原来，Ben 三人被江行墨捶得脑门疼，三人一起上都打不赢，所以派了夏楚去拖大魔王的后腿。

夏楚不乐意了，小声嘟囔："我才不是。"

这是一款射击游戏，十分考验操作能力，不过干他们这行的，手速都没问题，而且反应速度快，所以都是高手。

然而高手和高手之间也有着明显的差距。

比如，江行墨和其余三个，明显不是一个量级的。

夏楚决定支持江行墨，好歹是自己的队友。

她凑过来看战况，看得那叫一个头晕目眩。

3D 视角本来就容易让人晕，江行墨又切换得如此快速和频繁，夏楚哪里跟得上，只觉得眼花缭乱。

砰的一声枪响，对面的 Ben 哀号一声："这也太强了！"

紧接着，Logan 也跪了，战场上只剩下一个 Samuel 和江行墨。

看了好一会儿后，夏楚大体明白了，她还挺紧张的，刚好瞧见一个人影在晃动，连忙道："在那里，Samuel 在那边！"

她凑在江行墨旁边，一开口让他微微怔住。

他侧目，余光看到了近在咫尺的女孩。

她盯着屏幕，唇红齿白，面颊嫩得像软豆腐。

江行墨的心一跳，手僵住了。

Samuel 手疾眼快，对着江行墨一通射击。

"啊！"三个男人开心地击掌，"终于干掉 Dante 了！"

江行墨的屏幕上现出了失败的字样。

夏楚很遗憾："一打三，果然还是不行啊。"

江行墨回神，道："再来。"

Ben 他们都感觉到了扑面而来的杀气……

第二局夏楚已经熟悉多了，至少没上来就送人头。

江行墨对她说："跟着我。"

夏楚便老实地跟上去。

江行墨大概是在报上次的仇，安置好夏楚后，一个人出去开始寻找猎物。

夏楚和江行墨的屏幕上出现了"胜利"的字样。

夏楚虽然没干什么，但仍觉得很开心。

她喜滋滋地道："还挺好玩的。"

江行墨用余光瞥了她一眼，说道："再来。"

他们玩了两个多小时，起初 Ben 他们还能从夏楚这里找到突破口，可惜她学东西快，脑袋又灵活，后半场他们被这只小狐狸坑了。

前头是大魔王，后头是小狐狸，Ben、Logan 和 Samuel 的游戏体验差极了！

最后，Ben 提议："Megan 来我们队吧，我们来四打一。"

夏楚还真有点儿跃跃欲试，Dante 是大魔王，就该让勇士们组队对付。

谁知江行墨一推键盘，起身道："不玩了。"

这一闲，他们竟闲了十多天。

没有工作的时候，江行墨还是挺有趣的，虽然也没那么合群，但出手是真的阔绰，对待身边的人也是真的纵容。

他对他们吃喝玩乐全包，让他们随意地在别墅里闹，把别墅折腾成狗窝他也不计较。

夏楚偷偷观察他，发现这家伙工作与不工作时判若两人。

不工作时，他很随意，每天早上七点半起床，出去骑行，回来冲凉，然后缩在沙发上看着厚厚的原文书。到中午吃饭前，他都维持这个状态，除了喝水和去洗手间外，基本不挪地方。

下午，他偶尔会和他们玩几局游戏，可能是太容易赢，没意思，一般玩一会儿他就叫停了，从某种角度来说，也是十分克制了。

最让夏楚在意的是太阳落山的时候，他经常独自坐在落地窗玻璃前，看着外头逐渐暗淡的天空，手里把玩着一个魔方。

第一次看到时，夏楚是惊讶的，因为江行墨根本没看魔方，手指也动得极快。这么个寻常人得精心算计才能复原的魔方，他随随便便就把它复原了。

夏楚忍不住开口："你是怎么做到的？"

给她一些时间，她也可以将其复原，但哪里能在不看的情况下做到？！

江行墨转头看她："什么？"

夏楚指指他手里的魔方："这个啊。"

"这有什么做不做得到的？"

夏楚道："可你都没看它。"

江行墨反问："你敲键盘时，还用低头看？！"

"这不一样，"夏楚说，"键盘的位置是固定的，难道魔方每次弄乱的位置也一样吗？"

江行墨很自然地说道："看一眼不就记得了？"

你能别说得这么理所当然吗？

夏楚道："而且记住了又怎样？一挪动不就又变换位置了？难道你是在脑子里转魔方吗？"

她才不信，江行墨肯定是忽悠她的。

江行墨眼底带了一丝微不可察的笑意，他把魔方扔给她，说道："把它弄乱。"

夏楚接住魔方，转过身去，把它转啊转的，好像它是江行墨一般，她非要把它转得头晕目眩。

确定魔方的几种色彩已经交叉纵横，乱得不能更乱后，夏楚转身，把魔方递给他。

江行墨接过看了一眼，便转了起来。

夏楚起初是盯着魔方看，看着看着就忍不住看他的手……

他的手可真好看，修长却不瘦削，骨节分明并不凸起，指甲更是干净整齐，整双手竟半点儿瑕疵都没有。

夏楚看得有些挪不开眼，等意识到自己是在看手而不是魔方后，赶紧转移注意力："也许你的余光正在看着呢！”

江行墨手上的动作停了一下，他看着她问道：“那要怎样？”

夏楚道：“你闭上眼。”

江行墨道：“我想偷看的话，闭上眼有用？”

这倒也是，他只是眯条缝，她也察觉不到。

夏楚脑袋瓜一转，想到了：“有办法了。”

她起身绕到他身后，伸手捂住他的眼睛：“这样，你就看不到了！”

坐在沙发上的江行墨怔住了，眼前一片漆黑，但感知被放大了无数倍。

柔软、带着一些凉意的手覆在他的眼睛上，好像那长在角落里的白色小茉莉，小小嫩嫩的，带着一股说不上来的香气。

他的脑袋里轰的一声，仿佛岩浆冲破地壳，落在地上。

夏楚还得意地说道：“这下你没法偷看了，我倒要看看你是不是能闭着眼复原魔方！”

江行墨脑袋一片空白，哪里还有什么魔方？

夏楚察觉到他一动不动：“怎么？做不到啦？”

江行墨的手指极轻地动了动，下一瞬，他扔开魔方，拉下夏楚的手。

“幼稚。”他说这两个字时，声音很低，也没看夏楚。说完后，他径直离开，头也没回。

“欸……”夏楚还在追他，“别跑啊，不是说看一眼就记住了吗，这么快就忘了？”

可惜江行墨腿长，步子大，不想让她追上，她自然是追不上的。

江行墨直接上楼，回了卧室，关门声挺大。

夏楚在一楼仰头看他，似乎瞧见了他耳朵尖有些红。

夏楚心情大好，回去捡起魔方，自个儿转了半天。

这时 Ben 过来了，看到她在玩魔方，问道：“你也爱玩这个？”

夏楚闷头转着：“试试。”

Ben 凑过来道：“Dante 可厉害了，闭着眼都能复原。”

夏楚嘴角微扬：“不见得吧。”

“你可别不信，有一次我们弄了个高阶魔方，他都能轻松复原。”

夏楚道：“没准儿他眯着眼睛偷看了呢。”

Ben 道：“我当时也不信邪，还给他戴了眼罩。”

夏楚一愣，抬头看他：“真的假的？”

“千真万确，当时在场的人都惊呆了。”

Ben 完全没有骗她的必要……

夏楚眨眨眼，纳闷了：原来他真行啊？！那刚才干吗要跑？！

不是还恼羞成怒到耳朵尖泛红吗？！

夏楚想了半天，最后只能归结为：Dante 的心如海底针，她还是不要擅自揣摩了。

三天后，好日子到头。

新项目敲定，他们要配合一个互联网公司，做他们产品的副模块。

看到这家互联网公司，Logan 和 Samuel 都惊呼：“真行啊，这家公司都来找咱们合作！”

Ben 好歹比他们多跟随江行墨一些时间，以元老自居：“多跟几个项目，你会发现所有 offer 都手到擒来。”

这话一出，两人热血澎湃，仿佛已经走向人生巅峰！

夏楚也兴致勃勃的。她是闲不住的那种人，休息这小半个月，她每天都手痒难耐，如今要开始忙了，她十分期待。

江行墨开了个小会，大体交代了一下内容，又分了工。

Ben 已经康复了，江行墨也没让 Logan 和 Samuel 离开。

虽然外头总说铁打的 Dante，流水的兵，但其实江行墨从没主动赶走过任何一个人，当然，夏楚除外，其他大多数人是自己受不了，缴械投降。

Logan 和 Samuel 正是热血上头的时候，认定自己天大的苦都吃得下。

然而两天后，他俩面如菜色，体会到了什么叫“生不如死”。

Dante 秒变大魔王。

让人如沐春风的“都行、可以、没关系”，变成了“闭嘴、滚、别烦我”。

和他俩不同，夏楚抗压性强得不像个人。

她不仅游刃有余，还抽空发现了一点儿小八卦。

江行墨对 Ben 可真是优待啊。

起初，夏楚并没意识到这点。

还是某天 Ben 和她说：“我觉得 Dante 变了很多。”

夏楚的脑袋里全是代码，张嘴就是：“临时变量是可取的，可池化的……”

Ben 在她的脑门上弹了一下：“我说 Dante！”

夏楚这才回过神来：“他怎么了？框架出问题了？哪个环节，我……”

Ben 也是服了，只得重复道：“我说我觉得 Dante 变了好多。”

夏楚的思绪这才被拉回来：“变了？变什么了？”

Ben 十分知足道：“我觉得他的脾气比以前好了，虽然还是惹不起，但不像之前那么吓人了。”

有吗？夏楚想想瑟瑟发抖的 Logan 和 Samuel……

她举高手，拍拍 Ben 的肩膀道：“你想太多了，你只是被虐习惯了。”

虽说认定 Ben 只是适应了 Dante，但夏楚还是被提醒了，没怎么用心地观察了一下，这一观察，竟发现自己大错特错了。

江行墨对 Ben 简直是好得过分啊！

Ben 和 Logan 负责了同一部分，加载时出现了极其致命的错误，完全不能用。

江行墨当时就火了，整个工作室瞬间进入寒冷的冬季，还是北极圈那边的冬季。

Logan 都快吓死了，颤抖着嘴巴，好半晌说不出话。

Ben 也紧张得很，主动说道：“是我不好，Logan 只是给我打下手，主要的错误在我。”

夏楚也在场，听Ben这么说，第一感觉就是：Ben学长，学妹敬你是条汉子！

她偷偷看了Ben一眼，却不知江行墨也看了她一眼。

江行墨眉心拧得很紧，但周围的冰窟窿奇迹般融化了。他开口，不苛刻，不讽刺，甚至都没冷笑，只是平静地滑动鼠标，拉取了一段代码说："重写，改好后发给我看。"

说完，他回到自己的电脑前，聚精会神地工作起来。

当事人Ben和Logan都一脸呆滞，紧接着眸中浮现出死里逃生的耀眼光芒。

"OK！"两人异口同声，赶紧坐下，Logan更是夸张地擦了擦额头上的汗。

夏楚也跟着蒙了蒙。就这样算了？就这样过去了？江行墨还帮他们找出了错误的地方？只让他们改一改？还让他们发给他看？

夏楚转头看Ben，Ben长出一口气，已经开始修改了。

——我觉得Dante变了。

——他的脾气比以前好多了。

Ben之前和她说的话，此时如立体声般环绕在她的脑海里。

不是Ben习惯了，而是江行墨真的变了！

到底是什么让大魔王变得温和了？

夏楚好奇极了！

然而，第二天Samuel犯了个比昨天Ben和Logan小很多的错误，江行墨便犹如火山爆发般，把他的专业性、能力以及他整个人都损了一遍，还说了句："小学生都不会犯这种错误。"

Samuel好胖的一个小伙子，委屈得眼眶都红了。

夏楚听了全程，十分确定：魔王还是那个魔王，昨天只怕是个美丽的意外。

直到第十天时，夏楚才捕捉到了关键点。

Ben因为私事耽误了进度，他们这边的模块都搞定了，只有Ben那边的还没好。

Ben急得满头大汗，十分抱歉地道："给我一个小时，我马上就好！"

江行墨是极有时间观念的人，别说一个小时了，拖半秒钟都要炸。

夏楚心里想着：完了，这下Ben要惨了。

不止是她，Logan和Samuel也向Ben投去了同情的视线。

可他们所有人都没想到，本该大发雷霆的江行墨竟生生压下了火气，点燃了一根烟，道："好了叫我。"然后，他转身出去了。

他没训斥、没凶人，甚至都没散发冷空气！

夏楚惊呆了，惊得呆呆的！

大魔王这不是脾气变好，而是只对Ben好！

为什么？夏楚猜不透……

她这会儿没什么事，索性拿起江行墨的杯子，给他倒了杯水送出来。

毫无意外，江行墨坐在落地窗玻璃前的沙发上，长腿交叉地伸着，裤腿被蹭得提起，露出一截脚踝。

他生得好看，却没有丁点儿女生气。

江行墨直视着前方，手里把玩着魔方，一副心不在焉的模样。

“喝点儿水吧。”夏楚把水杯递给他。

江行墨没看她，伸手接过杯子。

夏楚心里有鬼，对他越发殷勤：“是柠檬水，刚泡好的。”

江行墨的手顿了一下，他应道：“嗯。”

他一副不太想说话的模样，夏楚也不觉得有什么，看向他手中的魔方道:“给我试试?我最近也练过。”

江行墨却低声反问：“你不去帮 Ben？”

夏楚愣住。

江行墨垂着头，让人看不清他的情绪，不过听声音倒是很平静：“他一个小时做得完？”

夏楚明白了：天哪，他这是在担心 Ben，派她去帮忙啊！

夏楚连忙起来，领命道：“我去看看，保证一个小时完成。”

她走得飞快，自然看不到某人面无表情地攥紧魔方，恨不得把它捏碎。

Ben 打了个喷嚏，莫名觉得有些冷……

夏楚就这么和江行墨有了“心照不宣”的小秘密。

她认定江行墨暗恋 Ben，可惜没法开口，只能偷偷地对他“好”。

江行墨以为她喜欢 Ben，生怕把 Ben 吓走了，她也会跟着走。

当然，以上这段话，江行墨是不会承认的，别说对别人承认，他对自己的心都不坦诚。

他对 Ben 好，只是因为他俩尚且可用，懒得一次换两个人。

虽然江大爷和夏少女想的事堪称天差地别——一个往北极狂奔，一个往南极飞驰，但意外地十分和谐。大概是因为无论北极还是南极，都是冰天雪地吧！

夏楚暗中观察，觉得江行墨别扭中带点儿小可怜，可怜中带点儿小可爱，可爱中还有些小率真……

于是，她对他的容忍度直线上升，又高了几度。

江行墨越发觉得她称心又顺手，生怕她跑了，所以对 Ben 越发优待。

这个项目十分烦琐，尤其要和公司那边协商沟通。

夏楚跟着跑了一次，见识到了江行墨的另一面。

他在家凶得不行，出去倒风度翩翩的，谈起事来老到、娴熟，原则上寸步不让，却也让人心服口服。

谈完事已经是下午一点钟了，对方要留他们吃饭。

江行墨道：“不了，回去还要重新整理一下，时间很紧。”

对方还想挽留，江行墨说：“下次吧，我带的学生还有课，得赶回去。”

对方没再勉强，直把夏楚好生夸了一遍。

夏楚听得怪不好意思，忍不住都要交代自己下午根本没课，全是江行墨的借口了。

他俩离开时，夏楚揭他的老底：“你对客户还是很和颜悦色的嘛。”

他一本正经地和人谈事时，有些像江景远，礼貌却疏离，让人如沐春风却又无法看透。

当然，此时的江行墨和他爸相差甚远，他冷着脸开着车，冻得夏楚想开暖风。

不过冷归冷，她早就不怕他，还敢继续戳他的逆鳞：“你这是差别对待，对上头的人好，对自家人却……”

她话没说完，江行墨一踩刹车，停了车。

夏楚吓了一跳，好在她早早地系了安全带，要不又得撞到脑门。

“怎么忽然停车？”她抱怨着，一转头却猛地怔住了。

江行墨正看着她。

外头的阳光很明媚，穿过车窗玻璃打在他的脸上，仿佛在光洁无瑕的美玉上铺了一层金光，让原本冰冷的面庞变得异常温柔。

更要命的是，这光好像还照进了他的眼睛里，温和的视线犹如夏日海滨的万里晴空，能包容世间万物。

他扬着薄唇，温声道：“Megan，能有幸约你共进午餐吗？”

夏楚倒吸一口气，以为自己没系安全带，脑门撞到前置箱，一撞给撞傻了：“Dan……Dan……”

她结结巴巴的，说不出完整的句子。

江行墨仍这般看着她，声音越发温柔：“行吗？”

这谁拒绝得了？！不、不、不，重点是，江行墨在搞什么！

夏楚眨眨眼，张张嘴，声音不自觉地轻了许多：“这……”

她话没说完，江行墨冷笑一声，面色恢复如初，声音也仿佛刚从冰窟窿里掏出的冰一样：“我天天对你们假笑，你们不烦，我还嫌累。”

夏楚：“……”

江行墨启动车子，再度上路，盯着路面，目不斜视，哪还有半点儿温柔缱绻的模样。

夏楚怔了好一会儿，终于回过味来了。

原来刚才江行墨是在对她“和颜悦色”啊……

她压住怦怦乱跳的小心脏，努力淡定着道：“都、都是自己人，还是别……那样客套了，自然些就好。”

江行墨冷笑。

夏楚偷偷瞄了他一眼，竟觉得他这“跩”得天上地下唯我独尊的模样十分顺眼。

他还是别对人“假笑”了，这杀伤力也太大了！

夏楚好半晌才完全缓过来，发现车子停在了一个陌生的停车场里。

她问道：“去哪儿？”

江行墨：“吃饭。”

夏楚莫名想起“和颜悦色”的江行墨，心猛地一跳：“还真请我吃饭啊？”

江行墨说："你不吃的话，就在车里待着。"

夏楚赶紧解了安全带，开门下车。

江行墨走在前头，她小跑着跟了上去。进电梯时，她又忍不住戳马蜂窝："我刚才还没回答你呢。"

江行墨盯着电梯门："回答什么？"

"你问我要不要共进午餐，我还没给你答复。"

江行墨道："我帮你回答——不吃。好了，你可以回车里了。"

夏楚感觉到熟悉的大魔王又回来了，心安理得地道："谁说不吃了？！我要吃，快饿死了好吗？"

出了电梯，夏楚看到这雅致静谧的餐厅，不禁有些局促。

"咱们随便吃点儿就行吧？"

江行墨睨她一眼："你想吃什么？"

夏楚诚实道："吃碗面就行。"

"行。"江行墨道，"我先吃，你看着，等回去的路上，我放你下车去买盒泡面。"

夏楚沉默了一会儿道："谁要吃泡面！"

点餐时，她心里有气，专挑贵的点，什么龙虾、燕窝、鹅肝的，多来几份，吃不完，打包带走！

江行墨在这方面从来都不计较，别说她点了什么，她就是想把餐厅买下，他都会点头同意。

当然，夏楚不会把餐厅买下，他也没有点头的资格。

两人时间不多，没吃太久，便打道回府。

夏楚还真打包了一份帝王蟹。

她一来不会和江行墨客气，二来也是带回去给大家伙分享，这代表着他们讲义气，不吃独食。

江行墨不在乎这些，她无形中在帮他维护着和其他人的关系。

夏楚想得很明白，自己是要陪伴江行墨十年的，所以希望他能好一些。

他好，她也能轻松一些，毕竟他们是一条绳上的蚂蚱。

回到住处，江行墨先把人叫起来开了个会，把敲定的事顺了顺。

夏楚是早就清楚的，所以听得心不在焉。

Ben之前看到她拎东西回来了，十分好奇，看着她。

夏楚便向他使了个眼色。

这落到江行墨眼中，就是两人在"眉目传情"。

一阵烦躁涌上胸口，他耐着性子把事安排完。

会议一结束，夏楚就奔向Ben，和他"窃窃私语"。

江行墨扬眉："你俩出去，别在这儿嚷嚷。"

夏楚见Logan和Samuel还走不开，便带着Ben先去看看那好大一只的帝王蟹。

把人赶走，江行墨点燃一根烟，抽了一口后，十分后悔：他这不是给他们厮混的机会吗？！

赶出去的人，泼出去的水，叫回来是不可能的，这辈子都是不可能的。

外头，夏楚给 Ben 展示了帝王蟹，他馋得直流口水。

“你们中午吃什么了？”他问。

夏楚美滋滋地数了数。

Ben 懊恼道：“早知道，我也跟着去了。”

夏楚道：“你要是去的话，没准儿我们吃得更好！”

Ben 道：“还能怎么更好？”

夏楚怕说漏嘴，只神秘兮兮地道：“反正会更好的。”

江行墨觉得在屋里抽烟不好，一会儿满屋子烟味，某个女人又得叽叽歪歪，所以他理所当然地走了出来，然后就看到快窝进男人怀里的眉开眼笑的女人。

这下好了，他连烟都不想抽了！

江行墨摁灭了烟，转身回屋。

他俩回去时，夏楚被呛得直打喷嚏，抱怨道：“别在密闭的空间里抽烟，我的花都要被你熏死了。”

江行墨头都不抬地道：“那就出去待着。”

夏楚翻了个白眼，才懒得和他较真。她一边絮絮叨叨地说着抽烟有害健康，多抽一根，少活一年，活得不长久，就无法验证奇点是否存在，一边去开窗透气，还不知从哪儿掏出一把芭蕉扇使劲地扇。

江行墨没回应她，却抽了一根又一根烟。

夏楚恶向胆边生，走过去抢走了他的烟盒和打火机。

江行墨微怔了一下。

夏楚动作麻利，飞一般夺门而出。

江行墨怒了：“夏楚，你给我回来！”

夏楚撇撇嘴，小声嘟囔：“你让我出去，我就出去；让我回来，我就回来？我是那种招之即来、挥之即去的女人吗！”

当然，夏楚还是得回来，没办法，她其实是个招之即来、挥之不去的女人……

偷了江行墨的烟，她还逃之夭夭。Ben 他们仨都敬她是条汉子，纷纷向她投去崇拜和自求多福的眼神。

夏楚也挺忐忑的，怕江行墨揍她。

她虽然没听说过江行墨打女人，但毕竟在他眼里，她不是个女人……

男人干架，还不是理所当然的事？

夏楚谨小慎微地回来，江行墨也没说什么，只是给她发了封邮件。

夏楚一看，好家伙……今晚怕是不用睡了！

打人是不可能的，怒发冲冠的江行墨要挥着鞭子榨干她……的劳动力。

凌晨一点时，夏楚还在聚精会神地忙碌。

江行墨点燃一根烟，不用抽，都能抓取到夏楚的注意力。

夏楚抬头盯着他。

江行墨没看她，起身拿了车钥匙。

夏楚反应过来，这才看向时间，发现已经不早了。

她惹得他生气，他还要送她？

哦，不是送她，而是江先生日常凌晨逛便利店。

眼看着江行墨出门了，她赶紧整理，保存文件，关电脑，动作一气呵成，可还是耽误了些时间。

江行墨站在车边，抬头看着夜色中硕大的月亮。

正好是个农历十六的日子，月亮很圆，也很亮，周围星星很少，仿佛整个夜空都被月亮独占，就像江行墨这般，轻而易举就独占了别人的全部视线。

夏楚挪开视线，小跑过去，老实地开门上车，乖得像只鹌鹑。

江行墨一言不发，开车上路，径直去往学校的方向。

通常情况下，两人都是不说话的。

偶尔夏楚见江行墨心情好，会说几句工作相关的事，但今天显然不妥，她可不想被扔在马路边。这深更半夜的，鬼知道有没有鬼！

到了目的地，夏楚瓮声瓮气地道："谢谢。"

江行墨瞥她一眼："谢什么？"

夏楚可不敢说"谢谢你送我回来"。

她要是说了就不是道谢，而是找抽了，毕竟自始至终江行墨都穿着皇帝的新衣，打死不肯脱掉。

江行墨解了安全带，下车道："去给我买瓶水。"

"啊？"夏楚没反应过来。

江行墨说："我是出来买水的，难道要空着手回去吗？"

夏楚："……"

她去了便利店，拿了瓶矿泉水和一些生活用品后，又看到了热牛奶。

嗯……

夏楚犹豫了一秒钟，买了一杯，加了六勺糖，后来觉得勺子太小，糖不够，又多加了一勺。

多亏周围没人，要不然看着都得被她甜死。

夏楚左手拎着便利袋，右手端着热牛奶，喜滋滋地走过去，正想从便利袋里掏出矿泉水给江行墨，他却拿走了热牛奶。

夏楚："欸……"

江行墨道："咖啡？"

夏楚赶紧道："牛奶！"

我的、我的，快还给我！

江行墨扯了扯嘴角："行吧，看在牛奶的分上，原谅你了。"

您可能误会了，这牛奶不是给您的……

但是，看着江行墨这么愉悦，她哪里敢说出口，只能干笑道："呵、呵呵。"

江行墨看着她："还不回去？"

夏楚忍痛看了眼甜甜的热牛奶，只能慢吞吞地拎着便利袋上楼……

在她背后，江行墨的眼底全是笑意。

他当然知道热牛奶是夏楚给她自己买的。

他是故意的。

她抢了他的烟，他抢了她的牛奶，这才叫公平。

转身上车后，江行墨把热牛奶放在了杯架上。

他本来是不打算喝的，但发动汽车之后，又看了它一眼。

再看第三眼时，江行墨端起杯子喝了一口。

他只尝了一口，脸色就变了。

太甜了。这是放了多少糖？！

从某种意义上来说，这是江先生第一次被夏小姐甜到。

甜，是真的甜，实实在在地甜到了心坎里。

夏楚睡了一觉，早就把热牛奶抛到脑后了。

她一早来工作室，想问江行墨吃什么，她好一起订了。

结果江行墨不在，Ben 还在呼呼大睡。

夏楚正想给自己点个三明治，江行墨从外头回来了。

他去骑行了，也不知是几点出去的，回来已经一身汗。

夏楚看了一眼就别开视线——江行墨穿成这样，身材真是好到让人心惊肉跳。

江行墨把一个袋子递给了她。

夏楚不敢看他："什么？"

江行墨道："牛奶，难喝死了。"

他径直去了浴室，夏楚打开袋子一看，里面是一杯热牛奶。

牛奶的温度刚好，香气扑鼻，她喝了一口，顿时心满意足：好甜！

这个项目收尾的时候，出了不少问题。

江行墨发火的次数多得让夏楚疯狂地想给他递菊花茶。

Logan 和 Samuel 终日满脸菜色，随时在逃离战场的边缘试探。

夏楚只得接过他们犯难的事，加班加点地帮忙。

Ben 就是那朵在寒风中屹立不倒的小白花，任凭风吹雨打，依旧纹丝不动。

当然，他也没闲着，固然有江行墨的"偏爱"，他本身的能力也是极高的，远超 Logan 和 Samuel，所以待遇好也是理所当然的。

至于夏楚，Logan 和 Samuel 都对她心服口服。

同样的工作，他们会出错，这个女孩却从不出错。

同样的问题，他们可能会拿不定主意，去烦江行墨，但她可以自行解决，又让江行墨挑不出丁点儿错处。

再加上夏楚时不时“接济”他们，他们简直把她奉为女神！

江行墨看在眼中，深更半夜时，坐在车里问她：“你很闲？”

夏楚歪着脑袋在后座上睡着了。

江行墨：“……”

他开门下车，在外头抽了根烟，等她醒来。

在车里睡着的人大概都有这样的感觉，车子开动时，自己睡得可香，但车子一停，没多久自己便醒了。

夏楚迷迷糊糊地睁眼，江行墨已经点燃了第二根烟。

她立马清醒，开门下车的动作麻利又迅速。

“你怎么不叫我？”

“叫得醒？”

“我只是眯一会儿。”

江行墨收起烟，低声道：“你继续帮 Logan 和 Samuel，只会显得他们无能，我这里不需要无能的人。”

“我只是……”夏楚道，“他们还是很优秀的，而且只是一些小毛病，我帮他们改了就没事了。”

江行墨道：“所以他们才一而再、再而三地犯错。”

夏楚怔住了。

江行墨道：“你应该知道我们在做什么，这是条没人走过的路，没有超出常人几十倍的能力，又凭什么走出一条路？！”

夏楚垂首，紧抿着嘴唇。

江行墨又道：“不适合的话，在最初就停下，才是最好的选择。”

江行墨走了，夏楚轻叹一口气，她是理解他的。

她帮得了他们一时，却帮不了他们一世。

到如今，她也感受到了江行墨的野心。

给人做项目不过是个跳板，他以后会做自己的东西，而且是远超于现有的，能够开拓出全新的未来的东西。

这是条布满荆棘的路。

他不需要选择伙伴，“物竞天择”已经足矣。

夏楚放手了，就在她以为这两位撑不住时，他们竟撑住了，以肉眼可见的速度成长着。

夏楚松了口气，江行墨却什么也没说，依旧按部就班地做着看似无规律可其实极有规律的事。

项目完成时，他们又迎来了天堂。

小胖子 Samuel 顺利减肥，一瘦还挺帅，去酒吧还被妹子搭讪了。

这可把他得意坏了，颇有人生赢家的意思。

临近十月底时，夏楚收到了一封邮件，是江景远发来的。

夏楚自从来到美国，几乎没和江景远交谈过。

她定期发邮件汇报“工作”，江景远回复她的只有两个字：“好的。”

夏楚觉得江景远还是想收到邮件的，一个父亲又怎么会不想知道儿子在做什么？

所以，夏楚每封邮件都像记日记一样详细，将点点滴滴记录下来，发给他看。

这次，江景远主动给她发邮件，内容就一个：“十月三十号是他的生日。”

生日？夏楚看看日历，还有三天！

十月底的生日，江行墨竟然是个天蝎男，或者该说果然吧！

夏楚回江景远：“收到，我会帮他庆祝生日！”

“别。”江景远回复道，“他不喜欢过生日，你也不要表现出自己知道他的生日，你只需要在那天即将结束时，送他一份小礼物。”

夏楚一愣，问道：“不喜欢过生日？”

江景远道：“听我的。”

夏楚连忙应道：“好的。”

她想了一下，又问道：“我该送他什么礼物？”

江景远回复她：“你决定。”

夏楚灵光一闪，想到的就是单车和魔方。

单车太大件，没法偷偷送，魔方……会不会太寒碜了？

转念一想，夏楚又淡定了，江行墨在物质上什么都不缺，她送什么不重要，重要的是送，以及送他喜欢的。

他喜欢魔方，那她就送他喜欢的东西！

刚好是空闲期，她挑来挑去，终于挑到一个昂贵、看起来就超级难复原的魔方。

别的魔方一面有九块，这个有……哇，数不清！

夏楚用两只手才捧得住，付钱结账，小心地将它放在包里。

十月三十号这天，夏楚故意在工作室待到很晚。

这边的电脑特别好用，她用着也习惯，所以时常把学校的课题带过来做。

她打量了江行墨一天，也没看出他有什么异样。

自己的生日，他一点儿都不关心吗？

他真的不想过生日？

夏楚不敢胡乱揣摩，只能按部就班地听令行事。

眼看着晚上十一点半了，夏楚伸个懒腰，眼巴巴地看向江行墨。

江行墨瞥了她一眼。

夏楚不说话，就弯唇笑。

江行墨收回视线，拿了车钥匙出门。

夏楚麻利地跟上去，小心地护着自己的包包。

已经入秋的天气十分凉爽，深夜之中，似乎还有些冷，夏楚缩了缩脖子。江行墨看见了，但没说什么，也没做什么。

他俩上车后，夏楚没话找话聊：“今晚天气不错啊。”

江行墨看看满天的乌云。

夏楚干笑道：“阴天却没下雨，多好，这么凉快。”

老天爷仿佛在逗她，话音一落，外头就下起了大雨。

夏楚：“……”

江行墨的心情却莫名其妙地好了，他道：“没想到你还有这本事。”

夏楚看向他：“什么？”

江行墨薄唇微扬：“求雨。”

夏楚：“……”好气人，她都不想送他礼物了！

这雨也有趣得很，下了一路，等快到目的地了，夏楚道：“下这么大的雨，又没伞，一会儿要被淋透了。”

她刚说完，雨停了。

江行墨闷笑出声。

夏楚无语，一转头看到江行墨眼中的笑意，竟然怔住了。

江行墨很少笑，尤其是这种温暖蔓延进眼中的笑。

他笑得很轻，却带着难以言说的舒心，就好像一个冰封了上万年的深潭忽然迎来了柔软的春风，一夜间化作了涓涓细流。

它们毫无预兆地淌进了夏楚的心里。

夏楚猛地回神，手触碰着包里的魔方，竟有些送不出去了。

“Dante……”夏楚鼓起勇气叫他，可惜声音细如蚊蚋。

江行墨看向她：“嗯？”

也许是雨夜太朦胧了，夏楚竟有些受不住他这视线，也受不住他这极轻的声音。

她闭了闭眼，心一横，从包里掏出一个巨大的魔方：“我逛街时看到的，觉得很厉害，你要是能复原，我、我就真服气了。”

她把大大的魔方给他后，头也不回地下车走人。

江行墨坐在驾驶座上，怀中被丢了个五颜六色的大魔方。

他怔了好一会儿，直到女孩的背影消失不见，才回过神来。

魔方在他的腿上，因为太复杂，颜色极多，所以乱七八糟地混在一起，像一个解不开、理还乱的结。

江行墨动了动手指，好半晌后，他仰靠在座椅上，闭上了眼。

今天是他的生日，没人知道。

他却收到了一份礼物。

江行墨的手用力，握紧了魔方。

第十三章

时间总比想象中过得还要快一些。

夏楚步入大二时，还觉得踏入校园的那天似乎就是昨天。

原来已经过去一年多了。

而早已毕业的Ben学长，终于交到了第一个女友。

这一年，夏楚是忙碌和开心的。

她终日泡在工作室里，畅游的却是整个互联网世界。

在这方寸之间遨游广袤世界的乐趣……没接触过的人只怕很难理解。

好在她也不需要太多人理解，她来这里从来不是为了玩耍和享受。

这一年除了工作外的变化还是有不少的。

春节的时候，江行墨提了一辆新车，是一辆有七个座位的商务车，这下五个人不用挤在一起了。

分配座位时，四个人都放弃了副驾驶座，Ben和夏楚坐在第二排，Logan和Samuel坐在第三排。

后来，因为Samuel有些晕车，两组换了换，成了Ben和夏楚坐在最后一排，Logan和Samuel坐在第二排。

坐在后排的夏楚美滋滋地道："好宽敞。"

Ben正在往后爬："等我来了，你就不宽敞了。"

夏楚笑道："哪有这么夸张。"

Ben很有自知之明："我一个人占两个座位，你……"

"挤的话，就来副驾驶座。"江行墨打断了他俩的话。

Ben可不想挨着他："没事、没事，夏楚很小一只，我们……"

江行墨冷笑："不如我去一趟汽修厂，把副驾驶座拆了？"

还是夏楚领悟得快，赶紧推Ben，道："你去前面。"

Ben眼中全是挣扎，虽然没说出口，但翻译过来大概就是：不……我害怕……我不要过去！

夏楚用眼神安抚他：放心，没事的，只要你去了，大魔王就瞬间消气了。

Ben：我不信，不可能的，我没这么大的本事，要不还是你去吧。

夏楚翻了个白眼，索性威胁他：去不去？不去，我就大声喊你不想去！

Ben：我去还不行吗？

大块头磨磨蹭蹭地下车，一步分成三步走，要多不情愿，就有多不情愿。但这毕竟只有几米远，他便是一步分十步走，也该到头了。

Ben 将心一横，开了副驾驶座的门，如坐针毡。

他以为自己要被冰封一路，成为一亿年后的化石。

结果江行墨的情绪竟阴转多云，最后变晴。

独自坐在后排的夏楚轻舒一口气，心里想着：江行墨买新车果然是为了 Ben，也是用心良苦。

江行墨透过后视镜看了一眼夏楚，心里想着：别想再坐在一起。

两人就这么误会来误会去一年多，从某个角度上来说，也是默契十足，非同一般了。

Ben 有了女朋友，夏楚是第一个知道的，她自然是由衷地祝福，Ben 还约她和他的女友见过几面。

那个妹子叫 Emma，是个漂亮的金发美人，个子绝对在一米七五以上，再穿上高跟鞋，让普通男人压力很大。

好在 Ben 个子更高，块头又大，两人站在一起实在般配。

毫无疑问的是，Emma 有傲然的身材，她和夏楚第一次见面时，穿了件鲜黄色的吊带衣，那呼之欲出的视觉冲击让夏楚这个女人都挪不开眼。

夏楚自是恭喜学长、贺喜学长，祝他抱得美人归。

Ben 含蓄地道："还是多亏了 Dante，这一年跟着他，我实在是成长了很多。"要不 Emma 也看不上他。

夏楚听到这话，心里顿时有些不是滋味。

Ben 见夏楚神情低落，问道："怎么了？"

夏楚哪敢说，只深沉地道："要幸福。"

Ben 也想歪了，以为夏楚是触景生情，便安抚她："都会幸福的！"

Megan 真不容易，一颗心放在了 Dante 身上，也不知什么时候才能修成正果。

别怪 Ben 想太多，明眼人都看得出来夏楚的用心。

这要是不喜欢 Dante，她能坚持一年多不离不弃？

这要不是爱惨了 Dante，她能加班熬夜，甚至不眠不休地陪他？

夏楚对 Dante 情深义重，可惜 Dante 一心只有事业，根本不懂爱！

亏了这些人都不会读心术，要不然，彼此读一读，只怕会异口同声道：你这脑袋里是有坑吧！

"不是一家人，不进一家门"，难怪他们能和睦相处一年多……

江行墨知道 Emma，是在一个月后。

那时候，他们在忙一个项目，忙得焦头烂额，恨不得连吃饭的时间都用上。

Ben 敬业得很，为了不掉队，愣是三天没和女友见面。

Emma 不是夏楚，可体谅不了这种工作狂的状态。连打三个电话都没人接后，她登门“拜访”了。

最先发现 Emma 的是 Logan，他是出来上厕所的，上完厕所就要跑回去，一看站在门边的金发美人，顿时眼睛一亮。

Logan 还不认识她：“请问，找谁？”

Emma 问：“Ben 在吗？”

Logan 道：“稍等，我去叫他。”

说完他就钻了回去，凑到 Ben 的面前挤眉弄眼：“外头有个大美人找你。”

Ben 正忙着呢，本想把他当苍蝇赶走，仔细听明白后，顿时惊慌失措：“什、什么？”

完了、完了，他这几天忙昏头了，好几天没联系 Emma，她不会是来和他分手的吧？

Ben 同志很慌，赶紧起身，夺门而出。

他就坐在江行墨的旁边，江行墨刚好在喝水，所以听到了 Logan 的话。

江行墨眉心一皱，瞥了一眼夏楚。

夏楚在远远的斜对角，正全神贯注地忙着，丝毫不知这边发生了什么。

Ben 慌慌张张地出去，这落在江行墨眼中，无疑是心虚。

江行墨又看了眼夏楚，咳嗽了一声。

夏楚不为所动，明显没听到。

江行墨索性拿出一根烟点燃。

这管用多了，夏楚立马看向他，手上不停，开始念叨：“不要在屋里抽烟！”

江行墨没看她，起身走出屋子。

夏楚这才发现屋里少了几个人，她看向 Logan：“人呢，都去哪儿了？”

Logan 八卦道：“外头有个大美人来找 Ben！”

Emma 来了？

夏楚愣了一下，想起出去的江行墨，心顿时一阵乱跳，赶紧起身。

她出来得不慢，然而也晚了。

Ben 哄好了生气的 Emma，两人正在热吻。

江行墨脸色阴晴不定地站在那儿，烟灰落地。

江行墨自然也看到了夏楚，没转头，只拿余光扫了扫她，这轻轻一扫，就觉得心烦意乱。

果然如他所料……夏楚脸色苍白，眸中是根本藏不住的痛苦，显然是难过极了。

想想也正常，任谁看到这一幕，都会承受不住。

Ben 这个家伙，竟然如此荒唐！

江行墨心头火起，开口便是：“我说了，不准带女人回来！”

江行墨一开口，本来激情四射的客厅立马降到了冰点，Ben 和 Emma 齐齐转头，一脸发蒙地看了过来。

什么情况？

完了、完了，江行墨爆发了！

夏楚赶紧上前道："说什么呢，我不就是女人吗？"

江行墨转头看她，怒其不争！

夏楚只以为他是心碎欲裂、绝望至极、濒临爆发。

她也管不了那么多了，扯住江行墨的衣角，对 Ben 和 Emma 扯出笑容道："Dante 是开玩笑的。"

江行墨扬眉。

夏楚用力扯住江行墨，使劲地给他使眼色。

Ben 这时候也回神了，赶紧向 Emma 介绍了 Dante。

江行墨理都不理，夏楚心里急，但想到他肯定很难受，也不忍心勉强他，只好说道："你们先聊着，我们这边还有点儿事。"说着，她就拼命扯着江行墨。

江行墨还欲开口，夏楚飞快地打断他道："刚才是 Jason 的电话，他有几个问题想和你商量，你还是快给他回个电话吧。"

Jason 是他们最近的大客户，非常重要的人物。

江行墨还不走，夏楚只得再接再厉："别耽误正事。"

也不知是这话管用了，还是夏楚迫切想离开的心让他妥协，总之他迈开了步子，径直向外走去。

他自始至终都没看 Ben 和 Emma，可以说是非常没有礼貌了。

夏楚不放心他，只得小跑着跟上去。走过 Ben 和 Emma 身边时，她歉意地笑了笑，急忙追上去。

他俩一前一后地出去，Emma 问 Ben："他们吵架了？"

Ben 不知道江行墨在发什么疯，只得含混道："可、可能吧。"

Emma 哼了一声，说道："Megan 多好一个姑娘，怎么就被 Dante 套牢了！"

Ben 这会儿生怕自己不被套牢，赶紧顺从地点头。

Emma 又瞪他一眼："你们男人都这样，工作、工作、工作，到底是工作重要，还是我重要？"

Ben 答得很快："你重要，当然是你重要！"

"这还差不多。"Emma 给他一个吻，转念又操心道，"我很喜欢 Megan，等有机会，我给她介绍几个帅哥，让她一脚踹开 Dante。"

Ben 脑补了一下，觉得很可怕，强烈的求生欲让他赶紧哄媳妇儿道："你可别去瞎操心。"

江行墨步子大，走得又快，夏楚追出来时，他已经站在树荫下。

这栋别墅的院子很大，那棵树生得十分茂密，听说是一株梧桐树，但夏楚瞧着和国内的很不一样。

它的叶子大且宽，向着阳光疯长，却又给树下的人们留下了一片阴凉。

江行墨站在那儿，难得没有抽烟，他高高的个子、冷淡的姿态，竟和那树有几分神似——都是仰着头向上，都是在拼命地触碰天空，同样在身后留下了荫庇。

甚至他也像那棵树一样，别人不走近、不了解、不踏过去，就不知道那树荫下是多么清凉与舒适。

夏楚走了过去，感觉到风转凉，感觉到热气变得沁凉，感觉一阵源自森林的淡淡清香。

她的心一软，声音也轻柔了："你……"

"我会让他滚。"江行墨比她先一步开口。

夏楚愣住了。

江行墨一脸冷漠道："我不想再看到他。"

夏楚反应过来了，他要赶 Ben 走。他这是因爱生恨，要直接把人赶走了！

可 Ben 很冤枉啊，他根本不知道江行墨的感情好吗？

夏楚小声道："这不太好吧……Ben 没犯什么错啊。"

"这还不叫犯错？！"江行墨眯起眼睛，声音冰冷如霜，"我最恨脚踏两条船的人。"

她的声音更小了："Ben 没和你在一起吧，他单身的话，就不算脚踏两条船啊……"

江行墨没听清："什么？"

已经到这个地步了，夏楚不想和他打哑谜了。她将心一横，开口道："我知道你喜欢 Ben，但 Ben 不知情，他有选择自己爱人的权利，你不能因为这个就……"

她还没说完，江行墨一脸如遭雷劈的模样："我喜欢 Ben？"

江行墨这一脸震惊的模样，夏楚也有自己的解释：这显然是因为被火眼金睛的她一眼看穿，某位傲娇的人受不了了。

夏楚说话尽量婉转，尽量顺着他的毛捋，尽量不加倍刺激他："我早就看出来啦，这没什么的，每个人都有自己的喜好，每个人都有喜欢别人的权利，我明白的……"

江行墨盯着她看了好半晌，人生头一次满脑子都是糨糊。她到底在想些什么？！

他按了按太阳穴，问她："你以为我喜欢 Ben？"

夏楚十分开明："难道不是吗？！放心，我不会歧视你们的。"

江行墨抓到了重点："你不生气？"

夏楚纳闷道："我生什么气？"

江行墨皱着眉说："Ben 和那个女人……"

什么那个女人？人家叫 Emma，是个很敞亮的女生好吗？

当然，夏楚能体谅江行墨胸中的疼痛，不管 Emma 有多好，他肯定还是讨厌的。

她不忍心去纠正他，只顺着他说道："朋友有了真心爱人，我高兴还来不及呢，怎么会生气？"

江行墨顿了顿道："朋友？"

夏楚想了一下说："好吧，是一直对我照顾有加的学长、前辈、大哥！"

江行墨乱成一团的脑子里终于抽出了一条线，这条线色泽鲜明，像杂草中盛开的艳丽花朵。他谨慎地问她：“你不是Ben的女朋友？”

这下轮到夏楚如遭雷劈了，她睁大眼道：“你在胡思乱想些什么？！”

到底是谁在胡思乱想？江行墨真想把这句话扔到她的小脑门上！

夏楚道：“我和Ben是好兄弟啊，你难道不知道他的喜好吗？！”说着，夏楚还在胸前比了比，继续道，“没胸的女人在他面前就是小女孩！”

因为她的比画，江行墨的视线向下挪了挪，然后快速移开。

本来夏楚没觉得怎样，但这会儿竟觉得很怪异……他看什么看，不、不、不，他躲什么？

夏楚脑袋一空，又结巴了一下，道：“我、我不是说我没有胸，我只是……”我的天，她在说什么？

江行墨的喉结滚动了一下，他强行岔开话题道：“你难道不是因为Ben才留下来工作的？”

怎么可能？！我明明是因为你，才去接近Ben的！

当然，这话夏楚不能说，她斟酌着道：“那时候Ben病了，我不能扔下他不管。”

江行墨目不斜视道：“那这一年多……”

夏楚叹了口气，道：“难道你以为我是因为Ben，才辛辛苦苦、没日没夜地加班加点的？”

江行墨：“……”

夏楚竟有些生气了：“我是因为喜欢……”

江行墨猛地转头看她。

夏楚被他吓了一跳，脑袋里的话竟然被他给盯得没了。

两人在斑驳的树荫下对视，好像要把对方看进心里，又好像完全没这个必要，因为对方早就印在了自己的记忆深处。

好一会儿，夏楚找回了自己的声音，小声道：“我喜欢编程，喜欢这份工作，我、我当然是因为这个才留下的。”

江行墨仍不太相信：“你和Ben……”

夏楚摊手道：“拜托，我和Ben是清清白白的，你不要再胡思乱想了，回头让Emma误会可怎么办？她都请我吃了三次脆皮巧克力冰激凌了！”

江行墨：“……”

如果夏楚是在说谎，那她可以去拿奥斯卡小金人了。

这么说来，她不喜欢Ben，她不是Ben的女朋友，她只是因为喜欢这份工作而留在他身边？

这个念头像一棵小小的幼苗一样扎在了他的心间，并且有变身为魔豆，疯狂生长的趋势。

江行墨努力压着嘴角，但嘴角还是脱离主人的意识，极轻地扬了扬。

夏楚被他追问了半天，这会儿总算缓过神来了。她前前后后想了一下，满眼不可思议道：“你竟然一直把我当情敌！”

江行墨：“……”

是了，他还没澄清。

夏楚的脑洞又开歪了，这一歪都歪出太阳系了。她说道：“你以为我是Ben的女朋友，你又喜欢Ben，所以，你一直把我当情敌？”

真相竟然是这样的！

难怪她一来，江行墨就要赶她走。想想当时的情景和现在Emma来时何其相似，连他说的话都是一模一样的——不准带女人回来。其实他是想说不准Ben带女人回来吧！

天哪，一切都串起来了，江行墨好可怜！

“说起来……”夏楚越想越魔幻，还开始提问题了，“你为什么不赶我走？你为什么要把情敌放在眼皮子底下？你还每天晚上送情敌回家……”

江行墨开口道：“我没送你回家。”他只是顺道去一趟便利店。

不对，这不是重点，江行墨也是被她绕晕了：“我没把你当情敌。”

夏楚别别扭扭地看着他：“你现在当然不把我当情敌了，因为你真正的情敌是Emma。是我错怪你了，我还怕你横插一脚当‘小三’，可事实上，你这一年多都在默默付出，一直悉心照顾着身为你的情敌的我……”

江行墨听不下去了：“胡说八道。”

夏楚的想象是停不下来了：“你这过得也太苦了，一边是暗恋的人，一边是情敌，偷偷对暗恋的人好，还要大度地帮暗恋的人照顾情敌……”

虽说夏小姐的脑洞完全歪掉了，但其实换个方向，把她嘴里那暗恋的人和情敌调换一下，也是江行墨的心情写照了。

江行墨忍无可忍，伸手在她的脸颊上掐了一下：“我不喜欢Ben，我也不是……”

夏楚被他掐得哎哟一声，捂着脸道：“我只不过是说出事实，你干吗报复我？”

这不是事实，他也没报复她，不过想想刚才那细滑的手感，他又想继续“报复”她了。

江行墨从没这么有耐心过，也从没这样重复强调一件显而易见的事情：“我对男人没有兴趣，对Ben也没有其他想法。”

夏楚才不信，他性格这么别扭，哪里会承认？！

她毫不客气地戳穿他：“你既然不喜欢Ben，又为什么要对他这么好？”

江行墨扬眉：“我对他好？”

“是啊，”夏楚一一数道，“他犯了错，你容忍；他的工作总是很轻松；有好吃的，你总会带上他，还有、还有……你专门为他买了辆新车，就为了让他坐到副驾驶座上，不是吗？”

说实话，夏楚也挺佩服自己的，居然记得这么清楚。

江行墨听得脸都黑了。Ben犯错，他容忍，那是看在夏楚的面子上；有好吃的，他带上Ben，还不是为了变相地带上夏楚；至于那辆车，完全是因为他不想看到Ben和夏楚在后面挤成一团。

当然，这些话他是不可能说出口的，不仅是他说不出来，而且连他自己也没有彻底意识到自己的真正想法。

江行墨闷声道："都是你的臆想。"

夏楚较真起来不是人："从陌生人的角度来看，你对 Ben 是挺一般，但和 logan 以及 Samuel 比，他简直身处天堂好吗？"

对她的这歪理，江行墨竟有些无法反驳，只能说："我说了不喜欢，那就是不喜欢。"

夏楚也没想他能真的承认，一副体谅他的模样说："行、行、行，不喜欢了，咱们都不喜欢 Ben 了！"

江行墨："你！"

夏楚还冲他眨了眨眼睛。

江行墨被她气得胃痛，在她的另一边脸颊上又捏了一下，说道："我那样对他是因为你。"

夏楚痛得很，捂着脸瞪他："脸皮都被你扯下来了……等等，你说什么？因为我？因为我什么？"

江行墨没看她，只把头歪向一侧，看着空荡荡的地方，道："如果你是他女朋友，他走了，你也会走吧？"

一直占据上风、沾沾自喜的夏楚愣住了。

他是不想她走吗？

为什么……

莫名其妙的一股热意涌上心头，夏楚感觉自己被捏过的两边脸颊都变得滚烫。

"什、什么啊？"夏楚有点儿想跑的冲动。

江行墨这会儿竟然转过头来，定定地看着她。

夏楚却有些抬不起头了，垂首盯着地面，好像那斑驳的树影成了藏宝图，努力看看就能看到宝贝。

她不出声，江行墨也不出声。

本来这树荫是炎热夏季的一片清凉之地，此刻竟变得热腾起来。

夏楚在被烤化前开口了："你为什么不想我走？"

江行墨反问她："你觉得呢？"

夏楚觉得自己觉不出来！

江行墨终于找回场子了："你比他们聪明，比他们能力强，还比他们能加班，抗压能力这么强的员工，我怎么能让你走？"

江行墨反而没意识到自己说了什么。他瞥了夏楚一眼，继续问："难道不对吗？你比十个男人都好用，我当然要想尽办法留下你。"

夏楚愣在原地。

站在树荫下的江行墨觉得自己扳回一局，胜了一场。虽然他并不知道自己胜在哪儿。

Ben的好日子算是到头了，江行墨终于一视同仁，再也不把他单独拎出来区别对待了。

被温柔照拂了一年，冷不丁地感受到瑟瑟寒风，Ben很不适应，只不过半天工夫，就跑到夏楚这儿哭哭啼啼了。

“Dante这是怎么了？”

夏楚心道：他不过是恢复原样而已。

然而这事解释起来太麻烦，她只能装糊涂道：“没怎么吧，和往常一样啊。”

Ben一脸菜色：“怎么会一样？！我快被他吓死了！”

夏楚实在不知道该怎么安慰他。

Ben不愧是优秀的“脑洞员”，一开口就是一部新剧本：“你说Dante是不是嫉妒我？”

Ben越想越觉得有道理：“他就是看到我和Emma亲热后开始变的，他肯定是单身久了，看我有了甜蜜的爱人，所以羡慕嫉妒，才会这样欺负我！”

夏楚无语地看着他。

Ben的想象力也很丰富，他甚至怀疑Dante对Emma一见钟情，所以才会对着他发泄情绪！

不好、不好，如果Dante真的对Emma有意思，那他可干不过Dante！两人各方面条件都相差太大了！

他非常信任Emma，但也十分相信Dante的魅力。这家伙整天把人往外推，都有一堆迷妹前仆后继，他要是认真起来，那也太可怕了！

Ben把自己吓了个半死，再看了看夏楚，灵机一动，凑过来说：“你多哄哄Dante，多给他一些温柔的关怀，不要总是讨论工作。哪有女孩比男人还像个工作狂的？”

夏楚跟不上他的节奏：“怎么又扯上我了？”

Ben道：“你再主动点儿，热情点儿，殷勤一些，那么Dante就可以摆脱单身了，就不用羡慕我了！”

夏楚的声音都变调了：“什么乱七八糟的！”

她本来都忘了之前江行墨说的话了，这会儿又被提醒，脑子里不免又胡思乱想起来。

夏楚也不想和Ben说话了，她走的时候，他还碎碎念道：“你赶紧和Dante修成正果，这样大家就都有好日子过啦！”

夏楚一个踉跄，差点儿摔了！

当天晚上，江行墨做了一个梦，梦到的是白天发生的事。

他的梦很奇怪，就像他这个人一样逻辑分明，从不会像其他人的梦那样混乱。

他经常会梦到已经发生的事，并且清楚得好像被按下了回放键。这样的梦有好处，也有坏处。好处是，开心的事能回味；坏处是，糟糕的事也无法忘怀。

江行墨活了二十多年，开心的事几乎没有，所以梦里总是在重复着痛苦却难以忘记的记忆。

今天晚上，他梦到了树荫下的夏楚，梦到她的胡言乱语，梦到了自己掐她的脸颊……

一切让这个梦有了夏日的光彩。

梦不停地向后进展，江行墨听到了自己对夏楚说的话。

腾的一下，江行墨从梦中惊醒。

让人无法走出梦境的是……夏楚羞红的耳朵尖以及落荒而逃的背影。

空调的温度开得很低，可江行墨觉得胸腔中有一团火。

两个工作狂别扭了一小会儿后，又一起投入工作当中。

时间过得很快，等他们再度闲下来的时候，已经到了十月份。

这次不用江景远提醒，夏楚也记得江行墨的生日。

该怎么办呢？上次她可以说是无意中送的礼物，可如果这次再送的话，那就明显是早就知道了。

江行墨不喜欢过生日，所以她还是不要暴露为好。

夏楚琢磨了好半天，终于还是让她想到了。

她一大早就在工作室里磨蹭，等人都走了之后，果然看到江行墨在阳台上闭目养神，手里把玩着她之前送他的那个大魔方。

夏楚一副路过的模样，走过去说道："我最近也研究过魔方，你要不要给我试试？"

江行墨抬起眼皮看她。

夏楚有点儿心虚，眼睫毛颤了颤，但还是鼓起勇气道："你随便弄乱，我虽然没法闭着眼睛复原，但睁着眼是可以的！"

江行墨直接把手里的魔方递给了夏楚。

她坐到他的身边，说道："我真能复原，你信吗？"

江行墨道："三天时间？"

夏楚说："三个小时！"

江行墨笑道："可真有出息。"

夏楚道："这可不是普通的魔方，一般人能复原已经很了不起了！"

江行墨歪着头看她："说吧，又在耍什么花招？"

一眼就被看穿，夏楚倒也不慌，一边转着魔方，一边说："如果我复原了，你满足我一个愿望呗。"

江行墨问："什么愿望？"

夏楚道："肯定是你能做到的。"

江行墨向后一仰："我能做到的事太多。"

夏楚转头瞪了他一眼："你就说你答不答应吧！"

江行墨笑了一下，道："行，只要你把它复原，我就满足你。"

夏楚耳朵根一热，她怎么觉得最后那句话好像缺了三个字？

正常情况下，不是应该说"满足你的心愿"吗？！"的心愿"这三个字去哪儿了？

夏楚不敢胡思乱想，收回思绪，开始认真地复原魔方。这么高阶的魔方，她可得好好集中精神，才能把它复原。

跟了江行墨这么久，她自然研究过魔方。这玩意儿就像一道数学题，摸准路子其实也不难，就是比较繁复，十分考验耐性。

夏楚从不缺耐心，她没多时便投入进去，虽然转得不快，却十分精准，魔方的颜色在一点一点地汇集，好像在小心翼翼地把散落的星光一点点地收集起来，凝聚成天上最耀眼的星辰。

江行墨漫不经心地看着，从看魔方到看她的手指，再到看她的专注神态，最后视线落在她垂首时露出的光洁的后颈上。

有一缕黑发顺着脖颈落下来，恰巧钻进她的衣领里。

江行墨生硬地别开视线，手指动了动，有些想点燃烟，但考虑到夏楚在这里，又生生忍住了。

他想起身离开，又不愿意离开，坐在这里看着，视线又自行胡来。

他大脑放空地看了一会儿窗外，再度收回视线，便只盯着魔方看了。

这一看，他发现夏楚“绕路”了，忍不住出手帮她调整：“该这样。”

夏楚犹如从梦中惊醒，吓了一跳：“你干吗捣乱？”

江行墨：“……”这小没良心的。

夏楚立马反应了过来：“哇，原来是这样，能省不少时间！”她意识到自己误会江行墨了，十分抱歉地道，“是我错怪你啦！”

江行墨冷哼一声，懒得再看她。

然而这份“懒”也就持续了不到一分钟，他又开始看夏楚。她倒是聪明得很，学以致用，还举一反三，他不过随手帮她一下，她竟找到更便捷的方法了。

江行墨扬了扬薄唇，起身去了楼上。

夏楚察觉到他走了，不过也无所谓，本来复原魔方就要很长时间，即便他现在处于休闲期，坐在这里等着，也够无聊了。

他走了，她好像更能集中精神，这也是好事一桩。

她正这么想着，没一会儿江行墨就下来了，手里又多了一个魔方。

夏楚手上一停，转头看他……手里的魔方。她眼中全是疑惑，搞不懂他是要干啥。

江行墨道：“还有闲心耽误时间，超过三个小时，我可就不管了。”

夏楚神色一凛，继续全神贯注地复原魔方。

见她这样，江行墨有些好奇了，她到底想他允诺她什么？

虽说手上不停，但夏楚的余光还时不时地瞥向江行墨。她发现他也在转魔方，这竟让她萌生了两人一起工作的感觉。

她这么一想，效率提高了，本来三个小时的事，恐怕两个小时就搞定了！

夏楚全神贯注地复原魔方，等最后一面也完美匹配后，她兴高采烈地道：“成功了！”

她连忙把魔方展示给江行墨看，好不容易完成，还挺有成就感的。她的眉宇间尽是藏不住的得意。

江行墨看了看她，有点费力地把视线挪到魔方上，低声道：“挺好。”

“好不好不重要，重要的是，我完成了，你要答应我……”

她话没说完，看到了江行墨手中的魔方。她本以为他只是闲得无聊，又找了一个魔方转着玩，结果定睛一看，目瞪口呆。

魔方的一面上赫然是一个大字——笨。

夏楚从他手中抢过魔方，转着圈看了看，毫无意外地看到了六个“笨”字。

夏楚都顾不上吐槽了，满眼惊奇地道：“这也行？”魔方还可以用来拼字？！

江行墨道：“也只有这么大的魔方才能做到，普通的是不行的。”

夏楚问的才不是这个，由衷地说道：“你也太厉害了！”

江行墨看了看魔方上的字，再看看夏楚，说道：“大概是比你厉害些。”

夏楚：“……”

她才不会中他的激将法，抱紧魔方说：“这个送给我了！”

江行墨扬眉：“这就是你的心愿？”

“怎么可能！”夏楚道，“这叫礼尚往来。”

江行墨笑道：“你送我一个魔方，我也得送你一个？”

夏楚说：“对！”

江行墨看看魔方上的字：“拿走吧，挺适合你的。”

夏楚：“……”她笨吗？她哪里笨了？！

她道：“笨的人才会怕这个字，我是不怕的，我就要它。”

她笑得一脸狡黠，江行墨竟有些不敢多看，他岔开话题道：“你费尽心思，到底想从我这里讨什么？”

临到提要求了，夏楚竟又有些开不了口。

“就是吧……”夏楚道，“上次Ben学长剩下好多烟花……”她结结巴巴地问他，“你会放烟花吗？”她的声音越来越低，“我想看烟花，但是一个人不太敢……”

说到这里，她已经基本交代清楚，江行墨的心漏跳了半拍。

江行墨问她：“今晚？”

夏楚抬头看着他，眸中全是期待：“对！”不是今晚，就没有意义了。

江行墨没出声，夏楚看着他，很紧张。她研究这么久的魔方，又想尽办法讨来这个“心愿”，他要是再摇头，那她可真没招了，毕竟生日快要过去了。

江行墨垂眸低笑：“行，就今晚。”

夏楚大松一口气，眼中神采奕奕：“太好了，我去准备，咱们晚点见！”

她说完就要往外跑，江行墨喊了她一声。

夏楚很怕他反悔，看他的眼神充满警惕：“嗯？”

江行墨却没看她，而是看着墙角的一株小茉莉，喉结滚动了一下，说道：“顺便一起吃饭吧。”

夏楚愣了一下。

江行墨说完，又开始别扭，清了清嗓子道：“我知道一个地方，我们可以在那儿吃饭，这样就能去天台上放烟花。”

夏楚的心情大概是：幸福来得太突然，她有些不敢相信。当然，这是她熬夜刷题，第二天考试发现题目一模一样的那种幸福。

“好啊！”夏楚毫不掩饰自己的开心，“一言为定。”吃饭加放烟花，这才像过生日！

“嗯。”江行墨的声音很轻，一副很寻常、很无所谓的模样。

夏楚兴冲冲地去准备了，江行墨回了工作室，反手锁上门后，扬起的嘴角是无论如何都压不住了。

晚饭两人去的是一家非常知名的餐厅，一家除了贵之外，再没有任何缺点的餐厅。

往常都是几个人一起出门，今天只有他们俩，面对面地坐下后，夏楚小声道：“这家餐厅的环境真不错。”

江行墨瞥了她一眼：“你不点两份龙虾煲的话，氛围会更好。”

夏楚嘿嘿笑道：“想吃嘛，你又不差钱。”

江行墨笑一声，心情十分好。

夏楚点餐时，藏了点儿小心思，故意点了一份双人甜点。

江行墨看到时，皱了皱眉。

夏楚知道他不爱吃甜的，但她早有“龙虾”做铺垫，道：“放心啦，我一个人吃双份！”

江行墨瞪了她一眼：“甜不死你。”

夏楚道：“人要是能被甜死，也不枉此生。”

不知道为什么，听到她这句话，江行墨竟觉得牙根有点儿酸——好像生生嚼碎了一颗糖。

“把你给出息的。”

“吃甜的是我一个人的事，总比你抽烟强。”

“等你血糖升高，就不是你一个人的事了。”

“抽烟可是会让两个人得肺癌。”

江行墨一时卡壳。

夏楚竟又来了一句：“当然……不能同生，但共死也挺浪漫。”

江行墨的心猛地一颤，拿着刀叉的手都跟着抖了一下……他敛眉，端起红酒杯喝了一口，总算平静了怦怦乱跳的心脏，道：“胡说些什么？”

夏楚笑眯眯的，丝毫意识不到自己说了多么了不得的话。她还来兴致了，问江行墨：“如果有选择的话，你会和爱人共死吗？”

江行墨顿了一下道：“不。”

夏楚好奇地道：“为什么？”

江行墨拿面包堵住她的嘴：“吃饭！”

他比她大许多，她怎样也该活到他去世时的年纪。

吃完后，江行墨带她去了顶层。

这儿视野极好，是个宽阔的天台，向前望去，似乎能看到深夜中的大海，当然只是似乎。

十月末的天气已经十分凉爽，夏楚被冷风吹得一缩，江行墨站到她的旁边，挡在了风口上。

夏楚问他："这儿真能放烟花吗？"

江行墨道："放心吧。"

夏楚道："反正烟花很小，应该不要紧。"

江行墨问她："想先看哪个？"

夏楚立马指着大的说："这个！"

江行墨把它放好，打火机一闪，便点着了。

引线燃烧，点点火光像天际的细小流星，当落至尽头时，出现瞬间的安静与黑暗，随后爆发出来的是惊人的绚丽。

其实也没有多震撼，毕竟只是个小小的烟花。

但无论大小，烟花总是能给人带来快乐的。

因为它本身就是为愉悦人而诞生的。

放了几个大的烟花后，夏楚也去放了几个小的。她玩得很开心，哪里还记得自己是为了给江行墨庆生而准备的烟花。

最后一个大的烟花被点燃，江行墨退回夏楚身边，同她一起看着。

"今天是我的生日。"这话落下的瞬间，烟花升天，在夏楚眼中炸开，变成一朵绚丽的花。

她惊讶的模样十分真实，虽然惊讶的原因不同。

"这么巧啊。"她小声道，"我……们问你那么多次，你都不说……"

江行墨看向她道："不许告诉任何人。"

夏楚愣住。

江行墨看进她的眼中："只要你知道就行。"

只要她知道吗？

他的生日，他只想她知道就行吗？

夏楚十分庆幸，夜色很深，天很黑，即便离得这么近，他都不会看到她滚烫的脸。

他没看到，她也看不到他。

夜给他们打掩护，藏着一些连他们都认不清的情绪。

好半晌，夏楚才找到自己的声音："你不喜欢过生日吗？"

江行墨道："嗯。"

夏楚悄悄地问："为什么？"生日是每个人独一无二的节日，谁会不喜欢呢？！

江行墨没出声。

夏楚问完，觉得自己有些触碰隐私了，便有些后悔。她不愿在今天惹他不开心。

谁知江行墨竟给她解释了："因为没有可以一起庆祝的人。"

“怎么会？！”夏楚看向他。

江行墨看着前头，好像那儿还有未陨落的烟花：“孩子的生日是母亲的受难日，每个人过生日时最该感谢的是母亲。”

夏楚明白了。

江行墨道：“我妈走得早，她不在了，就没人和我一起过生日了。”

夏楚动了动嘴唇，还是轻声问道：“你……其他家人呢？”

江行墨竟摇头道：“我没有其他家人。”

这……江景远不是他的父亲吗？

当然，这话，夏楚没法问。

江行墨竟也将尘封了快二十年的话说了出来：“我当然有个父亲，不过他很忙，我小时候每次过生日，他都赶不回来，都是我妈和我一起过的。我妈走了后，我的每个生日都是逢场作戏，等我离开那个家，我也就不想再过生日了。”

他说得还是很隐晦的，但夏楚了解得比他想象的还要多一些，所以她听明白了。

江景远有如今的商业帝国，毫无疑问是他自己打拼出来的。

他有妻有子，却因为工作忙碌而极少回家，这也许是他们父子生疏的根源所在。

妈妈去世，对小时候的江行墨来说绝对是极大的打击，如果疏通不当，甚至会造成严重的心理问题。

江行墨说妈妈走了之后，他的每个生日都是逢场作戏。只“逢场作戏”这四个字，夏楚就勾勒出了一场觥筹交错的商业宴会。

以江景远的地位，肯定有无数人来讨好江行墨，他的生日宴必定会被人大办特办，可无论来多少人，无论送多少礼物，都是一张张苍白的假脸，虚伪的假笑，让人心凉的虚情假意。

他太聪明了，过分聪明导致过分早熟。早熟从来不是件好事，这会让失去亲情保护的孩子遭受难以言说的打击，尤其是在那样复杂的环境中。

夏楚想到这些，不禁心软得一塌糊涂。她仰头看他：“以后我和你过！”欸，好像有歧义……

江行墨怔住了。

夏楚说完，又有些不好意思，结巴了一下道：“我……是说，嗯……我以后陪你过生日，但送不了什么珍贵的礼物，作、作为礼尚往来，你也陪我过生日吧。你看……我在这异国他乡，也……”

“好。”江行墨想听她说完，却又忍不住想快些答应。

听到他答应了，夏楚低下头，只感觉脸上极烫，心也跳得极快，而且头很重很重，仿佛脖子已经撑不住它，她怎么也没力气再抬起头来。

这是个异常美丽的夜晚。

他们青涩、稚嫩，怀揣着自己都不了解的感情，却开始用心来珍视对方。

结婚后的那半年，夏楚孤零零地躺在床上，最常回忆的不是在一起后的缱绻时光，而是这段最懵懂、最不经意却也是最初的心动时光。

她喜欢他是理所当然的事。

他恨她也是无法避免的事。

最美好的过去，蒙上了最肮脏的抹布，才显得尤其可憎。

江行墨送给夏楚的第一个生日礼物是……车……

夏楚目瞪口呆："单、单车？"

江行墨道："生日快乐。"

快乐个鬼啊！夏楚看看这辆勉强还算秀气的山地车，说道："我又不喜欢骑行。"

江行墨在她的后颈上弹了一下："你这身体，该运动了。"

夏楚扭头看他："骑单车又不会改善颈椎。"

江行墨道："运动量足够，全身都会活动到。"

夏楚不为所动。

江行墨干脆下命令道："早上六点半，跟我出去骑一圈。"

夏楚好奇的是另一个问题："你这身材就是骑出来的？"

江行墨瞥她："你试试不就知道了？"

夏楚捏了捏自己的腰，有点儿慌："那……我试试吧！"

江行墨的视线挪到她的腰上，又快速地挪开，道："是该试试了。"

夏楚有点儿紧张："我最近胖了对不对？"

江行墨看看她尖尖的下巴，一本正经地胡扯道："胖了。"

这话对哪个女生来说都是晴天霹雳，夏楚一脸懊恼："我已经努力少吃了。"

江行墨皱着眉道："吃得越少越胖，运动才是关键。"

夏楚才不信："你就想骗我去跟你骑车。"

江行墨顿了一下，道："不去算了。"他说完，走人。

夏楚品了品，怎么觉得这语气像是被戳穿后恼羞成怒了呢？

难道他真想她陪他去骑单车？拜托，这么冷的天，谁想那么早出去！

可是车都买了，还是生日礼物。

夏楚一咬牙，大清早过来了。

相比较来说，江行墨穿得单薄，不见丝毫冷意。她又是帽子又是围巾又是耳罩的，裹得跟个粽子似的，也还是被冻得哼哼唧唧。

"你不冷？"

江行墨摘了她的围巾道："你是身体太差，以后每天早上都过来。"

夏楚道："我才不要。"

江行墨在她冰冷的脸蛋上捏了一下："我看你这身体是等不到肺癌来折磨你了。"

"你的手好热……你真不怕冷啊？"夏楚有点儿心动，眼珠子一转，又冒出一个小心思，"那我每天陪你骑车，你就可以不抽烟吗？"

江行墨："……"

夏楚强调道："不是仅仅不在我面前抽，而是以后都不抽。"

江行墨盯着她看了一会儿，径直出门。

夏楚又追上来，继续确认："答不答应？回头我都冻成冰棍了，你还来根烟，我要气死的。"

江行墨没出声，就在夏楚以为这家伙不会接受这个挑战时，他说道："我看你能坚持几天。"

夏楚眼睛一亮："你这是答应了？"

江行墨才不会出声"答应"。

那么……夏楚坚持了几天呢？

还真没几天，她不是江行墨，她是真的头脑发达、四体不勤，人生所有毅力都交给大脑了。

只不过骑了三天，她就像咸鱼一样躺在沙发上，打死都不动了。

江行墨刺激她："看来，我可以来根烟了。"

夏楚有气无力地道："我还能行。"

"行个鬼，"江行墨笑道，"歇着吧。"

不过，这一天他没有抽烟。

往后许多许多天，他都没再碰过烟。

春节前夕，他们有了新工作，忙得昏天暗地，平安夜当晚都在加班。

江行墨抬头时，发现已经凌晨两点。他手头还有些事没做完，但看看夏楚，他捏了捏眉心道："走了。"

谁知夏楚不走了，仿佛钉在了电脑前："等我弄完这块。"

江行墨走过去看了一眼后，道："胡闹，弄完还用睡吗？！"

夏楚道："那就不睡了，反正明天没课。"

"不行。"江行墨催促她，"回去休息。"

夏楚抬头瞪他一眼："你要睡，你去睡，别打扰我。"

这小浑蛋，江行墨拔了她的键盘的线道："回去睡觉！"

夏楚好气："不许拔掉我的线，快给我插上！"

江行墨扬眉："你信不信我拔掉你的电源线？"

夏楚睁大眼："你无理取闹！"

江行墨已经弯下腰，夏楚吓得不行，不禁哀求道："我弄完这一点点……"

江行墨作势要拔线，夏楚服了："好、好、好，怕你，怕你还不行吗？"

她保存好数据后关机，臭着脸起身。

江行墨被她逗乐了："网瘾少女。"

夏楚辩驳："我是在养家糊口。"

"行了，"江行墨这话算是安抚她了，"按照这进度，不会耽误，没必要这么赶。"

夏楚也知道，但她……

“你不让我弄完这段，我回去了也睡不着。”强迫症晚期患者了解一下。

她这一说，江行墨倒是感同身受。

不过她不能再熬夜了，他要是晚点儿抬头，这家伙还真就不睡了。

“睡不着也给我老实地躺到床上去。”

夏楚翻了个白眼，捧着一个暖手宝坐到车里。

江行墨看了眼那狗头状的暖手宝，皱眉道：“你多运动就不会这么怕冷了。”这边的冬天不怎么冷的，对他来说，穿件外套就足够御寒。

夏楚连忙投降：“等开春……天暖和了，我一定运动。”

“你冬天嫌冷，夏天嫌热，反正就是懒。”虽说看得穿她的心思，他却没真正逼迫她去跟他骑行。

把夏楚送回家，他回去又忙了一会儿，时针指向“3”时，他才伸了个懒腰准备休息。

临走时，他看到那株冻得瑟瑟发抖的小茉莉，嘴角微扬，给它浇了点儿水。

正要上楼，他又停住脚步，来到夏楚的电脑前。

江行墨是这么对自己说的：强迫症治不了，他看一眼就“犯病”了，好歹把这段写完。

他才不是要帮夏楚，就是过不去心里的那道坎。

这么一番安慰，他坐下了，准备写完这一段。

刚登进去，他就眉峰一挑。

很好，非常好，十分好。

本来停在一半处的代码又多了几百行！

夏楚回家了也不安生！

江行墨一个电话打过去，抱着电脑坐在床上的夏楚双手如飞，心里抱怨：这么晚了，谁还打电话来啊？

她放下电脑去捞手机，看到“大魔王”三个字时，差点儿吓得把手机扔出去。

接还是不接？

嗯……反正江行墨不会知道她在家里加班，她还是接吧。

她故意用带有很浓的睡意的声音说道：“喂，什么事？”

江行墨信了她的邪：“我在你的电脑前。”

夏楚一愣，知道自己暴露了：“我……那个……就……”

“给我睡觉，”江行墨道，“信不信我给你全删了？”

夏楚急了：“你别胡来！”

江行墨：“你看我会不会胡来。”

“我是在工作啊，又不是在玩游戏。”但她有了那种被威胁删号的惊悚感。

江行墨道：“睡觉，再不老实，我可不敢保证我会做什么。”

夏楚脑袋瓜一转，道：“你不也还没睡？”

江行墨：“……”

夏楚又道：“而且，你干吗打开我的电脑？你不会是想帮我写完吧？”

江行墨卡壳了，但他怎么会承认？！他道：“我不过是来拷贝一个东西。”

夏楚才不会放过他：“拷贝什么？”

江行墨：“……”

夏楚悲愤道：“你这人也太不讲理了，自己熬夜可以，我就不行。”

江行墨气得不想和她说话。

夏楚又道：“咱们要公平公正，你不睡，我也不睡……”

江行墨心思一动，打断她的话：“你怎么知道我睡没睡？”

夏楚一愣，是啊，他偷偷加班，她没法知道。

江行墨道：“我给你支着吧。”

夏楚还没意识到前头有坑：“怎么？”

江行墨道：“搬到我这儿来住。”把她放到眼皮底下，他倒要看看她还怎么熬夜。

电话那头的夏楚整个人都愣住了。

搬……搬到江行墨那儿去住……

捧着手机的夏楚好一会儿才找回自己的声音：“我在这里住得好好的，才不要搬过去。”

江行墨道：“你确定？”

夏楚努力让声音不颤抖：“当、当然。”

“那从明天起，我不送你了，你自己回家。”

夏楚连忙道：“大半夜的，我自己……”不对，她反应过来了，立马弯了眼睛，“你终于承认是在送我了。”

江行墨没吭声。

夏楚心里甜滋滋的：“所以说去便利店是幌子，送我回家才是事实？”

江行墨是不会承认的，道：“我是去便利店，然后顺道送你回家。”

他将“顺道”二字加重语音，势必让她听清。

夏楚：“哦、哦、哦，是送我回家，顺便去一趟便利店。”

江行墨恼羞成怒，刻意压低声音：“我看你是胆子越来越大了！”

夏楚才不怕他，反而觉得胸腔里全是暖意，轻声道：“谢谢。”

江行墨的心一热，他嘴上却硬实得很：“没什么好谢的。”

夏楚故意说道：“谢谢你每天去便利店，再每天顺道送我回家。”

这话说的……

江行墨沉默了半天，蹦出一句话：“那你应该感谢便利店。”

夏楚实在忍不住，扑哧一声笑出来。

这一下却一发不可收拾，她笑得仰躺在床上。

听她这样笑，江行墨抓紧手机，竟满心都是遗憾——隔着手机，只能听到声音却看不到人。

江行墨又道："反正你的好日子到头了，晚上自己回去。"

夏楚还在笑。

江行墨自顾自地跟了句："或者搬过来，你就不用来回跑了。"

笑了一番后，夏楚再听这话，就没那么害羞了。

其实搬过去也行……那房子很大，她都可以和江行墨各住一层了，而且 Ben 也住在那儿。

不过，她一个女生和两个男生住在同一个屋檐下，听起来有些别扭，可其实换个角度想想，寄宿家庭这里也时不时会有男房客。

江行墨那栋别墅可比寄宿家庭这儿大得多，理论上来说，如果住过去，她和他们反倒比她和这边的室友的距离要远得多。

再说了，她和江行墨以及 Ben 多熟，两年多的交情了，有什么好担心的？

而且江景远曾说过——做一切他想做的事。

是江行墨主动开口让她搬过去的，她不该拒绝。

江行墨还在别别扭扭地游说她："你算过没有，你每次来回至少浪费一个小时，有这时间，多睡一会儿不好吗？"

还真是……夏楚其实已经拿定主意了，但她就是不愿这么快答应，还想听江行墨多说一点儿。

江行墨哪里知道她心里想的是什么，继续说道："你不是总觊觎我那几本书吗？"

夏楚眼睛一亮，给自己争取福利："我可以用你的书房吗？"

江行墨道："弄乱了，自己收拾。"

他这是同意了！夏楚眉开眼笑道："明明是你弄得乱七八糟，我帮你收拾！"

江行墨道："你的收拾就是弄乱。"

夏楚不服："我都给你分门别类地放好了，你自己想想，这阵子丢过什么资料。"

江行墨："……"

话题扯得有些远，他又给扯回来道："从明天开始，书房只对住在那儿的人开放。"

夏楚憋着笑，眼珠一转，又有问题了："你早上不许喊我去骑行。"她住得远，早上不过去，江行墨也不可能过来喊她，所以她是能躲就躲。

江行墨没好气道："你还好意思提。"三天打鱼、两天晒网的懒虫。

夏楚道："你要是每天早上喊醒我，那我还不如在这边睡个懒觉。"

江行墨沉默了一会儿，语气极差地道："爱来不来。"

夏楚多了解他，知道该见好就收了，连忙道："你明天来帮我搬行李吧。"

听到这话，江行墨本来压下去的嘴角又扬了起来。他冷哼一声，说道："自己找搬家公司。"

嘴上这么说着，第二天一早，他就去接夏楚了。

搬过去住的日子比夏楚想象中的还要滋润。

她有了自己专门的盥洗室，有一个大大的衣帽间，有一张非常舒适、宽敞的床，还有个小阳台，可以养花。

硬件设施很好，“软件”设施更棒。

江行墨出门前不叫她，必定会拎着早餐回来。

夏楚以前经常不吃早餐，这会儿有了早餐才发现，清晨一杯热牛奶，简直是人间美味。

就是……

夏楚小口啜饮着牛奶，嘟囔道：“你能帮我多放点儿糖吗？”

江行墨瞪她：“爱喝不喝。”他都放三勺糖了，她是想喝糖水还是牛奶？

夏楚撇了撇嘴，想摸去厨房。

江行墨一眼看穿她：“嫌不好喝，明天我不买了。”

夏楚：“……”

她停下去找糖的脚步，由衷地冲他假笑：“好喝，真好喝，请老大明天再买一杯！”

江行墨冷哼一声，去冲凉了。

一个星期后，Ben 搬出去了，缘由是显而易见的——他要和 Emma 同居啦！

夏楚满心祝福，Ben 拍着她的肩膀道：“你也要加快进度了！”

夏楚被他拍得一踉跄。

Ben 冲她眨眼睛：“我也是想给你腾出私人空间。”

夏楚红了脸：“什……什么啊？”

Ben 嘱咐她：“Dante 是个死脑筋，你要主动一些。”

乱说什么？夏楚把他往外推，恨不得他现在立刻消失在她面前！

Ben 搬走了，家里只有夏楚和江行墨。

起初几天，夏楚还有点儿别扭，但很快就适应了。

她和江行墨实在太熟悉了，之前两年虽然不住在一起，但只怕比寻常住在一起的人还要亲近些。

太过熟悉的两个人，生活在一起自然是适宜的。

这对他们来说都是新奇却又自然而然的事。

忙碌充实又舒适的日子过得飞快，夏楚转眼大三了。

她在 Q 大的同学已经忙碌着毕业的事了，她因为转到斯坦福大学是从大一重新念起，所以还有一年。

在这里读了三年书，可其实她对这周围的一切都很不熟悉。

起初她在学校住宿，还有室友，后来因为去江行墨那儿工作，搬到了寄宿家庭，再之后搬到了江行墨的住处，折腾了几下子，更是切断了自己和其他人的联系。

最初的室友 Amy 更是和她反目为仇，再也不说话。

Amy 喜欢江行墨，她自从得知夏楚在为他工作后，便跟夏楚疏远了。

夏楚并不在意，她来这里从来不是为了自己。

社交也好，娱乐也罢，甚至是自己的学业，都是退居其后的。

她最重要的任务是陪着江行墨。

当然，她还是要好好为毕业做准备的，而江行墨也从没耽误过她的学习时间，甚至还帮了她很多。

夏楚少了些社交，虽说与别人相处不多，但成绩始终名列前茅。

这不是好事，反而让其他人更加排挤她。

这天，导师找她去办公室，询问她是否报名参加下个月的竞赛。

这个竞赛是世界性质的，名气不小，如果能拿到奖牌，对以后大有裨益。

导师一直很看好夏楚，实在是她的能力太出众，远超其他学生。

夏楚犹豫了一下，不太想参加。她的时间很紧凑了，哪有什么时间搞参赛作品？

导师也知道她的情况，说：“还是不要错过了，虽说你跟着Dante做了很多好的作品，但那些是没法写到履历上的。我知道你不在乎这些，等你毕业也有大好前程，但是你真不想拿出一个没有Dante标签的作品吗？”

他前头说的话夏楚都没在意，唯独最后一句，触动了她心底最纤细、隐秘却切实存在的一根弦。

导师也没再多说，只告诉她：“好好考虑一下，你很优秀，我希望你能证明自己。”

夏楚出了办公室，脑袋里始终回荡着那句话。

——你真不想拿出一个没有Dante标签的作品吗？

她……

“Megan也要参赛吗？她可是很厉害的。”

“厉害什么？”这个声音是夏楚熟悉的，是Amy，只听她说道，“她就是倚仗着Dante，自己根本不行。你们仔细想想，除了给Dante打下手，她自己做过什么？！”

“可是，能给Dante帮忙已经很厉害了。”

“那是对男生而言，谁知道她在Dante那里整天干什么？！”

几个女孩哄笑道：“也对，别人是和Dante一起工作，她估计是另有企图吧。”

“也不知道Dante看上她什么了！”

“大概是方便吧。”

“是啊，随叫随到，像条狗一样听话。”

夏楚从她们的身边走过。

几个女生面色一变，但很快又嗤之以鼻：“反正我是做不到的，死缠烂打到这个地步也是能力。”

她们这番话，夏楚不是第一次听到。

学校里喜欢江行墨的女生越多，她就会遭到越多的漠视。

她该庆幸的是，自己早早地搬了出去，否则指不定会发生什么。

她一个外国人，如果真去较真，只怕会遭遇更加可怕的对待。

无所谓的，夏楚不在意这些，再说，她原本来这里的目的就不纯粹。

待在江行墨身边，才是她要做的事。

只不过导师的话还是徘徊在她的脑海中，怎样都散不掉。

离开江行墨，她也是没问题的，她很清楚，可又有些不清楚了。

离开是早晚的事，也许她该让自己更加清醒。

走出学校时，她碰到了Emma。

Emma招呼她道："吃饭没？"

夏楚摇头："正要回去吃。"

"回去干吗？"Emma挽着她的手道，"走，学姐请你吃！"

Emma也毕业了，她和Ben住在一起，两人感情很好，已经在考虑结婚的事。

一直以来，Emma都十分照顾夏楚，是夏楚在这里仅有的一位女性朋友。

两人去了一家中餐厅，Emma点了一份宫保鸡丁，对夏楚说："这个真好吃，我特别喜欢。"

夏楚笑道："等你去中国，我带你去吃正宗的。"

Emma道："我是肯定会去的！"

夏楚道："嗯，一言为定。"

两人闲聊着，吃过饭后，又去了一家咖啡厅。

夏楚隐隐察觉到Emma是有话对她说，只不过Emma不开口，夏楚也没主动问。

咖啡厅里放着轻缓的钢琴曲，夏楚听不出曲名，却很喜欢这种轻缓的旋律，仿佛让人的心灵都跟着放松了。

Emma也终于说了："Megan，你想过将来吗？"

夏楚愣住了。

Emma道："我知道你喜欢Dante，但他是个石头心、焐不热的人，你这样为他付出，他也不会领情。"

夏楚想辩驳，但又有些不知该从哪里说起。

所有人都以为她喜欢江行墨，可其实……她接近他只是一场交易。

所有人都以为面冷的江行墨对她不好，可其实他对她很好，他是在意她的。

没人看得清，而她也没法去解释。

她说自己对江行墨没有那方面的感情，谁会信呢？

她说江行墨对自己很好，只怕还会被当成她的自我安慰。

事实总和人们看到的不一样，可真相无法暴露在阳光下。

夏楚垂眸，没出声。

Emma很心疼她："Megan，爱一个人没错，但不能因此而失去自我。"

夏楚微拧眉心，手不自觉地握紧了咖啡杯。

不要因此而失去自我。

——一个没有Dante标签的作品。

她得找回一些属于自己的生活。

没有江行墨参与、没有他的痕迹的她自己的生活。

因为离开是早晚的事。

十年是非常短暂的。

夏楚报名参加了这个竞赛，导师很欣慰，给予她满满的鼓励。

夏楚道："我会努力的。"

导师说："不要有太大压力，只要能拿到奖牌就行。"

夏楚想的却是获得一等奖。

这一个多月，夏楚一直躲着江行墨，不让他发现自己在做什么。

好在这阵子没事，她有很多空闲时间。

往常她是看书，这会儿是躲在卧室里。

江行墨从不会进她的卧室，所以不会知道她在做什么。

夏楚对自己还是很有信心的，她只要正常发挥，拿到一等奖不难。

可是，她很难正常发挥……

不是有人打扰她，也没遇到什么难题，她只是觉得很没意思。

她对这个竞赛不感兴趣，对正在做的事提不起劲，对一个人的工作环境……

夏楚神态一凛，意识到了问题的关键。

江行墨不在，她抬头看不到另一个人，做的事也不会有人来查看、整合……所以，毫无干劲。

习惯真可怕。

她将要完成作品时，江行墨还是发现了。

他诧异地道："竞赛作品？"

夏楚也不藏着了，应道："嗯。"

江行墨问："你这阵子就在偷偷忙这个？"

夏楚顿了一下，说："没有偷偷。"

江行墨笑道："那你为什么躲在屋里？用笔记本电脑很不舒服吧？"

夏楚语塞。

江行墨又打趣她道："来，给我看看，保证你拿一等奖。"

他这话却触动了夏楚的神经，她关了电脑，道："不需要！"

江行墨道："真的不需要？"

夏楚斩钉截铁道："我自己能行。"

"好吧。"江行墨道，"拿不了奖牌，可别哭。"

夏楚立马道："才不会！"

她这个"才不会"，也不知是说自己不会哭，还是说自己一定能拿奖牌。

后来结果公布了，夏楚拿了块银牌，与一等奖失之交臂。

大家都恭喜她，觉得她真的很厉害，导师还对她说："你的作品很成熟，完成度极高，只不过在新意上略逊一筹，其实换一批评委，你该拿一等奖的。"

夏楚笑笑，神色恹恹的。

她不是因为拿了银牌而失落，而是气恼自己没尽全力。

如果她拿出和江行墨工作时的干劲，绝对不是现在这样的结果。

可这些没法和任何人说，甚至她自己都不知该如何面对。

夏楚回家后，江行墨端着杯咖啡出来，瞧她蔫蔫的，也不打趣她了，顿了顿后，说道："这届评委不行。"

夏楚："……"

江行墨道："获得一等奖的那个作品做的是什么玩意儿？经不起推敲，Bug 一堆，动动手指就能……"

夏楚打断他道："我做的那个也不好。"

江行墨沉默了一会儿，看了看夏楚的作品，的确不像是她的水准。

他的沉默让夏楚更难受了！

江行墨看她还是一副无精打采的样子，有些笨拙地开口："反正比那人做得好。"

夏楚幽怨地看着他："反正。"

江行墨："……"

夏楚不想说话了！

她把自己关在屋里闷了一晚上，第二天还是蔫蔫的。

其实，是金牌还是银牌真的无所谓，她就是瞧不起自己。

要么不做，要做就认真做，这样糊糊弄弄的态度，实在太不应该了。

颓丧了一晚上，第二天，她是被饿醒的——晚饭没吃。

她洗漱完走出去，刚好看到江行墨回来。

江行墨把早餐放下，说道："我去洗澡。"

夏楚连连点头，心思早就被牛奶夺去了。

她喝了一口牛奶，立马睁大眼。

好……好甜！

她看向江行墨："你放了几勺糖？"

江行墨没回头："我怎么知道？是店员放的。"

夏楚道："好甜。"

江行墨道："大……概是他放多了吧。"

夏楚心满意足道："好好喝！"

江行墨心道：七勺糖还好喝？！真的不会甜死吗？

早上的甜牛奶让夏楚心情好了许多，昨晚的颓唐也散去了一半。

她知道江行墨是故意给她多加了糖。

他还说什么店员放的，她又不是没去过那家店，店员才没空给你放糖，都是"自助"的。

其实那勺子很小，平常人三勺糖足够，夏楚嗜甜，翻个倍还不甘心，非得再多加一勺。

七勺糖刚刚好，甜得她精神百倍！

本以为甜牛奶已经是大魔王的"恩赐"了，夏楚万万没想到，坐到电脑前时竟然看到了一小块巧克力。

她眨了眨眼睛，抬头看江行墨。

江行墨目不斜视地盯着屏幕，根本没看她。

夏楚喊他：“Dante！”

江行墨没看她：“嗯？”

夏楚道：“我捡到一块巧克力。”

江行墨：“哦。”

夏楚：“是不是你放的？”

江行墨嗤笑道：“我会有那种垃圾食品？！”他将自己不吃的东西一律归为垃圾食品。

夏楚不乐意了：“巧克力是瑰宝！”

江行墨没再理她。

夏楚攥着巧克力，有些摸不清到底是不是江行墨放的。

应该不会吧，就像他说的，他从来不吃这东西。

可还会有谁？！这个点大家都没来，昨晚这里可什么都没有！

夏楚没再问，因为她很清楚，问了某个傲娇的人，他也不会承认。

本以为甜牛奶加这块巧克力已经是极限了，万万没想到，中午的时候，她又在餐桌上捡到一块巧克力，下午在书房又捡到一块，傍晚在茉莉花旁边……

等等！夏楚这才发现她的小茉莉旁边又放了一株茉莉。

这株要大得多，枝繁叶茂的，她的小茉莉待在它的旁边，显得楚楚可怜。

夏楚可不嫌它大，它开得这样好，花雪一样白，因为姿态凛然，竟带了点儿雪松般的孤傲。

夏楚不由自主地就想到了某人……

恰好某人路过，夏楚扯住他的衣袖道：“你买的？”

江行墨道：“不是。”

夏楚乐了：“那是谁买的？”

江行墨作势要走：“我怎么知道？！”

夏楚笑得眼睛都弯了：“我看咱家是来了位田螺姑娘！”

夏楚喜滋滋地罗列着：“甜牛奶、办公桌上的巧克力、餐桌上的巧克力、书房的巧克力，还有这株茉莉花……肯定是田螺姑娘做的！啊……不对……”夏楚看着他笑，“也许是田螺小伙子？”

某个不怎么小的小伙捏了她的面颊一下：“没大没小。”

他没用力，夏楚根本不痛，只觉得有些痒，大概是因为他指尖的薄茧。

夏楚心里热乎乎的，昨天的颓唐一扫而空，只剩下喜悦，由衷道：“谢谢。”

江行墨誓要别扭到底：“有什么好谢的。”

夏楚道：“谢谢你的甜牛奶，谢谢你的巧克力，谢谢你的茉莉花，我全都很喜欢！”

江行墨别过头去：“都说了是店员放多了。”

“那巧克力呢？”

“我才不会买这种东西。”

“那茉莉花？”

江行墨顿了一下，生拉硬扯道：“我买给自己的，不行啊？”

“行、行、行！”夏楚开心得不要不要的，“你说什么都行，反正我就要谢谢你。”

她这么一说，江行墨竟有些脸热，闷声道：“不过是个小竞赛，有什么好垂头丧气的？”

他果然是看她没精神，才做这些帮她振作起来。

夏楚心里像是被撒了七勺糖那般甜，她道：“我只是想自己做成一件事。”

她的失落不是因为获得的是银牌，而是因为自己变得不像自己了。

认识江行墨之前，她从来都是独立的，做什么都是一个人就能做到最好。

她不爱出风头，也很低调，却是极其认真的性子，只要决定做了，就一定要拼尽全力。

来到这里，认识江行墨后，她仍旧是全力以赴，却不是自己一个人。

她时刻都能看到江行墨的背影，时刻都能感觉到他的步伐。她不需要自己去确定目标，只要看着他，拼尽全力追赶就足够了。

这在别人看来也许很累，也许会很疲惫，但夏楚并不这样觉得，甚至觉得这是轻松且充实的。

因为有个人在前头披荆斩棘，有人在前头遮风挡雨，有人用自己的脚踩出了能安置她的步伐的路……

她只需要追随他，只需要以他为目标，拼尽全力去做。

这对她来说反倒是极其舒适和惬意的，甚至让她沉迷。

但这终究不是永恒，江行墨不会一直在她前头。

如果她失去了独立做事的能力，今后又该如何自处？

这才是她困扰的根源所在。

“不要妄自菲薄，”江行墨正色道，“你做的每一件事，都是你自己的事，而且你都做得很好。”

每件事都是她自己的事，每件事她都做得很好。

夏楚笑着看他：“你是在夸我吗？”

她本以为江行墨不会承认，谁知道他竟然应下了：“嗯。”

他的声音很轻，不仔细听都听不见。

夏楚本来心情就好多了，听到他说的话，更是彻底放晴。

她又开始搞事情：“声音太小了，听不清。”

江行墨却道：“你并不是在我后面，我们是并肩而行。”

这话让夏楚嘴角的笑僵住了，她感觉一阵酥麻从双腿开始蔓延，极快地霸占了全身。

他说她不是跟在他身后，他说他们是并肩而行……

夏楚的瞳孔慢慢扩散，感觉到一阵难以消解的酸意涌上了眼眶。

江行墨了解她。

他只凭她的一句话就知道了她的困扰。

他也只用一句话就将她的困扰解开了。

夏楚眼眶滚烫，嘴角却扬了起来，她彻底释怀了。

嗯，他们并肩前行！

此时此刻，夏楚由衷地感谢江景远。

是他给了她机会，让她遇到了江行墨，遇到了此生的知己。

第十四章

临近毕业，谁都有着这样那样的困扰。

就业、创业、继续进修，还是怎样——形形色色的问题被摆在桌面上，实在让人烦恼。

斯坦福大学中不少学生是从大学开始积累资本，准备创业，等到毕业，无非彻底踏向那广袤的天地。

也有不少人拿到了硅谷各大公司的offer，等待着进入那神秘莫测的世界。

当然也有进修的，想要探索前沿科技，还有很多要学，像江行墨，已经拿下了两个博士学位。

那么……夏楚又该做什么呢？

她不能自己决定，倒不是因为她没有自己的主张，而是因为她不能主张。

江景远远道而来，约她出去见了面。

近四年没见，江景远丝毫未变，时间仿佛停在了他的眉宇间，只留下深邃与沉稳。

江景远问她："之后有什么打算？"

夏楚很坦诚："您希望我有什么样的打算？"

江景远笑了一下道："你想继续进修吗？"

夏楚摇了摇头。

江景远道："不要考虑Dante，只看你自己。"

夏楚道："考虑我自己的前提就是考虑Dante，他要离开斯坦福了。"

"所以，你也要离开？"

夏楚道："我会履行约定。"这些年江景远明里暗里对她家十分照顾，她都看在眼里。

江景远顿了一下，说道："我希望你能回国。"

夏楚愣住了。

江景远看向她，道："当然，我也希望你能劝他回国。"

"这……"夏楚知道自己不该这么说，但还是开口了，"国内的环境并不适合……"

江景远道："难道你们要在外漂泊一辈子？"

夏楚顿住了。

她也想家，非常非常想家。

在这异国他乡，她过得十分孤单，学校是非常好的，也有和蔼可亲的教授，可整个环境中有着怎样都化解不了的种族歧视。

她始终无法融入。

她想回国，可她也知道江行墨的理想，知道他想做什么。

而这里无疑是最适合江行墨的沃土。

江景远没再说什么，他的意思表达得很清楚，他希望他们回国。

夏楚只能答应下来，可是她没办法对江行墨开口，她没有任何说服他回国的理由。

事实上，她连自己都说服不了。

这天，江行墨问她："毕业后有什么打算？"

夏楚神经一紧，坐得笔直。

江行墨道："看来是有打算了。"

夏楚快速摇头，因为反应太激烈，反而让她的摇头看起来像点头。

江行墨竟像看穿了她一般，问她："想回国吗？"

夏楚猛地抬头看他，心虚得要死了。

江行墨也看着她，等着她的回复。

夏楚给自己做了一万字的心理建设，蹦出来的却是模棱两可的四个字："想，也不想。"

江行墨微扬薄唇道："什么叫'想，也不想'？"

夏楚低着头，手指摩擦着水杯，道："就是想回国，又不想回国。"她一副说了也是白说的架势。

江行墨竟耐心地问她："为什么？"

夏楚看了看他，说不出口。

江行墨盯着她看了一会儿，眼底的笑意很深，道："想回国是正常的，不想回是因为这里有舍不得的人吗？"

夏楚的心一跳，赶紧挪开视线。

她舍不得江行墨。

她的确舍不得他，也舍不得他回国。

江行墨又问了她一次："真的不想回家？"

夏楚重重地叹了口气，承认道："想。"

江行墨问她："不继续读博了？"

夏楚摇头道："不了。"

"硅谷那么多公司给你发了offer（指录用通知），也不考虑一下？"

夏楚道："想家。"

江行墨轻笑了一声，让人辨不清他的情绪。

夏楚顿了好一会儿，终于鼓起勇气，看向他问道："你呢，你有什么打算？"

江行墨抬头，看了看蓝天与朝阳，慢慢说道："我的高才生都要回去报效祖国了，我还留在这儿做什么？”

听到这话，夏楚满心都是不可思议，同时还夹杂了无法形容的狂喜：“你也要回国？”

“嗯，该回去了。”

他要回国，他也要回国！

狂喜之后是冷静，夏楚蹙眉道：“国内的环境……”

江行墨反问她：“你觉得国内的环境不适合人工智能的发展？”

夏楚顿了一下道：“总归是落后一些。”

江行墨摇头道：“技术上落后，我们回去了就是弥补，至于政策环境，我认为国内比这边还适合。”

夏楚愣了一下：“是吗？”

江行墨道：“我们的国家渴望成长。”

人工智能势必会掀起新一轮革命，能够在这个领域有所突破，相当于在其他行星上插上国旗，占领的是新的未来。

江行墨从来没想过要留在美国，学到该学的，得到该有的历练，他要回国去组建属于自己的团队。

夏楚热血沸腾：“我和你一起！”

江行墨道：“你当然要和我一起。”

不知道是不是错觉，夏楚在江行墨眼中看到了无尽的温柔，那是厚重的冰块下澄澈的溪水，是能够让大地焕发生机的源泉。

他们一起回国了。

将要离开时，夏楚十分舍不得这个待了近四年的住处。

她问江行墨：“这房子你打算卖了吗？”

江行墨道：“留着吧，等有时间了，我们再回来看看。”

后来他们并没有再回来过，工作太忙，实在是折腾不起。

但江行墨把它“搬”回了国内，他建了一栋和它一模一样的房子，当然装修得更加现代化，也更加舒适了。

那是他们的新房，可惜江行墨一天都没住过。

回国的机票是江行墨订的，夏楚一看这个航班的头等舱，顿时一惊：“奢侈啊！”

江行墨道：“飞这么长时间，很累。”

夏楚还在肉疼：“一个晚上能省下十几万，我真不怕累。”

江行墨弹她的脑门：“又不是花你的钱。”

夏楚道：“你的钱也是钱嘛！”

江行墨说：“行了，钱这东西，只要想，还不是要多少就有多少？”

夏楚沉默了一会儿，悲愤道：“你这话也太讨打了！”

江行墨看着她：“难道我说得不对？”

让夏楚更悲愤的是，还真是不能更对了！

花了钱就是好，整个行程都十分放松，登机后的环境也让小市民夏小姐目瞪口呆。

钱真是个好东西。她没敢说出口，只在心里嘀咕。

夏楚坐下后，小声道："好宽敞！"

过了一会儿，她又小声道："椅子好舒服！"

全程说着感叹句的夏楚小姐连飞机什么时候起飞的都不清楚。

让她十分尴尬的是，入夜后，空乘来询问："您好，请问需要将两位的座椅合并到一起吗？"

夏楚没反应过来。

空乘耐心地解释了一下，夏楚听得脸颊微红。

原来这是传说中的"情侣座椅"，可以铺成一张双人床，她和江行墨被误以为是情侣了。

她赶紧道："不、不用！"

空乘离开，江行墨笑看着她。

夏楚被他看得很不自在。

谁知江行墨竟说道："说起来，这些年你都没谈过恋爱。"

夏楚哪里想得到他会说这个，顿时心一紧，道："哪有时间做这些？"

江行墨很快接话："看来是我耽误了你？"

夏楚一怔，接着心莫名地沉了些，轻声道："没有。"

"没有？"江行墨的声音低了些，"也就是说，不想要我负责了？"

夏楚被他问得说不出话，负、负什么责任啊？

江行墨是在开玩笑吗？

她太不好意思，所以也没敢深思。

这话对江行墨来说，已经算表白了好吗？

江行墨也不急。

有什么好急的？！他都把人绑在身边四年了，还差一辈子吗？

好在天色晚了，夏楚闷头睡了一宿，稀里糊涂地做了几个梦，醒来后飞机已经将要落地了。

早餐他们是在飞机上吃的，东西的味道很不错，赶得上星级大厨了。

毕竟花了十几万，这么一想，夏楚又觉得味道一般般了。

这哪里是吃饭？是在吃钱哪！

江行墨倒是没再"打趣"她，他俩和往常一样，闲话几句，互"怼"一番，倒也惬意。

下飞机后，夏楚是要回一趟家的，她问他："什么时候开工？"

江行墨说："先回去歇着，等我联系你。"

夏楚点头："好！"

他们要做的事已经有了雏形，其实这个产品早在国外时，他们就已经在研究了。

如今操作系统是垄断行业，想要插手十分不易，但再怎么艰难，这也是个优秀的切入点。

人工智能的发展是需要大数据支持的，在线搜索是一方面，操作系统也是一个方面。

如今电脑操作系统的市场已经饱和，手机操作系统平台也是两家独大，但一个可以完美兼容电脑与手机的操作系统还在襁褓之中。

江行墨要做的不仅是兼容电脑和手机，更是为日后的可穿戴系统、智能家居甚至是智能城市奠定基础。

江行墨这些年看似漫无目的，可做的所有事都在围绕着这一个核心理念进行。

他接触了硅谷中的无数公司，帮他们做项目的同时，也了解和学习到了很多东西。

如今他回国，带回来的是令人望尘莫及的巨大财富。

夏楚正是热血上头的年纪，满脑子都是“大事”，恨不得现在就撸起袖子开始干。

江行墨瞧她这样，忍不住又逗她：“你这样怕是没人敢要。”

夏楚的一腔热血被他一句话弄沸腾了：“说……说什么呢？”

“没人要更好。”江行墨薄唇微扬，眼看着就要语不惊人死不休了。

夏楚飞快地打断他道：“我看到我爸了，拜拜！再联系！”

她拉着行李箱，跑得飞快。

江行墨还是说出了那两个字，虽然声音很轻，虽然很快就淹没在人群之中，虽然听起来像个美丽的错觉，但它们切切实实地落进了夏楚的心里。

他说：“我要。”

夏楚的脸烧得几乎要原地爆炸。

夏侯真看到女儿的脸这么红，担心得不行：“楚楚，没感冒吧？怎么脸这么烫？”

夏楚：“……”她也想降温，但是降不下来！

“没、没事。”夏楚用力抱住老爸，遮掩着自己乱七八糟的情绪。

一家人团聚，自然是其乐融融的。

这些年她的父母都过得很好，她一年只能回家一次，但次次都是放心的。

彼此分开这么久，好不容易在一起，他们有着说不完的话。

夏楚陪了爸妈一天，第二天，高晴登门拜访。她们分别许久，抱在一起，都红了眼眶。

高晴道：“我还以为你不回来了。”

夏楚说：“我怎么舍得不回来？”

高晴已经擦掉眼泪，笑她：“有没有找个外国男友？”

夏楚摇头道：“没有，我一心只读圣贤书，哪闻得到窗外事。”

高晴才不信，晚上留在她家，和她睡在一张床上，叽叽喳喳地问个不停。

不可避免地，夏楚提到了江行墨。

高晴眼睛一亮：“原来还是喜欢中国人。”

夏楚莫名地心虚道：“什么原来不原来的，他只是我的顶头上司。”

“夏小楚，你瞒得过别人，可别想瞒过我。”高晴挠她的胳肢窝道，“如实招来，你是不是喜欢他？”

夏楚怕痒，被她挠得哭笑不得，却也不肯承认：“没有的事，真没有……”

高晴放过她一马：“真没有？”

夏楚顿了一下。

高晴太了解她了，立马察觉到她的情绪转变：“难道他……”

“好啦。”夏楚垂眸，笑得有些勉强，“我和他是不可能的。”

高晴皱了皱眉，不敢多问。

她了解夏楚，看得出江行墨对夏楚来说非同一般。

但感情这东西不是一个人的事，如果江行墨不喜欢她，那她就是徒增烦恼了。

其实高晴想错了，是夏楚从一开始就给她埋下了最深的误解。

可是夏楚也没法解释。

她要怎么说呢？

说自己因为一场交易而接近江行墨？

说自己按照约定必须陪在他身边十年？

这些全都不能说，她只能一个人将它们藏在心里。

能藏多久算多久。

回国玩了三四天后，夏楚竟一天比一天不自在。

她和江行墨每天都联系，却见不到面。

她每天都忍不住要问一次：“什么时候开始工作？”

江行墨总回复她：“不急。”

“不急、不急……”夏楚嘟囔道，“都快无聊死了！”

可是，她真的只是忙惯了闲不住吗？

大概是另有原因吧！

第六天晚上，江行墨问她：“自己的事都忙完了？”

夏楚道：“我哪有什么事可忙？”

江行墨道：“学成归来的高才生，不用走亲访友？”

夏楚顿了一下，说道：“我家亲戚少。”

其实亲戚是很不少的，只不过四年前的事让夏楚一家寒了心，她爸妈都不和亲戚们走动了。

当然，这些夏楚没法和江行墨说。

江行墨道：“这么说来，你很闲？”

夏楚立马精神百倍：“终于要开始工作了吗？”

江行墨道：“到窗边来。”

夏楚不明所以：“嗯？”

江行墨：“我在你家楼下。”

夏楚愣住，回神后，飞快地跑到窗边。

她的手碰上了窗帘，竟微微颤抖，也说不清心中在想什么，总之……总之……

她用力拉开窗帘，然后看到了倚靠在路灯下的男人。

他的身影被灯光拉长，他微微抬头时，一双黑眸仿佛蓄满了漫天星辰。

这一刹那，夏楚明白了自己这么多天的心情。

她想他。

只不过分开了一个星期，她已经十分想他。

夏楚衣服都没换，连忙下楼。

“你怎么知道我家在这儿？”

江行墨反问道：“这很难查吗？”

还真不难，别说江行墨了，夏楚想查一个人的住址也是轻而易举的事。

夏楚仰头看他，怎么都不想挪开视线：“你来干吗？”

江行墨顿了一下，硬生生地岔开话题：“你这穿的是什么？”

夏楚穿了身棉质的家居服，衣服问题不大，就是造型有点儿别致，配上帽子刚好是只黑白相间的熊猫。

这是夏妈妈给她买的，大概在所有妈妈的眼里，孩子都是长不大的吧。

夏楚这才反应过来，一脸羞赧：“我……是怕你等久了。”

“等久了又怎样，”江行墨道，“我还会走不成？！”

夏楚：“……”

江行墨眼中带了笑意：“你不想我走？”

这是什么见鬼的对话！

夏楚本来是看他看得挪不开视线，这下却有些抬不起头了。

显然，回归故里的江大魔王放飞自我了。他伸手拨了一下她的圆耳朵帽子，轻声道：“还挺可爱的。”

夏楚的脸都快烧起来了！

说完这话，江行墨也有点儿不自在。他清了清嗓子，问：“你明天有什么事吗？”

夏楚终于找回自己的声音，有些期待地道：“要开始工作了？我没事，很闲！”

江行墨道：“还得再等两天。”

夏楚立马一脸失望：“还要等两天。”

她失望，他也着急。

当然，江行墨得撑住，道：“主机的一些配件我让人从国外订的，慢了点儿。”

夏楚这就来了兴致，连忙问起电脑的配置。

江行墨简单一说，夏楚双眸发亮，更期待了：“真想快点儿见到它。”

江行墨便又说了些这方面的事，夏楚听得心痒难耐，恨不得现在就去干活！

如今正是炎炎夏日，两人待在外头很快就被蚊子盯上了。

夏楚的胳膊、腿上立马被叮了两个包，她忍不住用手挠了一下，立马留下红痕。

江行墨皱眉道：“快回去吧，一会儿你该被蚊子吃了。”

夏楚不想走，说道："蚊子怎么不咬你？"

江行墨笑道："你再多吃点儿糖，蚊子就离你远了。"

夏楚撇了撇嘴："和吃糖没关系！"

江行墨眼尖，看到一只蚊子落到她的脖颈上，伸手去碰。

夏楚立马睁大眼，被他的手烫得一缩。

江行墨怔了怔，手指极轻地颤了颤，声音有些不稳："有……只蚊子。"

夏楚低头看着地面："哦……"

江行墨又道："应该没咬到你。"

夏楚却觉得自己被咬到了，那儿又麻又痒，可是她又不敢挠。

两人就这样站了好一会儿，江行墨才又开口："快上去吧。"

夏楚想走，又舍不得，她自己都不知道自己的声音里全是不舍："那我上去了？"

江行墨道："嗯。"

夏楚走了一步，又想起什么似的回头："你这么晚了到底来干吗？"

江行墨："……"

夏楚看着他，心中痒痒的，好像被蚊子叮在了心尖上。

江行墨别过头去，别扭道："路过……看看你。"

夏楚："路过？"

江行墨转头盯着她，凶巴巴道："怎么？这地方我不能路过？"

夏楚才不怕他凶，反而觉得开心得很："可以，当然可以，有事没事常来路过啊！"

"……"江行墨赶她走，道，"快上去。"

夏楚一步三回头，快要进楼道时，忽然记起："你明天是找我有事吗？"

之前江行墨问过她明天有没有事。

江行墨这才想起，道："发现个不错的地方，想去尝尝。"

夏楚懂了："行啊，中午吗？"

江行墨道："好。"

夏楚道："那明天见。"

江行墨应道："嗯，明天见。"

夏楚进了楼道，背影消失不见，江行墨等了一会儿，又抬头看向二楼的窗户。

屋子里的灯亮了，不一会儿，窗帘拉开了，江行墨飞快地低头，但又抬起头，冲着她笑了笑。

夏楚满脸通红，不过她相信江行墨看不清，所以肆无忌惮地看着他。

江行墨对她摆了一下手，她也摆了摆手。

过了好一会儿，江行墨才慢吞吞地转身上车。

车子渐行渐远，逐渐消失不见，夏楚却觉得自己离他越来越近，近得心和心都碰到了一起。

如果她只是单纯地遇到他该多好。

夏楚靠墙坐下，无奈地摇头：人哪，真贪心，能遇到已经是莫大的幸运了。

三天后，夏楚终于投入到她热爱的工作中。

江行墨租了一层办公楼，目前员工也就他俩。

夏楚道："这也太空了。"

江行墨道："急什么，就怕你以后嫌人多。"

夏楚一想："也对，还是珍惜现在只有咱们两人的时间吧。"

"只有咱们两人还不简单，"江行墨指了指左边那处朝阳的地方道，"把那圈起来，以后就是我们的办公室。"

夏楚一怔，耳根子一热，道："谁要和你待在一间办公室。"

江行墨道："真的不和我待在一间办公室？"

夏楚斩钉截铁地道："不！"

江行墨道："那好吧。"

什么叫"那好吧"？

江行墨振振有词道："那只好委屈我一下，和你待在一间办公室了？"

你不和我待在一间办公室，那我就和你待在一间办公室。

这是什么鬼逻辑！

夏楚扬了扬嘴角，憋住笑是不可能了，只能让自己别笑得太厉害。

开始工作后，两人又是忙得起早贪黑。

虽然早有框架，也早就做过准备，但要彻底做成一个可以宣传的作品不是一件简单的事。

初期他们不想请人，与其花时间找人磨合，不如耐住性子自己脚踏实地地干。

做这个就犹如盖大楼，地基实在太重要了，初期做不好，以后坍塌，那损失实在巨大。

好在这两人默契十足，是一加一等于无穷大的组合。

只有他们，反而更省事一些。

只不过，其他人却有些忧心。

夏爸爸和夏妈妈忧心忡忡地说："刚回国就这么忙吗？"

夏楚虽然身体累，但精神是振奋的，她道："年轻嘛，要努力！"

夏爸爸道："这一天天的，会不会睡得太少了？"

夏楚道："不会的，我白天在公司会午睡。"

夏爸爸还是心疼女儿："那也太少了……"

夏楚笑道："好啦，爸，你放心，公司刚起步，肯定忙一些，等以后就轻松啦，这叫'一劳永逸'。"

夏爸爸和夏妈妈是不懂的，他们只是心疼她，不过也支持她。

除了爸妈之外，还有高晴也在忧心。

她道："你这也太拼了。"

夏楚道："还好啦。"其实真的还好，她没觉得累。

高晴却不满地捏捏夏楚的胳膊道："你瘦了好多。"

夏楚眼睛一亮："真的吗？"

高晴白她一眼："不许再瘦了，再瘦就成皮包骨了。"

夏楚捏捏自己的腰道："哪有那么夸张，再说，我吃得挺多的。"

"吃得多还不长肉。"高晴更不满了，"这不是累的吗？"

夏楚不吱声了，老实地吃蛋糕。

高晴皱眉道："以前你怎么没这么爱吃甜的？"

夏楚道："是我以前没发现甜的这么好吃。"

高晴顿了一下，后头的话没说出来。

去美国之前，夏楚极少吃甜的，连在夏天里吃冰激凌都不怎么喜欢太甜的口味。

可如今，她简直嗜甜如命，那么大一块巧克力蛋糕，她轻轻松松就干掉了。高晴瞧着都觉得齁得慌。

一个人口味变了，往往是身体在需求着什么——常年熬夜的人，很容易嗜甜。

高晴越发忧心，感觉夏楚这些年过得很不容易。

她道："悠着点儿，还是身体重要。"

夏楚道："没事啦，放心。"

高晴又道："你那位领导就不打算再招点儿人帮忙？"

夏楚道："不急，有些东西自己做才踏实。"

"所以就让你加班熬夜？"

"他也在嘛。"

"他一个大男人不知道照顾你一下啊？"

夏楚乐了："高晴同志，你这思想觉悟不行啊，什么男人女人的，男女平等，懂不？"

"咱们女人委屈了几千年，凭什么现在和他们平等，就该女尊男卑！"

夏楚笑道："好啦、好啦，女王陛下自然是要'尊'起来的。"

高晴怒其不争道："你要爱惜自己，别太死心眼！"

夏楚知道高晴在担心什么，可其实她哪里是死心眼，根本是愧对于江行墨。

只是这些没法说出口，她只能说道："好啦，我心里有数，不会受委屈的。"

高晴心里挺不是滋味的："你可是向我保证了的，不许受委屈，我要是知道你受了委屈，我……"

夏楚连连点头："不会的、不会的。"

高晴也没什么办法，感情里，别人说的话都是无用的。

她只能暗自祈祷，祈祷江行墨不会辜负夏楚的一片心意。

这一忙竟是小半年有余，等到一切结束，夏楚长舒一口气，无法言说的满足感充斥在内心，让她开心得几乎要蹦起来。

"可以了！"她兴高采烈地看向江行墨。

江行墨也松了口气，转头看她，看到她眼中明亮的光彩时，他的心突然一颤。

“过来。”

“嗯？”夏楚美滋滋的，以为他要吩咐什么。

她一凑过去，江行墨就抬手按住她的后颈，吻住了她。

这是一个很轻的吻，轻到似乎只是唇瓣和唇瓣碰在一起。

可是，她的心脏仿佛要从胸腔里蹦出来了。

夏楚睁大眼看他，脑袋里一片空白，甚至都不敢想象究竟发生了什么。

江行墨并没有继续加深这个吻，只是浅尝辄止。他松开她，漆黑的眸子却紧紧地盯着她。

“夏楚。”

夏楚的嘴唇颤了颤，她半个字都说不出来。

江行墨的声音很低，有些沙哑、有些紧绷，但更多的是无法阻挡的坚定。

他说：“我喜欢你。”

江行墨说他喜欢她。

他真真切切地说出来了，没有任何躲藏，没有任何别扭，就这样直白得仿佛换了个性格一般明明白白地说出来了。

不……没有换。

他就是这样的，一直都是的。

他有担当，有决断，决定了的事，便勇往直前。

他是真的喜欢她，是真心实意地将一颗心毫无保留地交付出来的喜欢。

夏楚很开心，胸腔里激荡着无法描绘的快乐——可随后又有无法摆脱的惶恐与不安。

她怎么配得上他这份纯粹的感情？！

她怎么有脸接受这份由欺骗衍生出来的爱情？

“我……”夏楚张了张嘴，可事实上什么都说不出来。

她拒绝不了、接受不了，支撑她的只有一根脆弱得不堪一击的丝线，撑住了是万里晴空，没撑住，她坠落下去，便是无底深渊。

“你不喜欢我吗？”江行墨问她。

夏楚心跳一滞，急忙看他，看到的却是男人眼中的笑意。

江行墨道：“你怎么可能会不喜欢我？”

夏楚终于还是藏不住了，挤满了血液、填充了骨肉，恨不得把整个灵魂都占领的浓重的爱意汹涌而出，再也留不住半分。

“江行墨……”

“嗯。”

“我……”

江行墨温柔地看着她。

夏楚此时的心情大概就像那偷了珍宝的贼，明知总有一天会万劫不复，却贪婪地抱着它，渴望着这段美好的时光。

“我喜欢你。”

她当然喜欢他，非常喜欢，哪怕注定无果，也还是义无反顾地陷了进去。

江行墨扬起嘴唇，眸中的笑意恐怕全世界只有夏楚见过。

他这般模样，他这般温柔，他这般深情似海，只属于夏楚。

江行墨捧住她的面颊，再度吻上她的唇。

这次却不是蜻蜓点水，不是单纯的双唇相触，他用狂风暴雨般的热情席卷了她的所有心神。

这是他们的第一个吻，给了心爱的人，给了最爱的人，给了唯一想给的人。

不管将来、无论对错，此时此刻的他们只有彼此。

夏楚释怀了，不再去想之后的事，不再去想真相暴露了会怎样。

她只想珍惜现在，珍惜和江行墨在一起的每一分、每一秒。

十年——现在才过去一半，她还有时间。

人的一生，能把最好的十年交给最爱的人，总归是稳赚不亏的。

互表心意后，两人的生活还是有所变化的。

当然，变化也不大，无非从“老夫老妻”退化到了“新婚宴尔”。

两人都太熟悉彼此，这种伴随着岁月而滋生的爱情，很甜蜜、很淳厚，犹如醉人的美酒。

虽说他们把产品做好了，却不是交差就了事的，反而是一个开始，一个起步。

想要推广它、经营它，这其中的复杂程度比创造它是只多不少的。

他们需要招聘新的员工，需要新的岗位，也需要新的工程师，更需要大笔投资。

这些对夏楚来说十分陌生，但她做事认真，学东西快，倒也不至于手忙脚乱。

江行墨负责了一大半工作，尤其是对外的应酬，实在是异常忙碌。

夏楚心疼他，想多分担一些。

江行墨捏她的脸颊道：“这些你不擅长，免得让人拐跑。”

夏楚道：“怎么可能？”

江行墨转念又道：“拐跑也没事，天涯海角，我也要把你找回来。”

夏楚脸一热，道：“胡……说些什么？”

“楚楚。”江行墨这样叫她时，准有坏心思。

夏楚听不得，一听就浑身颤抖。

“我还真有些累了。”他仰靠在沙发上，懒洋洋的姿态毫无形象可言。

夏楚低头道：“我去给你倒杯水。”

她人刚要走，胳膊就被他紧紧地拉住。

夏楚知道他的意思，但就是很不好意思。

江行墨偏偏不明说，只别别扭扭地说累，然后紧攥着她的手腕，不让她走。

夏楚脸热、心热，害羞得不行：“我要帮你，你又不让我帮忙。”

江行墨：“我没不让你帮。”

夏楚道：“那我明天和你一起出门……”

“明天我就不累了。”

他不累了，自然就不需要她帮忙了。

江行墨幽幽地看着她：“我只是现在累，此时此刻非常累。”

累个鬼！手劲这么大，她完全挣不开。

“累得站不起来。

“晚饭可能也吃不成了。

“睡觉也走不到床边了。”

江行墨轻叹口气：“算了，沙发挺大的，我就睡……”他话没说完，已经被亲了一口。

亲完他，夏楚恨不得找个地洞钻进去！

江行墨哪里会放她走，把人捞进怀里，吻了个心满意足。

江行墨在外忙着的时候，江景远约了夏楚见面。

夏楚心中忐忑，却不能不见。

见面后，江景远并未提私事，开口说的就是正事。

“你们在找投资？”

夏楚应道：“是的，想要正式启动，资金方面需求极大。”

江景远开门见山道：“景城置业是你们最好的选择。”

夏楚并没拿话语搪塞他，坦白道：“Dante 刻意避开了景城置业。”

显然，江行墨宁愿找外人投资，也不想和父亲有所牵扯。

江景远并不意外，道：“我想你们是低估了国内的环境。”

夏楚没出声。

江景远看了看她，情绪罕见地有了些波动：“我知道你们很优秀，想做的事，我也是支持的，但你们到底还年轻，很多事绝非你们想象中的这么简单。”

夏楚道：“年轻的好处不就是可以多经历吗？”

江景远眉心微皱：“既然可以避免，又何必去走弯路？”

夏楚抿着唇，没接这话。

江景远道：“我可以给你们最安全又稳妥的资金支持，你们又何必推开？！有我在，你们完全可以毫无后顾之忧地做研发，时间不等人，不要本末倒置。”

夏楚垂眸道：“他不会同意。”

江景远顿住了。

夏楚轻声道：“您给我的要求是——做他想做的事。他想靠自己，我也会和他一起。”

江景远沉默了许久，最终放弃了游说。

夏楚离开时，他喊住了她。

夏楚转头看他：“江总还有什么事要吩咐吗？”

江景远坐在宽背椅上，定定地看着她：“我希望我当初的决定是对的。”

一句话让夏楚神经紧绷，整个人都像被架起来一般，脚底没了着落。

“您……肯定是对的。”她说完这句话，就这样脚底虚浮地离开了。

江景远是在提醒她吗？

他是觉得她做的事脱离了他的初衷吗？

江景远的初衷是什么？

他把她安排在江行墨身边，真正的意图到底是什么？

夏楚想不明白。

回到公司的时候，已经天黑了，夏楚还有些事要处理。

她忙了一会儿，最后一个员工离开后，她也准备离开。

而这时她被人从身后抱住了。

带着酒气的吻落在她的脖颈上。

夏楚悬浮着的身体在这一瞬间平稳落地。

她扬了扬嘴角，问他：“喝酒了？”

江行墨道：“我以为你回去了。”

夏楚道：“正要走。”

她转身，还没看他一眼，就被他吻住了。

他喝的酒比她想象中的还要多得多，因为这个吻太乱来了，好像要把她吃了一般。

夏楚气喘吁吁地瞪他一眼：“我送你回去。”

江行墨握着她的手，小声地说了一句话。

夏楚没听清，凑到他的耳边：“嗯？”

江行墨竟含住了她的耳垂。

夏楚吓了一跳，躲开时已经面红耳赤：“你这是喝了多少酒？”

“楚楚。”他哑着嗓子，用比美酒还醉人的声音说，“我喜欢你。”

夏楚的心怦怦乱跳，意识到他刚才小声说的也是这句话。

夏楚眼眶竟有些热：“我知道。”

江行墨拧眉，凶她：“你应该回答，你也喜欢我。”

夏楚道：“你真的醉了。”

“我没醉。”江行墨掐她的脸颊，“快说你喜欢我。”

夏楚哪里见过这样的江行墨，只觉得十分有趣，于是逗他：“嗯，你喜欢我。”

江行墨不满道：“是我喜欢你。”

夏楚笑得眼睛弯弯：“是的，你喜欢我。”

江行墨虽然醉了，但逻辑还是很清楚的，又道：“是夏楚喜欢江行墨。”

夏楚还想绕晕他：“难道江行墨不喜欢夏楚？”

江行墨竟在她的耳朵尖上咬了一口。

他没用力，夏楚是痒大于疼：“酒鬼，不许乱咬人！”

江行墨不松手，握着她的腰，道："跟我说……"

夏楚掰他的手："说什么？"

"说……"江行墨贴着她的耳朵道，"江行墨喜欢夏楚，夏楚也喜欢江行墨。"

夏楚真想给他录下来，等明天他醒酒，放给他听，肯定有趣得很。

可惜，醉了的江同学俨然十分黏人，说什么都不松开她。

夏楚不好意思开口，江行墨就咬她的耳朵尖。

夏楚实在痒得很，最后妥协，跟着他重复了一遍。

江行墨这才消停，夏楚带着他下楼，送他回家。

车子停稳后，江行墨已经在副驾驶座上睡着了。

夏楚透过微弱的灯光看他，实在不舍得喊醒他。

别人都说江行墨冷漠无情，难以靠近。

可只有靠近了，才能知道他的感情有多炽热，有多真实，才能知道他这个人有多好。

他真的很好，好得让她不知道该如何是好。

一个多小时后，江行墨醒了。

估计是睡了一觉，酒意散了一大半，他捏了捏眉心，看到了身旁的夏楚："怎么不喊醒我？"

夏楚道："怕你发酒疯。"

江行墨一怔，眼中罕见地带了些不好意思："我没做什么吧？"

"没。"夏楚道，"只是不停地喊着江行墨喜欢夏楚。"

江行墨："……"

一世英名毁于一旦！

时间不早了，江行墨既然醒了，夏楚也该回去了。

江行墨闭了闭眼，又在太阳穴上按了按。

夏楚问他："头痛？"

江行墨道："没事。"

夏楚道："这几天没怎么休息吧？"

"也还好，就是今晚喝得有些多。"

夏楚想想他的醉态，好笑又心疼："今晚是和丰荣投资一起吃的饭？"

"嗯。"江行墨道，"差不多了，他们答应注资。"

夏楚面上一喜："那太好了！"他总算没白忙活。

江行墨看看她，收回视线后，说道："就是挺累的。"

夏楚心道：今晚都亲多少次了，还要亲吗？

江行墨醒酒了，可不会那样直白。

他瞥她一眼，婉转道："以前我们都是住在一起的。"

夏楚的心一跳。

江行墨故意叹了口气："现在离得可真远。"

说完，他目不斜视地看着前方，却用力地握住了夏楚的手。

夏楚哪里会不知道他的意思，只是……

她小声道："我回国了，当然要住在家里。"

江行墨道："这么大了，还天天缠着爸妈。"

夏楚没好气道："哪有？"

江行墨又道："你时不时加个班，十点回家，叔叔阿姨都在等你吧。"

夏楚："……"她被戳到软肋了。

江行墨早就做好了功课："不仅等着，恐怕还要给你准备夜宵。"

夏楚简直要怀疑这家伙是不是在她家安监控器了！

"等公司正式运营了，你还得忙一阵子，到时候叔叔阿姨都要跟着你瘦两圈。"说完，他又叹了口气道，"说是要帮我，可其实，我每天都是冷冰冰的一个人。"

夏楚服了，投降道："好、好、好，我搬出来。"

江行墨纠正她："是搬进来。"

夏楚到底是不好意思："搬……进哪儿啊？"

江行墨扬眉："你还想搬去哪儿？"

夏楚嘴上说着："我想搬去哪儿，就搬去哪儿。"

后来，她还不是搬到了江行墨的住处。

她也没说错，她的确是搬去了自己想去的地方。

搬出去时，夏爸爸夏妈妈少不了一阵念叨，夏楚只用一个理由就安抚了他们。

"离公司近一些，我也能多睡一会儿。"

夏爸爸夏妈妈心疼女儿，哪还会拦着。

夏楚又道："好啦，现在回国了，我天天回来蹭饭吃。"

孩子长大了，总得有自己的生活，夏爸爸夏妈妈一直知道夏楚是个有主意的人。

她虽然乖巧、懂事，却从来都有自己的想法。

他们也很少左右她。

夏妈妈嘱咐她："别太累……"

夏楚道："放心吧，妈，成天坐着，哪里累得到？"

夏妈妈戳她的脑门道："脑力劳动更累人！"

江行墨住在一栋离公司很近的公寓里，搬进来时，夏楚颇为惊讶："这么大……"

江行墨淡定地道："还行吧。"

夏楚四下打量了一番后说："这得有三四百平方米吧。"

江行墨说："比之前的别墅是小多了。"

市中心里这么大一套平层公寓，也是够奢侈了。

夏楚斤斤计较道："房租多少？"

"不用你操心。"

夏楚忍不住说道："就我们两个人，住这么大的地方干吗？"

“这不算大，等以后……”他顿了一下，没说出来。

夏楚脸一热，不好意思追问。

公寓有三间卧室，夏楚挑了间最角落的，与江行墨的卧室成对角线。

江行墨对此没有发表任何意见。

夏楚是有些忐忑的，虽然他们之前在一起住了很长一段时间，但此一时，彼一时……完全是两码事。

不过，其实她搬进来，就是有心理准备了，只不过再怎么准备，该慌的还是会慌。

他们相安无事了一个礼拜，江行墨还在为投资的事应酬。

夏楚也很忙，他俩一个主外，一个主内，默契没得说，效率也十分高。

S市的深冬还是挺冷的，夏楚今天回来得早，没叫外卖，打算自己弄点儿吃的。

她问江行墨：“几点回来？”

江行墨的声音从客厅里传来：“这就回来了。”

夏楚诧异道：“今晚不在外面吃了？”

“事情都谈妥了，懒得再和他们吃、喝。”说完，他就凑过来亲她。

夏楚仰头让他碰了一下，笑道：“你这是过河拆桥吗？”

江行墨扯了扯领带，解开衣领的扣子，道：“这边的风气真的不好，谈项目非得谈到酒桌上，实在烦人。”

夏楚帮他解开衣袖的扣子：“听说要整治了，慢慢会好起来的。”

江行墨不愿再谈外头那些事，看看她系着的围裙，问：“我们的高才生要下厨？”

夏楚道：“不行吗？”

江行墨只笑，没说话。

夏楚白他一眼：“我会做饭！”

“就是不太好吃。”

“又不给你吃。”

“不行，见面分一份。”

夏楚把人往外推：“我给你叫一份外卖，你在外面等着吧！”

“我不能走，”江行墨振振有词道，“走了，我怕厨房要被炸没。”

夏楚气得头顶冒烟：“出去、出去，厨房炸了，我给你修。”

江行墨道：“以后要先研究个智能厨房，我们都不会做饭，总不好吃一辈子外卖。”

一辈子……听到这，夏楚心里又甜又涩，哪里还舍得把人赶出去。

两个智商加起来吓死人的大神，在厨房里磨蹭了好久，才终于端出两盘菜。

一道西红柿炒鸡蛋，一道茭白炒肉。

夏楚一脸嫌弃：“这哪能吃？！我叫外卖。”

江行墨留下茭白炒肉：“别给我叫了，我吃这个。”

西红柿炒鸡蛋是江行墨的手艺，茭白炒肉是夏楚做的。

两者的共通点是不相上下地辣眼睛。

西红柿黏糊糊的，肉片像肉块，不提味道，单单这色相，就让人一脸无语。

谁知江行墨还真吃了起来，只吃夏楚做的那道菜。

夏楚心思一动，放下手机，也开吃了，她只吃那道西红柿炒鸡蛋。

好吃吗？

好吃。

她没尝过一筷子茭白炒肉，却知道江行墨吃到了什么味道。

因为她也尝到了。

他们吃着不同的菜，却尝到了相同的味道。

甜。

从舌尖蔓延到心里的甜。

饭后，两人难得空闲，一起坐在沙发上。

江行墨把玩着魔方，夏楚也不出声，就靠在他的肩膀上看着。

他拿着的还是那个巨大的高阶魔方，能拼出字的那种。

夏楚看着他灵活的手指转动着魔方，竟忍不住想去碰一碰。

她说："你的手长得可真好看。"

江行墨的手顿了一下，他侧头看她："只有手好看？"

夏楚起身，正儿八经地看着他。

江行墨丝毫不见局促，就这样悠闲地坐着，任她打量。

"额头、眉毛、眼睛、鼻子、嘴巴……"夏楚笑眯眯地道，"哪儿哪儿都好看。"

江行墨极轻地扬起嘴唇，说道："真的好看？"

夏楚笃定地道："真的好看。"

江行墨道："好看就该占为己有。"

夏楚微怔。

江行墨放下魔方，捧着她的脸，从她的额头吻到了眉毛，然后是眼睛、鼻尖，还有两侧的脸颊，最后落在了她的嘴上："像这样，占为己有。"

话音落，他含住了她的唇。

夏楚被他闹得又甜蜜又害羞，待到松开时，她戏谑道："你如实招来，以前真没谈过恋爱？"

江行墨道："我连女人都不看一眼。"他这还真是实话实说。

这时候再提起这些，夏楚窘迫得不行，把话题强行拉回来："别绕圈，你说你没谈过恋爱，那这都是从哪儿学的哄人的招数？"

"这需要学吗？"江行墨道，"爱一个人的心情是学不来的。"

情话有千千万万，但夏楚可以保证，此生此世，她再也不可能听到比此时此刻更动听的话语了——因为它真实、诚挚，因为这全是发自肺腑的浪漫。

夏楚吻上江行墨，真真切切地知道了什么叫"此生无悔"。

遇到他，她不后悔。

爱上他，她不后悔。

哪怕未来是遍地荆棘，她也要无所畏惧地踩上去。

一切都发生得自然而然，虽然笨拙、生涩，却美好得如初春的夜，融化了霜雪，温柔了草木，为盛夏的果实吹来了湿润的细雨。

那一阵子，他们的生活真的是甜到了极致，美好到有些虚幻，让沉浸在其中的两人都有种强烈的不真实感。

江行墨坚持了十几年的早起锻炼，终于还是断掉了。

这断得他心甘情愿，只期望这时光长一些，再长一些，他就可以一直抱着她。只是看着她在他的怀中熟睡的模样，他都无比满足。

此时的江行墨觉得自己何其幸运。

在对爱情、婚姻彻底失望的时候，他遇到了夏楚。

他们相伴着走了四年，她一步一步地走进了他的心里。

一切犹如童话一般美好，似乎终点已经清晰可辨。

他们会站在神圣的教堂中，永远地将自己交托给对方。

可惜，童话终究是童话。

江景远担忧的事还是发生了。

无论是夏楚，还是江行墨，都还是太稚嫩了，他们的能力无可挑剔，智慧也超群，在各自的领域所积累的经验也是常人不可及的。

他们做出的东西是完美的，接触到的人却是复杂的。

资本家的眼中只有巨大的利益，至于做事的初衷，那都是不重要的。

公司不过运转了半年，董事会就将江行墨架空，他从创始人沦落为“技术官”，被生生地绑在了系统维护这一块。

丰荣投资并不在乎前景，他们只想快速得到回报，只希望投进去的钱能够赚到应有的利润。

别说后续研发了，连操作系统的一些细节都被强行更改，江行墨多次指出，这样一来会极大地影响用户体验，可惜董事会完全不在乎他的意见，仿佛已然将这个操作系统归为囊中之物，肆意添加修改。

这阵子对江行墨和夏楚来说是灾难性的打击。

亲手创作的作品被人这样对待，无异于眼睁睁地看着自己的孩子在街上卖笑。

夏楚十分难受，却更心疼江行墨。

他怀揣着梦想回国，想要施展拳脚，为此更是付出了无数心血，最终却是被当头一棒，大梦初醒。

时间一点点过去，董事会与江行墨的矛盾越来越大，公司里的人纷纷站队，默默地远离了这位性情不好、要求严苛的创始人。

夏楚看着越发沉默的江行墨，不知道该如何安慰他。

这一次，她深切地感觉到了无力。

好像自己站在一座巨山之下，山上满是垃圾和腐臭之物，一点点犹如泥浆般流淌下来，想要将他们全部吞噬。

江景远联系了她。

两人面对面坐着，夏楚一句话也说不出来。

江景远曾提醒过她，但她拒绝了。

江景远早就料到了今天的局面，主动给他们伸出了橄榄枝，而她当时给他的答复是：年轻的好处就是可以多经历。

现在撞到了南墙上，她才能明白有些经历是何其痛苦。

江景远没有指责她，反而劝她："不用太担心，江行墨会没事的。"

夏楚想起江行墨，便是锥心的痛，低声道："对不起。"

江景远道："你没有错，这是无法避免的，况且这未必是坏事。江行墨锋芒太盛，杀杀他的锐气，也挺好。"

"可是……"

"你觉得他会因此而一蹶不振？"

"不。"夏楚立马道，"他绝对不会。"

"如果他真这样软弱，"江景远道，"还是别妄想去走那条无人之路了。"

知子莫若父，夏楚找到江行墨时，他的办公室里弥漫着浓郁的烟味。

自从夏楚那随口的约定之后，江行墨再也没碰过烟——即便她的单车已经被放得生锈。

这么多年来，夏楚几乎忘了香烟的味道，但此刻她不忍心多说他一句。

江行墨看到她进来，摁灭了烟道："我把手里的股份卖了。"

夏楚的心一紧："可是，我们……"

江行墨道："没事，我们重新开始。"

他说这话时非常平静，仿佛丢下的不是自己日日夜夜研发出来的作品，不是自己倾注了一切的心血，不是自己珍而重之的希望。

夏楚的眼眶红了，江行墨神色温柔，低声对她说："对不起，让你受委屈了。"

夏楚抬头看着他："我没事，只是你……"

"别担心我。"江行墨把她拥入怀中，由衷地说道，"无论失去什么，我都无所谓。"

夏楚难受地埋在他的胸前，不争气地流出来的眼泪湿润了他的衬衣。

江行墨轻叹一口气，又补充道："除了你。"

一句话让夏楚的眼泪决堤，她哭得更凶了。

遇到任何磨难、遭受任何困苦，哪怕一无所有，江行墨都不会畏惧，唯独除了她。

这一次是夏楚主动联系了江景远。

她问他："我该怎样才能帮到他？"

她不能再像之前那样置身事外，她要站在江行墨身侧，她要与他并肩而行！

江景远顿了一下，道："你们做个游戏吧。"

夏楚一怔："游戏？"

江景远道："放弃端游，做一款成熟的手游，这将会开启一个新的时代。"

夏楚是犹豫的。

他们这个专业，最赚钱的是游戏行业，来钱快，现金流大，其中的暴利难以想象。

但是江行墨不喜欢做游戏，很排斥有能力的工程师投身于游戏产业。

游戏这个东西能给社会带来什么？除了自己赚得盆满钵满，能给未来、给人们、给整个社会带来什么？

不能说游戏一无是处，但是性价比实在太低。

如果所有的优秀工程师都去开发游戏，那互联网的未来又该由谁来推动？！

沉迷于虚幻的游戏，却放弃了现实，进步的方向又是什么？

江行墨对财物从来都不看重，他怀揣着的是理想。

用江景远的评价——他是个天真的学者。

而这正是让夏楚无比着迷的地方。

她不想他改变，可现实逼到了眼前。

江景远道："想做事，首先得有资本，你该明白未来你们会需要多少资金，江行墨不需要景城置业，那你们就去创造一个属于自己的景城置业。

"研究那些尖端技术，开拓新的未来，没钱是不可能的。

"理想只能建立在丰厚的物质基础之上。

"不愿受人桎梏，那就自己生出翅膀。"

江景远的话点醒了夏楚。

她不愿江行墨去做的事，她可以去做。

江行墨不需要江景远的景城置业，她可以给他一个新的"景城置业"。

他的理想也是她的理想。

而她甘愿做他的羽翼。

忙了这么久，又陡然闲了下来，江行墨待在家里，成了个宅男。

夏楚回来时，他正坐在宽阔的阳台上，看着外头的车水马龙。

哪怕只看背影，她也知道他手中必定在把玩着一个魔方。

相处久了，夏楚也了解了他的习惯。

他这是在思考。

至于他在想什么，夏楚也能猜个七七八八。

她没打扰他，转身去了吧台，斟了两杯红酒。

再转回身时，她发现他正低着头，认真地盯着手里的东西。

江行墨复原魔方还用看？完全没必要。

那他是在看什么？

夏楚走过去，脚步声响起，他肯定早就察觉到了。

江行墨招呼她，道：“过来。”

夏楚把酒杯放在旁边的茶几上，坐到他的身边：“在看什么呢？”

江行墨的神态很放松，嘴角还挂着笑，他给夏楚展示了一下手里的魔方。

夏楚一看，眼睛也忍不住弯起来。

魔方有六个面，上面有五个字和一个句号。

跟着江行墨转动的角度来读就是：“我喜欢夏楚。”

夏楚忍俊不禁。

江行墨又换了个转动的角度，同样的五个字就成了：“夏楚喜欢我。”

末了，江行墨还总结道：“汉字可真是博大精深。”

夏楚笑出声来：“我看是你太无聊！”

“这是手随心动。”江行墨的话听起来可有道理了，“我控制不了。”

夏楚被他甜得心里全是粉色泡泡，忍不住起身在他的嘴角啄了一下。

江行墨说：“我这手自己动了两个小时，你就只这样？”

夏楚面颊微红，又亲了他一下。

江行墨哪里还会再放她走，把人按在怀里，里里外外地讨着报酬。

夏楚被他吻得面红耳赤，声音都在颤抖：“天……还亮着呢。”

“哦。”江行墨的手老实了。

他停了下来，甚至起了身，夏楚竟还有那么一点点失落。

谁知江行墨走到窗边，唰的一声将遮光窗帘给拉上了。

屋里瞬间陷入漆黑。

夏楚睁大了眼。

江行墨说：“好了，天黑了。”

江行墨又来了兴致：“来，我教教你什么是亲。”

说完，他便又吻了上去。

深夜，两人躺在床上，望着天花板出神。

“我饿了。”夏楚清楚地听到了肚子发出的咕噜的叫声。

江行墨总算动了一下：“想吃什么？”

夏楚道：“厨房里还有西红柿和鸡蛋。”

他也就会这么一道菜了。

江行墨掀开被子，立马起身：“等着。”

夏楚忍不住喊道：“把衣服穿好！”

江行墨捞起地上的长裤穿好，去了厨房。

正所谓“熟能生巧”，江行墨的西红柿炒鸡蛋打卤面已经做得很有水平。

夏楚是真的饿了，她下了床，脚落地时踉跄了一下，差点儿跪下，她的腿酸得不像话。

江行墨也不讲究，直接把打卤面端到了卧室里。

夏楚道："出去吃，一会儿屋里全是味。"

江行墨又端出去，再回来就直接把人给打横抱起，动作十分轻柔，嘴上却说着："真麻烦。"

夏楚没好气道："怪谁？"她累成这样，怪谁？

江行墨道："怪你懒。"

夏楚语塞，还真有些后悔，她以前怎么就不坚持锻炼呢！

吃饱后，江行墨陪着她坐在窗边消食。

夏楚终于把揣了一下午加一晚上的话给说了出来。

"Dante。"夏楚道，"我们做游戏吧。"

江行墨明显一怔，侧头看她："嗯？"

夏楚盯着外头如星星落地般的无数灯光，轻声道："我们一起开发一款游戏。"

她清晰地看到玻璃上江行墨的影子微微拧着眉。

"你别操心……"

他话没说完，夏楚便道："别说国内了，即便国外，也很难找到真正着眼于十几年甚至几十年后的投资方。"

商人逐利，这是毋庸置疑的。

人工智能本就是个充满坎坷的行当。

百年前就有人说这会是未来，可紧接着便跌入低谷，沦为互联网界的笑话。

如今因为网络的成长、大数据的积累、技术上的多层突破，这个项目才再度展现出兴起的蓬勃生命力，但仍是未知的。

超人工智能为人类所忌惮，弱人工智能已经遍地都是，强人工智能却始终有着难以逾越的壁垒，更不要提强人工智能诞生后，超人工智能也势必近在咫尺。

人工智能可以颠覆人类现有的生活，可以从方方面面改变整个社会，甚至可以让人类到达永生，同时，也可能会给人类带来永恒的灭亡。

这些是无人可知的未来。

夏楚曾问过江行墨，这条路应该走下去吗？

江行墨是这么回答她的："如果我们不率先研究，就会有其他不那么高尚的人捷足先登，就像当年的核武器。"

与其逃避，不如掌控。

这是江行墨的人生法则。

而这些大多数商人是毫不在意的。

未来、人类、社会、毁灭？

如果他们真的在意这些，又怎会昧着良心做出那么多不可挽回之事？

夏楚继续道："我们需要资本，与其指望别人，不如巩固自己。"

江行墨哪里会不明白？他紧皱着眉头，陷入沉思。

夏楚在他的肩膀上蹭了一下，继续道：“做游戏只是暂时的，是一个台阶，等到有了足够的资金来源，我们就可以成立一个实验室，从多个领域入手，甚至可以打造一个人工大脑。”

这些都是江行墨曾说给她听的。

人工智能需要的不是身体，而是一个统领一切的大脑。

无人驾驶也好，智能城市也罢，它们需要的是能够分析、学习、思考的大脑。

而这正是强人工智能的基石。

而要做到这些，的确需要很多钱，多到常人无法想象。

更加疯狂的是，这些钱可能只是扔进大海的石子，激不起半点儿波澜。

江景远看得很准。

这天底下，任何人和江行墨说这些，他都不会听进去半个字。

但夏楚不同。

她是唯一可以轻易改变江行墨的人。

只是，以前的她不想。

“这用不了多少时间。”夏楚道，“我们一起开发，之后的运营可以完全交给我，你就能抽身出来去做该做的事。”

江行墨转头看她：“开发容易，运营很难。”

夏楚看着他道：“不相信我吗？”

江行墨没出声。

夏楚笑了笑，看着他的眼睛道：“你说过，我们是并肩而行，那现在我们就该分工合作了。”

江行墨道：“这没有你想象中那么容易。”

夏楚道：“你还有其他办法吗？”

江行墨一愣，脑中闪过江景远的身影，但很快又将其驱逐。

“这是最稳妥的办法，”夏楚道，“我们不能重蹈覆辙。”

八个月后，夏楚和江行墨带领团队开发的《偏见》诞生，这时候，手游还在萌芽阶段，而它的降临无疑给整个游戏界投入一枚深水炸弹，将一湖死水炸出了壮阔波澜。

连线应运而生，滚滚而来的巨大财富如同决了堤的洪水，磅礴汹涌，恨不得把整个平台冲垮。

夏楚前所未有地忙了起来。

诚如江行墨所言，开发容易，运营难。

这其中琐碎的事实在太多太多了，不过夏楚撑住了，因为江景远在背地里帮她。

又是一年，D实验室落成。

组建成功的那一天，夏楚喝了个酩酊大醉。

江行墨掐她的面颊：“不能喝就少喝。”

夏楚环着他的脖颈：“开心嘛。”

“开心的是我。”江行墨道，“谢谢你。”

夏楚抬头，醉眼迷蒙地看着他：“谢我做什么？没有你，就没有我。”

江行墨眼底全是浓浓的爱意，他吻着她的额头道：“辛苦了。”

不辛苦，夏楚一点儿都不觉得辛苦。

能一步一步走到现在，夏楚只觉得十分满足！

然而这到底不是结束，反而是不幸的开始。

她大包大揽，把江行墨推向了D实验室，启动起来的D实验室也耗费了他的大部分精力，两人时常忙到只有深夜回家才能说一会儿话。

夏楚高估了自己，也低估了经营一个公司所要付出的代价。

《偏见》大火，眼红的人极多，她一个不慎就是万劫不复。

好在背后有江景远帮她，即便如此，她也是心力交瘁。

一个慈善晚会上，她喝了很多酒，有人在故意折腾她。

一个女人，一个漂亮且极有能力的女人，总能激发一些男人的占有欲。

江景远在场，安排人帮她化解了危机，把她也带了出来。

夏楚紧皱着眉，向他道谢。

江景远道：“你太心急了。”

虽然喝了很多酒，但夏楚还是足够清醒，摇头道：“时间不等人。”

江景远没再说什么，只是驱车把她送了回去。

下车后，夏楚又向他道谢，他说：“注意身体。”

夏楚在下面站了好一会儿，直到冷风吹得头痛后，才慢慢地上楼。

她心急吗？她的确很心急。

距离十年之约仅剩三年多了，她得快一些，更快一些，她希望能在有限的时间里给江行墨留下更多东西。

回到家时，她才发现江行墨已经回来了。

江行墨拧眉道：“是新龙的慈善晚会？怎么不叫我一起去？”

夏楚道：“我听Alvin说了，你们正在测试MG系统。”

江行墨道：“你推掉就是了，这种宴会没必要……”

“还是要去的，下周《偏见》有新元素上线。”

江行墨欲言又止。

进度太快了，他建议过可以慢一些，但是，这方面一直是夏楚主持，他过分干涉，会影响她的决策力。

夏楚挽着他的胳膊道：“我累了。”

江行墨将她抱起来，这一抱，他又蹙起了眉头：“你要好好吃饭。”

夏楚窝在他的怀里道：“嗯。”她迷迷糊糊的，眼睛都要闭上了。

江行墨十分心疼，哪里还忍心多说，道：“先别睡，去泡个澡。”

夏楚道：“不想动。”

她往日里容易害羞，喝了酒倒是爱撒娇，江行墨吻了她一下："懒鬼。"

"江行墨。"

"嗯？"

过了好一会儿都没听到她说话，江行墨低头一看，人已经睡着了。

江行墨笑了笑，将她往怀里带了带，心却有些空。

欲望不是个好东西，它会把初衷吞噬得一干二净。

这半年来，夏楚走得太快。

江行墨虽然在D实验室忙碌，但连线的事务，他都在分神关注。夏楚的一些动作，他看在眼中，不忍多说，心中却有停不下的焦虑。

金钱会滋生贪心，而贪心是永远无法被满足的。

夏楚是因为他而迈入了这个旋涡。

他怕她深陷其中，无法脱身。

他们认识七年了，第一次意见产生分歧，是在年末时针对游戏的收费模式进行的改革上。

营销部建议增加新的兑换系统。

夏楚同意了。

看到这份报告，江行墨立马找到夏楚。

自从两人在一起后，江行墨无论在人前是怎样暴脾气与严苛，但只要对着夏楚，都是另一副模样。

但此刻他一脸严肃："这个不行。"

夏楚一怔，起身关了门道："我已经同意了。"

江行墨道："这是在消耗玩家对游戏的忠诚度，是杀鸡取卵。"

夏楚避开了他的视线，说道："不至于这么严重，而且《偏见》的收费模式相对来说已经十分低廉，该适当提高一些了。"

"这是适当提高？"

夏楚坐在椅子上，轻声道："你放心，我们做过多次模拟推演，不会出问题。"

江行墨盯着她道："我一直都不过问你的决定，但你当真以为我看不懂这份报告？"

夏楚的心猛地一跳，她抿紧了嘴。

江行墨见她这样，又是一阵心软，声音放缓了许多："我虽然不喜欢做游戏，但你为这个游戏付出了太多心血，不要太着急，别被眼前的利益所蒙蔽。"

这话放到外头，只怕整个连线都会吓一跳。

他们的大魔王何曾有过这样和颜悦色和有耐心的模样？！

夏楚垂首，盯着这份报告："已经宣传出去了，停不了。"

江行墨眯起眼睛："夏楚，你以为你骗得了我？"

夏楚猛地抬头："我已经签字了，就不可能停下。"

“你知不知道自己在做什么？”

“我知道，我的目的就是赚钱，而我们很缺钱！”

江行墨的目光沉了下来，他看着她，嘴角露出了讥讽的笑意：“是你缺钱吧。”

说完这句话，他大步离开。

房门关上，坐在办公室里的夏楚攥紧了拳头。

十年，她最初觉得这是一段看不到头的漫长时间。

现在，她却觉得它太短了，像悬在头顶的刀，随时会坠落。

江景远从没告诉过她，十年后会怎样。

但夏楚自己知道。

纸包不住火，总有一天，江行墨会知道真相。

而以江行墨的骄傲，他怎么可能会容忍这样的欺骗？

他对她越好，他越深爱着她，那悬着的刀便越发锋利。

她现在唯一能做的，不过是给他创造更多资本。

两人三天没说话。

之后江行墨受邀去瑞士参加一个会议，更是走了一个礼拜。

夏楚没耽误时间，她要趁他不在，把已经进行的事彻底推行下去。

江行墨飞往瑞士那天，夏楚受了凉，感冒了。

她没在意，继续加班加点地忙着。

等再度醒来，她已经躺在了医院里。

夏楚想起身，这一动才觉得浑身疼痛无力，好像连骨头缝都在叫嚣着剧痛。

“别乱动。”

夏楚转头，看到了背光而坐的男人。

他穿着工整的定制西装，头发一丝不苟，双手交叉放在一本棕色外壳的精装书上。

不去看五官，他们父子两人可真是没有一丁点儿相似的地方。

夏楚道：“江总。”

江景远道：“你发烧到三十九摄氏度，不及时治疗，会有生命危险。”

夏楚道：“多谢。”

“江行墨呢？”

夏楚道：“他有事……出去了。”

“真是太不像话了！”

这是夏楚头一次看到江景远发怒。

她有些紧张，连忙道：“不……不是的，他不知道。”

“他连你生病了都不知道？”

“他……”夏楚哪里会说两人在冷战，只道，“是我这几天比较忙。”

江景远深吸一口气，神色冷凝地道：“我让你陪着他，可不是让你一味地纵容他。”

夏楚动了动嘴唇，十分虚弱地道：“不是的……”

江景远打断了她的话："行了，这几天你好生歇着，什么都别管了。"

夏楚急忙道："这怎么能行？他不在国内，连线……"

江景远道："工作重要，还是命重要？"

夏楚："……"

"我给你的助理去过电话了，没什么太重要的事，就让他们自行处理。"

夏楚还是不放心。

江景远道："你安心休息，这是个封闭的疗养所，你想走也走不了。"

夏楚有气无力地歪在枕头上："我真不要紧。"

江景远起身道："江行墨最多一个礼拜就回来了，你不想让他知道你在这里，就好好养病，赶紧离开。"

夏楚的心一紧，这下是真的老实了。

一个礼拜后，夏楚康复，江行墨也回来了。

两人见面时，江行墨丢给她一个盒子。

夏楚接住，打开一看，是一盒巧克力。

她本来就没生他的气，这会儿看着巧克力，只觉得心里酸涩。

是她不对，是她让他失望了，可是……

她去了他的办公室。

江行墨目不转睛地盯着电脑屏幕，好像没看到他。

夏楚拿着巧克力过去，说道："很甜，很好吃。"

江行墨没理她。

夏楚捏出一块，绕到办公桌后，递到他的嘴边："你尝尝，很好吃的。"

江行墨用眼角的余光看她，没张嘴。

夏楚眼底带了笑意，把巧克力送进了自己的嘴里。

"没点儿诚意。"江行墨低声开口。

夏楚道："我给你了，是你不吃。"

"那你就自己吃了？"

"还没吃完。"她故意这样说。

江行墨看向她的唇，恶狠狠地亲了上去。

夏楚被他吻得心怦怦乱跳，环住他的脖颈，热情地回吻着他。

她很想他，闲着的时候尤其想。

分开这几天，她每天都在做噩梦。

梦里，他厌恶她、憎恨她、远离她。

她惊醒后，周身都是冷汗，更加让她不安的是，她明白这不是梦，而是不久之后的将来。

"Dante。"她努力压着嗓音中的哽咽。

"嗯。"

"我喜欢你，不……"她更正道，"我爱你。"

即便泡影终究会幻灭，但此时此刻，她愿意沉浸在这漫天的虚无之中。

"这巧克力的确很甜。"江行墨把她放倒在办公桌上，"想我了吗？"

夏楚用力地点头。

江行墨埋在她的脖颈间道："我也是。"

他轻声叹息着："无时无刻不在想你。"

两人的第一次冷战就这样画上了句号。

江行墨没再干涉过夏楚的决定，不过他开始拖着她去D实验室。

"MG系统你是最熟悉的，以后就交给你了。"

夏楚一愣："可是，我……"

江行墨看着她："怎么？它被别人养过就不要它了？"

"怎么会！"这是他们失而复得的宝贝。

夏楚道："我怕我时间不够……"

江行墨道："又不是让你自己去做，你只要监督就行。"

夏楚哪里忍得住，D实验室对她的吸引力不亚于江行墨。

她认真道："我一定会好好待它！"

"不止是它。"江行墨道，"还有它。"

那是一辆胖胖的小餐车，江行墨道："智能家居推广起来比较麻烦，但我们可以先用上。"

夏楚满眼好奇："已经可以使用了吗？"

江行墨道："你多来看看它，它会长得更快一些。"

在D实验室里走了一圈，夏楚只觉得到处都是惊喜和希望。

江行墨在国外这几天，前前后后想了很多。

他不能和夏楚生气，他得把她拉出来。

办法是有的，只要让她加入D实验室的工作就行。

他的想法是对的，夏楚专心研究MG系统和智能家居，把连线的工作丢了一大半。

江行墨便帮她捡起来，仔仔细细地帮她处理、规整着。

这大半年，他们仿佛又回到了在美国时的时光，一起工作，一起忙碌，一起发表着彼此的观点。

D实验室里的人很快就对夏楚心服口服。

她技术过硬，还降得住江行墨，他们能不服吗？

第十五章

刚入秋的时候，江行墨问夏楚："明天有空吗？"

夏楚习惯性地看行程。

江行墨直接抢了她的手机，又问她："有没有空？"

夏楚道："我得看看……"

她没说完就明白了，江行墨这哪是问她有没有空，而是在暗示她不管有没有空都得有空。

她失笑道："有空。"

江行墨掐了她的脸颊一下："你敢没空，我就把你绑过去。"

夏楚好奇地道："要去哪儿？"

"明天你就知道了。"

夏楚被勾起了好奇心："说说嘛，到底要去哪儿？"

第二天，江行墨开车带着她往城外跑。

夏楚问道："到底要去哪儿？"

江行墨说："到了你就知道了。"

夏楚看他一眼："神秘兮兮的。"

今天一大早，江行墨便醒了，夏楚懒得睁眼睛，但听得到他的动静。

他似乎不是出去骑车，而是在冲凉，还洗了头发，貌似还吹了吹头发。

江行墨头发短，从来不吹头发，都是用毛巾一擦就了事。

夏楚看到了，才会帮他吹一吹，他自己是从来不碰吹风机的。

夏楚睁开眼时，看到他竟然在挑衣服。

天哪……她是睡糊涂了吗？

恨不得每天都穿同一款衣服的江行墨竟然在认真选衣服！

夏楚越来越好奇他们到底要去哪儿了。

大约开了一个小时的车，他们已经临近郊区了。

夏楚实在是好奇："你不是要把我卖了吧？"

“卖给谁？”

夏楚道：“总有人要的。”

江行墨道：“想得美，除了我这儿，你哪儿都别想去。”

车子停稳后，夏楚跟着江行墨下了车。

看到这栋房子的时候，夏楚整个人都愣住了。

他们已经回国三年了，但他们在斯坦福住了三年的房子，她是怎样都忘不了的。

江行墨竟然……将他们在美国住的那栋别墅给原样“搬”到了这里。

夏楚张了张嘴：“这……”

江行墨牵着她的手道：“进来看看。”

夏楚已经说不出话了。

江行墨带她走了进去，里面装修得非常好，充斥着现代和简约相结合的气息。

最让夏楚惊讶的是，整栋房子完美结合了D实验室正在开发的智能家居。

尤其是厨房，那块黑色的电子屏上记录的全是他们两人爱吃的菜谱。

夏楚心中波涛汹涌，全是无法言语的厚重感情。

江行墨松开了她的手，从口袋中拿出一个黑色的锦盒。

盒子中装着一枚美丽的钻戒。

他问她：“夏楚，你愿意嫁给我吗？”

听到这句话，夏楚的眼泪夺眶而出。

“我愿意。”

这是一场夏楚无论如何都拒绝不了的求婚。

哪怕她知道没有未来，哪怕她知道他们之间注定是不幸，哪怕……哪怕有千百个哪怕，此时此刻，她也绝对不会拒绝他。

听到她的回应，江行墨眼中、嘴角全是喜悦。

谁都没见他这般笑过，即便是他最亲近的母亲，也不曾见自己的孩子笑得如此像个孩子。

“别哭。”江行墨拥住她，道，“这辈子都不想看你哭。”

夏楚靠在他的怀里，眼泪是无论如何都止不住了，有喜悦，有酸涩，有幸运，也有惶然不安。

带着这样复杂的心情，她一个字都说不出来，只能让眼泪将一切冲得淡一些。

快乐淡一些。

痛苦也淡一些。

新房还不适合居住，而且江行墨更希望他们在新婚之夜再搬到这里来。

他们驱车回去后，两人懒洋洋地待在一起一天。

他们没做什么特别的事，无非靠在一起晒晒太阳，看看风景，说着一些有的没的，时间就已经从指缝间流走了。

因为心里有个人，即便什么都不需要做，也不会孤单，不会无聊。

这天，江行墨和她说了很多自己的事。

他说起自己讨厌茄子的原因，说起自己淹死在湖中的母亲，也说起了自己为什么讨厌女人。

这是江行墨第一次提起江景远。

他没用父亲的称呼，用的是——那个男人。

夏楚安静地听着，越听，心越沉。

江行墨厌恶江景远，从母亲死去的那一刻起，他将渴望而等不来的父爱化作了对父亲的恨。

母亲还在的时候，他思念父亲，每次见到父亲回来，都十分开心。

有哪个孩子会不爱自己的爸爸？！

只是，当时的江景远太忙了，一年到头回家的次数可以用一只手来数，这对一个孩子来说实在是太少了。

母亲自杀，他看着她被捞起的尸体，脑中出现的是她在无数个日夜中绝望的等待。

是江景远杀了他的母亲。

年幼的江行墨是这样认定的。

一年后，江景远娶了新的妻子，一个年轻貌美的女人。

她成了江行墨的新母亲，但她给他带来的是蛇蝎般毫不遮掩的恶意。

又是一年，江景远和她离婚，不到三个月，又娶了一个女人。

半年后，江景远再度离婚，不出三个月，又有了新的女人。

江行墨十五岁时考上大学，脱离了江景远的掌控，而这期间，他有过十位继母。

这是他厌恶女人的根源。

母亲给他的爱，他早就记不清了。

继母给他的恶，烙在了他年轻的灵魂里。

夏楚听得心里很难受，紧紧地抱着他，也不知能用什么言语来安慰他。

江行墨道：“没事，早就过去了。”

夏楚点了点头。

江行墨吻了吻她的头顶道：“从离开那个家后，我就和他脱离关系了，你也没必要见他，我们的未来与他无关。”

夏楚的心一颤，她小声道：“这……不太好吧。”

江行墨道：“没什么不好的，我父母双……”

“别。”夏楚捂住他的嘴道，“别这样说。”

江行墨完全不在意，还打趣她：“叔叔阿姨会不会嫌弃我只有自己？”

“别胡说。”夏楚道，“我爸妈很喜欢你的。”

他俩在一起这么久，夏楚哪里瞒得住爸妈，她早就带江行墨回去看过他们了。

夏爸爸夏妈妈十分喜欢江行墨，待他极好。

一切似乎都向着最美好的方向发展。

江行墨把举行婚礼的时间定在了年底，夏楚点头同意了。

年底他们便步入认识的第八年，她想成为他的妻子，很想。

贪心一次吧，也许会有不一样的未来。

夏楚把自己和江行墨的婚事说给高晴听，高晴的心一紧，她却由衷地祝福道：“能嫁给喜欢的人，这就足够幸福了。”

高晴有些不安，但夏楚已经做了决定，她不该再多说。

这些年的情形，高晴是全看在眼中的。

夏楚深爱着江行墨，为了这个男人，她付出了太多太多。

付出不一定会有回报，高晴只能祈祷，祈祷江行墨会善待夏楚。

这后半年，两人忙得不可开交。

工作的事、婚礼的事，各种琐事加在一起，实在是让人焦头烂额。

不过两人都不怕忙，工作总会理顺，而过了今年，他们就是能得到所有人祝福的夫妻。

婚礼前半个月，江行墨要出一趟差，南非的一个小国家给了他们一个实验基地，他得去看看。

夏楚走不开，连线也好，D实验室也罢，都需要人主持，他俩不能一起出去。

江行墨走的时候，抱着她亲了好一会儿：“等我回来，你歇一阵子。”

夏楚道：“我不累。”

江行墨捏捏她的腰道：“你要把身体养好。”

夏楚道：“我的身体挺好的。”

“这么瘦。”江行墨凑在她的耳边道，“我怎么敢让你生孩子？”

夏楚闹了个大红脸：“谁……谁……”

江行墨笑道：“马上就是我的新娘了，还不许我当爸爸？”

夏楚结结巴巴的，说不上话。

江行墨掐她的脸颊道：“养好身体，给我生个孩子，你一定是天底下最好的母亲。”

夏楚将头埋在他的怀里，不肯抬头。

江行墨以为她是害羞，可其实她是难受，非常难受。

如果江行墨知道了真相，还会觉得她好吗？

他会觉得她居心叵测、恶毒至极吧。

江行墨去了地球的另一边，夏楚连续两天彻夜未眠。

她睡不着觉，索性用工作来麻痹自己。

她撑了五天后，彻底被压垮——不是被疲倦压倒，而是被心理上巨大的压力折磨到崩溃。

她没想到的是，自己这一倒下，竟然失去了悄悄到来的她和江行墨的孩子。

夏楚醒来时，看到的是震怒的江景远。

“是我对不住你。”他这样对夏楚说。

夏楚一怔，感觉到了身体强烈的不适，尤其是小腹处。她心中一凉，面色苍白：“我怎么了？”

江景远紧皱着眉：“不到两个月，你现在的身体也不适合怀孕。”

“我怀孕了？”夏楚睁大眼，用力捂住自己的小腹，瞳孔猛地一缩，“他……他……”

江景远别开了眼。

夏楚哪里会不懂，盯着雪白的天花板，眼中一片灰败。

江景远说：“我会安排你离开，如果你想要连线，我可以帮你争取。”

离开？

夏楚转头看着他：“我可以离开了吗？”

十年、十年不是还没到吗？不是还有两年吗？

江景远没看她，只是声音里充斥着悔恨：“是我对不住你。”

他重复了这句话，可是夏楚听不懂，不明白这是什么意思。

她的孩子，她还没感觉到他的存在，他就走了。

她的江行墨，她还没能成为他的妻子，她就要离开了。

他说她会是天底下最好的母亲。

可是，她……

夏楚安静地睡在冰冷的病房上，整个人仿佛与白色的床铺融为一体。

结束了。

一切都结束了。

房门被用力地撞开，满目焦急的江行墨进来时，看到了一个他怎么也想不到会出现在这里的人。

江行墨眯起眼睛：“你为什么会在这里？”

江景远起身，面色阴沉。

江行墨侧过脸，眸中一片冷凝：“你把她怎么了？”

“我把她怎么了？！”江景远怒极反笑，“我把她送到你身边，就是让你这样糟践她的吗？”

江行墨猛地转头：“你说什么？”

江景远深吸了一口气：“跟我出来。”

江行墨看向夏楚，想走过去，但她别过了头，自始至终都没看他一眼。

江行墨愣了愣，一颗心向着万丈深渊坠落。

江景远握住江行墨的胳膊，生生把人给拽了出去。

父子俩许久未见，见面却是剑拔弩张的局面。

江行墨连夜赶回来，本来就憔悴至极，此时面色更是差到了极点。

他嗓音干涩到了极点，但还是问了江景远：“你把她送到我身边的？”

江景远道：“你以为呢？不是我安排，你能遇到她？！”

“安排，”江行墨看着他，“你的安排？”

江景远道：“你太令我失望了，Megan 容忍你、纵容你，为你没日没夜地工作，把自己熬成了这样，可你呢，你就是这样对她的！”

江行墨只觉得脑袋嗡嗡作响，他咬紧牙关，额角有青筋鼓起：“你说，这是你的安排？”

“是，是我安排的，我本以为……”江景远顿了一下，皱眉道，“这是我做过的最后悔的事。”

“她是你安排的。”江行墨闭了闭眼，胸膛起伏着，“这八年，你什么都知道。”

“我当然知道！”江景远震怒道，“你死咬着自己的尊严，不肯向我低头，结果呢？她为了你放下理想，为你去做自己不擅长的事，为了你把身体折腾成这样子。你要是接受景城置业，她至于这样辛苦吗？”

江行墨一字一顿，仿佛说出来的不是话，而是从心上剜出来的肉：“她是你的人，原来她是你安排到我身边的。”

江景远道：“如果时光倒流，我绝对不会让你们相遇！”

江行墨没再说一个字，他什么都听不进去，只推开病房的门，来到了夏楚身边。

他居高临下地看着她，头一次觉得这个自己放在心尖上的女人是如此陌生。

“你认识江景远。”

夏楚连唇瓣都失去了血色，颤抖着嗓音道：“是。”

“你是因为他，才接近我。”

夏楚几乎快要发不出声音：“是。”

“好……”江行墨笑了，笑得比哭还难看，“很好。”

夏楚不敢看他，用力捂着自己的小腹，轻声道：“对不起。”

“对不起？”江行墨重复着，“对不起？”

夏楚动了动嘴唇，江行墨却站直了身体，他的脸上再也没有丁点儿表情，只有彻头彻尾的冰冷：“婚礼照常举行。”

夏楚猛地看向他。

江行墨看着她，漆黑的眸子没有一丁点儿光芒。他靠近她，低声道：“你想走？凭什么？”

看着近在咫尺的男人，看着他眼中的恨，夏楚深陷绝望的泥沼。

他不会原谅她。

他恨她。

全完了。

那是犹如噩梦一般的半年，对两人来说都是。

江行墨费尽心机，查到的是血淋淋的真相。

夏侯真被诬蔑入狱，十八岁的夏楚求助无门，江景远向她伸出了援助之手。

之后夏楚去了斯坦福大学，他们相遇了。

夏楚每个月都会联系江景远，会发一封很长很长的邮件，江行墨查不到内容，却可以看到记录。

她毕业那一年，江景远去了一趟美国，和她见了一面。

回国后，夏楚更是定期与江景远见面。

让江行墨无法接受的是，夏楚每次应酬，江景远都在，甚至连线的内部都有江景远的影子。

江景远在帮她，帮她管理连线。

一年前那次冷战，江行墨去了瑞士，夏楚消失了三天，连Ethan都不知道她去了哪里。

一点点、一滴滴，江行墨眼睁睁地看着，脑中所有美好的画面全被撕成了碎片。

她不爱他。

从头到尾，她都在欺骗他。

而他被他们耍得团团转。

他以为自己摆脱了江景远，摆脱了江景远的桎梏，他以为他可以掌控自己的人生。

原来是大梦一场。

夏楚不想离开，她也不能离开。

她知道江行墨恨她，知道他要报复她。

那就报复吧，本来就是她欠他的。

她对江景远说："再给我点儿时间，连线有很多事需要交接，等办妥后，我会离开。"

江景远道："你有什么需要我帮助的，请尽管说。"

"不……"夏楚道，"这些年，您帮我够多了。"

江景远紧皱着眉头："这些年都是我的错。"

夏楚摇了摇头，不想再说什么。

她搬进了江行墨为他们建造的新房。

她独自住在空荡荡的宅子里，感受到的是侵入骨髓的寒冷。

这里到处都是江行墨用心装饰的痕迹。

他买了她最喜欢的画，找回了许多他们以前的回忆，将他们这八年来的点点滴滴都镶嵌在了这座房子中。

可现在，她看着这一切，只感觉到撕心裂肺的剧痛。

他有多爱她，现在就有多恨她。

是她辜负了他，是她伤害了他，是她毁了他们的爱情。

她连他们的孩子都没有保护好。

她到底做了什么？

夏楚从住进这间屋子后，就如同点着的蜡烛般，不停地燃烧着自己的生命。

她不敢再看，不敢再想，不敢再碰触与江行墨有任何关联的东西。

原来爱一个人，是会连他的一张照片都不敢看的。

原来爱一个人，是会难过到连一句话都不能说的。

原来爱一个人，会渴望着将他从心底剜掉。

半年是夏楚的极限。

她的精神终于紧绷到了极点。

她忘了他。

她不再需要爱情，得到过最好的，又失去了最好的。

此生此世，她再也不会拥有江行墨，再也不会拥有爱情。

这是她罪有应得。

失去的记忆全都找回来了。

夏楚睁开眼时，竟分不清今夕是何夕。

江行墨。江行墨。江行墨。

夏楚满脑子都是他。

她想见他。

她很想他。

《麦琪的礼物》。

在找回记忆前、在得知高晴和龚晨的过往后，夏楚曾问过江行墨："我们是这样吗？"

我们像《麦琪的礼物》里面的人物吗？我们是深爱着彼此，却为了彼此而产生了误会和伤害吗？

当时，江行墨回答她："我不知道。"

失去记忆的夏楚没法回答他，但现在她可以回答他。

是这样的。

他们是这样的！

夏楚踉跄着起身，出去找江行墨。

但治疗室外空荡荡的，一个人都没有。

江行墨先走了。

他不愿面对现在的夏楚，不……他是没有勇气面对。

失忆之前的半年，夏楚沉浸在自己的痛苦之中，什么都看不清。

她只感觉到自己与江行墨渐行渐远，只感觉到他对她的疏离与恨，只想到了他的骄傲，想到了他一生都不会原谅她。

她过得浑浑噩噩，唯一抱有的信念就是赚钱、积累资本，在有限的时间里留下更多的东西。

她执拗地开发了新游戏，甚至决定涉足影视业。

当听到江行墨和那女明星的绯闻时，她信，也不信。

其实信不信都无所谓，江行墨是在报复她，他恨她，仅仅这一点就足够了。

她启用了这个女星，她很难想象自己是怀揣着什么样的心情做的这个决定。

大概是在试探自己吧。

毕竟等她离开后，势必会有这么一个人待在江行墨身边。

她势必会知道一些这样那样的消息。

早也好，晚也罢，她总得接受。

也许她只是在逼疯自己，是潜意识里的自我放逐。

失忆之前的夏楚是无论如何也不会相信江行墨还爱着她的。

她了解江行墨，太了解他的性格，太清楚他是多么爱憎分明。

那段日子里，她是完完全全心灰意懒了，是彻头彻尾地坚信一切全完了。

她失去江行墨了，永永远远地失去了。

可现在，经历了失忆后的几个月，夏楚的心又活过来了。

她失忆，什么都忘了，江行墨又回到她身边了。

她背叛了他，伤害了他，给了他那样的侮辱。

他却仍然爱她。

他是爱她的。

他给她的爱，比她想象中的还要深，还要重，还要不可估量。

他甚至放下了自己的骄傲，踩下了自己的尊严，违逆了自己的本性。

他还爱她。

这给了夏楚勇气，给了她希望，给了她寻回他的力量。

夏楚笨拙地拿出手机，拨通了江行墨的电话。

江行墨接得很快，可是电话那头没发出任何声音。

夏楚只觉得有千言万语涌到了嗓子眼，却不想在电话里说，她问他："你、你在哪儿？"

江行墨也问她："都记起来了？"

夏楚闭了闭眼，哽咽道："你现在在哪儿？"

江行墨嗓音沙哑："我回公司了。"

夏楚道："我去找你。"

江行墨顿了一下，说道："如果是道别的话，不必了。"

听到这话，夏楚的眼泪一股脑地涌了出来，毫无征兆，她已经泣不成声："对不起。"

江行墨的心如同被毒针扎了一下："没必要道歉，这种事勉强不来。"

"不是的。"夏楚把早该说出口的话说了出来，"我爱你。江行墨，我爱你。"

电话那头，江行墨僵住了。

他想了很多，做了足够的心理建设，甚至觉得自己能够放下了。

有些东西是强求不来的，无论是因为什么，她到底陪伴了他那么多年。

他得不到她的感情，可毕竟霸占了她八年。

一个女孩有多少个八年？

她把最好的青春给了他，即便不是心甘情愿的，他也没必要再为难她。

他已经"认识"了真正的十八岁的夏楚——没有欺骗、没有阴谋、不是刻意接近、孩子气的夏楚。

挺好的，就这样画上句号，一切都挺好。

江行墨不是个优柔寡断的人。

他的梦该醒了。

感情这种东西，本来就不该属于他。亲情也好，爱情也罢，都是他触碰不到的。

他没必要执着。

可此时，夏楚对他说，她爱他。

夏楚等不及要见到他了。她捧着手机，言语十分混乱：“当时我爸入狱了，江总帮了我，他给我的条件是陪你十年。我的确是刻意接近你的，我的初衷是不对，骗了你，可是我没有欺骗你的感情。我们在一起后，我每一天都很快乐、很开心。江行墨，我喜欢你，你向我求婚的时候，是我这一生最……最……”

她哭得说不清楚话，却不想再错过任何机会，只想把存在心里的话都说出来：“我以为你不会原谅我了，我以为我解释也没有用，我以为你再也不会接受我了，我以为全都完了……”

江行墨下了车，从树荫里走了出来。

他没回公司，只是躲在了外面。

他不知道该如何面对恢复记忆的夏楚。

而此时，他看到了孤零零地站在那儿哭得仿佛丢了全世界的夏楚。

几乎毫无思考的余地，他大步上前拥住了她。

“别哭。”江行墨的嗓音干涩到了极点，“不要哭。”

夏楚仰头看着他，被泪水冲刷过的眼睛极其透亮，透亮得能让人一眼望到底，而那最底下放着江行墨。

江行墨看到了，却仍旧不敢相信：“你真的……”

夏楚捧住他的脸，用力吻了上去。

她爱他。

她不知道别人的爱情是怎样的。

但她的爱情里写满了江行墨。

连线的诸位有些慌。

高层们慌慌的，下面的人之间也流传着一堆杂七杂八的小道消息。

譬如……

“变天了，变天了，这下是真的变天了！”

“Megan 和 Dante，谁赢了？”

“Dante 赢了！”

“我的妈呀，那我们 Megan 咋办？不会真的净身出户吧？”

“女人到底是心软啊！”

“你说这世道怎么了？渣男不该下地狱吗？”

“呵呵，反正我是想好了，如果 Megan 离职，我就走人。”

“我也走！让 Dante 当他的光杆司令！”

下头风言风语，上头的人也紧张兮兮。

徐之翰拉着冯宇恒八卦："老大三天没上班了，这是出什么大事了？"

冯宇恒说："我的女神也三天没来了啊！"

"他俩不会真离婚了吧？"

听到这话，冯宇恒哭得就像个没了爹妈的孩子："别离婚啊！"

徐之翰道："你说这半年他们是怎么了？明明之前恩爱得遭人嫉妒。"

冯宇恒哭哭啼啼的："是啊，就这半年……就是从半年前，我们MG成了没娘的野孩子了啊！"

他俩窃窃私语，一抬眼看到了"大总管"Ethan，赶紧凑上来问道："Megan怎么了？这么多天都……"

Ethan瞥了他们一眼："工作这么久，还不许他们给自己放个假？"

徐之翰眨了眨眼："放假？"

Ethan道："结婚半年了，也该补个蜜月了。"

"蜜月？"

"Megan和老大度蜜月去了？"冯宇恒一嗓门喊出来，整个连线上上下下立马无人不知、无人不晓。

不是说两位老板在闹离婚吗？不是说离婚协议都签了？不是说大魔王要净身出户了？

蜜月是什么鬼？

维讯。

顾孔雀在他奢侈、华丽、上档次的办公室里跷着二郎腿刷朋友圈。

他的助理说道："听说江总和夏总已经三天没去连线了。"

顾忆航一听，眼睛一亮："看来两人彻底闹掰了！"

他助理说："应该是出事了，要不然他们不会不去公司。"

"可不嘛，两个工作狂一起罢工，这绝对是大事！"

顾忆航越想越美，笑逐颜开道："这是个千载难逢的机会，我得好好把握，一举拿下Megan！"

助理讨好他道："预祝顾总抱得美人归。"

顾忆航忍住嘚瑟道："风水轮流转，江行墨终于把自己"作"死了，不过他那都是自找的。Megan多好啊，又漂亮又能干，整个一闪闪发光的聚宝盆，他竟然还不珍惜。"

"没事。"顾忆航道，"他不珍惜，我珍惜，只要Megan跟了我，我这辈子都把她当宝贝供着！"

助理走了，顾忆航在屋里转了两圈，拿起手机想给夏楚打个电话。

不过他想了一下，最后又没打，忍一忍，等他们的矛盾再激化一些！

顾忆航心情十分好，坐下后继续刷朋友圈。

这一刷，他差点儿从椅子上滚下来。

这是一张照片，天空很蓝很亮，与湛蓝色的海水相接，分不清谁更蓝一些，谁更亮一些。

照片的中央是一个背对着镜头的女人，她的长发被风吹起，纤细的胳膊张开，仿佛要飞向碧蓝的天空。

顾忆航只看背影也认得出这是夏楚。

让顾忆航十分喘不上气的是，这张照片是江行墨发的！

这个万年不发朋友圈，发朋友圈也是转发最新资讯的家伙竟然发了这么一张照片！

这是江行墨拍的。

真是 Megan。

他俩在大溪地？！

顾忆航一脸蒙：离婚用得着跑那么远吗？

紧接着，夏楚也发了一条朋友圈，是十指相扣的两只手，闪闪发光的钻戒把老顾的另一只眼也闪瞎了。

紧接着，下头冒出一条留言，是连线的高管冯宇恒，他发了个哭哭啼啼的表情，问道：你们真的度蜜月去啦？

夏楚回了他一个字：嗯。

顾忆航："……"

夏楚的朋友圈里还是有不少外人的，她这一发，立马有人发到了公众平台上。

连线的这对神秘夫妻，时隔半年，终于开始虐狗了！

吃瓜群众纷纷表示："哎呀，我们江总的手这么好看的吗？"

"手都这么好看，人会丑吗？！"

"难道江行墨竟是个深藏不露的大帅哥？"

夏楚和江行墨在外面待了一个礼拜。

他们没做什么特别的事，只是待在海边，牵着彼此的手，看日出，看日落，回忆着甜蜜与苦涩的过往。

夏楚歪着头看江行墨。

江行墨看她："怎么了？"

夏楚终于还是把这个问题问了出来，她知道江行墨不想提起江景远，但这事应该摊开来说明白。

她问："你觉得他为什么想让我陪你十年？"

江行墨的神色暗了些，他没有出声。

夏楚又道："我当时问过他，他说，只要我陪着你就行，希望我和你一起做你想做的事。"

江行墨握着她的手，拇指在她的掌心摩擦着，仍没有说话。

"在美国时，我每月都给他发一封邮件，说的都是你的日常生活。回国后，他一直在暗中帮助我，或者应该说是通过我来帮助你。"

江行墨的眉心皱了一下，他似是不想听，却没制止夏楚说下去。

夏楚看向他，说道："我们去问他吧。"

江行墨闷声道："我不在乎。"

夏楚笑了一下，在他的嘴角啄了一下。

她知道他很在乎。

回国后，夏楚约了江景远。

她订的餐厅是个内外间，她把江行墨藏在了内间。

江行墨别别扭扭的："我不想见他。"

夏楚道："你又看不到他。"

江行墨："我不想听到他的声音。"

夏楚道："好啦，听听嘛。"

江行墨看着她，皱着眉。

夏楚踮起脚，在他皱着的眉心吻了吻："现在想想，婚礼前他是故意刺激你，故意让我们分开，难道你就不想知道原因吗？"

这是江行墨的心结，也是他最难堪的地方。

他别过眼道："不想知道。"

夏楚扳过他的脸道："我想。"

江行墨眼中闪过一丝忧虑，薄唇动了一下。

夏楚望进他眼中："你还是不相信我吗？"

江行墨立马道："相信。"

夏楚道："那就不要逃避。"

江景远来得很准时。

他还是那副模样：永远一丝不苟，永远不可捉摸。

哪怕年过五旬，只要他一出现，所有人的视线都会凝聚过去。

这是他的力量，也是他的魅力。

他看到夏楚后，皱着眉道："你和江行墨……"

夏楚打断了他，开门见山地问："江总，当年您为什么希望我陪在他身边？"

江景远停顿了一会儿，再开口时，显现出了这个年纪该有的苍老样子。

他说："我以为你们很合适。"

夏楚问他："合适？"

江景远在思考，这些话对他来说并不是那么容易说出口的。

他强势了一辈子，在巅峰站了那么久，认定自己是没有弱点的。

但其实，他有。

江景远垂眸，说这些话时，语调平静，但眼中暴露了复杂的情绪。

"行墨的母亲死得早，她恨我，所以死在了我们的儿子面前。

“是我对不起她，娶了她，却没能给她一个家。

“行墨很小，我知道他恨我，我也没办法陪伴他，所以我希望能有个人照顾他。”

夏楚问：“你想再给他找一位母亲？”

江景远摇了摇头，对此没有给予过多的解释。

他继续说道：“后来他独立了，长大成人，离开了我。

“其实这无所谓，他很优秀，我很清楚，他能掌控自己的人生，我也没必要去干涉。我们本来也没什么父子情分，就这样桥归桥、路归路也挺好，直到……”

江景远看向她：“我发现了你。”

夏楚理解不了：“我？”

江景远道：“江行墨不会承认，但他和我很像，如果他娶了一个不了解他的野心的女人，那么他的妻子注定会走向他母亲的道路。

“江行墨远离女人，讨厌他的继母是一方面，更大的原因是他不想和我一样。”

——因为工作而疏忽了家庭，最后将妻子带入绝望的深渊。

江景远看着夏楚道：“毫无疑问，你是不一样的。你很聪明，非常有能力，而且热爱他所热爱的事业。你们会是默契的伙伴，会是工作上的良师益友，也会在生活上相依相偎……你能够靠近他，能够陪伴他，更能够与他一直走下去。”

其实夏楚隐隐也猜到了，但切实地听到江景远说出来，她的心情还是十分复杂。

她问他：“既然您的初衷是这样的，那为什么要把一切都说出来？”

江景远是故意挑明的，故意告诉江行墨她是他安排的，故意引导江行墨，故意激怒江行墨，故意分开他们。

江景远的面色冷了下来，他说：“他只会毁了你。”

夏楚怔住。

江景远说道：“这八年来，你是如何对他的，他又是如何对你的？！我希望你们是平等的，是并肩而行，是夫妻，更是伙伴。可他做了什么？自私、任性、有恃无恐！

“他为了自己那无所谓的尊严，牺牲了你们辛苦创造的作品。那只是他的心血？不是，那也是你的心血。他完全可以守护好它，可他任其被抢走！

“他不喜欢开发游戏，你就喜欢吗？！你为他做着不喜欢的事，他知道吗？！

“回国后，你没日没夜地工作，累得失去意识时，他在哪儿？

“别说什么他不知道，如果他体贴你，时刻关注着你，他会不知道你的身体状况？！”

说这话时，江景远的情绪十分激动。

夏楚愣怔间，忽然全明白了。

江景远是看到了过去的自己，他的一字一句，听起来是在指责江行墨，其实是在指责他自己。

他疏忽了江行墨的母亲，没有留意到她的绝望，导致了她的死亡。

他怕江行墨像他一样，毁了夏楚。

江景远闭了闭眼，情绪却无论如何都压不住了。

他几近失态，低吼出声："他如果没有做好当父亲的准备，又为什么要让你怀孕？"

这是让江景远决定拆散他们的根源。

他自己不是个合格的父亲。

江行墨也不是一个合格的父亲。

夏楚愣住了，急于解释。

其实，江行墨一直在做措施。他总不放心她的身体，只是那次……

江行墨已经从里间走了出来，面色苍白："你说什么？"

江行墨并不知道夏楚怀过孕的事。

当时夏楚晕倒，是江景远放在连线的人发现，他立马派人送她入院。

可惜已经晚了，还不到两个月的身孕，她的身体状况又是那样糟糕，实在是留不住孩子。

那时候，江行墨远在非洲，是江景远故意把他引回来，让他撞进病房。

江行墨只知道夏楚是熬夜累倒了，根本不知道她是……

江景远那时已经铁了心要拆散他们，所以把这事给隐瞒了下来。

他是为了让夏楚死心。

她和江行墨的孩子没了，江行墨回来却只是质问她、埋怨她、恨她。

这足够让夏楚对他彻底失望了。

此时看到江行墨走出来，江景远十分错愕："你……"

夏楚连忙对他说道："江行墨对我很好，这么多年来，他一直十分关心我，是我自己觉得亏欠了他，所以才……"

江行墨打断了她的话，他看着她，漆黑的眸子里浮着一层薄光："那时候……你……"

夏楚张了张嘴，仿佛小腹处又传来阵阵刺痛，她心中只剩下汹涌翻滚着的悔恨："是我的错。"

怀孕是个彻头彻尾的意外，她自己也没想到。她这些年身体不好，经期一直不准，她根本没想过自己能怀上。

那天是那个东西家里没有了，江行墨想下楼去买，她不乐意他去挨冻，就说自己在服用短期避孕药物。

当时江行墨还说了她，不准她吃那些，可也受不住她缠他。

夏楚没想过自己会怀孕，一点儿也没想过。

孩子没了，最大的原因在她。

是她不注意身体，是她连续几天不睡，是她把他弄丢了。

江景远看到江行墨就来气，痛斥道："与她有什么关系？你若多多留意，她用得着受这么多苦？！"

江行墨第一次无力反驳江景远。

他们父子二人，自从他的母亲死后就势同水火，见面不是争吵就是漠视。

江行墨恨江景远，而且毫不掩饰自己的恨意，发誓自己宁愿此生不娶，也不会像江景远一样！

可现在……他都做了些什么？

就如江景远所说的，他和江景远有什么不同？！

这八年多来，夏楚跟了他这么久，人越来越瘦，本来天真烂漫的小姑娘变得疲倦又辛劳。

他甚至还怀疑她的初心，觉得她掉进了金钱的旋涡，还以为她变了。

他口口声声地说着爱她，信誓旦旦地想给她一世幸福，可到头来，他给了她什么？！

他不信任她，只顾着自己的失望，给了她何其残酷的伤害。

他们的孩子悄无声息地走了。

他们的婚姻成了所有人的笑柄。

她甚至绝望到忘了一切。

江行墨颤抖着薄唇，嗓音沙哑得不成样子："楚楚……"

夏楚看他这样，只觉得心如刀割，急忙道："你对我很好！江行墨，我是因为你对我太好了，所以才愧疚。你给我的是毫无保留、最纯粹、最直白的感情，可我怀着目的接近你。你对我越好，你越照顾我、越爱我，我才越觉得自己亏欠你啊！

"我爱你，所以希望能弥补开始的欺骗。我过不去心里的坎，自己折腾自己，你又能怎么办？！你是人，又不是神，你不可能什么都知道！"

江行墨怔怔的，满脑子都是当时躺在病床上的夏楚，满脑子都是她苍白到没有丁点儿血色的面庞。他的心脏被巨大的恐惧攫住，呼吸间都带着血腥气。

当时夏楚是多么痛苦。

当时夏楚是多么绝望。

而这一切都是他造成的，她的一切痛苦都来自他。

"江行墨！"夏楚几乎用尽了全身力气喊他，她将手抬高，扳过他的脸，望进他的眼中。

她说："我以后一定会好好照顾自己，我以后一定不会再让你担心！"

江行墨看着她，失焦的眸子终于开始聚焦。

"楚楚，对……"

夏楚捂住了他的嘴，定定地说道："都过去了，我们一起往前走，好吗？"

江行墨怔了怔，接着用力抱住她。

这一次他们之间没有任何隐瞒，没有任何欺骗，也就没了任何亏欠。

相爱的两颗心，终于毫无负担地贴在了一起。

后来，江景远和江行墨也是不说话的。

夏楚把所有的事向江景远解释得清清楚楚。

江景远提醒她："你别太纵容他！"

夏楚想想一大早起来做早饭，恨不得给她挤好牙膏、倒好水，再把人抱到洗漱间的江行墨，就觉得这话反过来说才对。

然而，她不能在江景远面前说这些，一说，他就觉得夏楚是在“纵容”江行墨。

江景远的第二句话就是：“你别太累，要注意身体。”

夏楚如今是真的不知道“累”这个字怎么写。

她只要别为了赚钱而折腾，这活儿就还挺省心的，更何况还有本“工作手册”。

恢复记忆后，夏楚也没丢了“手册君”，还故意当着江行墨的面把工作手册大夸特夸，说这俨然是“未来智脑”的雏形。

未来的“智脑”究竟是怎样的还不确定，但她的这本工作手册是很有智慧了，都会调戏她这个主人了！

半年后，又迎来了一个美丽的春天。

夏楚刚醒，还坐在床上发呆。

江行墨进来，弯腰将她打横抱起。

夏楚环住他的脖颈，无奈道：“养猪都没你这样的！”

江行墨还掂了掂，道：“你可比猪难养多了。”

夏楚瞪他：“等我胖到两百斤，看我不压死你。”

“就你这小骨架？”江行墨笑道，“下辈子吧。”

夏楚不服：“你是嫌我矮吗？”

江行墨道：“怎么会？！我们夏总两米八。”

夏楚气不过，去咬他的下巴。

江行墨垂首看她：“先称称体重，胖了，我再亲你。”

夏楚脸一红：“谁要你亲啊，不亲拉倒。”

江行墨凑在她的耳边道：“昨晚你可不是这么说的。”

夏楚恼羞成怒，推开他的脸道：“流氓！”

江行墨总算把人抱到了电子秤上，小心地将她放下，她道：“哪用天天称，我又不可能天天胖。”

说着，她低头一看，花容失色：“这不可能，才一天，我怎么就胖了半斤！”

江行墨一脸“计划通”的表情，还在小本本上记了一下：“准确点儿说，是胖了零点五八斤。”

夏楚：“……”

天哪，求把她家的“傲娇鬼”“别扭精”“大魔王”给还回来啊！

这个养“猪”专业户，她要不起啊！